www.bbulmedia.com

플라스틱 플라워

플라스틱 플라워

정이준 장편 소설

PLASTIC
FLOWER

Contents

1.

이제 곧 집에 도착할 것이다.

공부를 핑계로 미루고 미루어 1년 반 만에 오는 집이건만 승조가 몰고 있던 차는 빠르게 텅 빈 도로를 질주하기는커녕 갓길에 적막하게 세워진 채였다.

시트에 깊숙이 등을 기댄 승조는 앞에 보이는 넓게 펼쳐진 바다를 응시하다가 이내 짙은 다갈색 눈동자를 숨겼다. 아주 잠시 스스로에게 도망칠 곳을 주듯, 눈을 감은 채 숨을 멈추었다. 조용한 숨소리마저 사라지자 그의 어두운 세상에는 멀게 들려오는 파도 소리만이 가득하게 느껴졌다.

'오빠!'

순간, 파도가 부서지는 소리가 뚝 하고 끊겼다.

그의 귓가를 채우던 평화로운 소리가 사라지고 어디에서인지도 모를 곳에서 아스라이 들려오는 어린 여자아이의 목소리. 하늘보다 높고 바다보다 깊게 자신의 가슴에 퍼지는 그 희미한 음성에, 그는 재빨리 감은 눈을 떴다.

자신의 세상 속에 그녀만 두어서는 안 된다.

그렇게 다짐하는 것처럼 다급하게 세상 밖으로 눈을 뜨고, 귀를 열었다. 남들보다 눈에 띄게 뚜렷한 눈매는 당장이라도 깨질 것처럼 날카로워져 있었다. 승조는 꺼 놓았던 시동을 켜고 다시 차를 움직이기 시작했다.

그가 도망칠 곳은 어디에도 없었다.

어린 시절을 함께 보냈던 익숙한 집은 더 이상 그를 반기는 것 같지 않았다.

"승조 왔구나."

본가에 딸린 주차장에 차를 주차시키고 마당을 걷자 그의 생각과는 다르게 자상하고 편안하게 느껴지는 목소리가 그를 반겨 주었다. 그가 오는 소리를 들은 건지, 석일이 앞치마 차림으로 급하게 집 밖으로 나와 그를 기다리고 있었다.

"다녀왔습니다."

승조가 차분히 대답했다.

석일은 고개를 끄덕이며 다시 희끗 웃었다. 승조는 문득 여유로움과 부드러움이 느껴지는 자신의 아버지를 살폈다. 십여 년 전만 해도 아버지는 이렇게 다정하게 웃을 수 있는 분이 아니셨다.

"이리 주거라."

"제가 들어도 됩니다."

"주래도."

가끔 하던 전화 통화에서 요즘 들어 조금씩 섭섭함을 내비치던 석일은 아들이 본가에 돌아온 것이 여간 반가운 게 아니었다. 아무리 말려도 석일은 승조가 들고 오는 짐을 빼앗아 들며 먼저 집 안으로 향했다.

"너 이제 온다고 희원이가 얼마나 벼르고 있는지 대충 짐작 가지?"

여전히 미소를 짓고 있는 석일이 승조의 짐을 마루에 내려놓으며 물었다. 승조는 대답 없이 거실을 둘러보았다. 석일 역시 대답을 원하고 한 질문이 아니라는 듯 말없이 자연스럽게 부엌으로 들어갔다.

희원이 예쁘다고 신이 나서 달아 놓은 풍경들이 바람과 만날 때마다 투명하고 싱그러운 소리를 자아내고 있었다.

활짝 열려 있는 베란다, 행거에 걸려서 바람에 마구 나부끼는 교복 와이셔츠와 밝고 환한 색의 티셔츠와 팬츠들.

원목 장식장에 정성스럽게 진열되어 있는 먼지 한 톨 쌓이지 않은 여러 개의 상패들.

소파 앞 테이블에 어지럽게 펼쳐져 있는 수학 문제집과 답지, 아기자기한 색색의 볼펜.

그리고 무심코 눈을 돌릴 때마다 볼 수밖에 없도록 진열된 여러 개의 액자들. 그 속에서, 환하게 웃고 있는 희원.

승조는 장식장 가장 위 칸에 올려져 있는 희원의 사진을 집어 들었다. 가장 최근에 찍은 사진을 놓아두는 자리였다. 그는 볼 수 없었던, 그가 일부러 외면해 왔던 시간 속의 희원이 여전히 해사하게 웃는 얼굴로 그를 바라보고 있었다.

"벌써 시간이 이렇게 됐네. 승조야, 희원이 좀 데리러 가 줄래?"

"아직 학교에 있습니까?"

"그래. 녀석이 공부는 그렇게 안 하면서 수영만큼은 제일가는 연습벌레잖아. 매일 혼자 남아서 제일 늦게까지 한다. 근데 요즘 옆에 있는 남고 놈들이 희원이를 좀 따라다니는 모양이야. 희원이 녀석은 별거 아니라고 신경 쓰지 말라고 하는데 신경을 안 쓸 수가 있어야지."

최근 들어 일부러 학교까지 희원을 데리러 가야 했던 이야기를 하면서, 부엌에서 나온 석일이 영 걱정스럽다는 듯 미간을 좁혔다.

"난 저녁 준비 좀 마저 해야 하니까, 부탁해도 되지?"

장식장에 액자를 도로 내려놓은 승조의 시선은 여전히 단 한 곳에 머물러 있었다. 그의 갈색 눈동자는 깊이를 알 수 없을 정도로 짙어져 갔다.

"네."

그의 낮은 대답을 끝으로 석일은 다시 부엌으로, 그는 현관으로 몸을 향했다. 계단을 내려가 마당을 걸어 밖으로 나온 승조는 익숙한 길을 천천히 걷기 시작했다.

여름이 시작된 날씨는 더웠다.

게다가 주말이 시작되는 토요일의 어중간한 오후. 원체 사람이 많지 않던 길이 더욱 한산할 수밖에 없는 이유였다. 시간이 흐를수록 하얀 와이셔츠에 면바지 차림의 그에게 불쾌한 무더위가 옮겨 붙었다.

포장되지 않은 도로를 걷는 승조의 반듯한 이마에 언뜻 땀이 맺혔다. 본가에서 걸어서 십 분 거리면 나오는 희원의 학교까지 굳이 차를 쓸 필요가 없을 거라고 생각했던 것이 슬슬 후회로 변해 가고 있었다. 시험 때문에 사흘 가까이 밤을 새다시피 하고 곧바로 서울에서 강릉까지 차를 끌고 오느라 피곤함이 가실 새가 없는 상태였다.

가볍게 다녀올 수 있는 짧은 거리였기에 다시 답답한 상자 같은 차 안으로 몸을 집어넣고 싶지 않다는 마음이 컸었다. 하지만 선선하게 부는 바람조차 도움이 안 될 정도의 더위를 계속 느끼자 아까부터 날카로웠던 신경이 더욱 곤두서고 있었다.

곧 있으면 형체가 드러날 학교는 아득히 멀게만 느껴지고 가슴은 누군가의 손아귀에 잔인하게 속박된 듯 숨도 잘 쉬어지지 않을 만큼 답답했다. 하지만 그건 날씨 때문도, 피곤한 몸 때문도 아니라는 것을 그는 누구보다 잘 알고 있었다.

평상시처럼 큰 보폭으로 걸음을 계속해서 내딛자 희원의 학교가 서서히 눈에 담겼다. 승조는 무겁게만 느껴지는 발로 교문에 들어섰다. 날은 아직 저물지 않았지만 어둠에 가까운 적막이 느껴졌다.

모두가 하교하고 아무도 없을 이곳에 희원이 남아 있었다. 잠시 머뭇거리듯 움직이지 않고 있던 승조는 곧 다시 익숙하게 걸음을 옮겼다. 학교 풀장으로 향하자 고요했던 공간 속에서 시원스런 물소리가 희미하게 들려오기 시작했다.

첨벙.

다이아몬드 형의 철조망 사이로 물살을 가르며 도달점으로 향해 가는 여체. 희원의 몸이 투명한 물에 다 가려지지 못하고 은은하게 비치고 있었다. 누구의 허락도 없이 그의 다갈색 눈동자는 쉼 없이 팔과 다리를 쓰며 헤엄치는 그녀의 모습을 좇았다. 그 자신의 허락조차 받지 못한 본능에 이끌린 시선이 오롯이 그녀만을 향해 있었다.

승조는 이내 철조망 안으로 들어갔다. 그러고는 기록을 갱신하기 위해 빠른 속도로 헤엄치는 희원을 함께 따라가듯 풀장 옆을 천천히 걸었다.

의자에 걸쳐져 있는 커다란 수건을 손에 쥐고 희원이 올라올 곳 앞에 서서 그녀가 나오기를 기다렸다. 이미 끝까지 도착했으면서도 희원은 물속에 온몸을 집어넣은 채 나올 생각을 하지 않고 있었다. 마른 수건을 들고 있던 그의 이마가 찌푸려졌다.

"희원아."

굳은 목소리로 불러 보아도 대답이 없다. 사람의 가슴을 철렁하게 하는 못된 장난도 이제 사라질 법도 한 나이인데 오히려 더 늘었다.

"연희원. 이런 장난 재미없다고 했지."

화가 서린 목소리가 물 깊은 곳까지 들렸을까.

어푸, 하는 소리와 함께 그녀가 수면 위로 떠올랐다. 말괄량이처럼 킥킥거리는 웃음을 물방울과 함께 매단 채로.

"최승조!"

희원이 집에서 본 사진에서처럼 고른 치열이 다 드러나도록 활짝 웃는다. 그는 그런 그녀의 시선을 회피했다. 그녀가 눈치채지 못할 만큼 자연스럽게.

"까불지."

"언제 왔어?"

"방금."

희원은 고개를 까딱거리며 손을 위로 내밀었다. 물속에서 올라온 가녀린 팔에서 물방울들이 하염없이 떨어졌다. 젖어 있는 손을 잠시 바라만 보던 그는 그녀가 내민 손을 잡아 주었다.

아주 잠시. 아주 짧게 머뭇거렸을 뿐이다.

그녀의 손을 잡아 주기까지의 그 짧은 시간 동안 자신의 가슴속이 어떻게 엉망으로 일그러지고 망가져 가는지, 그녀는 죽어도 알 수 없도록.

희원은 자신을 잡아 준 커다랗고 단단한 손을 아프도록 꽉 움켜쥐었다. 심술을 부리는 조그마한 손의 힘과 함께 그녀의 몸이 지상으로 올라왔다. 덤덤하다 못해 무심한 얼굴의 그가 얄미워서 아프라고 손을 힘껏 꽉 쥐어 누르는데도 눈썹조차 미동이 없다. 희원은 재미없다는 듯 그의 손을 툭 놓았다.

지금 막 물속에서 빠져나온 젖은 몸에서는 수백 개의 작은 물 방울들이 흩어지며 아래로 흘러내리고 있었다. 학교용 남색 원 피스 수영복을 입은 하얀 몸은 예전과 다르게 깊은 굴곡을 드러 내며 그의 시선을 어지럽혔다.

그는 수건을 크게 펼쳐 그녀의 머리 위에 덮었다. 그러자 수 건에 작은 얼굴과 몸이 가려진 그녀가 옹옹거리며 싫은 티를 낸 다.

"이런 장난 재미없다고 했지."

목소리를 낮게 깔고 그가 아까 했던 말을 흉내 내는 장난 가 득한 모습에도 그는 웃음 지을 수 없었다.

"얼른 씻고 나와."

그 말을 끝으로 그는 성큼성큼 풀장을 벗어났다.

"1년? 2년? 몇 년 만에 내 얼굴 보는 건지 알고는 있어?"

희원의 심통이 난 외침이 이미 밖을 빠져나가고 있는 승조의 등을 날카롭게 쳤다. 느릿한 걸음으로 들어왔을 때와는 달리 나 갈 때의 걸음은 무언가로부터 영영 도망치고 싶은 사람처럼 빨 랐다. 그리고 커다랗고 너른 등은 누구도 손댈 수 없는 고독에 휩싸여 있었다.

희원은 이마를 좁히며 승조의 뒷모습을 고집스럽게 바라보았 다.

교정을 지나 교문 밖으로 나온 승조는 학교 담장에 등을 기댄 채 희원을 기다렸다.

날이 저물어 갈수록 그를 괴롭히던 더위도 차츰 길을 잃어가고 있었다. 하늘은 해가 져 가면서 밝음도 어둠도 아닌 어중간한 색채를 띠었다.

시간이 얼마나 흘렀을까.

짙은 눈빛을 숨긴 채 등을 기대고 서 있던 그는 눈을 뜨고 소리가 나는 쪽으로 느릿하게 시선을 향했다.

"아직 의대생 주제에."

검은색의 깔끔하고 앙증맞은 단화를 신은 희원의 작은 발이 그의 커다란 구두를 툭 쳤다. 하지만 그의 끄떡도 안 하는 모습에 더 심통이 나는지 입술을 앙다문다.

"의사 되시면 한 5년은 얼굴 안 보여 줄 건가 봐?"

친근하게 승조의 팔을 밀며 비꼬던 희원이 손에 들고 있던 책가방을 그의 품에 덥석 안기고는 앞서 걷기 시작했다.

날이 저물면서 기분 좋게 나타난 바람은 희원의 차지였다. 하복을 입은 희원의 치마가 바람이 지날 때마다 사뿐하게 휘날렸다. 아직 젖어 있는 머리카락도 이리저리 가볍게 흩날리며 춤을 췄다. 차가움이 느껴질 정도로 투명한 피부가 선명하다. 가느다란 목선이 검은 머리칼들에 가려졌다 나타나기를 반복했다.

그녀의 뒷모습을 좇는 올곧은 갈색 눈동자가 어둠에 휩싸이듯 무겁게 가라앉았다. 앞만 보고 걷던 희원이 순간 뒤를 돌아보았다.

"앞으로는 자주 올 거지?"

앞은 보지 않고 뒤에 시선을 고정한 채 위태롭게 걷는 그녀의 커다란 눈이 아롱거리며 그에게 닿았다.

"내년이면 더 바빠질 거야."

"도대체 왜 그렇게 바쁜 직업을 선택한 거야?"

희원의 둥근 이마가 불만스럽게 좁혀졌다.

'어울려.'

'오빠는 세상에서 제일 착하고 다정한 사람이니까.'

말갛게 웃으며 해 주었던 그 사랑스러운 말들은 전부 잊어 버렸는지, 희원은 잔뜩 입을 내밀고 있었다.

"마음에 안 든다니까."

대답이 없는 승조를 잠시 노려보던 희원은 이내 표정을 풀면서도 뾰로통하게 입을 열었다.

"나 대학생 되면 오빠 후배들 소개시켜 줘. 알았지?"

"뭐?"

"오빠 후배들도 다 의사가 되는 거지? 난 의사한테 시집갈래."

노을을 등진 채, 노을보다 빛나는 영롱한 검은색 눈동자가 단숨에 그의 숨을 앗아 가며 조금의 머뭇거림도 없이 도로 등을 돌린다.

"사실 꼭 의사일 필요는 없고, 난 그냥 아빠처럼 돈 많은 남자랑 결혼할 거야."

"바보 같은 소리."

낮게 깔린 음성은 생각보다 더 차갑게 흘러나왔다. 맹랑하고 철없는 소리를 하는 여동생을 나무라는 목소리라기에는 과한.

치졸하고 맹렬한 질투가 엉망으로 섞여 버린.

나는 가질 수 없는 너를 가질 수 있는 자격을 가진 모든 남자들을 향한, 턱없고 덧없는 질투심과 분노.

"왜, 바보 같아?"

여전히 등을 보인 채로 희원이 의문을 가진다.

"쓸데없는 생각 하지 말고 공부나 열심히 해."

"쓸데없다고?"

"어렸을 때도 그랬지. 아빠랑 결혼하고 싶다, 오빠랑 결혼하고 싶다. 이제 그만할 때도 됐잖아. 그런 유치한 소리."

승조의 말에 희원은 고개를 푹 숙이며 웃기 시작했다.

"바보 같긴 하다. 오빠랑은 결혼할 수 없는데. 그치?"

'난 크면 오빠랑 결혼할 거야!'

우스갯소리를 하듯 웃음기가 담긴 지금의 목소리와 8년 전의 아득하고 희미한 목소리가 겹쳐져서 그의 귓가를 맴돈다.

승조는 매서운 눈길로 희원의 뒷모습을 응시했다. 손에 닿자마자 녹아내릴 것 같은 희원의 웃음소리가 그의 심장에 아프게 툭툭 박혔다. 사랑스럽게 소리치던 그때의 말들이 전부 허상에 가까울 만큼, 그저 바보 같다는 말로 표현하는 낭랑한 목소리가 아팠다.

그때의 일들이 우습다고 말할 정도로 이미 자라 버린 널 이제는 도저히 어디에도 가둬 둘 수 없을 것 같아 두려움이 온 혈관을 채웠다.

"서운해?"

앞을 보던 희원이 다시 한 번 뒤를 돌아 반짝거리는 검은색 눈동자를 그에게 비추었다.

타박타박.

특유의 쟁쟁거리는 걸음 소리가 작게 땅을 타고 울렸다. 그를 향해 빛을 가득 담은 눈꼬리가 부드럽게 휘어진다.

"울 오빠 서운해하면 안 되는데?"

말갛게 핀 볼에 사랑스러운 미소가 흘러내린다.

"역시 난 오빠랑 결혼해야겠다."

걸음을 멈춘 채 어떤 움직임도 못 하고 가만히 서 있는 그를 아는지 모르는지, 그녀는 다시 앞을 향해 홀로 발길을 옮겼다.

"그러니까 서운해하면 안 돼?"

너는 전부 알고 있었다.

네 자신이 세상 어떤 것과 비교조차 할 수 없을 만큼 아름답게 빛나고 있다는 것을, 너는 누구보다 잘 알고 있었다.

그리고 나는 그런 네가, 다른 것에는 눈길조차 줄 수 없을 정도로 아름다웠다. 너를 제외하면 모든 세상이, 모든 삶이 허무한 잿빛으로 느껴질 정도로.

너 외에는 아무것도 보이지 않을 정도로, 나는, 네가 아름다웠을 뿐이다.

2.

울퉁불퉁한 길을 멀찍이 떨어져 걷는 동안 해가 저문 하늘은
어둠에 가까운 짙은 푸른빛으로 변해 가고 있었다.

"뭐야."

홀로 앞서 걸음을 옮기던 희원이 문득 제자리에 멈춰 서서 뒤
를 돌았다. 반 여자아이들 중에서 나름 큰 키에 속하는 희원보
다 훨씬 크면서도 승조의 걸음걸이는 어쩐지 그녀에 비해 턱없
이 더뎠다.

그녀의 깔끔한 눈썹이 꿈틀거리고 앞머리도 내리지 않은 작
고 둥근 이마가 희미하게 좁혀진다. 그의 평소 걸음이 이렇게
느리지 않다는 걸 알고 있기에 이유도 없이 늦장을 부리는 그가
마음에 들지 않았다.

"얼른 와. 덥단 말야."

승조는 희원의 칭얼거림에 잠시 걸음을 멈추고 그녀를 지그시 응시했다. 승조의 눈동자에 세상이 덮이듯 희원의 하얀 얼굴이 담겼다.

결국 멀었던 거리가 좁혀졌다. 여전히 제자리에 서 있는 그녀에게로 다가가자 입술이 오르락내리락거리는 변덕 섞인 미소를 지으며 팔짱을 껴 온다.

"덥다며."

"더워."

희원은 뾰로통하게 대꾸하며 그의 팔을 잡고 있던 손을 내렸다. 어느새 당연하고 자연스럽게 마주 닿은 두 손. 그의 손 안에서 느껴지는 사랑스러운 움직임. 크고 딱딱한 손을 절대 놓지 않겠다는 듯 꼭 붙잡고 있는 작고 부드러운 그 손이, 승조는 더 이상 편하지 않았다.

"오빠, 아파."

그럼에도 이 손을 놓을 수 없다는 것을 알고 있다.

놓아주기는커녕 어디에도 갈 수 없도록, 누구에게도 빼앗기지 않도록, 아프도록 제 손 안에 꽉 쥐고 있을 뿐.

"오빠."

"……."

오랜만에 만나는 것도 모자라 자꾸 대답을 하지 않는 승조가 야속한지 희원은 입술을 내밀며 그를 향해 투덜댔다.

"최승조! 대답 좀 하지?"

일곱 살이나 많은 그에게 반말을 해 놓고 한 소리를 들을까 혼자 뜨끔한 표정을 짓는다. 정작 그는 신경도 쓰지 않는다는 것에 다시 부아가 돋지만.

"내 얼굴 오랜만에 봐 놓고 이러기야? 나 안 보고 싶었어?"

"……."

"난 진짜 보고 싶었는데."

그녀의 장난기 섞인 재잘거림이 높아질수록 그의 얼굴에는 그늘이 지고 있었다. 보고 싶었다, 라. 어떤 대답도 해 줄 수 없는 승조의 손에 더욱 굳센 힘이 실렸다.

"연희원!"

집으로 향하는 골목 어귀에서 누군가가 희원을 부르는 소리가 들렸다. 저 멀리서 교복을 입은 남학생이 그녀를 발견하고 힘차게 뛰어왔다.

"아, 쟤 또야."

희원이 입술을 작게 오므리고 승조만이 들을 수 있게 중얼거렸다. 그녀의 앞까지 달려와 숨을 헉헉거리던 남학생이 승조를 발견하고는 믿을 수 없다는 듯이 인상을 험악하게 찌푸렸다.

"누구냐?"

"네가 알아서 뭐하게?"

희원의 애매모호한 대답에 더욱 애가 타는 남학생은 아직 규칙적이지 못한 숨을 크게 몰아쉬었다.

"설마 너 원조는 아니지?"

"유지환! 너 죽고 싶어?"

"왜 그렇게 과민반응이야? 강한 부정은 곧 긍정이라는

데……."

"너 진짜! 우리 오빠가 그런 한심한 짓거리 할 사람처럼 생겼
니?"

희원은 자신이 오해받은 것보다 더 화가 나는지 무서운 얼굴
이 되어 지환을 쏘아붙였다. 하지만 그녀의 화난 표정에도 불구
하고 마음에 드는 대답을 들은 지환은 언제 인상을 그었냐는 듯
경계를 풀며 열여덟 소년답게 환하게 웃었다.

"아, 난 또. 형, 안녕하세요. 전 희원이 남자 친구 유지환이라
고 합니다."

말끔하게 인사를 한 지환이 승조와 희원을 번갈아 바라보았
다. 남매인데도 전혀 닮지 않은 게 신기하다는 눈빛으로. 그게
희원이 가장 싫어하는 눈빛이라는 것도 모른 채.

눈치가 없는 지환은 희원이 자신을 매섭게 노려보는 것도 모
르고 다시 승조를 유심히 살폈다. 하지만 마주친 제 눈빛조차
시리게 얼려 버릴 정도로 차갑게 응시하는 그의 눈동자에 푸시
식 기가 죽어 금세 고개를 돌려야 했다.

사실 원조라는 단어를 꺼낸 건 홧김에 한 말이었다. 아무리
질투에 눈이 멀어도 앞에 선 남자가 그런 짓을 할 것처럼 보이
지는 않았으니까.

어딜 가도 눈에 띌 법한 잘생긴 얼굴에 어쩐지 범접하기 힘든
강렬한 분위기를 지닌 남자였다. 그런데 워낙 닮은 구석이 없어
서 희원의 오빠라고는 짐작도 못했다. 지환은 자신이 한 경솔한
발언을 속으로 후회하며 만회할 기회를 살폈다.

"남자 친구? 너 진짜 맞아야 정신 차리지?"

"왜? 나 네 남자 친구 맞잖아. 남자인 친구."

느물느물거리는 지환의 말투에 희원은 웃음조차 아깝다는 듯 매몰차게 입을 열었다.

"나 너 같은 친구 둔 적 없는데?"

"너 진짜……."

"뭐."

"진짜, 예쁘다고."

다시 한 번 실실거리는 미소로 뼈기자, 결국 희원이 같잖다는 웃음을 지어 주었다. 지환은 여전히 굳은 얼굴로 자신을 바라보고 있는 승조를 잠시 살피고는 그녀에게 말했다.

"단둘이 할 말 있었는데, 아쉽게도 오늘은 날이 아닌 거 같다. 전화할 테니까 씹지 마라. 알았지?"

"네 번호 차단한 지 오래야. 얼른 가."

"오빠 있다고 괜히 더 튕긴다. 진짜 씹지 마? 중요한 얘기니까!"

지환이 두 사람에게서 걸음을 돌리면서도 신신당부를 하며 소리쳤다. 희원은 미간을 찌푸린 채로 그를 지켜보다가 승조의 팔을 당겼다.

"오빠, 얼른 가자. 쟤 엄청 이상하지?"

그의 차갑게 식은 눈빛이 그들의 집에서 반대편으로 멀어지고 있는 지환에게 고정되었다. 희원은 여전히 말이 없는 승조의 팔을 툭 밀었다.

"근데 화도 안 내 줘?"

"……."

"하나뿐인 여동생이 저런 이상한 녀석한테 괴롭힘당하고 있는데, 화도 안 나냐구. 진짜 뭐야. 앞으로 또 우리 희원이 귀찮게 하면 다리몽둥이를 확 분질러 버린다, 정도는 말해 줘야지. 무슨 오빠가 이래."

무심한 듯 보이는 그의 반응이 서운한지 희원이 결국 토라져서 승조의 손을 탁 놓고는 바로 보이는 집 앞으로 뛰었다. 어렸을 때부터 무심하게 보여도 그녀의 일에는 세심하게 신경 쓰던 그였다. 그런 승조가 자신을 향한 지환의 추근거림에도 강 건너 불구경하듯 가만히 있던 것이 여간 서운하고 속이 상하는 게 아니었다.

석일이 기다리고 있는 집으로 향해 뛰는 희원의 모습이 사라질 때까지, 승조는 그 자리에 서 있었다.

그럼 내가 어떻게 해야 할까.

여동생을 쫓아다니는 어린 남학생한테 지금 어떤 기분을 느끼고 있는지, 내가 너에게 전부 말한다면 넌 감당할 수 있을까.

너를 보는 녀석의 음험한 시선부터, 친근하게 구는 말투, 네 곁에 떳떳하게 설 수 있는 자격까지. 그것을 지켜보면서 내가 어떤 참담한 생각까지 하는지 전부 말한다면 너는, 과연 기뻐할까?

아니, 그런 것을 일일이 나열하지 않더라도 단 하나. 너에게 애틋한 감정을 표현할 수 있는 그것 하나. 오직 그것이 내가 모든 걸 버려서라도 얻고 싶은 유일함이란 것을, 너는 언제까지고 모르는 채로 있어야 하니까.

　그렇게 아무것도 모르는 채로 살아가야 하니까.

　승조의 굳은 입가에 가슴이 저릿해질 만큼 쓰디쓴 자조가 걸렸다. 그의 눈빛은 세상 누구보다 빛나면서도 헤어 나올 수 없는 어둠으로 가득했고, 한없이 공허해 보이면서도 단 하나로 전부 채워져 있었다.

　"아빠가 혼내 주기로 약속했잖아!"

　"그래. 했지."

　"이번엔 진짜로!"

　"그래, 알았다니까."

　석일의 팔짱을 끼고 다시 집에서 마당으로 나오던 희원이 큰 소리로 그를 조르며 슬쩍 승조를 보았다. 괜히 더욱 심술궂은 척을 하는 눈망울이 다행스러우면서도 쓰라리게 다가왔다. 언제나처럼 가족에게 어리광을 피우는 희원은 여전히 변하지 않았다. 변한 것은, 자신뿐이었다.

　"유지환이 또 집 앞에서 기다리고 있었다? 진짜 끈질기지?"

　"그 녀석이 또? 승조한테 너 데리러 가라고 하길 잘했구나. 그나저나 아빠가 언제 제대로 앉혀 놓고 단단히 혼을 내야겠네. 우리 딸은 아빠랑 평생 산다고 했으니까 괜히 넘보지 말라고."

　"아빠랑 평생 산다고 한 건 옛날이고. 나도 결혼은 해야지."

　"뭐? 인석이 벌써 말 바꾸기야?"

　절경을 바로 뒤에 등진 아름답고 깔끔한 전원주택.

마당 위로 그를 반기기 위해 지지직 소리를 내며 피어오르는 바비큐 불판.

그리고 그가 사랑하는 유일한 두 사람. 그가 사랑하는…… 가족.

어떤 부녀지간보다 친하고 다정한 두 사람이 만들어 내는 '가족'이라는 분위기가 그를 숨 막히게 하고 있었다.

"승조야. 얼른 와서 앉아라. 저녁 먹어야지. 시험 때문에 정신없었을 텐데, 밥은 제때 제대로 챙겨 먹은 거야?"

"전화도 못할 정도로 바빴다지만 밥도 제대로 못 챙겨 먹었으면 아빠가 아니라 나한테 혼나야 돼. 오빠."

톡 쏘는 말투지만 걱정이 역력한 표정으로 희원이 승조의 얼굴과 몸을 살폈다. 예전과 다름없이 날렵하면서도 건장한 체구와 모든 여자들이 저절로 시선에 담을 만큼 보기 좋은 생김새였다. 하지만 어쩐지 예전과 다르게 분위기가 가라앉아 보여, 사실 아까 학교 풀장에서 처음 봤을 때도 조금 당황했었다.

승조가 원래 그렇게 밝은 성격은 아니긴 했지만, 그녀에게만큼은 항상 다감하고 부드러운 오빠였다. 그래서 마음 한 구석에서 괜히 불안한 감정이 설핏 자리를 만들어 더 맹랑하게 굴며 그를 보챘던 건지도 모른다.

"희원이는 얼른 옷 갈아입고 손 씻고 나와."

"네에."

현관에 다가가는 순간까지 그를 꼭 혼내야 한다고 단단히 주장하던 희원의 모습이 이내 쏙 사라졌다.

승조가 불판 아래 불을 확인하고 있는 석일에게 다가가 그가 가져온 음식들을 세팅했다. 말없이 묵묵히 일을 돕고 있는 승조에게 석일이 입을 열었다.

"내년은 정말 바쁘겠구나. 승조 넌 인턴 시작하고, 희원이는 이제 수험생이고."

아이들이 붙잡을 수 없을 만큼 자라는 모습을 지켜보는 것은 물론 기쁘면서도 어쩔 도리가 없는 쓸쓸함이 자리를 잡는다.

석일의 조용한 목소리가 낮게 밤공기를 울렸다.

"희원이 서울로 대학 가면 잘 챙길 수 있지?"

승조의 대답은 들리지 않았다. 워낙 말수가 적은 조용한 성격의 아들 녀석이라 석일은 개의치 않았다.

"희원이 잘 보살펴줘. 너희야 워낙 어렸을 때부터 각별했으니까, 이렇게 당부할 필요도 없겠지만."

석일은 항상 희원을 이름만 불렀다. 연희원, 이라고는 도저히 아파서 부를 수 없었다. 낳지는 않았어도 제 자식임에 틀림없는 아이를 연희원이라고 부르면 남의 아이라고 제 입으로 낙인을 찍는 것 같아 차마 부를 수 없었다.

누가 뭐라 해도 희원은 영경을 쏙 빼닮은, 영경과 자신의 아이였다. 자상하게 주름진 석일의 눈가가 누군가를 떠올리는지 확연하게 알 수 있을 정도로 깊어졌다.

"나는 여기서 평생 살 테니까."

희원의 어머니, 영경과 함께했던 짧지만 영원한 기억 속에서. 그 영원을 지니고 있는 이 공간 속에서.

석일이 승조 앞에서 차마 할 수 없어 삼킨 마지막 말을, 승조는 어쩐지 들을 수 있었다. 승조의 어머니와 결혼을 하고 십여 년이 넘는 세월 동안 그의 어머니에게는 일말의 애정도 줄 수 없었던 석일은 영경을 만났을 때에는 단숨에 사랑에 빠졌었다. 마치 온 생을 통틀어서 단 한 사람밖에 사랑할 수 없는 남자처럼.

승조는 그런 아버지를 원망할 수 없었다. 원망하지 못했다. 아버지는 어머니를 사랑할 수 없었던 것뿐이다.

아무리 노력하고 애를 써도.

집안에 의해 정략결혼으로 맺어지고, 승조가 열 살 무렵인 어머니가 죽을 때까지 아버지는 가정에 최선을 다했고 어떤 부정도 저지르지 않았다. 그저 가장 중요한 하나만을 주지 못했을 뿐이다.

어쩌면 최선을 다했다고 표현해서는 안 될지도 모른다. 그 '하나'는 무엇과도 바꿀 수 없을 만큼 중요하고 큰 것이었으니까.

얼마 지나지 않아 활짝 열려진 현관문 사이로 시끄럽게 계단을 뛰어 내려오는 소리가 들렸다. 희원이 문밖으로 나왔다. 불판에 고기를 올려놓던 석일은 입에 막대 아이스크림을 물고 나오는 희원을 보며 못 말린다는 듯 고개를 저었다.

"이제 저녁 먹어야 하는데, 아이스크림은 이따 먹어야지."

"난 수영한 다음에는 무조건 아이스크림을 먹어 줘야 한단 말야."

"밥 먹고 먹으면 좀 좋아."

"괜찮아요. 밥도 많이 먹을 거니까."

희원이 끝까지 지지 않으며 잔망스럽게 말을 이어 나가자 석일은 결국 허허 웃으며 고개를 내저었다.

"그래, 우리 딸 고집을 누가 말려. 얼른 앉기나 해. 밥 먹자."

오랜만에 가족이 다 같이 모인 식사 자리였다. 희원뿐만 아니라 석일도 기쁨을 감추지 못하고 있었다. 희원은 아이스크림을 한 입 베어 물고는 승조에게 다가갔다. 그릇을 옮기고 있는 그의 다물어진 입술 앞에 이미 반밖에 남지 않은 아이스크림을 내밀었다.

"덥지?"

"됐어. 치워."

"학교까지 데리러 오느라 더웠잖아. 먹어. 응?"

희원이 원래 그랬듯 자연스럽게 한쪽 팔로 그의 허리를 껴안으며 이미 승조가 거절한 아이스크림을 다시 한 번 그에게 내밀었다. 스스럼없이 구는 희원의 몸이 가까이 밀착되자 그의 표정이 굳어졌다.

"됐다니까!"

승조가 내밀어진 그녀의 손을 차갑게 내치며 조용하지만 싸늘하게 일갈했다. 그가 미는 탓에 손에서 놓쳐 버린 아이스크림이 바닥에 툭 떨어졌다. 잔디 바닥에 팽개쳐진 아이스크림은 금세 흐물흐물해져 서서히 녹아내렸다. 천천히 형체를 망가트리며 녹아내리는 그 모습이, 무언가를 떠올리게 만들어 그는 그것을 지켜볼 수 없었다.

믿을 수 없다는 듯 떨어진 아이스크림을 멍하니 바라보던 희원은 이내 그에게서 한 발자국 뒷걸음질 치더니 고개를 치켜들어 그를 노려보았다.

"왜들 그래? 둘이 싸워?"

"싸우는 게 아니라 오빠가······!"

희원은 벌써 서러움으로 눈물이 차오른 눈으로 언성을 높이다가 울컥했는지 입을 꾹 다물었다. 물기 가득한 눈으로 그를 고집스럽게 노려보던 그녀는 쿵쾅쿵쾅 화난 걸음으로 뒤도 돌아보지 않고 현관으로 뛰었다.

"희원이 또 뿔났다. 녀석이 뒤늦게 사춘기야."

순식간에 가라앉은 분위기에 석일이 너털웃음을 지으며 희원이 사라진 문 쪽에 시선을 두었다.

"승조야."

"네."

"희원이 풀어 주고 와."

승조는 말없이 시선을 베란다로 향했다. 활짝 열린 문틈으로 나부끼는 커튼들. 그 안에 웅크리고 있을 희원이 그의 가슴속에 그려졌다.

"황소고집이어도 어렸을 때부터 제 오빠가 달래 주면 금세 넘어가는 녀석이 희원이 저 녀석이잖아."

석일의 말을 끝으로, 승조는 깊은 절망 속에 들어가듯 천천히 집 안으로 향했다.

희원에게, 다시 지독한 거짓말을 해야 할 시간이었다.

불이 꺼져 있는 어두운 거실 한가운데.

밤바람이 선선히 들어오는 소파에 앉은 희원은 승조의 예상대로 몸을 말아 웅크리고 있었다. 그가 들어오는 소리를 들은 게 분명한데도 그녀는 미동이 없었다.

"희원아."

승조가 그녀에게 다가갔다. 그러고는 무릎을 굽혀 앉아 소파에 몸을 웅크리고 있는 희원과 눈을 맞추었다. 이미 짙은 어둠이 깔려 찬바람만이 느껴지는 공간 속에서 오로지 승조와 희원, 두 사람의 눈동자만이 서로를 향해 빛을 내뿜고 있었다.

"도대체 왜 그래?"

원망이 가득한 목소리가 바람에 섞였다.

"희원아."

"예전엔…… 안 그랬잖아."

희원이 그의 어깨를 손으로 꼭 쥐며 울먹였다. 승조는 그녀의 말을 무시한 채 입을 열었다.

"오빠가 잘못했어. 그러니까……."

"아이스크림 때문에 그러는 줄 알아? 내가 어린애야?"

검게 빛나는 커다란 눈동자가 그를 날카롭게, 적나라하게 파고들고 있었다. 무언가를 반드시 확인하고 싶은 것처럼.

"왜 집에 안 오는 거야?"

"……."

"왜……! 도대체 왜…… 변한 거야?"

배신감에 휩싸여 바르르 떨리는 자그마한 손이 어깨를 타고 그의 전신으로 느껴졌다. 순수하고 솔직하게 원망을 꺼내 놓는 말간 눈동자를 볼 수 없어 그는 깊어진 눈을 감았다.

배신…….

너의 눈빛은 틀리지 않았다. 너를 배신했다. 나는.

"오빠가 다 잘못했어. 미안해."

"그런 말이 듣고 싶은 게 아니야."

"……."

"변하지 마. 응?"

희원이 불안으로 흐려진 눈을 흩트리며 그에게 사정했다. 그는 그 간절한 부탁을 들어줄 수 없어 계속해서 사과했고, 그녀는 그의 말이 들리지 않는 듯 계속해서 울먹이며 애원했다.

"변하지 마, 오빠."

아버지를 원망하지 않는다는 건 알량한 거짓말이었다. 지독하게 원망하고 또 원망했다. 많은 사람들 중 왜 하필 네 어머니여야 했던 건지.

"제발…… 변하지 마."

"미안해, 희원아."

내게는 밉고 싫어야 했던 존재인 너를, 사랑한 게 언제부터인지는 감도 잡히지 않았다. 그리고 여전히 그 지독함에 몸서리가 쳐졌다.

많고 많은 사람들 중 어째서 나는, 너여야만 하는지.

3.

침대 머리맡에 있는 창문 블라인드가 단숨에 젖혀졌다.

따사로운 햇살이 눈을 덮은 눈꺼풀을 내리쬐며 은은한 공격을 시작했다. 승조는 서서히 의식을 찾으면서 자신이 깊이 잠들어 있었다는 사실에 놀랐다. 서울에서는 내내 잠들지 못했었다. 그리고 계속될 거라고 생각했던 불면의 밤은 오히려 희원이 있는 본가에서 그 기세를 꺾었다.

방 안에 가득해진 햇빛 때문에 아직 눈뜨지 않은 그의 미간이 저절로 좁혀졌다. 동시에 블라인드를 젖힌 주인공이 그의 침대로 올라왔다.

"그만 자고 일어나시지?"

곧은 자세로 누워 있던 그의 하체에 갑작스러운 무게감이 느껴졌다.

"오늘 나랑 놀아 주기로 했잖아."

눈을 뜬 승조는 깊은 숨을 내쉬었다. 희원을 버릇없고 무례하다 꾸짖으며 내칠 수 없었다. 함께 살기 시작한 어린 시절부터 평일에는 새벽같이 일어나는 그가 유일하게 늦잠을 자는 주말, 그를 깨우러 오는 것은 늘 희원의 일이었다.

그에게도, 그녀에게도 익숙한 일상 같은 일.

하지만 지금은 모든 게 변했다. 그녀를 가족이라 여기던 그의 마음이 변했으니까, 모든 게 달라졌다 해도 틀린 말이 아니었다. 그는 남자였고, 그에게 그녀는 더 이상 동생이 아니었다.

"희원아."

"응?"

"앞으로는 마음대로 오빠 방 들어오지 마."

선을 긋는다.

긋자마자 희미하게 사라지는 덧없는 선을.

"싫어."

희원 역시 그것을 눈치챘는지, 눈에 힘을 주며 그를 노려본다. 승조는 낮게 한숨을 쉬며 상체를 일으켰다.

"계속 들어올 거야."

고집이 담긴 목소리.

승조는 몸을 일으켜 시선이 얼추 비슷해진 그녀의 눈을 응시했다. 어제 겨우 달래 놓았던 희원의 얼굴이 다시 불안으로 뒤덮이려 하고 있었다.

승조는 자신의 허벅지를 타고 앉은 희원의 몸을 번쩍 들어 침대에 앉혔다. 그리고 그녀의 머리를 살짝 쓰다듬었다. 예전과 같은 다정한 손길에도 희원의 의심스러운 눈빛은 아직 거두어지지 않았다.

"희원아. 변하는 게 아니라, 이게 맞는 거야. 오빠는 어른이고, 너도 이제 좀 있으면 성인인데 언제까지 너무 격의 없이 굴 수는 없어."

"진짜 또 서운하게 할 거야? 그런 거 싫다니까."

희원은 절대 양보할 수 없다는 듯 입을 앙다물었다.

"그래. 일단 내려가 있어. 오빠도 씻고 곧 내려갈 테니까."

승조가 한숨 섞인 목소리로 말하자 희원이 그를 잠시 지켜보다가 방문을 세게 열고는 1층으로 내려갔다. 승조는 침대에 앉은 채, 리모컨으로 블라인드를 다시 내렸다. 빛이 사라지고 방안은 금세 어둠으로 뒤덮였다.

하지만 오히려 그게 더 편안하게 느껴졌다.

덥다고 노래를 부르던 희원의 고집에 결국 이른 날씨지만 에어컨을 틀었다.

석일의 이름을 내건 내과 개인 병원에서 토요일에는 오후 3시까지 진료를 보는 석일이 병원에 일찍 출근한 뒤였고, 승조와 희원만 남은 집은 적막이 감싸고 있었다. 문이란 문은 모두 단단히 닫아 놓은 채, 에어컨에서 나오는 바람만이 규칙적이고 기계적으로 약한 소음을 자아냈다.

"이게 노는 거야?"

침묵을 지키다가 결국 참다못한 희원이 불만 가득한 목소리로 웅얼거렸다. 그녀의 볼멘소리에 소파에 다리를 꼬고 앉아 있던 승조가 여전히 시선은 책에 둔 상태로 입을 열었다.

"어제 분명히 공부 봐준댔지, 놀아 준다는 말은 한 번도 한 적 없어."

"같이 시간 보낼 거라며? 그게 놀아 준다는 거지."

승조는 한숨을 쉬다가 시선을 내려 희원을 보았다. 소파 밑에 내려앉은 채로 좌식 테이블에 이마를 기대고 있는 희원이 불만 어린 표정을 내비치고 있었다.

"연희원."

"응."

"너 내년이면 수험생이야."

석일에게 매일같이 듣는 잔소리를 오랜만에 본 승조에게까지 듣고 싶지 않은 희원은 연필을 다시 손에 쥐고 테이블에 올려져 있는 문제집에 시선을 주었다.

"평소에 열심히 공부하고 있어."

석일이 있었다면 금세 들통 날 거짓말이었다. 희원이 지레 찔려서 뒤에 앉은 승조의 눈치를 슬쩍 봤지만 그는 그녀에게 전혀 관심도 없는 듯 시선 한 줌 주지 않고 있었다. 희원이 그 모습을 흘기며 입술을 삐죽 내밀었다.

"이거 모르겠어."

희원이 펼쳐져 있는 두터운 문제집을 소파에 앉은 그의 무릎에 올려놓았다. 승조가 그제야 관심을 주며 희원을 보았다. 희원은 눈을 동그랗게 뜨고 정말 모르는 문제라는 듯 어깨를 으쓱했다. 그녀가 제 무릎에 얹어 놓은 문제집에 시선을 주자 수학 문제를 말끔히 가린 노란색 포스트잇이 보였다.

놀자. 응?

동글동글한 귀여운 글씨체.

다시 희원을 응시하자 강아지처럼 일부러 더 눈을 애처롭게 뜨고 자신을 바라보고 있다. 승조가 결국 희미하게 웃으며 그녀의 머리칼을 부드럽게 쓰다듬었다. 그러자 희원의 표정이 멍해졌다. 그러고 보니 어제부터 지금까지 그의 웃는 얼굴을 단 한 번도 보지 못했다는 것을 깨달았다.

기분이 좋아진다.

그가 자신 때문에 웃는다. 언제나처럼, 변함없이.

"웨이가 된 것 같아."

어릴 적 키우던 강아지가 된 기분이었다. 소파 아래에서 더위에 지쳐 힘없이 푹 퍼져 있던 웨이를 쓰다듬어 주던 추억 속의 그와 자신도 함께 떠올랐다.

스스로 강아지가 된 것 같다고 말하면서도 희원은 기분 나쁜 기색이 아니었다. 오히려 정말 강아지처럼 애교를 부리기로 작정을 했는지 문제집을 옆으로 치우고 둥근 이마를 그의 무릎에 기대었다.

언제나처럼 부드럽고 느릿하게 머리를 쓰다듬어 주는 그가 좋아서.

"정말 좋아."

"……."

"정말로 좋아해."

대답해 주지 않아도 들뜬 애정이 터져 나올 만큼.

"이렇게 아빠랑 오빠랑 평생 같이 살 수 있으면 얼마나 좋을까?"

제 무릎에 기댄 희원의 머리카락을 쓰다듬던 승조의 손이 일순 멈췄다. 그는 자신에게 변함없는 애정을 요구하는 그녀를 지그시 바라보았다.

끝까지 자신의 감정을 숨겨야 하는 이유는 많은 것이 아니었다.

그저 단 하나.

내 사랑이 네 행복이 될 수 없으니까.

❋

하얗고 투명한 꽃.

차가운 눈꽃들이 승조의 어깨에 내려앉았다. 승조는 남색 교복 재킷에서 아직 녹지 않은 눈을 털어 냈다. 손가락 사이사이로 미세한 차가움이 느껴졌다. 그의 손에 얇은 물기가 생겼다. 반대로 사람의 체온이 닿은 눈은 금세 형체도 없이 녹아내렸다.

"지금 들어갈 거예요."

잠시 전화 통화를 하고 있는 아버지의 너른 등을 지켜보았다. 그는 기쁜 얼굴로 웃고 있었다.

"너무 긴장하지 말라니까. 응. 그래요."

아버지가 저렇게 웃을 수 있는 분이었나? 건조한 의문이 떠올랐다.

어떻게 저렇게 웃으실 수 있을까? 원망이 아니라, 자신은 찾지 못한 답을 알고 싶은 의문도 함께 따랐다.

승조는 호텔 입구에 서서 아버지의 통화가 끝나기를 기다리면서, 하늘에서 내리는 눈발을 고요히 응시했다. 모든 것이 하얗게 덧입혀지는 세상은 그의 눈에도 언뜻 아름답게 비쳐졌다. 세상 그 어떤 것에서도 빛깔을 찾지 못하는 그의 다갈색 눈동자는 색 없는 공허한 빛만이 가득했다.

석일과 함께 넓게 각이 진 호텔 레스토랑 입구로 들어서자 일정하게 늘어진 테이블들이 제일 먼저 눈에 담겼다. 석일은 웨이터를 따라 개별 룸이 있는 공간으로 걸음을 옮기다가 뒤따라오고 있는 승조를 향해 넌지시 말을 꺼냈다.

"승조야."

"네."

"살갑게 굴어라. 다른 사람한테는 몰라도, 지금 만나게 될 두 사람은 우리에게 가족이 될 소중한 인연이야."

자상하면서도 엄하게 느껴지는 목소리였다.

우리에게 가족이 된다.

승조는 그 말을 받아들일 수 없었다. 반항의 의미도 아니었고, 거부를 뜻하는 것도 아니었다.

말 그대로 받아들일 수 없었다. 그에게 가족은 단 두 분뿐이었다. 하지만 일찍 병으로 세상을 떠난 어머니는 어디에도 없었다. 그러니 지금 그에게 가족이라고 부를 수 있는 사람은 그의 앞에서 먼저 걷고 있는 아버지. 하지만 아버지는 최근 들어 다른 사람처럼 느껴질 만큼 서서히 변해 가고 있었다.

우리에게가 아닌, 아버지에게.

그 말이 옳았다.

그는 그저 그것을 받아들일 뿐이다. 그렇게 되새기듯 속으로만 몇 번을 중얼거리던 것이 석일의 가벼운 몇 마디에 와르르 무너지는 것 같았다.

아버지가 변해 가는 것을 느끼며 승조는 조금씩 깨닫고 있었다. 제 자신이 변하지 않을 거라 믿고 있던 무언가가 변하는 것을 끔찍하게 싫어한다는 것을. 지독하게 두려워하고 무서워한다는 것을.

승조의 대답이 들리지 않자 석일은 낮게 한숨을 내쉬며 다시 걸음을 옮겼다. 안 그래도 어렸을 때부터 말수가 적고 무뚝뚝했던 아들은 열 살 무렵, 엄마를 잃고 나서는 차갑고 딱딱한 얼음 조각에 갇힌 아이처럼 완벽히 마음을 닫았다. 그건 석일 그 자신의 책임이 크다는 것 역시 알고 있었다.

그런 승조에게 살갑게 굴란다고, 그럴 수 있을 거라는 기대는 애초부터 하지 않았다. 그저 석일은 영경과 희원, 두 사람이 거부와 경계로 가득한 승조의 눈빛에 상처를 받는 일은 없도록 하고 싶었다.

무엇보다 승조의 메마르고 건조한 감성을 깨트리고 싶었다. 두 사람으로 하여금 석일이 그렇게 될 수 있었던 것처럼. 아내가 죽고 난 후 부자지간이 아닌 남처럼, 어쩌면 남보다 못하게 서로에게 관심 없이 살아온 자신과 승조가 이제는 달라질 수 있도록.

룸으로 들어온 석일은 승조의 어깨에 손을 얹으며 테이블 앞에 자리하고 있는 두 사람에게 다가갔다.

"영경 씨."

자리에 앉아 꼬마아이의 머리를 단정히 빗어 주던 여자가 아이의 손을 잡고 함께 몸을 일으켰다.

승조의 눈도 자연스럽게 그쪽으로 향했다. 30대 중반 정도로 보이는 단아하고 깨끗한 이미지의 여자였다. 어머니를 닮은 구석은 없었다.

자신도 모르게 그녀에게서 어머니의 모습을 찾으려 노력하던 승조는 스스로를 비웃으며 그녀의 옆에 서 있는 아이에게로 시선을 돌렸다. 다리를 곧게 펴고 일어났는데도 테이블 위로 달랑 얼굴만 보이는 어린 꼬마 여자아이.

반짝반짝 빛이 나는 까맣고 커다란 눈동자가 느리게 깜박거리며 그의 얼굴에 고정되어 있었다. 승조의 표정이 굳어질수록 여자아이의 볼 한가운데는 콕 찍어 누른 것처럼 깜찍한 보조개가 패었다.

"네가 승조구나."

영경이 조금 긴장한 얼굴로 말하며 살며시 웃었다. 승조는 그에 대답하듯 짧게 고개를 숙여 인사했다. 그 모습에 도리어 안심한 석일은 승조의 등을 부드럽게 토닥였다.

"자리에 앉아서 식사부터 합시다."

네 사람 모두 테이블 앞에 앉았다. 석일은 대각선 위치에 있는 희원의 머리를 쓸어 넘겨 주며 자상하게 웃었다.

"희원이는 뭐 먹고 싶어?"

석일의 물음에 희원은 앞에 놓인 메뉴판을 내려다보더니 대답도 않고 배시시 미소만 보였다. 수줍고 부끄러운 기색이 역력한 희원에게 무심한 눈길을 주고 있던 승조는 곧 일말의 관심조차 사라진 얼굴로 창밖으로 고개를 돌렸다.

한강 너머 서울 시내가 훤히 보이는 탁 트인 전망을 바라보는 동안, 영경이 승조 때문에 침묵이 감도는 어색한 테이블에서 말문을 열었다.

"승조는 고등학교 1학년이지? 희원이는 열 살이야. 초등학교 3학년. 너무 동생이고, 또 여자애라 재미없겠지만 많이 놀아 줘."

"네."

승조의 대답에 영경이 놀란 얼굴로 앞에 앉은 석일을 보았다. 석일에게 승조가 유난히 차갑고 무덤덤한 성격이라는 것을 익히 들었다. 그래서 냉랭하고 단답식의 대답이긴 해도 쉽게 상대를 해 준 것이 의외였다.

숨조차 얼어 버릴 정도로 추운 바깥과는 다르게 레스토랑 실내는 무척 따뜻했다. 하지만 영경은 실내에서는 조금 답답하게 느껴질 만도 한 실크 스카프를 목에서 풀지 않은 상태였다. 그녀가 잠시 몸을 숙이자 스카프가 아래로 흘러내리려 했다. 그러자 희원의 고사리 같은 손이 그것을 붙잡아 다시 여며 주었다.

"고마워. 희원아."

영경이 희미하게 웃으며 희원의 머리를 쓰다듬었다.

어색했던 분위기는 금세 사라졌다.

석일과 영경의 대화가 조용하지만 끊이지 않게 이어지고 있었다. 때때로 희원의 호기심 가득한 낭랑한 목소리가 들리기도 했다. 희원은 어른들의 말에 뭐가 그리 즐거운지 자주 까르르 웃음을 터트렸다. 마치 어떤 결함도, 문제도 없는 완벽한 가족 같았다. 승조는 테이블에서 다시 창밖으로 시선을 돌렸다. 스스로가 함께 앉아 있는 세 사람과 결코 섞일 수 없는 존재처럼 느껴졌다.

승조는 음식이 나오기 전에, 잠시 화장실에 다녀온다는 말을 하고 자리에서 일어났다. 뒤이어 쪼르르 그를 따라 일어나는 소리가 들려왔지만 승조는 딱히 신경 쓰지 않고 먼저 밖으로 나왔다.

레스토랑 복도를 걷던 승조의 걸음이 평소보다 조금 더 빨랐다. 뒤에서 희원이 종종걸음으로 쫓아오고 있다는 것을 알고 있었다. 어쩌면 어울리지도 않는 심술을 부리고 싶었던지도 모른다. 승조는 레스토랑을 나와 호텔 입구로 향했다.

밖으로 나오자 겨울바람이 싸르르 거칠게 몸을 밀었다. 깊게 세상을 감싸듯 내리는 눈은 아직 그치지 않은 채였다.

툭.

승조의 재킷 자락이 작은 힘에 붙들렸다. 잠시 깊은 생각에 잠겨 있어서 희원이 끝끝내 자신의 뒤를 쫓아온 것을 눈치채지 못하고 있었던 그는 뒤를 돌았다.

"오빠."

처음으로 들었던, 나를 부르는 너의 목소리.

힘들게 위로 고개를 치켜들던 희원의 까만 눈동자가 그를 향해 있었다. 순간 그 눈에 사로잡힌 것일지도 모른다. 원래라면 상대도 하지 않고 냉랭하게 무시했을 텐데, 승조는 무릎을 굽혀 앉아 희원과 눈을 맞춰 주었다.

"왜?"

"오빠는 엄마랑 내가 싫은 거야?"

불안한 듯, 초조한 듯, 떨리는 목소리로 묻는다. 승조는 대답하지 않았다. 싫어해야 하는 게 자연스럽다, 라는 것만은 정확했으니까.

"도와줘. 응?"

희원이 절실한 목소리로 말했다.

"뭐?"

"오빠가 싫어하면 엄마는 아저씨랑 결혼할 수 없는 거잖아."

아무것도 모르는 아이처럼 해맑게 웃기만 하던 모습은 사라져 있었다. 희원은 불안함이 짙게 깔린 눈으로 그를 바라보았다.

승조는 미묘하게 변해 가는 기분을 기이하다 여겼다. 아까까지 지만 해도 누가 봐도 제 나이답게 사랑스럽고 명랑해 보였던 아이는 눈에 들어오지도, 관심이 가지도 않았다. 그런데 어쩌면 영악하게 느껴질 정도로 그에게 애처로운 표정으로 애원하는 지금의 희원에게서는 도통 눈을 떼기가 힘들었다.

"응?"

승조는 아주 천천히 고개를 끄덕였다.

스스로의 행동에 이유를 만들어 내는 것조차 불가능했다. 그 작은 끄덕거림에 울기 직전이었던 희원의 얼굴이 점차 환해졌다. 안심했다는 듯 활짝 웃는 희원을 보며 그는 잠시 눈을 감았다.

이 아이가, 자신의 가족이 되어 준다면.

자신을 이 끝나지 않을 고독에서 꺼내 준다면.

겨우 열 살짜리 꼬마 아이에게서 무엇을 봤다고, 그것을 기대하는 자신이 우스웠지만 그럼에도 그는 차가운 가슴에 잠시지만 뜨거운 열이 솟구치는 기분을 느꼈던 것을 믿어 보고 싶어졌다.

"고마워."

그때 고맙다는 말을 전했던 건, 너였을까.

아니면 나였을까.

❀

2층에서부터 조심스럽게 거실로 내려오던 희원이 몰래 석일의 눈치를 살폈다. 아직 그녀가 내려온 것을 모르는지 평화로운 얼굴로 소파에 앉아 조간신문을 읽고 있는 석일이 보였다. 휴우, 그녀가 조용히 다행스러운 한숨을 토했다.

살금살금 현관까지 다가가 최대한 소리 나지 않게 운동화를 신었다. 잠시 허리를 굽혀 운동화를 단정히 신은 희원이 그제야 긴장을 풀고 석일을 크게 불렀다.

"아빠!"

"응?"

느긋하게 신문을 보던 석일이 깜짝 놀라서 뒤를 돌았다.

"희원이, 너 언제⋯⋯."

"다녀오겠습니다."

신이 나서 높아진 희원의 맑은 목소리가 넓은 거실을 울렸다. 오랜만에 참가하는 수영 대회가 그녀를 잔뜩 설레게 한 모양이었다. 물론 그 마음은 백번 이해했다. 콧노래까지 흥얼거리기 시작한 딸이 무척 사랑스럽고 귀엽기도 했다. 하지만 그것과는 다른 문제가 석일의 이마를 지끈거리게 했다.

희원의 옷차림을 살핀 석일은 미간을 깊게 찌푸렸다. 저 옷차림으로 나가고 싶어서 저리도 살금살금 방에서 내려온 모양이다. 희고 가는 팔이 훤히 드러나는 얇게 펄럭이는 민소매 티셔츠에 허벅지를 하나도 감추지 못하는 짧은 핫팬츠.

아무리 무더운 여름 날씨고, 요즘 여자애들은 다 저렇게 입는다지만 자신의 어여쁜 딸까지 저런 유행에 동참하는 것은 영 유쾌하지 못했다. 더군다나 희원의 학교 옆 남고의 시커먼 녀석들이 끈질기게 그녀를 쫓아다닌다는 것을 알게 된 후로는 더욱 예민해질 수밖에 없는 문제였다.

하지만 그가 걱정하는 것을 알면서도 더위를 잘 타는 희원은 저런 차림을 잘 포기하지 않았다.

"희원아. 좀 더 얌전한 옷은 없니?"

석일이 평소와 다르게 엄한 목소리로 물었다.

"이게 왜? 예쁘잖아. 그리고 요즘 애들은 다 이렇게 입는데."

"아무리 그래도 그렇지."

"또 밖은 얼마나 더운데."

목소리를 들어 보니 고집을 꺾을 생각이 전혀 없어 보였다. 석일은 낮게 한숨을 쉬었다. 워낙에도 남에게 싫은 소리를 못하는 성격이었지만, 특히 희원에게는 부모 자식 간의 기 싸움에서 매번 지는 형국이었다.

"걱정하지 마."

석일의 미간이 펴질 줄을 모르자 희원이 실실 웃음으로 때우며 말했다.

"어떻게 걱정을 안 해? 저번에 집 앞에까지 찾아와서 데이트하자고 하던 녀석, 아직도 따라다니잖아."

"왜 옷 얘기에서 그 얘기까지 가? 울 아빠 걱정 진짜 많다."

"지금 너 나이 때 남자애들이 얼마나 위험한 줄 알아? 네 또래뿐만이 아니라 요즘 같은 세상에 남자는 다 조심하고 경계해야지."

"갠 예전에 나가떨어졌어. 걱정 마세요. 사랑한다느니 별 징

그러운 소리를 다 하더니, 내가 눈길도 안 주니까 금세 포기하
던데?"

희원의 냉소적인 말에 걱정스러운 표정을 하고 있던 석일은
허 하고 바람 빠진 웃음을 내보냈다.

"왜?"

"요즘 애들 참 조숙하다 싶어서. 사랑한다니……."

석일이 여전히 어이없어하며 혀를 찼지만, 희원은 시계를 확
인하고는 눈을 과장되게 크게 떴다.

"아빠 나 늦었어. 다음부터는 아빠 말씀처럼 얌전하게 입어
볼 테니까 오늘은 좀 봐주세요. 진짜 다녀올게요!"

석일의 대답을 듣는 둥 마는 둥 한 희원은 문을 열고 나와 현
관 앞 돌계단을 콩콩 뛰어서 내려왔다. 마당 밖에서는 이미 시
동이 걸린 차 소리가 들려오고 있었다.

희원은 뛰다시피 하며 대문 밖으로 나와 승조의 차 조수석에
올라탔다. 그의 시선이 그녀에게 닿았다. 희원은 자신의 옷차림
을 확인한 승조의 화가 곧바로 느껴져서 작게 한숨을 쉬었다.

산 넘어 산이라더니. 그녀는 아무것도 모르는 척 입을 열었
다.

"출발 안 할 거야?"

"그런 옷을 입고 나가겠다고?"

"아빠에 이어서 오빠까지 옷 가지고 태클이야?"

어느 때보다 싸늘하게 굳은 승조가 무섭게 낮아진 목소리로
말했다.

"당장 갈아입고 나와."

희원은 괜히 심통이 나서 입을 삐죽였다.

"수영복은 이거보다 더 야해."

"연희원. 지금 장난하는 건 줄 알아?"

"오빠, 나 늦었어. 오늘 대회 준비하느라 내가 얼마나 연습했는지 모르지? 다음부터는 한복이라도 입고 다닐 테니까 제발 오늘만 봐줘. 응?"

그가 한마디 더 하기 전에 안전벨트를 잽싸게 채운 희원은 일부러 그의 눈을 피해 창밖으로 고개를 돌렸다. 굳어진 표정으로 그녀를 강하게 응시하던 그가 결국 차를 움직였다. 차 안은 숨이 막힐 만큼 분위기가 가라앉아 있었다. 승조가 만들어 내는 분위기였다.

"화났어?"

승조의 옆얼굴을 힐끗거리며 눈치를 보던 희원이 결국 무거운 정적을 이기지 못하고 입을 열었다. 그의 대답이 들리지 않자 희원이 서운한 듯 말을 이었다.

"왜 화를 내는 거야? 난 오빠가 바쁘다고 전화도 문자도 다 씹고, 집에 안 온 것까지 다 용서해 줬잖아. 오늘 또 서울 가면 한동안 집에 안 올 거면서 나한테 화만 내다 갈 건 아니지?"

저조했던 기분은 걷잡을 수 없을 만큼 수면 아래로 추락하고 있었다. 희원이 어렸을 때 수영을 가르쳐 준 것도 자신이었고, 겁이 많은 그녀가 물에 대한 두려움을 떨치도록 항상 함께 물놀이를 해 준 것도 자신이었다.

그런데 어느 순간부터 희원이 수영하는 것이 치가 떨리도록 끔찍하고 싫어졌다. 딱 달라붙는 수영복을 입고 몸의 굴곡을 훤히 드러낸 희원에게 닿는 비릿한 시선들이 있다는 것을 알아챈 그 이후부터.

승조는 그 날 이후로 희원이 수영 대회에 참가하는 것을 직접 지켜볼 수 없었다. 희원을 노골적으로 바라보며 휘파람을 불어대던 남자를 향해 스스로조차 억누를 수 없는 살의를 느꼈던 그 순간부터였다. 어린 여동생을 걱정하는 마음이라기에는 과하다 못해 말도 안 되는 감정들이었다.

"화 풀어. 응?"

대회가 열리는 체육고등학교 건물이 눈앞에 보였다. 희원은 혹시라도 싸운 채로 헤어지게 될까 불안한 듯 그를 바라보았다. 건물 안으로 들어와 주차장에 차를 세운 승조는 시트에 등을 기대었다. 희원이 자신만 바라보고 있다는 것을 알면서도 그는 그녀에게 시선을 주지 않았다.

"오빠."

"알았으니까 들어가 봐."

"진짜 화 풀린 거 맞지?"

"그래."

"또 전화 안 받으면 그땐 진짜 용서 안 해 줄 거야."

희원이 안전벨트를 풀며 뾰로통하게 말했다. 승조는 날카로운 시선을 다시 그녀에게 향했다.

"너 그 옷, 오늘까지만이야."

"알았다니까? 앞으로는 아무리 더워도 꼭 껴입고 다니면 되잖아."

마지막까지 당부하는 승조에게 희원은 건성으로 대답하고는 차 문을 열었다. 그에게 손 인사를 하던 희원이 자신을 부르는 목소리에 학교건물 쪽으로 잠시 시선을 주었다. 멀리 학교 선생님과 친구들이 보였다. 그들을 확인하고 손을 흔든 그녀는 운전석에 앉은 그에게 급하게 인사했다.

"나 진짜 얼른 가야겠다. 오빠, 조심해서 가고 밥 꼭 챙겨 먹고! 공부는 적당히 좀 하고, 전화 좀 받아. 알았지? 대회 끝나고 전화할게!"

빠르게 말을 잇던 희원은 제 또래의 친구들이 있는 곳으로 뛰어갔다. 아직 시동이 걸려 있는 차를 움직이지도 못하고 그 자리에 머물러 있던 승조는 차창 너머로 보이는 희원의 뒷모습을 눈으로 좇았다.

순간 숨도 쉴 수 없을 만큼 가슴이 답답하게 조여지고 억눌러졌다. 처음 만났을 때만 해도 조그만 꼬마 아이였던 희원은 9년이 흐른 지금, 불안할 만큼 아름다운 여자가 되어 가고 있었다. 승조는 눈동자에 새겨진 희원을 보지 않기 위해 눈을 감았다.

바보 같은 짓이다.

지독하게도, 어둠 속에서조차 여전히 그녀가 보인다.

4.

여자가 떨림 가득한 고백을 전하는 그 순간에도, 승조의 손에 쥐어진 휴대폰의 진동은 그칠 생각을 하지 않았다.

"승조 선배……."

지윤이 애잔한 목소리로 그를 불렀다. 승조는 휴대폰 액정에 크게 뜬 이름을 확인하고는 전화를 받지 못한 채 손으로 꽉 움켜쥘 뿐이었다. 어쩐지 평소와 다르게 불안정해 보이는 그의 모습이었다.

지윤은 어둠으로 짙어진 그의 눈빛을 확인하고는 심장이 덜컥 내려앉았다. 단 한 번도 보지 못했던 얼굴이었다. 저런 얼굴을 할 수 있는 남자라고는 상상한 적 없었다. 마치 마음속에 깊이 담아 둔 사람이 있는 것 같은 모습에, 지윤은 찌르르 가슴이 따끔거리는 것을 억누르지 못했다.

그가 머지않아 그녀에게 해 줄 말이 다른 여자들에게 전했던 대답과 다르지 않을 거라는 것을 애초에 알고 있었는지도 모른다.

"미안하다."

승조가 나직이 입을 열었다.

미안하다.

겨우 그 말뿐이었다. 승조는 어떤 이유도 설명해 주지 않고, 지윤이 의대에 입학하고 4년 가까이 짝사랑해 온 마음에 대해 미안한 감정만을 전했다. 잔인할 만큼 무심하고 차가운 사람이었다.

지윤이 결국 힘이 풀린 다리를 주체하지 못하고 주저앉아 흐느끼기 시작했다. 승조는 그 모습을 어떤 미동도 없이 지켜보다가 발걸음을 돌려 강의실 밖으로 나왔다.

다른 여자를 사랑할 수 있다면, 사랑이 아니더라도 어설픈 호감이라도 느낄 수 있다면 어땠을까.

방금 자신에게 고백한 지윤이 아니더라도. 세상 어떤 여자라도 상관없었다. 희원만 아니라면.

너를 사랑하지 않을 수 있다면.

내가 네 행복을 앗아 가지 않을 수 있다면.

끊임없이 가정을 해 보지만 쓸데없는 짓이었다. 그는 희원이 아닌 다른 사람을 사랑하는 방법 따위는 아무리 찾아도 알지 못했다. 희원을 처음 만났던 그 순간부터, 잿빛으로 가득한 세상 속에 그녀만이 빛깔을 지닐 수 있었다.

가족으로 만나게 된 희원을 사랑했고, 그 사랑은 변해 갔다. 돌이킬 수도 붙잡을 수도 없는 어떤 순간부터 그는 가족이 아닌 여자인 희원을 사랑하고 있었다.

복도를 거니는 동안 잠시 잠잠해졌던 휴대폰이 다시 진동으로 떨려 왔다. 승조는 머뭇거리다가 결국 굳은 손길로 전화를 받았다.

— 진짜 너무한 거 알지?

희원의 목소리가 승조의 귓가를 타고 가슴속까지 밀려 들어왔다. 그는 걸음을 멈춘 채 눈을 감았다.

— 오늘도 계속 전화 안 받으면 서울 찾아갈 생각이었어. 알아?

"잠깐 일이 있었어."

— 알았어. 오늘은 못 오는 거지?

기대감을 애써 감춘 목소리는 풀이 죽어 있었다.

"못 갈 것 같다. 미안해."

— 됐어. 그럴 줄 알았다, 뭐.

희원이 괜히 더 퉁명스럽게 말하며 실망스러운 마음을 보이지 않으려 애썼다. 승조는 감았던 눈을 뜨고 복도 창문 밖으로 시선을 주었다.

"희원아."

— 응?

너를 만나고 나서야 끝없는 고독에서 벗어났고, 너를 사랑하게 되면서 다시 그 고독함 속을 살아가고 있었다.

전할 수 없는 마음.

전하지 못하는 감정.

"생일 축하해."

창문 밖으로 보이는 하늘은 고요했던 눈빛이 흔들릴 만큼 환했다. 승조는 희원에 대한 사랑을 깨달은 이후로, 한 번도 직접 챙겨 주지 못했던 그녀의 생일을 축하했다. 풀이 죽어 있던 희원의 목소리가 생기를 띠었다.

― 그리고?

항상 그랬듯 너의 생일에 해 주었던 말들.

아버지가, 어머니가, 그리고 내가. 너에게.

'희원아, 생일 축하해.'

― 응?

"그리고."

잠잠하고 낮았던 목소리가 탁하게 갈라졌다. 승조는 언제까지고 맑게 개어 있을 것만 같은 하늘을 보며 말했다.

"사랑해."

그 말을 전할 수 없어, 전화를 받기 주저한 마음은 다시 잔혹하게 일그러졌다.

― 응, 나도.

사랑해. 내가, 너를.

자신의 진짜 마음이 새어 나올까 어느 순간부터 할 수 없게 된 그 말을.

꽃

고해성사를 하듯 흐느끼는 석일의 목소리가 들렸다.

"……그 아이 역시 사랑할 수 없었어."

어쩐지 섬뜩한 기분이었다.

깊은 밤.

화목하고 따뜻한 저녁 식사가 끝나고 한참 뒤. 늦게까지 공부를 하다가 물을 마시기 위해 잠시 아래층으로 내려온 승조는 작게 열린 문틈 사이로 새어 나오는 빛에 시선을 고정시켰다.

시골이나 다름없는 바깥은 적요했고, 집 안 역시 적막했다. 그러나 거실 가까이 다가갈수록 그를 옥죄는 소음이 존재했다.

안방에서 조용히 들려오는 석일의 목소리였다.

"지금 아무리 다시 사랑을 주고 노력해도…… 내가 승조를 그렇게 방치하고 무관심했던 건 변하지 않아. 아내에게 애정이 없다는 이유로 그 아이에게조차 내가 못할 짓을 하고……."

회한이 가득한 목소리였지만 승조는 헛웃음이 지어졌다.

아버지가 자신을 사랑하지 않는다는 것은 기억도 나지 않을 어린 시절부터 이미 가슴 깊이 각인된 사실 중 하나였다. 지금은 달라졌다 해도 지워지지 않는 분명한 사실이었다.

그러나 마음속으로만 알고 있는 것과 직접 그 사실을 확인받듯 듣는 것은 전혀 달랐다. 그는 정말로 어머니와 자신을 사랑하지 않았다. 사랑하지 못했다. 아버지의 애정의 여부가 자신에게 그다지 영향을 미치지 않는다고 여기고 있었는데 아니었나

보다.

이미 다 커 버린 나이. 부모의 애정 따위는 필요하지 않은 이
제 곧 성인이 될 열아홉.

하지만 아니었나 보다.

승조는 어둠에 휩싸인 거실 아래 홀로 서 있는 스스로가 세상
누구보다 비참하고 쓸모없이 느껴졌다. 낳아 준 부모에게조차
사랑받지 못하는 자신이.

"오빠……."

승조의 귓가에만 스칠, 숨소리에 가까운 자그마한 목소리가
들렸다. 승조는 자신의 손을 꼭 붙잡고 있는 희원을 내려다보았
다. 어둠 속을 숨도 죽이고 살금살금 걸어왔는지 희원이 입술에
손가락을 꼭 붙였다.

"가자."

"……."

"가자. 응?"

희원이 조용히 속삭였다.

승조는 희원을 따라 2층으로 올라갔다. 승조의 방에 함께 들
어온 희원은 작은 몸으로 그를 꼭 껴안았다.

"사랑해."

지금 이 순간, 가장 듣고 싶었던 말을 해 준다. 이토록 사랑
스러운 목소리로.

"난 엄마보다, 아빠보다 오빠가 제일 좋아."

"……."

"세상에서 제일 사랑해."

승조가 부드러운 손길로 희원의 머리카락을 쓰다듬었다. 희원이 기분 좋다는 듯 까르르 웃음을 터트린다.

"나 잠이 안 와. 오빠가 나 잘 때까지 토닥토닥해 줘."

그는 희원을 처음 만났을 때처럼 무릎을 굽혀 그녀와 시선을 맞추었다.

"희원아."

"응?"

"다시 한 번 말해 줘."

승조의 고요하지만 간절한 목소리에, 희원은 잠시 고개를 갸웃거리다가 이내 활짝 웃으며 그를 다시 껴안았다.

"사랑해."

"……."

"사랑해. 오빠."

처음 만난 그 순간부터. 희원은 매순간 그를 구원해 주고 있었다. 승조는 희원을 안아 주며 직감했다.

희원이 없으면, 자신은 살아갈 수 없을 거라고.

✻

서경은 진형과 함께 매주 가던 고아원으로 봉사활동을 갈 예정이었다. 의대 캠퍼스 바로 앞에 위치한 그의 아파트에 도착한 서경은 교수님 호출로 잠시 학교에 왔다고 연락을 해 온 진형의 문자를 받았다.

[잠깐 일이 생겨서 금방 다녀올게. 추우니까 안에 들어가 있어.]

휴대폰을 확인한 서경은 그가 알려 준 비밀번호 여섯 자리를 꾹꾹 눌렀다. 도어록이 풀리는 소리가 들리면서 문이 열렸다. 내부로 들어가자 따뜻한 공기가 추위로 얼어붙은 두 뺨에 이질적으로 닿았다.

서경은 목에 단단히 감겨 있던 목도리를 풀어내며 주변을 휙 둘러보았다. 너무 비싼 탓에 교수들도 살기 힘들다고 유명한 학교 앞 이름난 아파트였다. 고작 두 사람이 사는 집은 허허로울 정도로 넓었다. 필요 이상으로 고급스럽고 깨끗한 내부를 보던 서경은 혀를 내둘렀다.

이십 대 중반 남자 두 명이 사는 집이 이렇게 깔끔할 수 있는 걸까? 게다가 바빠서 제대로 잠도 못 자는 의대생들이.

거실 주변을 어슬렁거리던 서경은 기가 질릴 정도로 완벽하게 정돈된 집이 전문가의 손길에 의해서라는 것을 금세 눈치챌 수 있었다.

그럼 그렇지.

서경은 괜히 삐쭉하게 튀어나오는 마음을 드러내며 눈을 흘겼다. 과연 부잣집 도련님들의 사치스러운 자취집다웠다. 그녀는 양옆으로 떨어져 있는 두 개의 방을 번갈아보면서 잠시 고민했다. 어떤 방이 진형의 방인지 도통 알 수 없었다. 눈을 찌푸린 채 고민하던 그녀는 결국 하나를 선택해 방문을 열었다.

방 안으로 들어간 서경은 오십 대 오십 확률에서 자신의 선택이 틀렸다는 것을 곧장 깨달았다. 진형의 방이라고 하기에는 말이 안 된다 싶을 만큼 깨끗했다. 완벽주의자인 승조의 방임에 틀림없었다.

"역시 최승조."

감탄사처럼 그 말밖에 나오지 않았다.

사람이 생활하는 방이 맞는 건가 의심스러울 정도로 깔끔한 내부였다. 누가 보면 심각한 결벽증이 있다고 믿을 수밖에 없을 만큼, 책 한 권도 삐뚤게 놓이지 않은 모습이 숨이 막힐 정도로 정돈된 곳이었다. 서경은 혀를 내두르면서도 자신도 모르게 이곳저곳을 살피며 구경했다.

"어?"

승조의 책상을 유심히 살펴보고 있던 서경은 움직이던 눈동자를 잠시 멈춘 채 한 곳을 응시했다. 먼지 하나 떨어지지 않은 커다란 책상 위, 한구석에 놓여 있는 두 개의 액자. 오른쪽에 있는 사진은 어렸을 때 찍은 걸로 추정되는 평범한 가족사진이었다. 얼음처럼 차갑고 냉랭한 최승조도 가족은 소중한 모양이라고 잠시 우스운 생각을 하며 서경은 그 옆의 액자로 고개를 돌렸다.

"우와."

가족사진 바로 옆에는 단 한 사람만이 액자를 가득 채운 사진이 있었다.

"예쁘다."

서경은 자신도 모르게 소리 내어 중얼거렸다.

중학생쯤 되었을까? 교복을 입고 카메라 렌즈를 응시한 채 환하게 웃고 있는 여자아이의 사진이었다. 서경은 그 액자를 손에 집어 들었다. 사진의 웃고 있는 여자아이의 얼굴에서 시선을 떼지 못하고 집중한 서경은 집에 누군가가 들어왔다는 사실조차 눈치채지 못하고 있었다.

여느 때처럼 집에 들어오자마자 곧바로 자신의 방으로 향한 승조는 항상 굳게 닫아 놓았던 문이 반쯤 열려 있는 것을 확인하고는 표정을 굳혔다.

그가 빠른 걸음으로 자신의 방으로 들어가자 그의 책상 앞에 서 있는 서경의 뒷모습이 보였다. 서경이 희원의 사진을 들고 있는 것도. 그의 얼굴이 무섭게 일그러졌다. 승조는 빠른 걸음으로 다가가 서경이 들고 있는 희원의 사진을 잡아챘다.

"스, 승조야."

"너 이게 뭐하는 짓이야."

서경이 놀라서 뒤를 돌아보기도 전에, 승조가 차갑고 거친 손길로 그녀의 손에 든 액자를 뺏어 들었다. 자신을 매섭게 노려보고 있는 그의 모습에 서경은 당황한 얼굴로 아무 말도 하지 못하고 애꿎은 입술만 깨물었다.

서경이 남의 방에 허락도 없이 들어온 무례했던 행동을 변명조차 하지 못하고 얼굴만 붉히고 있자 승조가 화를 억누르듯 낮게 깔린 목소리로 명령했다.

"나가."

"미안해."

언제나 담담하고 무심한 얼굴을 하던 그가 이렇게까지 화난 얼굴을 보이는 것은 처음이었다. 서경은 더욱 어찌할 바를 몰라 입술을 뜯었다.

"승조야."

"나가라는 말, 안 들려?"

서경은 순간 온몸에 소름이 돋는 것을 느꼈다. 아파트 안은 분명 따뜻하다 못해 더울 정도였는데, 승조의 목소리는 사람의 뼛속조차 시리게 할 정도로 분노가 서려 있었다. 서경은 그가 낮게 내지른 목소리에 얼어붙은 사람처럼 잠시 움직이지 못하다가 겨우 몸을 돌려 밖으로 나왔다.

거실로 나오는 순간, 방문이 굳게 닫히는 소리가 들려왔다. 한동안 거실에서 얼떨떨한 마음을 추스르고 있던 서경은 현관문이 열리는 소리에 그쪽으로 발길을 향했다.

"서경아?"

진형은 왠지 모르게 당황한 서경의 모습을 보며 의아한 기색이었다.

"왜 그래? 무슨 일 있었어?"

"나가자, 얼른."

서경은 거실 소파에 올려 둔 가방을 챙겨 진형을 뒤로하고 급히 아파트를 빠져나왔다. 뒤이어 진형이 그녀를 쫓아 나왔다.

진형과 서경이 탄 차는 빠르게 아파트를 빠져나왔다.

"근데 승조 방인 줄 알았으면 얼른 나올 것이지, 왜 그렇게 열심히 구경을 한 건데?"

"몰라. 잠깐 미쳤었나 보지."

"너 혹시 승조 좋아하는 건 아니지?"

"장난해?"

서경이 정색을 하고 대답해도 진형은 영 의심스러운 얼굴이었다. 서경은 안 그래도 기분이 땅끝까지 추락한 마당에 진형까지 그것을 보태자 화가 나서 언성을 높였다.

"학과 동기, 후배들부터 의대 교수들까지 입을 모아서 잘났다, 완벽하다 추앙받는 녀석 방은 이렇게 생겼구나 신기해서 살펴봤다! 됐어? 나도 지금 내 몹쓸 호기심 때문에 내 머리를 쥐어뜯고 싶은 심정이니까 너까지 보태지 마. 내가 걜 좋아하면 널 왜 사귀겠어? 널 사귀어서 최승조한테 접근할 만큼 멍청해 보여? 최승조가 퍽이나 친구랑 사귀었던 여자를 만나겠다."

서경은 시트에 등을 기대며 한순간에 긴장이 풀린 몸을 달랬다. 어쩌면 마음 깊숙한 곳에서 어느 정도 우쭐한 자만심이 깔려 있었는지도 모른다. 모두에게 거리를 두는, 하지만 그 모두에게 항상 동경 어린 시선을 받는 그와 과내에서 유일하게 친분이 있는 여자라는 것에. 물론 승조가 그녀를 어느 정도 상대해 주는 것은 진형의 여자 친구라는 것이 이유의 전부겠지만.

차갑고 무뚝뚝하기만 한 승조를 이성으로 좋아하는 것은 결코 아니었다. 그저 그와 관련된 것이라면 사소한 것이라도 부러워하며 시기질투를 하는 주변 여자 동기들과 후배들을 의식하게 되자 누구도 다가가지 못하는 존재와 말을 섞는다는 것에 묘한 우월감에 휩싸여 있었는지도 모른다.

그래서 더 아까의 승조가 무섭고, 당황스러웠다. 자신에게는 물론 그런 식으로 누군가에게 화내는 모습은 단 한 번도 본 적이 없었다. 어떤 감정도, 표정도 없이 말하던 평소와는 한참 달랐다. 날카롭게 빛나던 눈빛과 낮게 가라앉은 목소리에는 분노만이 가득했다.

"근데 그 사진 속 여자애. 최승조 첫사랑이라도 되는 거야? 아까 최승조 표정 생각하면 아직도 몸이 떨린다."

몸이 떨린다는 말이 과장이 아니라 사실인 듯 서경이 손으로 두 팔을 감쌌다. 승조가 아까 그렇게 화낸 이유가 사진 속의 여자아이 때문이라는 것을 알 것 같아서 더욱 의문이 생기고 있었다.

서경의 질문에 진형은 어이없는 웃음을 터트렸다.

"너 무슨 소리 하는 거야?"

"왜, 가족사진 옆에 있던……."

"이서경. 이 둔탱아. 가족사진은 제대로 보지도 않았지?"

"뭐?"

서경의 말이 여전히 우스운지 진형은 고개를 저으며 말을 이었다.

"승조 여동생이잖아."

"여동생?"

해사하게 웃고 있는 여자아이의 얼굴에 시선을 **빼앗겨** 가족 사진은 제대로 보지 못하긴 했었다. 하지만 보통 그렇게 어린 여자아이의 사진이 있었다면 확실히 여동생이라고 생각했어야 자연스러울 텐데도 불구하고 서경은 그렇게 예상하지 못했던 것이 스스로도 잘 이해가 가지 않았다.

"무슨 시스터 콤플렉스, 그런 거야? 얼음 같은 최승조가? 완전 의외잖아."

서경의 비뚤게 나오는 음성에 진형이 진저리를 쳤다.

"너 혹시라도 그 녀석 앞에서 희원이 얘기 꺼내지 마. 궁금하다고 묻지도 말고. 동생 얘기하는 거 싫어해. 얘기하는 걸 싫어한다기보다는 희원이한테 누가 관심 갖는 걸 싫어해. 워낙 동생한테 각별해서."

"안 해. 내가 그 표정을 봤는데 그걸 물어보겠어? 근데 이름이 희원이야? 최희원? 걔네 집안은 원래 그렇게 우월한가 봐? 좀 더 크면 연예인 해도 되겠더라. 5, 6년 뒤에 성인 되면 배우해 보라고 해."

"5, 6년? 희원이 내년이면 성인이야. 올해 열아홉인데?"

진형의 대구에 서경은 이해가 가지 않는다는 듯 미간을 좁혔다.

"그럼 그 사진은?"

"희원이 중학교 때 승조가 찍어 준 사진일걸."

"최승조가 찍었다고? 그 사진을?"

"뭐가 또 이해가 안 되는데?"

진형은 인상을 찌푸리고 있는 서경을 힐끔 바라본 뒤 다시 앞으로 시선을 고정시켰다. 서경은 입술을 굳게 다물고 있다가 이내 입을 열었다.

"아까 사진에서 그 여자애, 희원이라는 애가 웃고 있는 모습 말야. 사진을 찍고 있는 상대를 보면서 웃고 있는 것 같았어. 사람을 보면서 그렇게까지 환하게 웃으려면 그 상대도 그만큼 환하게 웃어 줬을 것 같지 않아?"

최승조가 웃는 모습이라.

서경은 여전히 의문 가득한 눈빛이었다.

"내가 상상력이 부족한 건지, 최승조가 웃는 모습은 전혀 상상이 가지가 않거든."

서경은 창문 너머로 시끄럽게 오가는 차들과 사람들을 지켜보면서 다시 한 번 떨리는 몸을 감쌌다. 온몸이 덜덜 떨릴 만큼 강렬하게 그녀를 노려보던 눈빛이 아직도 선명하게 뇌리에 박혀 있었다. 자신만의 공간에서, 자신만의 소유를 건드린 자를 향한 지독할 만큼 섬뜩하고 깊은 눈동자.

최승조가 그런 표정을 지을 수 있었다. 서경은 왠지 모를 의문에 미간을 모은 채로 고개를 기울였다.

5.

몇 분이 지나도록 통화음만 들리던 휴대폰은 곧 상대방이 전화를 받을 수 없다는 짜증나는 말만 반복했다.

"또 안 받아."

휴대폰을 귀에서 떨어트린 희원은 신경질적으로 통화 종료 버튼을 눌렀다. 계속 귀에 붙이고 있었던 탓인지 아직도 통화음 소리가 귓가에 맴돌았다. 그녀는 휴대폰을 교복 치마 주머니에 집어넣으며 책상에 엎드렸다.

"도대체 뭐하는 거야."

담임선생님의 종례만을 기다리고 있는 시간이었다. 교실에서 선생님을 기다리고 있는 학생들은 결코 얌전하지 못했다. 시끄럽게 떠드는 학생들 때문에 마구잡이로 소음이 섞인 교실. 시끌벅적한 교실 한곳에 홀로 엎드려 있는 희원의 희미한 중얼거림에 앞에 앉아 있던 은수가 뒤를 돌아보았다.

"누가 우리 연희원 짜증나게 하셨어?"

희원은 엎드렸던 몸을 느릿하게 일으켰다.

"······우리 오빠."

잠시 뜸을 들이다 내뱉은 말에 은수는 잠시 미간을 찌푸렸다.

"인턴이라 바쁘다며. 어제 아침까지만 해도 연락 자주 못 하는 거 이해한다고 그랬었잖아? 근데 또 왜 그래?"

"그래도 그렇지!"

희원이 갑자기 언성을 높이자 주변에 앉아 있던 친구들이 놀란 얼굴로 그녀를 보았다. 그녀는 모아진 시선이 분산되기만을 기다렸다가 눈치를 보면서 작은 목소리로 다시 입을 열었다.

"아무리 바빠도 그렇지. 어떻게 일주일 가까이 문자도 씹어?"

"야."

"그래. 낮에는 바쁘다고 쳐. 밤에도 그렇게 바빠? 아무리 바쁘다고 해도 밤에 자기 전에 전화 한 통 못하는 거냐고. 이제 전화는 바라지도 않아. 잘 살고 있는지, 밥은 잘 챙겨 먹는지 문자라도 한 통 주면 누가 잡아간대? 이건 일부러 그러는 거야. 너무하잖아. 진짜 속상해 죽겠어."

다다다 쏘는 희원의 말을 겨우 막아 낸 은수가 괜히 더 짓궂고 음흉한 척을 하며 조용히 속삭였다.

"왜? 밤에도 바쁠 수 있지. 사진으로만 봤지만 너희 오빠 그렇게 잘생겼는데 여자들이 가만 놔두겠어? 당연히 애인 있을 거고. 혈기왕성하고 건강한 스물여섯 살 남자가 솔직히 낮보단 밤이 더 바쁘지 않을까?"

목소리를 낮춘 채 소곤거린 말을 들을수록 희원의 낯빛은 싸늘하게 굳어 가고 있었다. 그녀는 은수를 노려보았다.

"뭐?"

극도로 날카롭게 변한 희원의 반응에 은수는 당황하지 않고 그럴 줄 알았다는 듯 짧게 한숨을 내쉬었다.

"농담이야, 농담. 드라마도 안 보니? 메디컬 드라마만 봐도 인턴들은 잠도 한숨 못 자고 밥 한 끼도 제대로 못 먹으면서 일하잖아. 진짜 바쁜 거겠지. 가족한테 전화 한 통 못할 정도로."

아직도 화난 기색을 풀지 않는 희원을 은수가 열심히 달래고 있었다. 하지만 그녀는 은수의 말들이 귓속으로 전혀 들어오지 않는 상태였다. 머릿속이 아찔할 정도로 새하얗게 탈색되었다.

오빠한테 애인이 있을 거라고?

희원은 생각하기 싫은 것을 떠올린 듯 약하게 고개를 내저으며 다시 교복 치마 주머니에 손을 집어넣었다. 전혀 반응을 보이지 않는 휴대폰이 손에 잡혔다. 작년까지 승조가 대학을 다닌 6년 동안 그에게 애인이 있었을지도 모른다는 생각은 꿈에도 한 적 없었다.

승조는 자신에게만 오빠이지, 다른 여자들에게는 단번에 눈길을 사로잡는 근사한 남자였는데도 불구하고 어리석고 이기적인 생각이었다. 그도 평범한 남자답게 연애를 하는 것이 당연한데.

하지만 역시 생각하고 싶지 않았다. 자신이 아닌 다른 여자를 소중하게 바라보는 승조는 정말로 보고 싶지 않았다. 그에게 가장 소중한 사람은 자신이 되어야 했다. 영원히 함께할 가족인 자신이.

'오빠는 공부가 좋아, 희원이가 좋아?'

수험 공부를 하던 승조의 방에 쪼르르 달려가 가려지지도 않는 작은 손으로 문제집을 막으며 했던 질문들.

'희원이가 좋지.'

책에만 시선을 주면서도 그녀가 좋다고 대답해 주는 것이 너무도 기뻐서 계속 그의 팔을 붙잡으며 더 어리광을 부렸었다.

'그럼 아빠가 좋아, 희원이가 좋아?'

승조는 짓궂은 질문에도 웃으면서 대답해 주었다.

'희원이. 자, 이제 오빠 공부 좀 하자.'

'그럼, 엄마가 좋아. 희원이가 좋아?'

'엄마'가 희원의 어머니, 영경이 아닌 승조의 친어머니를 뜻하는 말이라는 것을 승조는 모르지 않았을 것이다.

어리기에 할 수 있었던 잔혹한 질문.

그때, 오빠는 뭐라고 대답했었지?

주머니에서 손바닥보다 더 큰 스마트폰을 다시 꺼내 든 희원이 불퉁한 목소리로 작게 중얼거렸다.

"공부하느라 바빠서 집도 제대로 못 오는데 애인은 무슨 애인이야."

"연희원."

"왜?"

"나 너랑 제일 친한 친구고, 제일 오래 봐 온 친구로서 한마디 하겠는데 너 좀 심해. 아니, 좀이 아니라 많이."

"내가 뭘?"

휴대폰을 꺼내 든 희원이 키패드 위에서 움직이던 손가락을 잠시 멈추었다. 희원은 은수를 보면서 입술을 잘근 깨물었다. 은수의 입에서 무슨 말이 나올지 알 것 같았다.

"나도 내 막내 동생 예쁘다고 물고 빨고 우쭈쭈 다 해 봐서 아예 이해 못 하는 건 아닌데. 아무리 그래도 그렇지, 오빠가 어렸을 때부터 너만 예뻐해 주고 사랑해 줬다고 열아홉이나 먹은 애가 아직도 지 오빠한테 그렇게 집착하고 그러는 건 이상한 거야. 내 동생이 그랬으면 난 완전 화냈을 거 같아. 아무튼 네가 모를까 봐 해 주는 말인데 보통 남매들은 안 그런다고."

"보통?"

"솔직히 평범하지는 않잖아. 이제 내년이면 성인 되고 어른 되는 애가 오빠가 관심 안 준다고 그렇게 기를 쓰고……."

은수는 말을 덧붙이려다가 교실 앞문이 열리는 소리에 화들짝 놀라 황급히 몸을 앞으로 돌렸다. 책상마다 옹기종기 모여 떠들던 아이들도 잽싸게 흩어지며 제자리를 찾았다. 교탁에 선 담임선생님은 여전히 애처럼 구는 학생들에게 잔소리를 시작하고 있었다.

그 속에서 홀로 멍하니 앉아 있던 희원은 제 손에 덩그러니 놓인 휴대폰을 바라보았다. 꺼져서 까맣게 변한 화면을 다시 켜자 은수의 말을 들은 직후 너무 놀라서 쓴 문자가 아직 보내지지 않은 채로 나타났다.

[오빠, 혹시…… 여자 친구 있어?]

희원은 자신의 얼룩진 감정이 모두 느껴지는 그 화면을 가만히 응시하다가 그 글자들을 모두 말끔하게 지워 버렸다.

[많이 바빠? 그래도 전화는 좀 받아. 걱정돼.]

새로 다시 쓴 문자를 전송한 희원은 의자 등받이에 허리를 기대며 불안한 듯 책상을 손가락으로 툭툭 쳤다.

"가족이면 걱정하고 신경 쓰는 게 당연한 거잖아."

무의식적으로 중얼거린 말은 누구의 귀에 들어갈 새 없이 허공으로 사라졌다.

'네가 모를까 봐 해 주는 말인데 보통 남매들은 안 그런다고.'

보통 남매?

"보통……."

'솔직히 평범하지는 않잖아.'

평범하지 않지. 우리는.

넓게 펴져 있던 가느다란 손가락이 한순간에 꽉 쥐어지며 주먹으로 모아졌다. 희원은 아무도 들리지 않을 목소리로 다시 한번 작게 중얼거렸다.

"평범하지 않으니까……."

청소 하나 제대로 못 하냐며 잔소리 가득했던 담임선생님의 종례가 끝을 보이고 있었다.

희원의 눈빛은 여전히 어딘가를 홀로 부유하듯 위험히도 아득했다.

지환은 은근슬쩍 희원의 어깨에 팔을 둘렀다. 옆구리를 꼬집힐 각오를 다지고 한 스킨십이었는데 어쩐지 희원에게서 돌아온 반응은 밍밍하기만 했다.

"치워."

"희원아. 내가 집에서 공부 봐줄까? 나 이래 봬도 전교에서 논다?"

"여자 뒤꽁무니만 졸졸 쫓아다니면서 공부는 언제 하셨을까."

퉁명스러운 말투긴 했지만 확실히 평소보다 밀어내지 않는다. 지환은 회심의 미소를 지었다.

"오빠가 원래 머리가 좋아요. 너희 집에서 같이 공부하자. 너 수학이 제일 골치라며. 난 수학이 효자 과목이야. 너희 아버지도 우리의 건강하고 건전한 연애를 보시면 마음이 달라지시지 않을까?"

"아주 지구 끝까지 앞서 나가신다. 누가 우리 집에 들여보내 준대?"

친구 녀석이 참가하는 수영대회에 응원차 갔다가 희원에게 말 그대로 첫눈에 반해 쫓아다닌 게 벌써 반년이 넘었다. 눈에 띄게 빼어난 외모의 그녀를 노리고 쫓아다니는 남자들은 적지

않았다. 하지만 희원의 극도로 차갑고 싸늘한 반응에 금세 나가
떨어지는 녀석들이 대다수였다.

하지만 지환은 끈질겼다. 원래 성격부터 고집이 세고 끈질긴
것도 한몫했지만 가장 큰 이유는 희원이 그만큼 좋았기 때문이
었다.

이유도 없이 그녀가 좋고 사랑스러웠다. 처음엔 예쁜 외모에
반해서 쫓아다녔지만 지금은 퉁명스럽고 도도한 척하면서도 가
끔 보여 주는 순한 모습이, 그의 앞에서는 가뭄에 콩 나듯 보여
주는 해사하고 사랑스러운 미소가 그의 심장을 이리저리 뛰게
하며 가만 놔두질 않았다.

"……희원아."

다시 능글거리며 희원에게 말을 걸려던 지환은 뒤에서 그녀
를 부르는 소리를 듣고는 몸을 돌렸다. 희원 역시 자신을 부르
는 소리를 들었을 텐데 어쩐지 그녀는 발걸음만 멈춘 채 그 자
리에 서 있었다.

"저 아저씨가 너 부르시는 것 같은데? 아는 사람인지 확인
안 할 거야?"

지환의 물음에도 희원은 어떤 반응도 보이지 않았다. 그러자
다시 한 번 남자의 목소리가 들렸다.

"희원아……. 아, 아빠야."

그 말이 마법이라도 된 것처럼 희원은 천천히 몸을 돌려 그를
보았다. 자신의 의지라기보다는 저절로 그럴 수밖에 없었던 몸
짓이었다.

남자의 말에 지환은 의아한 얼굴로 고개를 갸웃거렸다.

"아빠? 희원아, 너희 아버지는⋯⋯."

"아니야."

희원은 자신의 앞에 서 있는 남자를 냉랭하게 바라보았다. 지환의 속삭임을 제지한 희원이 앞에 선 남자도 들을 수 있을 만큼 크고 정확한 목소리로 말했다.

"우리 아빠, 저 사람 아니야."

하지만 누구보다 잘 알고 있었다.

그 어떤 것도 기억하지 못하고 있다고 믿었었는데 목소리가, 얼굴이, 눈빛이, 전부 낯이 익었다. 아니, 낯이 익다고 하기에는 너무도 선명하게 어딘가에 새겨져 있는 것 같았다. 핏줄로 이어진 인연은 생각보다 질기다는 생각이 들었다.

자신을 애처롭게 바라보고 있는 남자는, 열 살 이후로 단 한 번도 만난 적 없었던 자신을 낳아 준 사람이었다.

※

차분하고 조용했던 성격의 영경을 마지막으로 떠나보내는 곳은 서글프게도 그다지 조용하지 못했다.

놀라고 슬퍼할 여유도 없었던 아주 급작스러운 사고사였다. 휴대폰도 꺼 놓은 채 공부를 하느라 영경이 교통사고 소식을 뒤늦게 전해 들은 승조는 서울에서 급히 그녀의 장례식장으로 향했다.

장례식장 안으로 들어서자 아무것도 보이지도, 들리지도 않는 사람처럼 멍하니 앉아 있는 석일을 둘러싼 친척들이 너 나 할 것 없이 너절한 말들을 늘어놓고 있었다. 그들이 내뱉는 말들이 승조의 머릿속을 날카롭게 짓눌렀다.

　시간이 지나자 영경의 죽음을 애도하기 위해 찾아온 조문객들이 어느 정도 빠져나갔다. 승조는 잠시 한산해진 틈을 타서 자리에 없는 희원을 찾아 병원 밖으로 빠져나왔다.

　밖으로 나오자 푸르스름한 새벽빛으로 휩싸인 하늘이 먼저 그의 눈앞에 다가왔다. 승조는 눈으로 희원이 있을 만한 곳을 살폈다. 병원 옆 산책 공원 벤치로 다가가자 상복을 입고 앉아 있는 작은 체구가 보였다. 승조는 그 여린 뒷모습을 보자 가슴이 타들어 갈 듯 아파 왔다. 그는 그녀가 있는 바로 앞으로 걸음을 옮겼다.

　"추워."

　재킷을 그녀의 어깨에 걸쳐 주며 그가 나직이 말했다.

　"들어가자, 희원아."

　"싫어."

　"연희원."

　"자꾸 사람들이 시끄럽게 굴어서 짜증난단 말야. 안 가. 여기가 좋아."

　영경을 찾아온 지인들의 울음소리와 그의 친척들이 달려와 했던 말들이 고르지 못하게 섞여서 아직도 귀에 아른거렸다. 듣기 싫은 말들이 귓가에 떠도는 것이 넌더리나게 싫은 희원은 소용없다는 것을 알면서도 자신의 귀를 세게 막았다.

승조는 귀를 막은 채 움직이지 않으려 하는 희원을 자신의 품으로 끌어안았다.

"희원아."

등을 천천히 부드럽게 토닥여 주자 얼마 지나지 않아 희원이 울음을 터트렸다. 애써 참고 있었던 눈물이 그의 포근한 가슴에서야 기다렸다는 듯이 흘러내렸다. 승조는 그녀의 등을 부드럽게 쓰다듬으며 잠시 눈을 감았다. 아이처럼 엉엉 소리 내어 우는 희원을 달래면서 정작 복잡하게 변한 자신의 감정을 아직 정리하지 못하고 있었다.

"오빠."

"그래."

"우리는 이제 가족이 아닌 거야?"

울다 지쳐 흐느끼듯 속삭이는 목소리에는 물기가 가득했다. 희원 역시 그가 생각하고 있는 것에 대해서 똑같이 혼란스러워하고 있는 모양이었다. 그와는 다른 방향으로.

하지만 희원의 울먹임에도 그는 그녀에게 아무 대답도 해줄 수 없었다.

"우리 가족 맞잖아. 5년이나 같이 살았잖아."

이가 갈릴 정도로 잔인하게 굴던 친척들의 목소리가 다시 들려온다. 석일이 영경과 혼인신고를 할 때에도 유산 상속 문제에 촉각을 곤두세우며 끝까지 반대하던 사람들이었다. 그리고 지금 영경이 죽자 이제는 홀로 남은 희원을 걸고넘어졌다. 그녀를 자식으로 들일 생각은 절대 하지 말라고, 사랑하는 사람이 너무도 갑작스럽게 떠나 깊은 슬픔에 잠식당한 남자를 다그치고 또 다그쳤다.

"이제 우리…… 어떻게 되는 거야? 응?"

냉정히 따졌을 때, 상황은 좋지 못했다. 우리나라 전체로 순위를 매겨도 알아주는 거부인 승조의 조부가 투병 중인 상황에서, 피를 나눈 형제에게도 양보할 수 없는 유산을 혹시라도 생판 남에게까지 빼앗길까 다들 염려가 한가득인 얼굴들이었다.

영경이 죽고, 세상 전부를 잃은 사람처럼 허망하게 숨만 쉬고 있을 뿐인 석일을 끝끝내 몰아붙이던 그들을 생각하자 구역질이 나올 것 같았다.

"계속, 가족인 거지?"

희원의 목소리가 여느 때와 달리 불안으로 떨리고 있었다. 어머니의 죽음만으로도 그 누구보다 힘이 들 텐데, 그녀는 이제 혹시라도 그들에게서 버림받을까 미래를 걱정하고 있어야 했다.

석일과 승조를 그녀에게 가족으로 이어 주던 영경이 죽었다. 어린 나이지만 상황을 본능적으로 직감한 건지 희원은 여전히 승조의 허리를 꼭 붙잡은 채로 그의 대답만 기다리고 있었다.

"어서 들어가자."

승조가 그녀의 어깨를 감싸고 병원으로 향하려 했다. 희원이 그를 다시 끌어안은 채 물었다.

"왜 대답해 주지 않는 거야?"

승조의 얼굴이 깊은 고뇌로 굳어졌다.

가족…….

희원은 그에게 무엇과도 바꿀 수 없는 소중한 가족이었다. 분명 지금까지. 하지만 장례식장에 도착한 후로 승조는 자꾸 희원이 그와는 생판 남이라고, 가족이 될 수 없다고 소리치는 친척들을 경멸스럽게 지켜보면서도 가슴속에 이상할 만큼 빠르게 피어나는 마음을 모른 척하기 힘들었다.

"대답해 줘. 응?"

승조는 대답해 달라고 울며 떼를 쓰는 희원에게 여전히 아무 말도, 그 어떤 말도 해 줄 수가 없었다.

이해할 수 없는 감정을 느꼈다.

그것은 안심이었다. 자신의 마음을 꼭꼭 감추고 숨기듯 가족이라고만 되뇌고 여겨 온 희원이 진짜 가족이 아니라는 것을 사람들 입에서 낙인을 찍는 것처럼 확인을 받았을 때 그는 그게 다행이라 여겼다.

시간이 흐를수록, 이것이 무엇을 말하고 있는 건지 모르지 않았다. 누구에게도 들키지 않도록 홀로 속박하고 억눌러 왔던 사랑. 심지어 그 자신조차 모르도록.

결코 가족을 향한 사랑이 아닌.

'엄마가 좋아. 희원이가 좋아?'

너는 기억조차 못할 어린 기억의 네가 나에게 했던 질문.

'……희원이가 좋아.'

'그럼 내가 세상에서 제일 좋은 거야?'

그리고 유일하게 솔직할 수 있었던 어린 너에게, 내가 해 줬던 가장 솔직했던 대답.

'그래, 세상에서 제일.'

영원히 함께일 거라고.

오로지 자신만을 향한 가장 완벽하고 무결한 사랑과 애정을 바라는 너와, 언제인지도 모르는 순간부터 이미 온 세상이 네가 된 나.

그건 날 가족이라는 틀 안에 가둔 너와, 그 안에 갇혀 준 채로 있었던 나의 세계 속에 생긴 첫 균열이자 상처였다.

"대답해 줘. 제발."

너와 나는 처음부터 가족이 아니었다. 그러니까 내가 느낀 이 감정들은, 결코 죄가 될 수 없다. 그렇게 스스로에게 되뇌면서도 희원에게서 도망쳐야 한다고 누군가가 머릿속에서 쉼 없이 뇌까리고 있었다.

내가 널 사랑하는 것은 죄가 아니다.

승조는 희원을 가슴 가득히 안아 주면서도 더 이상 그녀에게 솔직할 수 없다는 사실에 절망했다.

❋

아파트 주차장에 차를 주차시킨 후 석일의 전화를 받은 승조는 굳은 표정을 드러내며 차가워진 목소리로 물었다.

"왜 이제야 나타나서 희원이를 흔들어 놓으려는 겁니까?"

— 한동안은 빚에 시달려서 쫓기는 몸이었다고 이야기하더구

나. 도박을 끊으려고 정신과 치료도 제대로 받았고 희원이 엄마가 죽은 후로는 정신 차리고 새 삶을 살아왔다고. 알아보니 거짓은 아닌 거 같은데……. 때가 된 거 같아 유일한 핏줄을 데리러 왔다고, 제발 희원이를 돌려 달라고 비는데 내가 어떻게 그 녀석을 줘. 희원이는 내 딸이고, 네 동생이야.

석일의 목소리 역시 여느 때와 달리 혼란스럽게 이어졌다. 희원은 법적으로 그들과 남이었다. 석일은 영경이 죽은 후 희원을 법적으로 가족의 울타리에 제대로 집어넣지 못했던 것에 스스로를 원망하고 있었다.

영경의 장례식이 끝나고 친척들의 거센 반발에 이어, 영경과의 결혼을 끝끝내 반대하고 등을 돌리셨던 승조의 조부가 희원을 입양하는 것만큼은 결코 안 된다고 끊임없이 말했다.

오래도록 병상에 누워 힘도 하나 없는 목소리로 자신이 죽기 직전까지 계속될 자식 싸움에 더 불을 붙이지 말아 달라 부탁하시는 노인을 석일은 외면할 수 없었다. 그리고 무엇보다 다른 변명을 할 필요도 없이 그때 당시 석일은 제 슬픔에 빠져 어떤 것에도 신경 쓸 수 없는 상태였다.

하지만 희원은 아직 보호자의 울타리가 필요한 미성년의 나이다. 그의 말을 듣는 순간 승조는 아주 오래전부터 어둡고 깊은 늪과도 같았던 자신의 가슴속에서 울컥 치밀어 오르기 시작하는 무언가를 느꼈다.

낮게 그늘진 목소리로 통화를 끝낸 승조는 시트에 잠시 등을 기댄 채 흐트러지는 감정을 다잡았다. 하지만 냉철한 이성은 점차 그의 속을 벗어나고 있었다. 승조는 타들어 갈 것처럼 뜨겁게 변해 가는 마음을 추스르는 것을 포기하고 차에서 몸을 일으켰다.

엘리베이터를 타고 집으로 향하는 내내 그는 머릿속을 지배해 가는 어떤 가능성으로 온몸이 뜨겁게 떨리고 있었다.

현관문을 열고 안으로 들어서자 거실 불은 환하게 켜진 채였다. 진형이 집에 있는 모양이었다.

"이제 들어오는 거냐?"

냉장고에서 주스를 꺼내 마시던 진형이 지금 막 집 안으로 들어온 승조를 반겼다. 외과부터 인턴을 돌면서 며칠을 못 잤을 텐데도 피곤함이나 스트레스가 겉으로 전혀 표출되지 않는 그의 모습에 진형은 천천히 혀를 내둘렀다.

"잠이나 한숨 푹 자고 와라. 아무리 네가 강철 체력이어도 잠이 부족한 건 어쩔 수 없을 거 아냐."

"그래. 수고해라."

진형은 모두 마신 컵을 탁 소리 나게 내려놓고 가방을 챙겨 아파트를 빠져나갔다. 문이 닫히는 소리가 들렸다. 승조는 거실로 몸을 향하며 다시 불을 내뿜기 시작한 휴대폰을 손에 쥐었다.

[희원]
부재중 전화 5건.

모두 희원에게 걸려온 전화라는 것을 눈으로 확인하던 승조는 소파에 앉아 천천히 몸을 기대었다. 뻑뻑하게 느껴지는 눈을 굳게 내리자, 다시 한 번 용서받지 못할 욕망이 그의 전신을 뒤덮었다.

아버지와의 통화를 끝내고 수면 아래에서 조금씩 강하게 떠오르고 있는 것은 제 자신조차 알지 못했던 욕심이었다. 몇 번이고 상상했던, 가족이 아닌 처음부터 다시 시작할 수 있는 관계가 되는 것. 어쩌면 그건 꿈속에서나 생각할 수 있을 법한 상상이 아니라 실제가 될 수 있을지도 모른다.

희원이 그녀의 생부에게 돌아간다면.

가족이라는 굴레를 잘라 낼 수 있다면.

승조가 내뱉는 숨이 뜨거워졌다. 얼마나 이기적인 마음을 갖기 시작한 건지 인지하면서도 절대 사라지지 않을 욕망이라는 것 또한 알고 있었다. 희원에게 전화를 걸던 승조는 갑작스럽게 아파트 문을 쾅쾅 두드리는 소리를 듣고 몸을 일으켰다. 그가 서둘러 현관으로 다가가 문을 열었다.

차가운 바깥바람과 함께 온몸이 싸늘하게 식은 희원이 승조의 얼굴을 확인하고는 그의 품에 안겨 왔다. 승조는 놀란 얼굴로 그녀를 안았다.

"희원아."

승조가 급히 현관문을 닫고 그녀의 어깨를 붙잡아 세웠다.

"연희원!"

"오빠, 도와줘."

'오빠.'

이제는 커 버린 희원의 목소리와 처음 만난 날 들었던 작게 속삭이는 목소리가 환상처럼 겹쳐졌다.

'도와줘.'

그때도 희원은 그렇게 말했었다.

"희원아."

승조가 고개를 낮춰 희원을 깊게 응시했다. 희원은 그의 셔츠 자락을 힘껏 붙잡은 채 간절한 얼굴로 두서없이 말을 시작했다.

"아빠가 그 사람한테 날 보낸대. 그럼 안 되잖아. 내 아빠는 아빠잖아. 아빠랑 오빠가 내 가족인 거잖아. 응?"

"도대체 여기까지 어떻게 온 거야. 아버지한테 말씀도 안 드리고 여기까지 혼자 찾아온 거야?"

"도와줘. 응? 오빠가 아빠한테 말 좀 해 줘. 나 절대 못 보낸다고."

열아홉의 희원은 그 날, 열 살의 꼬마 여자아이보다 더 간절하고 구슬프게 그에게 애원하고 있었다. 부탁하고 어리광을 부리면 언제라도 그가 알겠다며 나서서 해결해 줄 거라고 믿음이 가득한 눈빛으로.

너무도 쉽게 고개를 끄덕여 주던 그는, 이미 어디에도 없는데도.

승조의 대답이 들리지 않았다. 희원은 아무 말 없이 고요히 자신만 응시하는 그가 불안해졌다. 그녀는 다시 그의 품에 파고

들었다.

"왜…… 왜 대답해 주지 않는 거야?"

열망으로 가득 찬, 결코 포기할 수 없는 욕망이 무섭게 이빨을 드러내고 있었다. 그는 이 순간만, 단 한 순간만, 희원의 눈물들을 모른 체하고자 했다. 태어나서 처음으로 갖는 간절한 욕심에 그는 어떤 것도 보이지 않았다.

희원의 눈물조차도.

"가족이잖아. 우리…… 가족이잖아. 응?"

네 아픔들은 항상 오롯이 나의 상처로 자리 잡았는데 이상했다. 네가 그토록 아프게 우는데도, 이제 가족이 아닌 거냐고 울부짖으며 묻는데도, 나는 너에게 도저히 그 어떤 대답도 해 줄 수 없었다.

나는 그 날 분명, 네 아픔보다 내 사랑이 우선이었다.

6.

문을 닫기 전, 희원은 문틈으로 보이는 승조의 표정을 잠시
살폈다.

"너무 놀라서 절 찾아온 모양입니다. 네. 오늘은 여기서 재울
게요."

승조가 욕실에 들어가기 전에 석일과 전화 통화를 하는 소리
가 작게 방까지 들려왔다. 얼마 지나지 않아 거실에 홀로 서 있
던 그가 전화를 끝내는 것을 확인한 희원은 방문을 닫았다. 그
러고는 조금의 주저도 없이 그의 침대로 다가가 몸을 뉘었다.
그에게 안겨서 왈칵 터져 버린 눈물을 하염없이 쏟아 내느라 결
국 진이 빠진 몸이 침대와 닿자마자 접착되듯 축 늘어졌다.

붉게 달아오른 눈가가 아직 가시지 않은 희원은 반듯하게 누
웠던 몸을 옆으로 돌렸다. 몸을 축 늘어트린 채 눈동자만 움직

여 방 안을 살피던 그녀의 입가에 은은한 미소가 걸렸다. 남들이 보기에는 기가 질릴 만큼 깔끔하게 정돈된 방이, 오히려 그가 주인이라는 것을 증명해 주는 것 같아 마음이 편안해지고 있었다.

토끼처럼 충혈된 눈이 넓은 방 안을 떠돌 듯 느릿하게 움직이다가 이내 한곳에서 조용히 멈추었다. 그녀는 천천히 몸을 일으켜 시선이 고정된 자리로 다가갔다.

커다란 책상 위에 말끔히 세워져 있는 두 개의 액자. 왼편에 있는 사진을 집어 든 희원은 그 속에서 환하게 웃고 있는 어린 여자아이를 지그시 응시했다.

"이럴 거면 집에 자주 좀 오든가."

퉁명스럽게 내던진 혼잣말과는 상반되게도 입술은 벌써 부드러운 곡선을 만들어 내고 있었다. 낮에 있었던 많은 일들 때문에 불안함이 극에 달했던 마음이 가까스로 진정이 되는 것 같았다.

겨우 단 하나.

지금 자신이 손에 쥐고 있는 액자 속 사진의 주인공이 열다섯의 연희원이라는 것을 알게 된 것 하나 때문에. 여전히 그에게 가장 소중한 사람은 그 누구도 아닌 자신이라는 말을 들은 것 같아서.

말로는 해 주지 않지만, 승조의 마음이 결코 변하지 않았다는 것을 증명해 주는 유일한 증거를 손에 든 희원은 긴장이 탁 풀리는 것을 느꼈다.

스스로 생각해도 자신의 단순함에 웃음이 터진다. 아까 전, 끝끝내 자신이 원하는 대답을 해 주지 않아 그다지도 야속하고 밉게 느껴지던 그였다. 그런데 그의 책상 위에 소중히 놓여 있는 사진을 보는 순간 확실히 깨달았다.

그는 변하지 않았다.

그리고 앞으로도. 절대로.

항상 그래 왔듯이, 그가 모든 것을 해결해 줄 것이다. 그가 자신을 보낼 리가 없다. 자신이 그렇듯 최승조 역시 연희원이 없으면 살 수 없을 테니까.

아무 걱정 하지 마. 오빠가 다 알아서 해 줄 거야.

이제 다 괜찮아.

그렇게 스스로에게 주문을 걸 듯 속으로 되뇌었다. 한동안 액자를 손에 쥔 채 제 어린 시절의 모습을 바라보던 희원은 다시 침대 속에 들어가기 위해 그것을 내려놓았다. 때마침 거실에서 단조로운 벨소리가 들려왔다. 승조의 휴대폰 벨소리였다.

방문을 열고 나온 희원은 거실 소파에 놓여진 휴대폰을 들었다. 전화는 아직 끊어지지 않은 채였다. 이렇게 늦은 시간, 오빠에게 전화를 걸 사람이 누가 있을까? 괜한 호기심과 그보다 더 큰 불안감이 솟아올랐다. 희원은 긴장된 마음으로 발신자를 확인했다.

[한진형]

너무도 익숙한 이름을 보자마자 탁 하고 맥이 풀렸다. 희원은 작게 한숨을 쉬다가 욕실로 시선을 가져갔다. 승조가 여전히 씻는 중인지 물소리가 이어지고 있었다. 긴장이 풀린 그녀는 짓궂은 얼굴이 되어 통화 버튼을 눌렀다.

— 승조야.

"여보세요? 누구세요?"

— 네, 네?

어른스러운 척을 한껏 하며 새초롬하게 묻는 희원의 목소리에, 진형이 당황한 듯 말을 더듬었다. 그녀는 잠시 휴대폰을 떨어트리고 소리 없이 웃었다.

— 승조 번호 맞는데……? 누, 누구시죠?

"아, 승조 오빠 지금 샤워 중인데요. 급한 일이시면 바꿔 드릴까요?"

— 스, 승조 오빠? 샤, 샤워요?

희원이 만들어 내는 단어들에 경악한 진형이 놀라서 바보처럼 말을 더듬다가 언성을 높여 물었다. 희원은 진형의 그런 순진한 반응이 우습고 재밌어 속으로만 짓던 웃음을 슬슬 밖으로 꺼내 놓았다. 도도했던 목소리와는 다르게 소녀처럼 티끌 없이 맑은 웃음소리가 진형에게 전해졌다.

잠시 멍한 상태로 아무 말도 못하던 진형은 그제야 눈치를 챘는지 으드득거렸다.

— 너 설마 희원이냐?

"내 목소리도 까먹으셨다?"

희원의 대꾸에 진형은 헛웃음을 지었다.

— 넌 어떻게 커 갈수록 여우가 되냐. 아주 어른을 놀려 먹는구나. 어쩐지 말도 안 된다 싶었지. 최승조가…….

여전히 어이없어하며 말을 잇던 진형은 순간 아차 싶었는지 어색하게 입을 닫았다.

"오빠가 뭐?"

— 애, 애들은 몰라도 되는 얘기야.

희원의 추궁에 당황한 진형이 어버버거리며 말을 골랐다. 승조의 휴대폰으로 전화를 하고 그의 음성을 기다리고 있는데 갑자기 들려온 앳된 여자의 목소리에 얼마나 놀랐던지. 거기다가 여자가 나른한 목소리로 '승조 오빠'가 '샤워 중'인데 '바꿔 주겠다'는 소리를 할 때엔 거의 뒤로 넘어가기 직전이었다.

그의 여동생인 희원을 제외하고 그를 친근하게 오빠라고 부를 수 있는 여자는 진형이 아는 한, 단 한 명도 없었다. 그런데 샤워 중인 그에게 지금이라도 전화를 바꿔 줄 것처럼 구는 여자의 자신만만함에 경악하지 않을 수 없었다. 아니, 그가 집에 여자를 데려왔다는 것부터 의심스러운 일이었다.

물론 그가 여자에 전혀 관심이 없다고 해도 욕구가 솟구칠 한창인 남자였다. 다른 친구들은 승조가 여자를 '사귀는' 것에는 관심이 없다는 건 알지만 여자를 '안는' 것까지 흥미가 없지는 않을 거라며 그의 사생활 또한 보통 남자들과 거의 다르지 않을 거라 대충 짐작했다.

하지만 어쩐지 진형은 잘 상상이 가지 않았다. 결벽에 가까울 만큼 완벽한 그가 욕구 때문에 마음에도 없는 여자를 안는다는 것이. 아니, 어쩌면 결벽에 가까울 만큼 완벽한 녀석에게 누군가를 사랑한다는 것은 불가능한 일일지도 모르지.

승조를 원하고 흠모하는 여자들은 셀 수 없었다. 그를 본 여자들은 단 한 번이라도 그를 욕심내지 않을 수 없을 거라고 남자인 진형조차 그렇게 생각할 정도였다. 단번에 모두의 시선을 끌 만큼 잘생긴 외모에 학창시절부터 남달랐던 수재, 의사라는 직업, 거기다가 집안 역시 범상치 않았다.

정재계를 주무르는 거물로 알려진 조부와 그런 조부가 반대한 여자와 재혼하기 위해서, 손에 쥐어질 우리나라 최고 대학병원 병원장 직도 손쉽게 버린 그의 아버지.

승조의 가정사를 전부 알고 있는 진형이 아니더라도 모르는 사람들에게조차 빛과 어둠이 혼합된 것 같은 분위기를 느끼게 하는 그였다. 겉으로는 세상 누구보다 강한 빛을 내뿜으며 모두의 시선을 사로잡았지만 그 눈빛만큼은 이미 돌이킬 수 없는 짙은 어둠에 휩싸여 있었다.

진형은 씁쓸한 미소를 지었다. 가장 친한 친구이자 오래된 친구로서, 승조의 아버지 석일이 희원의 어머니와 재혼하기 전까지 승조가 얼마나 어른들의 무관심 속에 잔인하게 방치되어 왔는지를 알고 있었다.

"진형 오빠!"

오래된 친구에 대한 안타까운 상념에 사로잡힌 진형을 깨운 것은 희원이었다. 그녀는 대답을 멈추고 침묵을 지키고 있는 진형을 계속해서 불렀다.

— 어? 어, 그래. 희원아. 왜?

"있잖아. 혹시 오빠 여자 친구 있어?"

희원은 전부터 묻고 싶었던 질문을 그에게 했다.

— 당연히 있지.

"……있다고?"

결코 듣고 싶지 않았던 대답을 들은 희원의 고운 이마가 좁아졌다. 그걸 아는지 모르는지 진형은 눈치 없게 으스댔다.

— 희원이, 너 이 오빠한테 관심 있었구나? 미안하지만 승조 동생은 나한테도 그냥 동생이야. 이 오빠 여자 친구 언제 한 번…….

"누가 진형 오빠 여자 친구 물어봤어? 우리 오빠 말이야!"

희원이 단단히 오해를 하고 있는 진형에게 쏘아붙이자 그는 머쓱했는지 얕은 기침을 했다. 그러고는 생각난 게 있는지 다시 열을 내며 말을 이었다.

— 희원아. 너 너희 오빠한테 그러는 거 아니다. 네가 그렇게 무섭게 단속하고 그러니까 승조가 학교 다니는 동안 연애 한 번 못한 거 아냐. 아, 물론 못하는 건 아니었겠지만. 아무튼 대학 다닐 때도 학과 동기, 아니 우리 학교 다니는 웬만한 여자들은 다 네 오빠 눈길 한 번 받으려고 난리를 치는데 정작 본인은 집에 처박혀서 공부만 하고. 그것도 꼬맹이 동생 사진이나 책상에 올려 두고.

"누가 꼬맹이라고……."

희원은 투덜거리면서도 입꼬리를 슬쩍 올렸다. 진형은 나름 엄한 투로 나무라는 듯했지만 그녀는 듣고 싶었던 대답을 들은 상황이라 딱히 말대꾸를 하지 않았다.

— 그러니까 네 오빠가 시스터 콤플렉스냐는 소리까지 듣는 거야. 이제 좀…….

점점 진형의 잔소리가 듣기 싫어진 희원은 몸을 일으켰다. 때마침 물소리가 사라지는 소리가 들렸다.

"오빠 다 씻었나 봐. 바꿔 줄게."

희원은 진형의 말을 매몰차게 끊고, 막 샤워를 끝내고 나왔는데도 말끔하게 홈웨어를 갖춰 입은 승조에게 다가가 휴대폰을 건넸다.

"진형 오빠 전화."

의아해하는 승조에게 상대방을 알린 희원은 다시 그의 방으로 향했다. 그녀는 들어오자마자 도로 침대에 털썩 누웠다.

"여자 친구 정도는 사귀어도 되는데."

마음에도 없는 소리를 홀로 내뱉고는 그런 스스로가 못내 우스워 짧게 한숨을 쉬었다. 만약 승조에게 애인이 생긴다 해도 여전히 그에게 가장 소중한 사람은 자신임이 분명했다. 짧고 가벼운 감정의 스침으로 언제든지 마음이 바뀌면 헤어질 수 있는 연인 따위가 아닌, 어렸을 때부터 함께해 오고 앞으로도 평생을 함께할 가족인 자신.

네가 하는 건 평범한 남매애가 아니라고 슬쩍 찔러주던 은수의 목소리가 잠시 주의를 주듯 귓가를 스쳤다.

하지만 애써 그것을 무시하며 그녀는 잠을 청하기 위해 노력했다.

희원은 잠에 빠질 때, 무의식적으로 콧잔등을 찌푸리곤 했다.

침대에 걸터앉은 승조는 자신의 침대에 누워 숨을 고르게 내쉬며 자고 있는 희원을 바라보고 있었다. 어둠으로 잠식된 방 안을 비추는 것은 창문으로 새어 나오는 빛뿐이었다. 그런데도 승조는 희원의 얼굴, 표정, 숨소리, 하나하나가 또렷이 느껴졌다.

이렇게 시간이 흐르는 것도 모른 채 희원이 편안하게 잠든 모습을 지켜보는 것은 오랜만의 일이었다. 예전에는 어떤 거리낌도 없이, 희원이 사랑스럽게 느껴지는 게 당연한 마음으로 그녀를 보았다.

그리고 자신의 감정이 그녀와 다르다는 것을 깨달은 후로는 죄의식에 사로잡혀 더 이상 그녀를 볼 수 없었다. 어릴 때처럼 애정을 퍼부어 줄 수도 없었다. 만질 수도, 바라볼 수도 없었다.

오로지 도망만 쳤다.

그녀에게서. 그녀로부터.

승조의 손이 희원의 매끈하고 둥근 이마를 부드럽게 쓸었다. 잠시 주저했던 손길은 그토록 열망해 온 유일한 사람을 더욱 갈구하는 손짓으로 변해 갔다. 하도 울어서 아직도 붉은 기가 가시지 않은 뺨을 매만지고, 눈물을 쏟아 내던 눈가를 쓸었다. 그리고 얕은 숨을 내쉬고 있는 작고 도톰한 입술도 부드럽게 만졌다. 그녀의 작고 여린 숨이 그의 손가락 사이에 스며든다.

"희원아."

여느 때와 다름없이 부드럽고 조용하게 그녀의 이름을 부른다.

'가족이잖아. 우리…… 가족이잖아.'

깊은 잠에 빠져든 희원은 대답이 없었다. 대신 아까 울며 그에게 애원하던 희원의 목소리가 그의 귓가를 스쳤다.

승조는 한참 동안 그녀가 자는 모습만 바라보다가 자리에서 일어났다. 희원을 볼수록 어느 누구도 포기시킬 수 없는 욕심이 가득하게 자신을 채워 나갔다. 그 열망만큼은 어느 누구도 막을 수 없었다.

나는 너를, 갖고 싶다.

결코 누구에게도, 너를 줄 수 없다.

희원은 십여 년 가까이 살던 자신의 집을 흉물스럽다는 듯이 바라보고 있었다.

승조는 도저히 들어갈 생각을 못하고 집을 바라만 보고 있는 희원의 손을 잡았다. 그녀가 승조에게로 시선을 돌렸다. 경계가 가득 깔렸던 눈이 금세 순하고 애처롭게 변했다. 그녀는 그에게 전하고 있었다.

난 이제 오빠밖에 없어.

믿을 수 있는 사람은 이제 오빠뿐이야.

희원이 말없이 그에게 그렇게 전했다. 그리고 승조는 그녀의 눈을 피했다.

"들어가자."

"……."

"희원아."

승조의 부름에도 희원은 현관 바로 앞에서 발길을 멈춘 채 들어갈 생각을 하지 않고 있었다. 그가 다시 한 번 그녀를 설득하려던 순간, 현관문이 조용히 열렸다. 두 사람 앞에는 물 한 잔 제대로 마시지 못한 듯 메마른 얼굴의 석일이 서 있었다. 석일을 본 희원의 얼굴이 하얗게 질렸다.

"춥다. 어서들 들어와라."

희원은 움직이려 하지 않았다. 석일은 그녀를 보며 십여 년간 쌓아 온 가족이라는 두터운 신뢰를 이미 잃었을지도 모른다는 생각에 절망했다. 승조는 굳어 있는 희원의 어깨를 감쌌다. 그가 그녀를 안은 채 집 안으로 인도하자 그제야 멎었던 걸음이 조금씩이나마 움직였다.

조용하지만 항상 따뜻함이 느껴졌던 거실.

소파에 앉은 후에도 세 사람은 서로 섣불리 입을 열지 못하고 있었다. 약속한 것처럼 무거운 침묵이 감돌았다. 그리고 가장 먼저 그 약속을 깬 건 승조와 희원의 맞은편에 앉아 있던 석일이었다.

"희원이, 네 아버지 집에 다녀왔다."

네 아버지.

그 짧은 단어에 희원은 온몸에 배신감이 몰아닥치는 것을 느겼다. 그녀가 터지는 울음을 가까스로 참은 채 석일을 보았다. 눈물을 겨우 참고 있는 희원을 보자 석일 역시 울컥하는 마음을 주체할 수 없었다.

하지만 해야 하는 말이었다. 지금 미움받더라도 짧은 시간만 참는다면 다시 문제없는 가족이 될 수 있었다. 석일은 마음을 굳게 먹었다. 항상 희원에게 져 주던 부드럽고 자상했던 목소리는 사라졌다. 그는 그라고 여길 수 없을 만큼 단호하게 말했다.

"오랜 시간 이야기를 나눴다."

"내 아빠는……."

희원은 결국 차오르는 눈물을 억누르지 못한 채 석일을 응시하며 말했다.

"내 아빠는 아빠잖아."

"희원아."

"우리 아빠는 최석일이야. 그렇잖아."

"맞아. 아빠는 앞으로도 네 아빠야. 하지만 네 친부 역시……."

석일이 말하는 친부란 단어가 희원의 가슴에 빠르고 깊숙이 생채기를 내고 지나갔다. 희원은 두 귀를 손으로 꽉 막고 싶은 충동이 일었다.

"듣기 싫어. 안 들을래. 왜, 왜 날 버리는 거야? 이렇게 쉽게…… 어떻게……. 가족이잖아. 우리 가족이잖아. 근데 어떻게 날 버리는 거야? 엄마 때문에 억지로, 어쩔 수 없이 날 키운 거였어? 속으로는 날 계속 보내고 싶어 했었어? 내가 계속 귀찮았던 거야?"

"연희원! 그런 말이 어디 있어!"

석일이 처음으로 희원에게 언성을 높였다. 희원의 말에 애써 지켜 오던 담담한 어조를 잃은 지 오래였다.

"아빠도 너 보내기 싫어. 너도 승조랑 똑같은 내 자식이니까. 단 한 번도 남의 자식이라고 생각한 적 없어."

석일이 잠시 울컥 치솟은 목을 가다듬었다.

"하지만 어쩔 수 없는 상황이란 게 있는 거야. 희원아, 아무리 떼를 쓴다고 해도 어쩔 수 없는 일이 있어."

석일은 스스로가 저주스러웠다. 아무리 아버지와 형제들의 반대가 있었어도 법적인 절차를 밟아 희원을 확실히 제 자식으로 만들어야 했었다. 아니면 이런 일은 없었을 것이다. 이렇게 두 손 놓고 자신의 딸을 빼앗기게 되는 일은 없었을 것이다.

빼앗기는 것이 아니다. 자신 역시 희원을 사랑하는 부모이듯, 그녀를 낳아 준 생부 역시 자신의 친딸과 지내고 싶은 마음은 같을 것이다. 그러니 빼앗긴다는 생각을 해서는 안 되었다.

희원의 생부는 도박꾼이었던 과거를 청산하고 지금은 착실히 살아가고 있었다. 지금까지 딸을 잘 키워 줘서 진심으로 고맙다는 말을 전하면서도, 이제부터는 제 핏줄인 희원을 자신이 키우겠다는 마음을 확고히 내비쳤다. 그런 그에게 희원을 넘겨주지 않을 수 있는 방법은 없었다.

"희원아. 아주 잠시만이야. 아주 잠시만 헤어지는 거야. 1년만 참자. 너 성인 되면 그때부터는 우리 가족……."

"참아? 참으라고?"

희원은 약하게 고개를 저었다. 미세한 고갯짓임에도 눈을 가득 메운 눈물이 볼을 타고 흘러내렸다.

"진짜 가족은 될 수 없다고 생각했던 거지? 오빠처럼 진짜 자식은 아니라고 생각했던 거야. 그러니까 이렇게 날 쉽게 포기하는 거야. 그치?"

"넌 내 딸이야. 누가 뭐래도. 승조도, 너도 똑같은 내 자식이야."

"아니야."

희원은 꼭 붙잡은 두 손을 덜덜 떨고 있었다. 애써 무시하고 있었던 두려움에 휩싸인 전신이 떨려왔다.

"아빠는 결국…… 엄마만 사랑한 거야."

"희원아!"

눈물로 엉망이 된 제 뺨을 손으로 문지르며 닦아 낸 희원이 소파에서 몸을 일으켰다. 석일이 다급하게 불러도 돌아보지도 않고 2층으로 뛰었다. 방으로 들어오자마자 억누르고 있던 울음이 터져 나왔다.

희원은 바닥에 주저앉은 채 끅끅거리며 숨도 못 쉬어 가며 울고 있었다. 얼마 지나지 않아 방문이 열리는 소리가 들렸다. 그녀에게로 다가오는 걸음이 느껴진다. 승조였다.

승조는 무릎을 굽혀 희원의 머리를 부드럽게 쓰다듬었다. 그러자 그녀가 기다렸다는 듯이 그의 품으로 파고들었다. 희원은 여전히 눈물로 가득 찬 목소리로 그를 필사적으로 붙잡으며 말했다.

"아빠는 이제 못 믿어. 안 믿을래. 이제 오빠밖에 없어. 오빠가 어떻게든 해 줄 거지? 그렇지?"

"희원아."

"나 가기 싫어. 1년만 참으라는 거 못해. 나."

희원이 승조를 세게 껴안으며 고개를 도리질 쳤다.

"이러다가 우리 정말 남 되면 어떡해? 이러다가 정말로 가족이 아니라 남처럼 살게 되면 어떡해? 나 그럼 못 살아. 오빠, 제발. 응?"

희원이 절대 그렇게 될 수는 없다는 듯 승조의 허리를 붙잡고 애원했다. 내 가족은 여기 있는 두 사람이라고. 최석일과 최승조뿐이라고.

승조의 품에 안겨서 온몸에 있는 수분이 다 마를 때까지 하염없이 울어 대던 희원은 지쳐서 우는 것조차 버거워졌을 때야 비로소 눈물이 멎었다. 승조는 희원의 축 늘어진 가녀린 몸을 안아 들었다. 멍한 얼굴로 시야가 흐릿해진 그녀가 그에게 몸을 맡겼다.

희원을 침대에 눕히자 그녀가 승조의 손을 붙잡은 채 놔주지 않았다.

"희원아."

"같이 있어 줘."

이불을 어깨까지 덮어 주고 이마를 쓸어 넘겨 준 승조는 불안이 짙게 깔린 검은 눈동자를 응시했다. 혹시라도 그가 갈까 그의 팔을 꼭 잡고 놓아주지 않는 희원이었다.

승조의 눈빛이 무섭게 짙어졌다. 희원에 대한 자신의 감정을 알아챈 이후로 그는 더 이상 그녀의 이런 어리광을 받아 줄 수 없었다. 평소 같았으면 그녀를 차갑게 나무랐을 그는 이번에는 말없이 침대에 누워 그녀를 안아 주었다.

"버리지 않을 거지?"

희원은 승조의 셔츠 자락을 생명줄처럼 꼭 붙잡은 채 오랫동안 우느라 갈라진 목소리로 물어 왔다.

"오빠는 절대로…… 절대로 나 버리지 않을 거지?"

고집스럽게 느껴질 만큼 끊임없이 그녀는 물었다. 승조는 대답 대신 희원의 이마에 입을 맞추었다.

나는 절대, 널 버리지 않아.

네가 없으면 살 수 없는 건 나야.

승조는 그렇게 말하듯 그녀의 이마에 입술을 새긴다. 희원이 그제야 안심한 듯 목소리가 점차 희미하게 흐려졌다.

승조는 그녀와 몸을 조금 떨어트렸다. 잠에 취해 가는 희원의 얼굴을 깊게 응시했다. 아까부터 지친 기색이 역력했던 그녀는 얕은 숨을 쉬며 점차 수마에 빠져드는 듯 보였다.

미열이 있는 희원의 뺨을 부드럽게 쓸던 승조는 자신의 감정이 서서히 변해 온 것처럼 아주 천천히, 하지만 깊게 그녀에게 입을 맞추었다.

희원이 작게 내쉬는 숨이 그의 입술로 스며들었다. 어렸을 적 그가 어린 희원의 이마에 해 주었던 작은 입맞춤도, 그녀가 쪼르르 다가와 장난스럽게 그의 뺨에 했던 가벼운 키스도 아니었다.

그의 입술에 완전하게 맞닿은 그녀의 부드러운 입술.

마치 연인처럼 느껴지는.

승조는 지금 이 순간, 모든 것이 변하는 것을 느꼈다. 희원이 잠들지 않았다 해도 이제는 전부 상관없었다. 가슴속이 엉망으로 형체도 없이 썩어 들어갈지언정 감정을 감춘 채 덮어야 한다고 애써 무시하고 참아 온 것들이 그의 안에서 전부 산산조각으로 부서지고 있었다. 오래도록 억눌려 있던 자신이 머릿속에서 끊임없이 외친다.

이제는 참지 않아도 된다고. 이제는 전부 드러내도 된다고.

자신의 감정이 희원을 혼란스럽게 하더라도, 희원을 상처 주게 되더라도 말할 것이다. 보여 줄 것이다. 그의 썩어 들어간 가슴은 이미 이성을 잃고 그녀의 아픔이 아닌 자신의 오래된 상처만을 보고 있었다. 이런 지독하고 이기적인 생각을 하는 스스로가 마치 다른 사람처럼 느껴졌다.

하지만 그럼에도 평생을 가질 수 없다고 생각했던 희원을 사랑할 수 있다면, 사랑을 말할 수 있다면, 그는 정말 무엇이라도 할 수 있을 것 같았다.

"오빠……?"

희원의 눈가가 바르르 떨려 왔다.

믿을 수 없다는 듯, 믿겨지지 않는다는 듯, 세상 어느 누구에게도 들리지 않을 희미한 목소리였다. 희원이 작게 떨리는 목소리로 그를 불렀다. 혼란스러움에 여전히 눈을 뜨지도 못 한 채 온몸을 깊게 떨고 있었다.

'오빠는 절대로…… 절대로 나 버리지 않을 거지?'

승조는 잠시 입술을 떨어트리고 말했다.

"사랑해."

낮게 젖은 음성이 희원의 입술 사이로 스며들었다.

그가 전하는 그 말을 그토록 좋아하고 기뻐했던 희원은 한없이 흔들리는 눈을 한 채 그를 보았다. 이리저리 안쓰러울 만큼 애처롭게 흔들리는 눈동자가 그의 눈앞에 있었다. 그리고 그는 조금의 흔들림도 없이 오래도록 억누르고 억눌러 왔던 감정을 전했다.

"사랑해, 희원아."

승조는 그 말을 끝으로 희원의 입술을 깊게 삼켰다. 부드러운 입술이 뜨겁게 겹쳐지고 서로의 숨결이 닿는다. 그녀는 거부도, 허락도, 그 어떤 몸짓도 하지 못한 채 그에게 모든 것을 맡기고 있었다.

동생이 아닌, 여자로 느껴 온 너에게 하는 입맞춤.

계속해서 무시하고 외면하고 있었던 너의 물음에 내가 할 수 있는 유일한 대답이었다.

7.

어제 이후로 희원은 단 한 번도 눈을 마주쳐 주지 않았다.

그 때문에 석일은 자꾸 애가 탔다. 이제 당분간 제대로 얼굴 보기도 힘들 텐데, 이렇게 헤어진다는 것이 착잡하고 안타깝기만 했다.

"희원아."

대답을 기대한 부름은 아니었다. 하지만 다행스럽게나마 희원은 아주 희미하게나마 목소리를 들려주었다.

"……응."

"귀찮다고 밥 거르지 말고 잘 챙겨 먹어. 네 친아버지가 어련히 잘 챙겨 주겠지만. 조금만 참는 거야. 1년만 고생하면 대학생 되니까 공부도 소홀히 하지 말고. 승조 있는 서울에서 대학 다니고 싶다고 했잖아."

푸른 기가 맴도는 이른 새벽.

승조는 차에 시동을 걸고, 등을 진 채 두 사람의 이별을 기다리고 있었다. 석일은 잠시 하던 말을 멈추었다. 여전히 자신을 외면하는 희원을 보자 가슴이 미어졌다.

"아빠가 미운 것도 이해해. 서운하고 배신감을 느낀다 해도 전부 아빠 잘못이고."

"……."

"그래도 희원아. 우린 가족이야. 절대 쉽게 끊어질 리 없는. 아빠는 희원이 네가 다시 이 집으로 돌아오는 거…… 언제까지고 기다릴 테니까."

석일이 안타깝다는 듯 말을 이었다.

"아빠 얼굴 안 보고 갈 거니? 정말로?"

희원은 고개를 숙인 채 여전히 묵묵부답이었다.

"희원아."

"……."

"같이 살지 않아도 우린 항상 가족이야. 가족이 잠시 떨어져 있다고 남이 되는 게 아니잖아. 보고 싶으면 언제든 보러 오고. 목소리 듣고 싶으면 전화도 자주 하면 되고."

"아빠."

희원이 계속 내리깔고 있었던 눈동자를 들어 석일을 고요히 응시했다. 석일은 희원의 공허한 눈동자를 보는 순간 가슴 깊은 곳에서 무언가가 잘못되고 있다는 불안감이 꿈틀거리는 것을 느꼈다.

이게 최선이다. 그렇게 스스로를 납득시키고 있던 마음이 어쩐지 조금씩 금이 가고 있었다.

"아빠는 내가 바보 같지?"

"희원아."

"고작 1년인데. 1년만 참으면 되는 건데 뭘 이렇게 징징거리나 싶지? 뭘 이렇게 세상 무너지는 것마냥 구는 건가 싶지?"

석일은 암담한 얼굴로 어떤 대답도 못했다.

"아빠는 후회하지 않을 자신이 있는 거지? 아빠가 생각하는 답이 아마 정답이겠지. 아빠는 어른이니까. 내가 바보같이, 멍청하게 구는 게 어리고 철없고 이상한 거겠지. 분명. 그렇지?"

제발 버리지 말아 달라고 울며 악을 쓰던 어제와는 달랐다. 희원의 목소리는 건조했고 무감정했다. 석일은 차라리 어제처럼 그녀가 울고 소리치기를 바랄 정도였다.

"근데 아빠."

"……."

"세상이 무너졌어. 정말로. 나한테는."

희원은 우는 것도 지친 듯 보였다. 그녀는 작은 목소리로 말을 이었다.

"날 버리는 게 아니라고 했지?"

"희원아."

"아빠는 날 버리는 게 아닌데, 그게 정말 맞을 텐데……. 나는, 난 지금 버림받고 있어. 그런 기분이야. 그런 기분을 느껴. 내가."

희원의 앞에서 보이지 않기로 다짐한 눈물이었다. 그 참고 참아 왔던 눈물들이 결국 희원의 조용한 원망에 솟구쳤다. 그런 석일을 뒤로하고 희원은 승조의 차로 다가갔다.

그의 차에 오르자 승조는 잠시 희원의 얼굴을 살피고는 시동을 걸어 차를 움직였다. 룸미러로 석일의 모습이 비쳐지다가 이내 아득하게 멀어졌다.

❀

승조는 생각보다 쉽게 영경에게 어머니란 호칭을 쓰기 시작했었다.

석일도, 영경도 걱정한 것에 비해 새로 만들어진 가족의 울타리에서 겉돌지 않고 함께하려 하는 그의 모습을 보면서 놀랐고, 또 무척이나 안심했다. 아직 어린 희원은 새아빠인 석일을 좋아하며 쉽게 따랐지만, 이미 커 버린 열일곱의 남자아이가 처음 보는 영경을 어머니로 여기고 잘 따라 줄 거란 기대는 두 사람 모두 쉽게 하지 못했었다.

그건 전부 희원의 덕분이라는 것을, 굳이 소리 내어 말하지 않아도 알고 있었다.

"승조 왔니?"

강릉에 도착해 집으로 들어가자 그를 반기는 소리가 들려왔다. 승조는 온화하고 상냥한 목소리의 주인이 있을 부엌으로 향했다.

보글보글 찌개가 끓는 소리, 규칙적으로 들리는 도마 소리.

영경이 만들어 내는 소리는 전부 마음을 편안해지게 만들었다.

"다녀왔습니다."

"그래. 오느라 고생했어. 공부하느라 많이 힘들었지?"

처음 만났을 때만 해도 사춘기를 겪을 나이의 승조를 어떻게 대해야 할지 갈피를 못 잡아 곤란해하던 영경이 이제는 오히려 그의 친부인 석일보다 더 그를 걱정하고 챙기는 사람이 되어 있었다.

"괜찮아요. 감기는 다 나으셨어요?"

"나았지, 그럼."

이제는 얼굴에 조금씩 가느다란 주름이 생기기 시작하는 영경이 부드럽게 웃었다. 나이가 들어 가면서 더욱 기품이 흐르고 우아한 분위기를 풍기는 그녀였다.

6년이란 세월을 함께했다.

별것 아닌 것 같은 일상이 쌓이고 쌓여 만들어 낸 세월은 사람을 변화시키고 관계를 변화시켰다. 자신을 꼭꼭 가둔 채, 제 아버지에게조차 마음을 걸어 잠그고 살아가던 승조가 6년 전까지만 해도 완벽한 타인이었던 영경을 걱정하고 안부를 묻는다.

영경은 때때로 그런 변화가 기적처럼 다가왔다. 결코 이룰 수 없을 거라 낙심하고 포기했던 행복한 가정이었다. 희원에게 줄 수 없을 거라고 절망했던 완벽한 가족이 꿈이 아닌 그녀에게 주어진 현실이었다.

"희원이는요?"

승조가 여느 때와 다름없이 본가에 도착해 짐을 풀기도 전에 희원의 위치를 물었다. 영경은 벽에 걸린 시계를 확인했다.

"지금쯤 학교 끝났겠다. 좀 있으면 비가 올 것 같던데, 아침에 우산 챙기라고 그렇게 말했는데 결국 까먹고 안 가지고 간 거 있지? 저녁 얼른 짓고 데리러 갈 참이었어. 승조한테 부탁해도 되니? 아마 희원이는 오빠가 데리러 가는 걸 더 좋아할 것 같은데."

영경이 짐짓 장난스러운 미소를 지으며 말했다.

"네. 제가 데리러 갈게요."

"희원인 오늘도 너 못 오는 줄 알아. 많이 우울해하던데 가서 깜짝 놀라게 해 줘."

대학을 다니고 있던 서울에서 가족이 살고 있는 본가까지 그리 가까운 거리는 아니었지만, 승조는 시험이 있는 주를 제외하고는 매주 주말마다 집에 오기 위해 노력했다.

희원이 항상 전화로 보고 싶다며 조르는 탓이기도 했지만 그역시 잠깐이라도 그녀를 직접 봐야 마음이 놓였기 때문이다. 희원이 항상 선수를 쳐서 그렇지, 일곱 살 어린 동생이 보고 싶어아무리 몸이 피곤해도 꿋꿋이 본가에 향하는 것을 보면 어쩌면보고 싶어서 참지 못하는 마음은 그가 더 위일지도 모른다.

다음 주까지 승조가 시험기간이라고 알고 있는 희원은 이번주말에도 오빠를 보지 못한다는 사실에 잔뜩 풀이 죽어 있었다. 오늘 아침만 해도 희원이 밥을 먹는 둥 마는 둥 하던 것을 떠올린 영경은 살포시 웃으며 그에게 곱게 접힌 우산을 건네주었다.

오후부터 비가 내릴 거라는 일기예보를 승조 역시 보았다.

하지만 아침부터 구름 한 점 없이 맑기만 한 하늘을 확인하고는 예보가 틀렸을 거라는 생각을 했었다. 그런데 아닌 모양이었다. 희원의 학교를 가는 동안, 빗방울이 조금씩 그의 어깨에 떨어져 내렸다. 너무 희미해서 잘 느끼지 못하고 있었던 비가 조금씩 굵어져 우산이 없으면 안 되겠다 싶을 정도가 되었다. 우산을 펼쳐 쓴 승조는 더 걸음을 빨리하기 시작했다.

조금씩 질퍽질퍽해지는 땅을 계속 걷자, 희원이 다니는 중학교가 점차 선명하게 다가왔다. 승조는 휴대폰을 꺼내 들어 희원에게 전화를 걸었다. 휴대폰을 만지던 중이었는지 통화음이 두 번을 넘기지 못하고 낭랑한 목소리를 들려주었다.

— 오빠!

"아직 학교지?"

— 응. 시험 다 끝난 거야?

"그래."

— 아, 진짜 좋다. 엄마가 오빠 공부하는 데 방해된다고 참으래서 전화도 못하고 있었단 말야. 언제 와? 피곤해? 이번 주에는 못 오는 거야?

희원이 숨도 쉬지 않고 질문을 연이어 던졌다. 승조는 그런 그녀가 귀여워 대답할 생각은 못하고 웃기만 했다.

교문 안으로 들어선 승조는 주변을 살피다가 학교 건물 밖에

서 휴대폰을 귀에 가져간 채 비가 얼마나 오는지 가늠하고 있는 희원을 발견했다. 그녀는 손을 앞으로 쭉 뻗어 점차 굵어지는 빗줄기를 확인하고 있었다.

"비 오는데 우산은 있어?"

— 없어. 나 비 맞고 가야 돼. 내일 감기 걸릴지도 몰라. 걱정되지? 집에 오고 싶지? 와야겠지?

말투가 진짜 감기라도 걸리기를 바라는 듯한 목소리였다. 승조가 엄해진 목소리로 그녀를 타일렀다.

"너 감기 걸리면 오빠한테 혼나."

— 전화로는 안 혼날 거야. 와서 직접 혼내.

고집스럽게 내뱉는 말들이 다시 그를 웃음 짓게 만든다.

— 어?

앞에 보이는 희원이 옆에 선 친구의 눈짓에 그가 있는 곳으로 시선을 돌렸다. 우산을 쓰고 그녀를 바라보고 있는 그와 시선이 닿았다. 그렇게 가까운 거리는 아니지만 희원의 눈동자가 놀라서 크게 확대되는 것만은 또렷이 보였다.

"거짓말."

희원이 읊조린 말을 감탄사로 들었는지, 옆에 서 있던 친구가 추임새를 넣었다.

"진짜 잘생겼지?"

친구의 시선이 운동장 쪽에서 학교 건물 쪽으로 걸어오고 있는 승조에게서 떨어질 줄을 몰랐다. 그것을 느끼자 희원은 마음에 안 든다는 듯 앙증맞은 코끝을 찡긋거렸다.

"여기 졸업생인가? 쌤들 찾아온 건가 봐. 진짜 멋있다. 말 걸어 볼까?"

"우리 오빠야."

"응?"

"나 우산 없어서 데리러 온 거라구."

목소리에 묘한 날이 섰다.

자꾸 승조에게 과한 관심을 가지려는 친구에게 어쩐지 친절하게 대꾸할 수가 없었다. 중학교 2학년 때부터 마음이 잘 맞아 친하게 지내던 친구인데, 한 번도 느낀 적 없는 경계심마저 느껴졌다.

승조를 동경 어린 먼 시선으로 바라보는 사람들은 많았다. 그녀 역시 그가 남들에게 시선을 한 몸에 받는 것을 뿌듯해하고는 했는데, 간혹 지금 자신의 옆에 있는 친구처럼 누군가가 욕심이 서린 눈으로 그를 바라보면 희원은 두려울 정도로 불안해졌다.

마치 그를 다른 사람에게 빼앗길 것 같은 불안감이었다. 부모님이 혀를 내두를 정도로 승조에 대한 집착이 심하다는 것을 희원 스스로 역시 잘 알고 있었지만, 안다고 해서 그게 고쳐지는 것은 아니었다.

"진짜 너희 오빠야?"

하지만 다행스럽게도 희원의 뾰족한 목소리를 눈치채지 못한 친구는 그녀의 말에 놀랐는지 눈을 깜박거렸다.

"응. 잘생겼지?"

희원 역시 스스로의 당황스러울 정도로 유치하고 우스운 질투심을 깨닫고 재빨리 아무렇지 않은 척 장난스럽게 으스댔다.

"고등학교 때도 인기 엄청 많았어. 공부도 잘해. 지금은 의대생이고. 학교에서도 만날 1등만 한다?"

"그래? 근데 넌 왜 그래?"

"뭐야!"

"1등 오빠가 있는데, 연희원 성적은 왜 그러냐고."

"웃긴다! 저번 시험만 잠깐 망한 거거든? 전체 성적으로 따지면 내가 너보다 석차 높은 거 몰라?"

금세 투덜거리며 평소와 같이 장난을 쳤다. 희원은 친구의 짓궂은 농담에도 그다지 기분 나쁜 기색이 아니었다. 좋아하지 않는 비조차 고맙게 느껴졌다. 지금, 멈추지 않고 자신에게로 걸어오고 있는 승조 때문이었다.

"너희 엄마가 네 오빠 낳을 때 공부 유전자를 다 쓰셔서 그랬나?"

친구는 여전히 희원을 놀리는 게 재밌는지 킥킥거리며 농담을 했다. 하지만 그녀의 마지막 말에 희원의 표정은 알게 모르게 굳어졌다.

"너희 오빠 이름 뭐야?"

희원은 조그맣게 대답했다.

"……승조."

"역시 이름도 멋있다."

승조는 어느새 희원과 그녀의 친구가 서 있는 건물까지 다가왔다.

"안녕하세요."

"안녕. 희원이 친구구나."

친구에게 나름 다정하게 인사하는 승조를 희원이 뾰로통하게 바라보았다. 별로 살가운 성격도 아니면서 동생의 친구라고 신경을 써 주는 것이 왠지 모르게 못마땅하다. 자신을 위해서라는 걸 뻔히 알면서도.

"희원아, 얼른 가자."

"응."

희원은 친구에게 인사를 하고 승조의 우산으로 들어갔다.

"언제 온 거야?"

우산을 든 승조의 한쪽 팔에 팔짱을 낀 희원이 물었다.

"방금. 집에 들렀다가 너 아직 학교라고 해서 데리러 온 거야."

"피곤한데 뭐하러. 집에서 쉬고 있지."

"연희원이 언제부터 이렇게 배려가 깊었어?"

승조는 희원의 말이 영 믿기지 않는다는 듯 짧게 웃었다. 부모님 앞에서도 조금은 딱딱하다 싶을 만큼 예의를 지키는 그가 이렇게 실없는 농담을 하며 긴장을 푸는 건 희원만 있을 때였다.

하지만 승조의 장난스러운 목소리에도 소용없이 희원의 표정은 점점 우울함으로 뒤덮여 가고 있었다. 희원이 대꾸도 않고 고개는 푹 숙인 채 걷기만 하자 승조가 의아한 듯 그녀에게 물었다.

"희원아, 학교에서 무슨 일 있었어?"

"연희원."

"어?"

"난 연희원이잖아."

희원이 의미 모를 말을 했다. 승조는 잠잠히 그녀의 말을 들었다.

"친구가 오빠 이름이 뭐냐고 물어서 승조라고 했어."

'연승조? 역시 이름도 멋있다.'

"성이 다른 게 너무 싫어."

희원이 울 것 같은 얼굴로 진저리를 쳤다.

"희원아."

"그런 건 아무 상관도 없는 건데. 그치? 우린 진짜 가족이니까, 그런 건 상관없는 거잖아. 나 너무 바보지?"

어두웠던 목소리를 애써 지워 내며 희원이 웃었다. 순간 승조는 어쩐지 가슴속이 꽉 눌린 듯 답답해졌다.

왜지?

자신 마음속의 질문을 계속 이어 갈 새는 없었다. 불안에 떠는 희원을 달래는 것이 그의 가장 우선이었으니까.

"맞아."

"……."

"연희원은 내 가족이야. 세상에서 가장 소중한 내 동생."

두 사람이 걸을 때마다 발에 닿는 빗소리가 크게 울렸다.

승조의 말에 희원이 다시 활짝 웃는다. 언제나처럼 빛을 가득 담은 얼굴로 환하게. 그의 어두웠던 가슴속마저 환해지도록. 하지만 어쩐지 승조는 지금 이 순간, 그녀와 마주한 채 웃어 줄 수 없었다. 그리고 깊은 곳에서 떠오르려 하는 의문을 습관처럼 다시 봉인했다.

덮어야 한다.

있을 수 없는 일이니까.

그조차 모르는 그가 속을 짓눌렀다. 이유는 여전히 찾을 수 없었다.

❀

차는 새벽빛을 가르고 조용하지만 빠르게 달렸다. 희원은 말없이 차창 밖을 응시하고 있었다. 얼마간의 침묵을 깨고 희원이 처음으로 입을 열었다.

"어디로 가는 거야?"

공허하게 느껴지는 서늘한 물음.

운전대를 잡고 있던 승조의 손에 몸이 떨릴 만큼 힘이 들어갔다. 어렸을 때부터 희원이 아파하며 울 때면 그는 항상 그 배 이상으로 아팠다. 지금 역시 그랬다. 희원이 아픈 만큼, 그 이상으로 그는 속이 썩어 나가고 문드러졌다.

희원이 아프더라도 자신의 사랑을 위해 그것을 무시하기로 마음을 먹은 지금, 바로 지금조차도 그랬다. 하지만 우는 것조차 못하게 된 무감각한 얼굴의 희원을 마주하자 승조는 더한 고통은 없다 믿었던 것이 전부 우스워졌다.

"너희 아버지 집."

희원은 차창에 향해 있던 고개를 다시 앞으로 하고 좌석 시트에 기대었다. 그녀는 희미한 목소리로 중얼거렸다.

"거짓말."

무감하기 위해 노력하던 것이 점차 흐트러지는 듯 희원의 입술은 애처로울 정도로 바르르 떨려 오고 있었다.

"서울에 있는 오빠 집으로 가는 거지? 나 다른 사람한테 못 보내잖아. 오빠 그렇게 못하잖아."

"……."

"내가 제일 소중하다고 했잖아. 공부보다, 아빠보다, 엄마보다 더…… 내가 세상에서 가장 소중한 사람이잖아. 오빠한테."

결국 잘만 억누르고 참아 온 울음들이 너무도 쉽게 원망의 말에 섞여 들었다. 엉망이 된 목소리가 조용했던 차 안을 무겁게 감쌌다. 승조는 어떤 대답도 해 줄 수 없었다.

얼마 지나지 않아 새벽의 푸른빛은 점차 사라져 가고 있었다.

완전한 아침이 될 때까지 차를 달려 희원의 친부가 사는 집 앞에 도착할 수 있었다. 석일에게서 받은 사진에서 본 집이 승조의 눈에 들어왔다. 승조는 희원을 응시했다. 그녀는 말하는 것조차 힘들어 보이는데도 애써 입을 열었다.

"계속 함께해야 하는 거잖아. 우리, 가족이니까. 가족이니까……. 오빠랑 난 가족인데…… 도대체 왜……."

희원의 말이 두서없이 섞였다.

하지만 승조는 그녀가 뜻하는 말이 무엇인지 알고 있었다. 감정을 더 이상 감추지 않기로 한 채, 그녀에게 했던 어제의 입맞춤. 희원은 그것을 원망하고 질타하고 있었다. 하지만 승조의 얼굴에는 어떤 후회도, 미안함도 들어 있지 않았다.

승조는 잔인할 만큼 단호하게 말했다.

"가족이 아니니까."

"오빠!"

희원의 눈빛이 절망의 색으로 서서히 물들어 갔다.

"나한테 너, 가족 아니야. 오래전부터 동생이 아니라……."

"하지 마."

"동생이 아니라 여자였어."

희원이 주체할 수 없을 정도로 덜덜 떨리는 손으로 자신의 두 귀를 막았다. 그의 말을 들어서는 안 된다. 무슨 일이 있어도 지금 그가 하려는 말을 들어서는 안 된다. 희원은 그렇게 다짐한 듯 귀가 짓눌릴 정도로 손에 힘을 주고 눌렀다.

"제발…… 하지 마. 그런 말."

어젯밤, 그녀에게 닿았던 그의 입술.

그의 뜨거운 숨과 체온이 아직 그녀에게 남아 있었다. 말도 안 되는 일이었다. 어쩌면 꿈일지도 모른다. 희원은 승조가 자신에게 키스한 것이 믿어지지도 않았다. 아니, 믿고 싶지 않았다.

'사랑해.'

'사랑해, 희원아.'

세상에서 가장 믿어 왔던 것이 힘없는 모래성처럼 스르르 무너져 내린다. 희원은 그것이 두려워서 참을 수 없었다. 그녀에게 사랑을 말한 그는 마치 다른 사람 같았다. 무서웠다. 그를 잃을 것만 같았다.

"제발 부탁이야. 더 이상…… 말하지 마."

희원은 어제 자신에게 사랑한다 고백했던 그를 떠올리며 애원했다. 하지만 승조의 낮고 깊은 목소리는 흔들림 없이 잔혹하게 그녀의 귓가에 새겨졌다.

"넌 더 이상 가족으로 곁에 둘 수 없어. 그러고 싶지 않아. 아주 오래전부터 널 사랑해 왔으니까."

"오빠, 제발……."

"내가 너를 사랑하니까."

귀를 막은 채 사시나무처럼 떨고 있던 희원의 몸이 일순 고요하게 멎었다. 그녀는 눈물을 뚝뚝 떨구며 운전석에 앉은 그를 노려보았다.

"그런 말 해 버리면…… 정말로 가족일 수 없게 되잖아."

석일을 원망하며 울 때와는 차원이 달랐다. 배신감이란 말로도 다 채울 수 없는 눈동자였다. 희원의 눈은 세상이 사라지는 것처럼 잿빛으로 물들고 있었다.

"그래."

가족일 수 없다.

그게 널 이토록 상처 주면서까지 내가 간절히 바라던 것이었으니까.

"다 거짓말이야. 내가 제일 소중하다고 한 거 전부 거짓말이었던 거야."

승조를 원망스럽게 노려보던 눈동자가 일순 자취를 감췄다. 희원은 그를 외면하듯 앞을 보았다. 그녀의 절망감이 모두 느껴져 그의 심장을 아프게 짓눌렀다.

"날 가장 소중하게 생각했던 게 아니야. 오빠는 결국 오빠 자신이 제일 소중한 거야. 그래서 이렇게 날 버리는 거야."

오빠가, 오빠의 사랑이 제일 중요해서.

희원의 말에 승조는 단호히 고개를 저었다.

"나한테 가장 소중한 건 내가 아니라 너야. 지금도, 앞으로도."

"거짓말."

희원은 고개를 저은 후 차 문을 열었다. 아직 이른 아침이라 차가운 공기가 싸늘하게 두 뺨을 감싼다. 온몸을 채운 두려움과 분노가 섞인 열기가 아직 희원에게 있었다. 그래서 추위는 더 뼛속까지 스며들었다. 그녀는 마지막으로 뒤를 돌아 그를 바라보았다. 서로를 외면할 수밖에 없었던 두 눈이 마주쳤다.

승조는 그녀와 눈이 마주친 순간, 가슴이 산산조각으로 완전히 부서지는 것을 느꼈다. 희원의 눈에는 절망만이 담겨 있었다. 끝까지 그를 믿으려고 노력했던 그녀의 눈에는 모든 것을 포기하고 절망으로 가득 채워져 있었다.

"희원아."

"오빠는 날 버리는 거야."

희원은 그 말을 끝으로 그에게서 등을 돌렸다. 차 문이 서늘한 소리를 내며 닫혔다. 승조는 어떤 행동도 하지 못한 채, 걸음을 내딛는 희원의 뒷모습만 응시하고 있었다. 쓰러질 듯 아슬아슬하게 걷고 있는 그녀의 모습이 점점 작아지고 희미해져 갔다. 무언가가 발밑으로 전부 무너지는 것만 같았다.

서로만이 전부였고, 서로만을 원했던 세계가 처음부터 없었던 것처럼 처절하게 무너져 내리는 소리가 들렸다. 승조는 그럼에도 희원을 붙잡지 않았다. 그의 손은 뼈마디가 하얗게 튀어나올 정도로 운전대를 꽉 쥐고 있었다.

'날 가장 소중하게 생각한 게 아니야.'

네가 없으면 모두 잿빛으로 물들어 버리는 세상 속에서, 그럼에도 나는 한없이 잔인해질 수 있었다.

'오빠는 날 버리는 거야.'

나에게 전부인 널 영원히 갖기 위해서라면.

8.

    고풍스럽고 세련된 현대식 한옥인 조부의 집은 고래 등처럼
커서 보는 것만으로도 사람을 압도하는 분위기가 있었다.

    승조는 초인종을 누르고 잠시 기다렸다. 이 집의 열쇠도 받았
고, 현관 비밀번호 역시 알고 있었지만 열고 들어갈 생각은 애
초에 없었다. 얼마 지나지 않아 이 집에서 오랫동안 일 해 온
입주 도우미의 목소리가 인터폰을 통해 들려왔다. 그가 대답했
다.

    "승조입니다."

    대문이 열렸다. 정원을 지나는 승조의 걸음은 느리지도 빠르
지도 않았다.

    그가 집 안으로 들어서자 조부가 안방 문을 열고 지팡이를 짚
은 채 굽은 등을 꼿꼿이 세우며 나오고 있었다. 승조는 누가 봐

도 고개를 끄덕일 만큼 예의 있고 정중하게 그에게 인사를 드렸다. 하지만 그 모습이 조부는 영 마음에 안 든다는 듯 살짝 혀를 찼다.

"앉거라."

상석에 자리한 조부는 승조가 앉자마자 꼬장꼬장한 분위기와는 다르게 그의 손부터 덥석 잡았다.

"할아버지."

조부는 5년 전 패혈성 쇼크로 집중 치료실에 입원했던 당시, 본인이 정말로 죽음을 앞두고 있다고 생각했었는지 자식들이 병원 면회시간에 찾아오기만 하면 유언에 가까운 말들을 전했었다.

그리고 그때 그가 했던 말들이 진심이라는 것을 아는 자식들은 석일을, 정확히는 승조를 경계하고 질투했다. 그렇지 않아도 조부가 자식들과 손주들 중 유독 승조를 편애한다는 것을 알고 불편해하던 상황에서 그가 그의 막대한 유산들 중 거의 대부분을 승조에게 물려줄 심산이란 것을 깨달았기 때문이다.

정작 승조 본인은 그런 것들에 일말의 관심도 없었지만, 조부도 친척들도 그의 의사는 신경 쓰지 않았다. 조부는 유일하게 믿고 있는 승조에게 자신이 일군 것들을 무조건적으로 물려주고 싶어 했고, 친척들은 절대적으로 반발했다.

"열쇠도 줬건만 어째 매번 손님처럼 들어와."

조부의 날카로운 두 눈매와 사람을 찍어 누르는 듯한 압도적인 분위기는 세월에 져서 꽤나 부드럽고 물렁물렁해져 있었다.

승조의 손을 힘껏 잡고 있던 조금 야윈 손이 이제는 그의 어깨와 팔을 툭툭 다정하게 두드렸다.

"얼마 만에 네 할애비 집에 오는 건지 알고는 있는지 궁금하구나."

"죄송합니다."

"죄송은. 됐다. 일 바쁜 거 뻔히 아는데. 늙은이가 그냥 섭섭해서 한 말이지."

조부는 다시금 승조의 얼굴을 찬찬히 살폈다. 객관적으로 본다고 해도 자식들 중 유독 더 훤칠하고 잘생긴 아이였다. 이제 아이라는 말은 어울리지 않는다는 것을 안다. 남자다움이 물씬 풍기는 스물여덟의 어엿한 성인이니까.

하지만 그에게 승조가 나이를 먹고 안 먹고는 그리 중요하지 않았다. 어미에게도, 아비에게도 품어지지 못한 채 어린 나이부터 혼자인 법을 배워 가던 그 작고 가여운 아이가 여전히 그의 가슴속에 남아 있었다.

"얼굴이 좋지 못하구나."

언제나 예외 없이 사람들의 시선을 단번에 사로잡는 손주의 외모와 특유의 분위기는 예전과 다를 바 없었지만 그는 모르지 않았다. 석일의 재혼 이후, 처음으로 사람들에게 마음을 열고 다가가기 시작한 승조가 다시 원래의 그 시절, 그 외롭고 아픈 꼬마 아이로 돌아왔다는 것을. 어둠으로 깊어진 두 눈동자가 그것을 증명했다.

처음으로 사람들에게 마음을 열기 시작했다, 라.

조부는 홀로 쓰게 웃으며 고개를 저었다. 승조는 여전히 누구에게도 마음을 열지 않았다. 어린 시절의 상처는 그렇게 쉽게 치유되지 않는다. 가족에게 받은 상처이기에 가족을 포함한 누구도 제 깊은 마음속에 들여보내 주지 못했다. 석일도, 그도 짐작만 할 뿐 승조의 가슴이 얼마나 어둠으로 뒤덮여 있는지 확인할 길이 없었다.

　단 한 사람, 오로지 그 아이만이 승조의 온 마음을 채우고 있겠지.

　"아닙니다."

　"희원이 때문이냐?"

　표정을 숨기는 데 능숙한 승조의 얼굴이 솔직하다 싶을 만큼 빠르게 굳어졌다.

　"너답지 않구나."

　조부의 장난에 가까운 질책에도 그는 '희원'이란 이름을 들은 것만으로도 수많은 감정이 교차하는지 제대로 입을 열지 못했다.

　"나는 그 아이가 싫다."

　"할아버지."

　차갑다고 느껴질 만큼 담담했던 승조의 눈빛이 그 한마디로 적을 경계하는 짐승처럼 매섭고 거칠어졌다. 조부가 희원에게 해코지를 할 수도 있다는 예상을 빠르게 그려 낸 모양이었다. 그 본능적이고 절대적인 감정이 그의 마음을 꺼내 본 듯 여실히 느껴져 조부는 인상을 찌푸렸다.

"네 아버지가 데려온 희원이 친모를 반대한 것도, 희원이를 입양하겠다는 네 아버지 말을 묵살한 것도 전부 내 욕심 때문이었다. 그리고 나중에 승조 네 마음이 그 아이에게 있다는 걸 알고 차라리 다행이라 여겼지. 너에게 또 소중한 것을 빼앗을 뻔했으니까. 나와 네 아버지가 말이다."

"……."

세상 모든 사람들의 조아림을 받아 오던 조부는 이 순간 매우 약해 보였다. 그가 씁쓸하게 웃으며 말을 이었다.

"그런데 어쩌면 가족으로 묶여 있게 만드는 게 더 나았을지도 모르겠구나."

그는 승조가, 승조의 마음이 두려웠다.

"승조 네 눈빛을 볼 때마다 그런 생각이 들었다. 너는 그 아이를 잃으면 살 수 없을지도 모른다고."

사람에게, 삶의 전부인 사랑이 얼마나 위험한지 모를 수 없었다. 승조가 그랬다. 워낙 바라는 것도, 욕심도 없는 그에게 모든 것을 발밑에 던져 주어도 그는 단 하나만을 보고 그 하나만을 원했다.

"그 아이가 네 마음을 받아들이지 못하면, 그 아이가 네가 아닌 다른 사람을 선택하면, 그 아이가 혹시라도 잘못되면…… 그 아이로 인해 네가 망가질 게 내 눈에 전부 보이는구나. 희원이 그 애의 마음 하나로 네 모든 삶이 죽기도 하고 살기도 하는 모습이 내게는 전부 보여."

승조는 아무 말 없이 조부가 하는 말을 들었다. 조부는 그런 그를 보며 작게 한숨을 쉬었다.

"더 늦기 전에라도 너에게 그런 위험한 짓은 그만두라고 할 생각이었다. 이미…… 늦었는데 말이지."

"……."

"이미 넌 희원이 그 아이가 없으면 살 수가 없어."

어쩌면 승조를 부르기 전부터 알고 있었을지도 모른다.

"넌 앞으로 계속 그 애를 잃을까 걱정하며 살아가야 해. 가족이라면 그럴 필요가 없지. 그 아이를 가족이라는 굴레에서 빼낸 것을 나중에 후회하지 않겠느냐."

후회?

승조는 마른 웃음을 보였다. 자신이 어떤 선택을 했어야 맞는 답이었을까.

조부에게 인사를 드리고, 고래 등 같은 집을 나오면서 승조는 스스로에게 끊임없이 되물었다. 희원을 친부의 집에 보내고 2년이라는 시간이 흐르는 동안 찾고 찾아 헤매던 답이었다.

내가 널 어떻게 해야 했을까.

이제 대학교 2학년이 될 희원은 1년 반 전, 그를 찾아 잠시 병원에 온 뒤로 아직 연락이 없었다. 그에게 기다림이란 형벌을 선고한 채 그녀는 그를 벌주고 있는 것일지도 모른다. 그가 그녀를 보지 않고 살아갈 수 없다는 것을 모를 리 없는 그녀가.

'오빠는 날 버리는 거야.'

버림받았을지도 모른다. 그녀가 아닌, 그가.

두려움보다 더한 감정으로 전신이 마비될 것처럼 무감각해진다.

너에게 버림받는다면 난 어떻게 해야 할까.

나는, 살 수 있을까.

'승조 네 눈빛을 볼 때마다 그런 생각이 들었다. 너는 그 아이를 잃으면 살 수 없을지도 모른다고.'

그럼에도 승조는 자신이 한 선택에 후회하지 않았다. 또다시 그때로 돌아간다 해도 그는 자신이 똑같은 선택을 했을 거라는 확신이 있었다. 세워 둔 차에 올라탄 그는 시트에 등을 기대고 낮은 한숨을 쉬었다.

갖지 않으면 미칠 것 같고, 잃는다면 죽을 것 같았을 뿐이다.

해답 따위는 애초부터 없었던 거다. 승조는 희원을 보낸 이후부터 생긴 사라지지 않는 이명 속에서 깊이 눈을 감았다. 숨이 잘 쉬어지지 않을 만큼 속이 답답했다.

"하."

낮은 한숨을 내쉰 그는 바지 주머니에서 작은 떨림을 느꼈다. 묘한 기분에 사로잡혀 급히 눈을 떠 휴대폰을 찾았다. 진동이 흐르고 있는 휴대폰 화면을 보자 그는 제 손 안에 든 그것을 힘껏 움켜쥐었다. 금방이라도 사라질 것 같은 감각을 손에서 놓치지 않겠다는 듯이.

희원에게서 온 전화였다.

지윤은 아직도 떨어질 것처럼 아린 팔을 애써 주물렀다.

한시를 다투는 응급 상황이 겨우 갈무리가 된 지 얼마 지나지 않은 시간이었다. 중환자실은 이제 슬슬 안정을 되찾고 있었다. 하지만 두 시간 전만 해도 원내 방송으로 황급히 내려온 의료인들의 날카롭고도 정확한 지시와 해당 환자의 보호자의 울부짖음으로 정신이 없을 지경이었다.

수술을 끝내고 중환자실로 내려온 환자가 갑작스럽게 심정지 상태를 보였고 지체 없이 CPCR(Cardio-Pulmonary cerebral resuscitation, 심폐소생술)이 시행되었다. 막노동이나 다름없는 컴프레션(흉부 압박)은 가장 막내 의사인 인턴들의 몫이었다.

중환자실 인턴을 돌고 있는 지윤이 제일 먼저 Cardiac arrest 환자를 발견하고 곧바로 흉부 압박을 시행했다. 갈비뼈를 부러뜨릴 만큼 강하게 힘을 줘서 압박하는 일이었다. 초반에는 컴프레션 체인지를 할 사람이 부족해 그녀는 두 번은 더 그 막노동을 해야 했다.

아직도 후들거리는 팔이 무색하게도 환자는 가망이 없었다. 인공호흡기를 단 채 생명은 연명하고 있었지만 벌거벗은 몸에 피투성이가 되어 압박으로 배가 불룩하게 튀어나와 기계에 연명해 숨만 쉬고 있는 그녀를 지윤은 살아 있다고 생각할 수 없었다.

지윤은 씁쓸한 얼굴을 감추지 못하고 그 환자를 보다가 이내 다른 환자의 침상으로 다가갔다. 내과 3년차 선배가 잡아 놓은 C-line(Central Venous Line, 중심 정맥관) 삽입 부위를 소독하고 있자 곧이어 그녀를 부르는 목소리가 들렸다.

"차지윤!"

"네?"

지윤이 의아한 얼굴로 침상에서 고개를 들었다. 지금 막 중환자실로 들어온 심장내과 오현재 교수가 그녀에게 먼저 알은척을 해 왔다.

"아, 교수님. 안녕하십니까."

"잘 지내지?"

"네."

지윤은 오 교수에게 깍듯하게 인사를 한 후, 그의 옆에 서 있는 승조를 보았다. 승조를 보기 위해 봤다기보다는 스스로가 원망스럽게도 저절로 시선이 그에게로 향했다.

"아까 CPR 터져서 고생 좀 했겠어?"

"아닙니다."

승조가 조용히 눈인사를 해 준다. 어떤 친근함도 친밀함도 들어 있지 않은, 그저 누구에게나 해 줄 수 있는 그 눈빛조차 그녀는 마음이 설레었다. 설렌다는 말로는 부족할 만큼 심장이 뛰었다.

"차지윤이는 어디 지원할 거야?"

PTCA(Percutaneous transluminal coronary angioplasty, 경피적 관상동맥 성형술)를 마치고 ICU로 내려온 환자의 상태를 확인하던 오 교수가 그녀에게 물어 왔다. 그녀는 대답하려던 자신의 입술 끝이 떨리는 것을 깨닫고 잠시 기다려야 했다.

"내과로 와. 넌 외과 체질은 아닌 거 너도 알지?"

지윤의 의대 지도 교수이기도 했던 오 교수가 친근하게 말했다. 지윤은 겨우 떨림이 잦아든 입술을 열었다.

"네. 내과 지원하려구요."

조금 쑥스러운 얼굴로 희미한 미소도 지을 수 있었다. 지윤은 그가 어떤 표정을 짓고 있을지 궁금해졌다. 자신을 짝사랑해 왔다 고백했었던 후배가 자신의 과를 지원한다는 것에 아직도 포기하지 않았나 하는 의문이라도 들까? 당황하는 마음이라도 생겼을까? 그저 궁금했다.

의대 재학 중에 결국 자꾸만 커져 버리는 마음을 참지 못하고 그에게 고백했었다. 그리고 잔인할 만큼 간단하고 쉽게 거절당했다는 것도 잊지 않고 있었다. 하지만 지윤은 그럼에도 그가 포기가 안 되었다. 스스로가 이토록 구제불능 같고 등신 천치 같았던 적은 없었다.

뭐든 제 뜻대로, 제가 하려는 의지대로 살아왔던 삶 중에 최승조는 유일하게 그녀의 뜻대로 되지 않는 사람이었다. 그의 마음이 자신에게 오는 것을 기다리느니 자신의 마음이 변하는 것이 더 빠를 거라는 것을 머리로는 분명히 인지하고 있었다. 하지만 가슴은 여전히 그를 향해 뛰었다.

그녀는 승조의 표정을 살폈다. 무감하다 못해 냉담한 얼굴이 그녀의 가슴을 송곳처럼 찌르고 들어왔다. 그리고 다시 깨닫는다. 그는 아무리 시간이 지나도 그녀를 사랑할 수 없다는 것을. 머저리 같은 심장은 이 사실을 반복적으로 학습하면서도 그를 보는 순간, 모든 것을 완벽하게 잊는다.

그에게 단 한 번만이라도 사랑받을 수 있기를, 꿈꾸게 만든다.

"이번 우리 과 여자 전공의 지원율이 다른 때보다 더 높을 것 같군."

오 교수가 빙그레 웃으며 한 말에 아차 싶었던 지윤의 얼굴이 빨갛게 달아올랐다. 두 사람이 중환자실을 빠져나가고 지윤은 드레싱 카트에 물품을 내려놓으며 제 마음속을 훤히 드러내 보였던 것이 창피해 낮게 한숨을 쉬었다.

"지윤."

"네, 선생님."

스테이션에 배치된 컴퓨터 앞에 앉아 EMR(전자 의무 기록)을 보고 있던 서경이 지윤에게로 다가왔다.

"네가 은근 엄청 순정파였구나?"

"네?"

"예과 때부터지? 그럼 도대체 몇 년이야?"

승조의 동기인 서경을 지윤은 솔직한 심정으로 많이 부러워하고 질투했었다. 승조의 절친인 진형의 오랜 연인이라는 것이 한몫을 하겠지만 6년이 넘는 세월 동안, 승조를 지켜본 지윤이 알기에 그가 유일하게 친하게 지내는 여자가 서경뿐이었다. 자신은 한 걸음도 곁에 다가갈 수 없는 남자와 일상처럼 시간을 보낸다는 것만으로도 질투가 일었다. 순간 지윤은 스스로가 웃겨서 참기 힘들었다.

그런 주제에 참도 포기가 되겠어. 차지윤.

"거기다가 최승조 따라서 전공의 지원까지. 네가 햇수 면에서는 그 많은 애들 제치고 1등이겠다. 정성 면에서도 뭐, 뒤지지 않지."

"내과 지원하는 거, 선배 때문만은 아니에요."

"그래, 알아. 근데 어제였나? 준희가 승조한테 고백했다는 소식은 들었어?"

지윤의 입가에 억지로 짓고 있던 흐릿한 미소조차 사라졌다. 그의 대답이 예상이 가면서도 혹시나 하는 불안감이 그녀의 마음을 휘젓기 시작했다. 그녀의 솔직한 반응에 서경은 한숨을 쉬며 급히 덧붙였다.

"물론 그 녀석 답은 뻔하고."

"마음에 둔 사람이 있는 것 같았어요."

승조에게 마음을 전했던 날은 아직도 선명하게 그녀의 기억 속에 남아 있었다. 그것을 떠올리며 지윤이 자신도 모르게 속삭였다. 그러자 서경 역시 고개를 끄덕였다.

"준희 걔는 울면서 아예 대놓고 물어봤대. 왜 받아 줄 수 없냐고."

"……"

"네 말대로, 사랑하는 사람이 있다고 했다더라. 아주 오래전부터 사랑하고 있는 사람이 있다고."

자신이 혼자 그럴 거라 짐작하고 있는 것과 그의 입에서 직접 나온 말을 전해 듣는 것은 차원이 다른 아픔을 가져다주었다.

정말로 가망이 없구나.

사랑하는 사람이 있다. 그에게는. 비집고 들어갈 틈은 애초부터 없었다는 생각에 지윤은 애꿎은 입술만 짓이겼다.

짐을 챙기는 희원의 손길은 더뎠다가 빨라졌다가 다시 느려지기를 반복했다. 그런 희원의 변덕스러운 손길을 아는지 모르는지 현정이 고개를 갸웃거렸다.

"희원아. 근데 너 저번 여름방학 때는 기숙사에 있지 않았어? 겨울방학 때는 집으로 가는 거야?"

"응. 이번엔 가려고."

현정은 희원과 같은 과 동기이자, 대학교 1학년 기숙사 생활을 함께해 온 룸메이트였다. 희원의 대답에 현정은 수긍하며 작게 고개를 끄덕였다. 현정의 미적지근한 반응에 희원이 짐을 챙기다 말고 뒤를 돌아보았다.

"왜?"

현정이 잠시 고민하는 얼굴을 하다가 이내 하고 싶은 말을 털어놓았다.

"그게 사실은…… 너 가족하고 사이 안 좋은 줄 알았거든."

그녀가 이렇게 무례할 만큼 직접적으로 말을 꺼내는 이유는 두 사람 모두 돌려 말하는 화법을 싫어하기도 했고, 함께 살면서 서로 잘 맞는 구석이 많아 다른 동기들보다 유별나게 더 친해진 까닭도 있었다.

"저번 방학 때 한 번도 집에 안 가고, 학기 중일 때도 가족하고 연락하는 거 한 번도 못 봤으니까. 물론 나 없을 때 했을 수도 있지만."

그녀의 말에 희원은 살짝 어깨를 으쓱거렸다.

"맞아. 사이 안 좋은 거."

희원은 씩 웃으며 크게 부풀어 오른 짐 가방을 어깨에 걸쳤다. 다른 짐들은 이미 며칠 전 강릉에 있는 석일의 집으로 모두 부친 뒤였다.

"넌 시험 내일 끝난댔지?"

희원의 질문에 현정이 기운 빠진 한숨을 쉬며 고개를 끄덕였다.

"응. 룸메는 짐 다 챙겨서 나가는데 난 아직 시험공부나 해야 한다니. 억울하다."

"하나 남은 거 그래도 잘 봐."

"그래야지. 지금 나가는 거야? 같이 가자. 매점에서 간식 좀 사 와야겠어."

"그래."

내일이 되어야 기숙사를 나가는 현정은 가볍고 편안한 홈웨어 차림에서 얇은 카디건을 하나 대충 걸쳤다. 그리고 그와 대조적으로 희원은 두터운 코트와 목도리로 몸을 중무장하다시피 한 채 엘리베이터 앞에 섰다.

두 사람은 엘리베이터를 얼마 기다리지 않고 1층으로 내려올 수 있었다. 기숙사 로비를 무심히 걷던 현정은 옆에서 나란히 걷고 있던 희원이 사라지자 의아한 듯 뒤를 돌아보았다. 걸음을 멈춘 채 기숙사 바깥문에 멍하니 시선을 주고 있는 그녀가 보였다.

현정은 여자 선배들에게 건방지다는 소리를 가끔 들을 만큼
딱 부러지고 도도한 희원이 흐릿하고 불안한 시선을 하는 것이
의아했다. 처음 보는 모습이기도 했다.

현정은 희원의 눈을 따라 시선을 밖으로 돌렸다. 기숙사 현관
앞에 대어 있던 차 운전석에서 이십 대 중후반으로 보이는 남자
가 내리고 있었다. 그녀는 잽싸게 희원에게로 다가갔다.

"혹시 아는 사람이니?"

호기심이 가득한 현정의 질문에 희원은 작게 읊조리듯 대답
했다.

"……응."

"엄청 잘생겼다. 누군데? 네 친오빠야?"

"어?"

현정이 무심코 한 질문에 희원의 눈동자가 고요하게 떨렸다.
그녀는 잠시 뜸을 들이다가 이내 고개를 저었다.

"아니."

"아, 그럼 애인이겠구나. 어? 근데 너 저번에 동기애들이랑
술 마셨을 때 남자 친구 없다고 하지 않았어? 몰래 사귀던 남
자?"

친오빠?

애인?

승조를 칭하는 호칭들이 어색하게만 느껴졌다. 무엇보다 그는
자신에게 어떤 존재라고 확실하게 대답할 수 없었다.

최승조와 연희원.

부모님의 재혼으로 어린 시절 가족이라는 이름으로 인연을 쌓았지만 성도 다르고 피 한 방울 섞이지 않은 완벽한 남. 완벽한 가족이 되기를 꿈꾸었지만 고작 단 한 마디로 쉽게 가족이란 성이 무너져 내릴 수 있는 사이.

오빠가 아닌 남자로서 자신을 사랑한다고 그가 고백한 그 순간부터 견고한 듯 보였지만 틈이 많았던 성은 완전히 허물어졌다.

그래. 우리는 더 이상 가족이 아니야. 이제 결코 가족이 될 수 없지.

"모르겠어."

"모르겠다니?"

그 말에 현정은 잠시 고개를 갸우뚱하더니 곧 푸시식 바람 빠진 웃음소리를 냈다.

"아직 애인은 아니고 밀고 당기기라도 하고 있나 보네? 맞아? 근데 벌써 집까지 데려다 줘? 그것도 강릉까지? 이건 거의 사귀기 딱 직전이라고 봐야 맞겠네."

"……."

"그 많은 동기들, 선배들한테 눈길 한 번 안 주고 도도하게 굴던 연희원이. 다 이유가 있었네? 그나저나 왜 비밀로 한 거야? 너무 멋있어서 애들 보여 주기 싫어서 속인 거야?"

현정이 장난스러운 미소를 보이며 속삭인다. 희원 역시 작게 웃었다.

"그럴지도 모르지."

"근데 뭔가 너답지 않다. 넌 뭔가 애인 앞에서 군림할 것 같은 스타일인데 말이지. 뺏길까 봐 불안해?"

희원은 입을 다문 채 대답하지 않았다. 희미한 웃음으로 대답을 넘기자 현정 역시 더 걸고넘어지지 않았다.

"아, 얼른 가 봐. 기다리실 텐데."

현정이 그녀에게 손을 흔들고는 지하에 있는 매점으로 향했다.

희원은 잠시 그 자리에 서서 자신의 구두를 내려다보았다. 일주일 전에 새로 산 반짝반짝 빛이 나는 에나멜 구두. 그것을 보자 기숙사를 나서기 전에 아닌 척 자꾸 화장을 고치고 옷매무새를 신경 쓰던 자신이 함께 떠올랐다.

우습다. 자조한 희원이 다시 걸음을 움직였다. 승조에게 더욱 예쁘게 보이고 싶어 하던 마음은 돌연 갑자기 생긴 것이 아니었다. 언제나 그랬다. 언제나 예뻐 보이고 사랑스러워 보였으면 했다. 승조가 자신만을 바라볼 수 있도록, 자신만을 사랑할 수 있도록. 언제나 빛이 나고 싶었다.

유리문을 열고 기숙사 밖으로 나오자 차에 기대어 있던 승조와 눈이 마주쳤다. 깊이를 알 수 없는 서늘하고도 그윽한 눈. 그녀가 좋아했던 그 눈빛으로 여전히 그는 그녀만을 바라보고 있었다.

지금의 그는 분명 어린 시절부터 자신이 알아 온 그와 하나도 변하지 않은 것 같은데, 그건 오로지 자신만의 착각일 것이다. 그는 변했다. 그는 그녀를 더 이상 가족으로 생각하지 않는다.

그녀를 여자로 여긴다고 말했었다. 사랑한다고, 가족이 아닌 여자인 그녀를 사랑한다고 고백했었다.

'사랑해.'

그는 나를 사랑한다.

'사랑해, 희원아.'

2년 전 그녀의 입술에 대고 속삭이던 그의 목소리가 아직 사라지지 않고 있었다. 그녀의 입술에, 선명하게 남아 있었다.

그렇다면 나는?

내 마음은 어떻지?

희원이 스스로의 마음 깊은 심연 속에 질문을 내던진 채 고요히 그를 응시했다.

승조는 그런 희원을 바라만 보다가 움직일 생각이 없어 보이는 그녀에게로 천천히 다가갔다.

희원의 흐릿한 눈빛을 확인하자 가슴 부근이 다시 저릿하게 아파 왔다. 잃고 싶지 않아 그토록 마음을 졸이고 자신에게 돌아올 그녀를 기다리며 하루하루를 버텨 나갔다.

승조는 저절로 희원의 보드라운 뺨을 만지기 위해 손을 뻗었다. 하지만 그의 손은 그녀에게 완전히 닿지 못하고 내려졌다. 2년 전 크게 배신감을 느꼈을 희원이라 애가 타면서도 그녀에게 조심스러울 수밖에 없었다.

"이리 줘."

승조는 짐을 달라는 듯 손을 내밀었다. 하지만 희원은 여전히 말을 잃은 사람처럼 멀뚱히 그만 보며 서 있었다. 승조가 그녀의 어깨에 메여 있는 가방을 제 손으로 가져와 뒷좌석에 실었다. 그 자연스러운 모습에 희원이 피식 웃으며 말했다.

"2년 만…… 아니구나. 1년 반 만에 보는 건데 나보다 가방이 먼저인가 봐?"

희원의 장난기가 섞인 말에 승조의 굳은 입매도 조금 부드러워졌다. 어느 정도 긴장이 풀리는 것 같았다. 희원이 자신을 어떻게 대할지, 어떻게 변했을지 두려워서 자신도 모르게 긴장하고 조급해하고 있었다.

승조는 퉁명스러운 희원의 대답에도 불구하고 그녀를 돌려세워 힘껏 끌어안았다. 희원이 투정을 부리듯 그의 어깨를 때렸다.

"오빠는 예전에도 그랬잖아. 나 몇 년 안 봐도 전혀 아무렇지 않아 했잖아."

희원은 그가 그녀를 향한 감정을 인식하고 애써 그녀의 존재를 외면해 왔던 날들을 힐난하고 있었다. 적어도 이제는 그 이유를 그녀도 알게 되었으니 변하지 말라며 마냥 불안에 떨지는 않을 수 있었다.

"정말로 내가."

"……."

"아무렇지도 않았을 것 같아?"

희원을 살며시 떨어트려 눈을 마주친 승조가 낮아진 목소리로 되물었다. 그녀를 향할 때만 유일하게 부드러워지는 갈색빛 눈동자가 어둠으로 너울지고 있었다. 그녀가 곁에 없는 순간순간을 살면서 얼마나 깊고 무서운 어둠 속에 갇혀 있었는지 그가

눈으로 이야기하고 있었다. 희원은 그 모습을 볼 수 없어 고개
를 푹 숙였다.

"추워."

"그래. 얼른 타."

희원의 춥다는 말 한 마디에, 승조가 곧장 조수석 문을 열어
그녀를 차 안으로 이끌었다.

히터로 따뜻한 기운이 퍼져 있는 차 내부에 들어서자마자 희
원은 곧바로 두터운 코트를 벗어 버렸다. 희원의 손에 의해 뒷
좌석에 놓여진 감색 코트가 그녀의 커다란 짐 가방 위에 아슬아
슬하게 올려졌다.

곧이어 운전석에 올라탄 승조는 잠시 희원을 보다가 부드럽
게 차를 출발시켰다. 차 안은 고속도로에 진입할 때까지도 무거
운 침묵만이 감돌고 있었다. 쉼 없이 달리는 내내 승조는 룸미
러로 희원의 안색을 살폈다.

"전화 안 받아?"

희원의 휴대폰이 진동으로 울리는 소리에 승조가 조용히 물
었다. 승조의 말에 희원이 휴대폰 액정을 확인하더니 잠시 주저
하다가 전원을 껐다.

멈추지 않고 달리던 차는 중간에 휴게소로 들어섰다. 주차장
에 차를 세운 승조는 옆에 있는 희원에게 물었다.

"배고프면 뭐 사다 줄까?"

"배는 안 고픈데. 좀 있으면 아빠랑 저녁도 먹어야 하고."

희원은 창밖을 응시하고 있었다. 그녀의 시선을 따라가듯 눈

을 옮긴 승조는 그녀가 무엇을 보고 있었는지 알고 엷게 웃었다.

"사 줄까?"

"뭘?"

"솜사탕. 너 좋아했잖아."

희원은 헛웃음을 지으며 고개를 저었다.

"아직도 어린애인 줄 알아? 그냥 마실 것 좀 사다 줘."

승조는 고개를 끄덕이고 차 밖으로 나갔다. 편의점에 들어선 그는 생수와 그녀가 자주 마시던 음료수 몇 개를 골랐다. 계산을 마치고 곧장 차로 향하려던 걸음이 편의점 앞에서 멈춰졌다.

꼬마아이들이 둘러싸고 있는 솜사탕 기계에 시선을 고정한 그는 피식 웃으며 그곳으로 다가갔다. 하얀색, 노란색, 분홍색, 색색의 솜사탕들이 예쁘게 포장되어 있었다.

'눈이다!'

'눈?'

'오빠, 꼭 눈 같지?'

막대를 한 번 휘저을 때마다 흰색의 솜뭉치로 감싸이는 모습을 신기하게 바라보던 어린 희원이 떠올랐다. 그녀가 해맑은 얼굴로 했던 말들도.

솜사탕이 꼭 눈 같다며 말갛게 웃던 모습이 그의 안에 선명했다.

플라스틱 컵에 담긴 솜사탕을 하나 산 승조는 주차장으로 가는 걸음을 빨리했다. 1년 반을 지독하게 버틴 주제에 우습게도

142

참을 수 없을 만큼 지금 당장 그녀가 보고 싶었다.

막 열아홉이 된 희원을 그녀의 생부에게 보내고 그녀가 스무 살이 되면 자신과 석일에게 곧바로 돌아올 거라고 그는 굳게 믿고 있었다. 그가 희원이 없으면 살아갈 수 없듯이, 자신이 없으면 살 수 없다고 버릇처럼 말하던 희원을 믿었기 때문이다.

갑작스럽게 전한 그의 감정이 혼란스러워도 분명 그녀는 그를 버리지 않을 거라고, 마지막엔 그를 이해해 줄 거라고, 그녀 역시 그가 아니면 안 될 거라고. 그렇게 불안하게 뛰는 심장을 다잡아 가며 희원을 기다렸다.

하지만 성인이 된 희원은 생부도, 두 사람도 선택하지 않았다. 희원은 열아홉 살 여름, 병원까지 그를 찾아왔던 날 이후로 1년 반이 지나는 시간 동안 단 한 번도 그를 찾지 않았다. 그리고 그에게는 그렇게 가슴속에 지독한 갈증이 채워지지 않는 긴 기다림이 시작되었다.

피가 마르고 가슴이 타들어 가도 희원을, 희원의 마음을 기다려야 했다. 대학에 들어가 기숙사에 살기 시작하면서도 끝끝내 연락을 하지 않았던 그녀를 하염없이 기다릴 뿐이었다.

일이 끝나고 희원이 살고 있는 기숙사 근처까지 찾아간 적은 수도 없었다. 안 그래도 부족한 개인 시간을 모두 투자했을 정도였다. 같은 서울 아래에 살면서 너무나도 쉽게 만날 수 있는데도 그러지 못하는 것은 더없는 고통이었지만 그녀를 재촉할 수 없었다. 그녀에게 시간이 필요하다면 기다려야 했다. 영원히 기다리라고 하면 그럴 생각이었다. 버림받을까 봐 두려움에 떨고 있는 것은 그녀가 아닌 그 자신이었다.

차로 다가간 승조는 조수석이 비어 있는 것을 깨닫고 주변을
둘러보았다. 그녀의 모습이 어디에도 보이지 않았다. 1년 반 동
안 느껴 왔던 불안감이 다시 빠르게 온 혈관을 타고 흐른다. 희
원이 다시 자신의 곁을 떠났을지도 모른다. 아니, 어쩌면 전부
자신의 착각이었을지도 모른다. 1분 전만 해도 제 곁에 있었던
희원의 모습이.

승조는 두려웠다.

이제야 겨우 숨이 쉬어지고 살아 있다는 것을 느끼고 있었다.
오로지 희원 때문에. 조부의 말이 모두 맞았다. 그는 더 이상 희
원이 없으면 살 수 없었다. 아니, 처음부터 그랬다. 그녀의 존재
가 정말 환상일지도 모른다는 생각에 사로잡혀 머릿속조차 새하
얗게 타들어 가는 기분이었다.

승조는 다급한 손길로 조수석을 벌컥 열어젖혔다. 바로 뒷좌
석에 올려진 희원의 짐 가방과 감색 코트가 곧 그의 눈에 들어
왔다.

"하."

승조는 참아 왔던 숨을 몰아쉬었다. 정신이 이상해지고 있는
것 같았다. 아니, 어쩌면 자신이 미쳐 있는 것은 아주 예전부터
였을 것이다. 사랑을 뒤따라온 광기가 그를 이미 뒤덮고 있는
건지도 모른다. 그 짧은 순간, 희원이 없다는 사실에 예민하다
못해 병적으로 굴던 스스로가 기이하게 느껴졌다.

허탈한 미소를 짓던 그는 뒷좌석 문을 열었다. 그녀가 이곳

에, 자신의 곁에 있다는 것이 미치도록 안심이 되어 뻣뻣하게
긴장되어 있던 몸을 겨우 추스를 수 있었다. 희원은 아마도 코
트도 입지 않고 화장실이라도 간 모양이었다. 승조는 더위도 추
위도 잘 타는 그녀가 이 추운 날씨에 겉옷도 안 걸치고 밖에 나
간 것이 염려되어 코트를 집어 들었다.

툭.

희원의 코트를 꺼내 든 승조는 무언가가 바스락거리며 땅바
닥으로 떨어지는 소리를 들었다. 코트 주머니에서 떨어진 것을
줍기 위해 승조가 허리를 굽혔다. 바닥에 떨어진 얇은 비닐 포
장지를 집어 든 그의 눈빛이 순간 어느 때보다 차갑게 굳어졌
다. 그의 손아귀에 피도 안 통할 만큼 강한 힘이 실렸다.

"오빠?"

화장실에서 돌아온 희원이 승조의 뒤에서 의아한 얼굴로 그
를 불렀다. 승조가 몸을 돌려 희원을 보았다. 처음 보는 온몸이
떨려 올 만큼 싸늘한 눈빛이 그녀를 향했다. 그녀는 그의 손에
쥐어진 것을 확인하고는 입을 다물었다.

잠시 가만히 서 있던 희원 역시 굳은 얼굴로 다가와 그의 손
에 들린 코트와 비닐을 낚아챘다. 그가 다시 그녀를 매섭게 노
려보는 것이 느껴졌다.

그녀는 눈을 피한 채 먼저 차에 올라탔다. 뒤이어 승조가 굳
은 얼굴로 운전석에 올랐다. 차 안은 아까와는 비교조차 되지
않는 차가운 정적이 흐르고 있었다.

다시 차가 강릉을 향해 빠르게 달려가고, 희원은 승조가 편의

점에서 사 온 것들을 확인했다. 비닐봉투를 열자 음료수들 사이에 있는 솜사탕이 보였다. 희원이 조용한 목소리로 입을 열었다.

"이제 어린애 아니라고 했잖아."

아이들이나 먹을 법한 솜사탕을 꺼내 든 그녀가 짧게 웃었다. 하지만 승조에게서 들려오는 대답은 없었다. 희원이 잠시 한숨을 쉬었다.

"왜 화내는 거야?"

"……"

"콘돔 때문에 그래?"

운전대를 잡은 승조의 손이 분노로 떨려 왔다. 희원의 도전적인 말투에 차에 탄 내내 입을 다물고 한 마디도 하지 않고 있었던 승조가 시린 어조로 그녀를 불렀다.

"연희원."

"말했잖아? 나 이제 어린애 아니라고. 왜 갑자기 나한테 화를 내는 건데? 미성년자도 아니고, 이런 거 하나 갖고 있는 게 무슨 문제인데? 아, 남자 피임도구라서? 피임약이었으면 괜찮았어?"

숨이 막힌다.

목 한쪽이 비틀린 듯 숨이 제대로 쉬어지지 않았다. 그를 죽이고 싶은 사람처럼 잔인하게 그의 숨을 옥죄는 말을 이어 가는 희원의 목소리를 멈추게 해야 한다. 승조는 운전대를 부여잡은 채 머릿속에 그려지는 더러운 상상을 떨치기 위해 노력했다.

최승조, 자신만의 연희원이 다른 남자의 품에 안긴다면. 이

146

미 자신이 아닌 다른 남자를 선택했다면. 승조는 그것을 가정하는 것조차 두렵고 견딜 수 없었다.

"내가 다른 남자랑 잤을지도 모른다고 생각하니까 화나?"

희원이 잔인하게 끝까지 확인을 하겠다는 얼굴로 물어 온다. 승조는 이성이 날아갈 것 같은 것을 간신히 다잡았다.

"입, 다물어."

그가 처음으로 그녀에게 낮게 깔린 목소리로 이를 악물고 말했다.

"그럼 오빠랑은 돼?"

희원이 서늘한 목소리로 그에게 물었다.

"뭐?"

승조의 안색이 하얗게 변했다. 희원은 아랑곳 않고 다시 물었다. 마치 그를 상처내고 싶은 것처럼, 조용하고 잔인하게.

"오빠랑 하는 건 괜찮은 거야?"

승조는 대답하지 않았다.

그의 손은 뼈마디마디가 하얗게 돋을 정도로 세게 운전대를 잡고 있었다. 그 단단한 손이 분노인지 두려움인지 모를 감정으로 떨리는 것이 보였다. 가족으로 여긴다면 절대 보여 줄 수 없는 감정이었다. 소유하고 싶고 독점하고 싶은 이기 가득한 사랑. 그녀를 가족이 아닌 여자로 봐 왔던 그의, 사랑이었다.

'엄청 잘생겼다. 누군데? 네 친오빠야?'

'아, 그럼 애인이겠구나. 몰래 사귀던 남자?'

승조는 더 이상 그녀에게 다정한 오빠이자 영원한 가족이 될 수 없었다. 그녀에게 사랑을 고백한 그 순간, 그는 그것을 포기했을 것이다.

그리고 자신에게 선택할 수 있는 권리는 없었다. 승조가 없으면 살 수 없다. 버릇처럼 하던 그 말들은 결코 거짓이 아니다. 소유하고 싶고 독점하고 싶은 사랑. 그녀가 그에게 보여 줬던 사랑 역시 가족에게 느낄 수 있는 감정이 아니라는 것을 시간이 지날수록 깨달아 갔는지도 모른다. 그에 대한 마음은 어쩌면 자신이 깨닫기도 전에 이미 확고했다.

"연희원."

희원의 정도를 벗어난 도발에 승조가 사나운 음성으로 언성을 높였다. 그제야 희원은 그만하겠다는 듯 고개를 차창으로 돌렸다.

9.

　다른 곳보다 유독 더 하얗게 눈으로 뒤덮인 도시는 눈가가 시
큰하게 달아오를 만큼 익숙한 풍경이었다.

　석일과 영경, 그리고 승조와 희원. 이렇게 네 사람이 가족이
란 틀을 만든 후, 처음이자 마지막으로 살게 된 집이 있는 곳이
었다. 눈이 얼어 미끄러운 길을 더디게 달린 끝에 겨우 그들이
살던 동네가 조금씩 보이기 시작했다.

　희원은 아까부터 창문에서 고개를 돌리지 않고 있었다. 깨끗
하게 닦여진 차창에 굳은 얼굴로 운전 중인 승조가 흐릿하게 비
쳐졌다. 희원이 계속 지켜보고 있었던 것은 하얗게 내린 풍경이
아닌 그의 얼굴이었다.

　머지않아 함께 쌓아 온 추억이 여전히 느껴지는 집이 보이기
시작했다. 가족이라는 이름으로 쌓아 온 추억이 가득한 집이.

눈은 새벽에 그쳤지만 옷을 아무리 껴입어도 뼈가 시리게 느껴질 만큼 추운 날씨였다. 몸이 저절로 웅크려지는 매서운 날씨에도 누군가를 항상 기다려 왔던 마음을 꺼내 보여 주듯 대문 앞에 홀로 서 있는 남자가 있었다. 승조가 언제쯤 도착할 거라고 예정 시간을 알려 주었는데도 훨씬 전부터 나와 두 사람을 기다리고 있었을 모습이 한눈에 그려져 희원은 달아오르는 눈가를 잠재우기 위해 질끈 눈을 감았다.

2년 만에 보는 석일은 어릴 적 희원이 고사리 같은 손으로 장난스럽게 만졌던 얼굴 주름이 더 깊어져 있었다.

그는 이제 막 집 차고에 들어서 멈춘 차를 시선 한 번 떨어트리지 않고 지켜보았다. 마치 잠시라도 눈을 떼면 사라질 것 같다고 생각하는 사람처럼. 그 시선을 모를 수 없는 희원은 안전벨트를 풀지도 않고 좌석에 앉아 있었다.

"내려."

승조는 차에서 나올 생각이 없어 보이는 그녀의 안전벨트를 직접 풀어 주었다. 가까운 곳에서 눈빛이 겹쳐졌다.

여전히, 어쩌면 아까보다 더 차갑게 변한 그의 눈빛이 보였다. 질투심, 분노, 절망, 처절하게 어두운 감정들만이 뒤섞인 눈빛이었다. 항상 남들에게 동경과 선망만을 받아 오던 그와는 전혀 어울리지 않는 감정들이었다. 그 스스로조차 처음으로 느끼는 낯선 감정들일 것이 분명했다.

희원은 아무런 대답 없이 차에서 내렸다. 석일이 자신에게로 다가오는 희원을 가만히 보고 서 있었다. 안쓰러움과 미안함,

애틋한 마음이 뒤섞인 석일의 눈동자를 보며 그녀는 잠시 말을 아꼈다.

"희원아."

2년 전 그렇게 헤어진 후, 처음으로 만나는 희원이었지만 석일은 2년 동안 여러 번 희원의 이름을 부르고는 했었다. 여러 번, 수백 번, 집 안 곳곳에서 발견한 희원의 투정을 부리는 목소리, 아이처럼 좋아하는 목소리, 맑게 퍼지는 웃음소리를 환청처럼 들으며 그리움에 사무쳤었다.

그럴 때마다 소용없는 짓이란 것을 알면서도 희원의 이름을 불렀다. 금방이라도 '아빠!' 하고 대답해 줄 것 같은 아이의 이름을 가만히 불러 보고는 했었다. 자신 외엔 아무도 없는 집에서.

사랑이 없었던 부모의 무관심 속에 사랑을 받고 애정을 받는다는 것이 어떤 것인지 전혀 모른 채 어린 시절을 보내 온 승조는 어떤 반항 한 번 없이 부모에게 순종하며 바른 길만 올곧게 가는 아이였다.

그런 승조가 그에게 항상 아프고 미안한 자식이라면, 희원은 짓궂고 말괄량이 같은 행동으로 적잖게 그의 속을 썩이지만 또 애교도 많고 어리광도 많아 그를 가장 웃게 하고 행복하게 하는 아이였다.

'진짜 가족은 될 수 없다고 생각했던 거지? 오빠처럼 진짜 자식은 아니라고 생각했던 거야. 그러니까 이렇게 날 쉽게 포기하는 거야. 그치?'

'아빠는 결국, 엄마만 사랑한 거야.'

그 날, 희원이 그에게 울면서 했던 말들.

그는 말도 안 되는 소리라며 크게 부정했었다. 그렇게 더 화를 내며 아니라고 소리를 쳤었던 것은 어쩌면 희원의 말이 맞을지도 모른다는 의심이 어느 순간 그의 가슴 아래에서 싹트기 시작했기 때문이다.

죽은 영경이 세상에 남기고 간 유일한 흔적. 이제는 그의 곁에 없는 그녀를 꼭 빼닮은 외모. 죽은 사람을 붙잡을 수 없듯 아무리 또렷이 기억하고 싶어도 영경은 조금씩 그의 기억 속에서 희미해졌다.

그는 자신 속에서 영경이 희미해지는 것이 두려웠다. 이제는 꿈속에서조차 만나기 힘든 그녀였지만 예쁘고 사랑스럽게 커 가는 희원을 보며 조금이나마 가까이 영경을 그릴 수 있었다.

'희원이…… 잘 부탁해요.'

'내가 그 애한테…… 너무 큰 상처를 줘서…….'

그녀의 죽음으로 한동안 절망보다 더한 슬픔에 잠식되어 있었던 그가 다시 방문을 열고 나와 처음으로 본 것은 여전히 승조에게 안겨 하염없이 울고 있는 희원이었다. 영경이 죽는 순간까지 잘 키워 달라 간절히 부탁한 아이였다.

그런 희원을 보면서 영경 없이 허망하게만 느껴지는 삶을 다시 살아가야겠다고 마음을 다잡았다. 희원을 정성을 다해 키우는 것은 영경을 향한 변함없는 그의 사랑을 하늘에 있을 그녀에게 대신 전해 주는 것이었다. 영경을 잃은 자신을 다시 살게 한 것은 오로지 희원이었다.

그렇게 그는 스스로를 향한 환멸스러운 의심을 시작했다. 희원이 떠나고, 석일은 혼자가 된 집에서 그 답을 찾아야 했다.

"아빠."

절대 다시는 불러 주지 않을 거라고 여겼다.

그런데 희원이 너무도 쉽게, 예전처럼 변함없이 그를 불렀다. 아빠, 라고. 그는 붉게 변한 눈가를 감추지 못하고 희원을 보았다.

"다녀왔어요."

희원이 조용한 어조로 말했다. 2년이 지났을 뿐인데, 이제 정말 아이가 아닌 어엿한 성인이 된 희원이 솟구치는 눈물을 애써 참는 석일을 위해 아직 쉽게 나오지 않는 미소를 작게 지어 보인다.

"다녀왔어요. 아빠."

석일은 결국 희원을 안은 채 울컥 치솟아 오른 눈물을 막지 못했다. 그가 잠겨서 잘 나오지도 않는 목을 짜내어 말했다.

"그래. 희원아."

"……."

"우리 딸, 어서 와."

답을 찾는 것은 어렵지 않았다. 오래 걸리지도 않았다. 무척 간단하고 쉬웠다.

석일은 희원을 사랑했다. 영경을 닮은 그녀의 딸이 아닌, 희원을 사랑했다. 이미 승조와 함께 자신의 가족인 희원을. 희원은 그와 영경의 재혼으로 받아들여진 영경의 아이가 아니라 보지 못하면 살아갈 수 없을 만큼 소중한 제 자식이었다.

희원이 조용히 석일을 불렀다.

"아빠."

"어, 그래. 왜?"

집에 오고 나서 한참 동안 말이 없던 희원의 부름에 식탁 위에만 시선을 두고 있던 석일이 놀라서 고개를 들었다.

석일의 그릇에 담긴 밥은 아까부터 조금도 줄지 않고 있었다. 그는 밥을 먹는 것에는 관심도 없고 오로지 희원의 밥그릇에 그녀가 좋아하는 반찬들을 놓아주기 바빴다. 며칠 후면 스물한 살이 되는, 이제는 다 커 버린 자식이 아닌 여전히 열 살짜리의 어린 딸을 대하는 아버지 같았다.

"이것도 먹어 봐."

"내가 알아서 먹을게. 아빠도 얼른 드세요. 응?"

"그래. 먹고 있어."

"거짓말."

희원이 장난스럽게 웃는다. 그 모습에 석일은 가슴이 시큰거렸다. 오늘 처음 봤을 때만 해도 낯설게 느껴질 만큼 2년 전과는 달리 조용하고 가라앉은 분위기의 희원이 조금씩 본래의 모습을 보여 주고 있었다. 무엇보다 그녀가 불러 주는 '아빠'라는 말이 너무도 다행스러웠다.

"그래. 알았어."

희원의 앞에 앉아 있던 승조는 소리 없이 젓가락을 내려놓았다.

"승조는 벌써 일어나는 거니? 더 안 먹고."

"네. 먼저 올라가서 쉴게요."

자리에서 일어난 승조는 희원에게는 끝까지 시선을 주지 않은 채 식당을 빠져나갔다. 반대로 희원은 그가 나가는 뒷모습을 물끄러미 바라보고 있었다.

"그런데 수영은 왜 갑자기 하기 싫어진 거야?"

진로를 슬슬 확실히 정해야 하는 시기인 고등학교 2학년 때부터 석일은 희원에게 수영을 취미로만 하기를 종용했었다. 수영 선수가 되고 싶어 하는 희원과 그녀가 공부 쪽으로 진로를 정했으면 하는 석일은 그 당시 은근한 신경전을 벌였었다.

워낙 고집이 세서 그로서는 도저히 이길 수 없는 희원이라 사실 반쯤 포기하고 있었다. 평범한 아버지의 마음으로는 힘들고 고된 운동선수의 길보다는 조금이라도 편한 길을 갔으면 하는 마음이었지만 시간이 지나면서 이제는 그녀가 정말 하고 싶은 일을 할 수 있도록 응원해 주자고 생각했다.

하지만 작년 여름, 짧게 나눴던 전화 통화로 희원은 수험 공부에 집중하기 위해 수영은 그만두었다는 말을 전해 줬었다.

"그냥……."

희원은 잠시 침묵하다가 작게 입을 열었다. 그냥이란 말에 석일은 이해할 수 없다는 듯 되물었다.

"그냥?"

"······질리기도 했고."

석일이 밥 위에 얹어 준 고기를 집던 젓가락이 미끄러졌다. 멍하니 자신이 떨어트린 반찬을 바라보던 희원이 곧 아무렇지 않은 얼굴로 말했다.

"제대로 할 거라면 국가대표가 되고 싶은데, 내가 수영을 그렇게까지 잘하는 건 아닌 것 같고."

"네가 제일 좋아하던 거잖아."

석일이 다정하게 희원의 뒷머리를 쓸어주었다.

"다시 해 볼 생각은 없니? 아빠는 이제 반대 안 할 거야. 네가 하고 싶은 거, 좋아하는 거 밀어주고 응원해 줄 거다. 거실에 놓여 있는 상패들, 다 까먹었어? 희원이 네가 다 따 온 거잖아. 네가 얼마나 수영을 잘하고 또 좋아하는지는 아빠가 잘 알아. 그러니까······."

"아빠."

"그래. 말해."

희원의 목소리가 새삼 단호해졌다.

"나 더 이상 수영 안 해. 잘했었고 좋아했었던 거야. 예전에, 그때 말이야. 그리고 이제 그건 과거야."

하지만 석일은 여전히 이해가 가지 않았다. 희원이 수영을 얼마나 좋아하고 또 열심히 해왔는지 누구보다 잘 알기 때문이었다.

네 사람이 가족이 된 후, 처음 놀러 갔었던 해수욕장에서 물을 무서워하던 희원에게 승조가 수영을 가르쳐 줬었다. 수영은 말이 없던 두 아이가 급속도로 친해지게 된 계기이기도 했었다.

워낙에 성격이 무뚝뚝하고 냉한 승조를 병아리처럼 졸졸 따르던 희원에게는 그가 자신과 처음 놀아 주기 시작한 물놀이가 아주 좋은 추억으로 자리 잡았을 것이다. 희원은 그즈음부터 수영 학원에 다니기 시작하면서 승조에게 잘했다는 칭찬 한 마디를 듣고 싶어 꽤나 열심히 연습을 하는 것 같았다.

그런 희원이 중학교 때, 시 대회 출전 전 수영장에서 혼자 연습을 하다가 다리에 경련이 나서 목숨이 위태로울 뻔했던 적이 있었다. 때마침 그녀를 찾은 승조가 아니었다면 정말로 잘못되었을지도 모르는 일이었다.

그리고 그 이후로 영경과 석일도 그렇지만, 특히 승조는 그녀가 수영하는 것을 화를 낼 만큼 싫어하고 반대했었다.

하지만 희원은 가족들이 전부 걱정이 되는 마음에 화를 내고 달래 가며 말리는데도 끝까지 고집을 부리며 대회에 나갔었다. 제 오빠인 승조의 말이라면 껌뻑 죽는 희원이 그가 눈에 띄게 싫어하는 것을 알면서도 포기하지 않는 유일한 것이 수영이었다.

희원은 그 이야기에 대해서는 더 말하고 싶지 않다는 듯 입을 꾹 다물었다. 석일이 그런 그녀에게 조심스럽게 물었다.

"아직도 아빠가 원망스럽니? 아빠가 널…… 버린 것 같아서……?"

석일이 정성스럽게 만들었을 음식을 말끔히 먹어치운 희원은 빈 그릇 옆에 젓가락을 내려놓았다. 그녀는 말간 미소를 짓고 있었다.

"아니."

"……."

"안 그래, 아빠. 아빠가 맞았어."

"희원아."

"아빠 말이 전부 맞았어."

희원은 유리잔을 입에 가져가며 조용히 뇌까렸다. 석일이 아닌 스스로에게 말하듯.

"참았어……. 나, 아빠가 하라는 대로 했어."

'희원아. 아주 잠시만이야. 아주 잠시만 헤어지는 거야. 1년만 참자.'

귓가를 맴도는 석일의 목소리. 희원은 2년 동안 주문처럼 스스로에게 들려준 그 말을 새기며 다시 한 번 말했다.

"나 계속 견디고 참았어."

희원은 그 말을 끝으로, 더 이상 옛날 일에 대해서는 말하고 싶지 않아 했다. 석일도 그 뜻을 이해하고는 예전 일에 대해서 거론하지 않았다. 그 역시 회상하고 입에 담는 것만으로도 아픈 과거이기도 했다.

저녁 식사가 끝난 후에도 석일은 2년 만에 만나게 된 희원을 오래도록 놓아주지 못했다. 밤이 깊어 갈 때까지 다니고 있는 대학 생활은 어땠는지, 친구들은 어떤지, 남자 친구는 있는지 이것저것을 묻고 또 물었다.

희원은 지금 배우고 있는 전공인 경영학이 자신과 썩 맞는 것 같지 않아 약간 고민인 것과 동기이자 룸메이트인 마음이 잘 맞는 친구가 있는 것, 그리고 대시하는 남자는 있지만 별로 마음에 들지 않아 만나지는 않는다고 착실히 대답해 주었다.

오랜 시간 이야기를 나눈 후에야 석일이 안방으로 들어가고, 희원은 2층 계단을 올랐다. 2층에는 승조와 희원의 방이 있었다.

조용한 걸음으로 올라가자 복도를 사이에 두고 마주 보고 있는 두 개의 방문이 보였다. 아까 짐을 놓고 옷을 갈아입으러 자신의 방에 잠시 들렀던 것을 제외하면 정말 오랜만에 온 곳이지만 그것을 느끼지 못할 만큼 변함이 없었다.

희원은 제 방문을 물끄러미 바라보다가 이내 뒤를 돌았다. 걸음을 돌려 문을 연 곳은 자신의 방이 아닌, 승조의 방이었다.

불이 꺼진 그의 방은 어둠에 휩싸여 있었다. 하지만 희원은 느낄 수 있었다. 그는 분명 잠들지 않았을 것이다. 문틈으로 새어 나온 불빛이 그의 어두운 방 안을 아슴아슴하게 비추었다. 희미한 빛에 침대에 비스듬히 누워 눈을 감고 있는 그가 보였다.

희원은 불을 켜는 동시에 방문을 닫았다. 철컥, 그녀가 아직 잡고 있는 문고리를 잠갔다. 동시에 그가 굳게 닫혀 있던 눈꺼풀을 열었다.

"연희원."

승조가 자신에게로 다가오는 희원을 노려보았다.

"너 지금 뭐하는 거야."

희원은 당연한 얼굴을 하고 그에게 말했다.

"오빠랑 자려고."

그 말에 표정이 더욱 굳어진 승조는 침대에서 몸을 일으켰다. 그가 그녀의 손목을 잡아끌었다. 여전히 낮에 있었던 일을 감당하지 못하는지 차가운 어조였다.

"네 방으로 가."

하지만 희원은 제 손목을 잡아끌고 있는 그의 커다란 손을 잡았다.

"어렸을 때처럼 침대에서 그냥 같이 자자는 뜻인 줄 아는 건 아니지?"

희원을 데리고 나가려던 승조의 걸음이 우뚝 멈췄다. 그는 그녀를 강렬하게 응시했다. 태울 듯이 노려보는 것에 가까웠다.

"나랑 지금 뭐하자는 거야?"

"우리 남이야. 가족, 아니잖아."

"연희원!"

"날 사랑한다며. 날 여자로 본다고 그랬잖아."

그의 딱딱한 목소리에도 그녀의 눈빛은 흔들리지 않았다.

"나는 다른 사람들한테 이제 오빠에 대해 어떻게 설명해야 하는지 모르겠어. 오빠는 지금 내 가족도, 연인도 아니잖아."

희원의 까맣고 커다란 눈동자가 더욱더 잔인하게 어둠의 색으로 변한다. 그런 그녀를 보는 그의 눈빛은 정처 없이 흔들리고 있었다.

"오빠를 영원히 안 보고 살 수 있다면 그렇게 할 생각이었어.

근데…… 근데 그게 안 돼. 나는 오빠가 없으면 안 돼. 그걸 알아서…… 그걸 알게 돼서 다시 찾아온 거야. 이제 더 이상 가족으로 있을 수 없게 됐으니까 변해야지. 달라져야지."

승조는 어쩌면 알고 있었다. 희원이 결코 그를 버릴 수 없다는 것을. 그래서 그 믿음 하나로 희원이 없는 삶을 죽을힘을 다해 버틸 수 있었다. 그녀가 언젠가 분명 돌아올 것이라고 믿었으니까. 그가 그렇듯 그녀 역시 아주 어릴 적부터 그를 맹목적으로 사랑해 왔으니까. 그것이 설령 남자와 여자의 관계의 사랑이 아니라고 하더라도.

어느 순간부터인지 알 수 없지만 서로가 아니면 안 되는 맹목적인 감정이 두 사람 사이에는 있었다. 누구도 끊어 낼 수 없는, 그들 자신조차 막을 수 없는.

"날 안아 줘."

희원의 눈빛은 어두우면서도 흐렸다. 승조는 그 눈빛에 여전히 갈피를 잡을 수 없어 혼란스러워하고 있었다. 그녀가 그런 그에게 더 가까이 다가왔다.

"내가 욕심나서 날 버린 거잖아. 왜 망설이는 거야? 날 사랑해서, 날 가지고 싶은 거 아니었어?"

내 온몸이 피로 물들 만큼 괴롭고 아프게 나를 상처 내고 싶은 사람처럼 네가 쉼 없이 속삭인다.

"다른 남자한테 나, 줄 수 있어?"

그가 도저히 견뎌 낼 수 없는 가정을 하게 만든다. 상상하는 것만으로도 온몸이 죽은 것처럼 차갑게 식었다. 두렵고, 끔찍하고, 미칠 것만 같은 상상이었다. 그의 목소리가 섬뜩할 정도로 낮게 깔렸다.

"못 줘. 절대로."

승조의 눈빛이 파랗게 일었다. 희원이 그에게 다가가는 대신, 그가 먼저 그녀에게 다가와 몸을 끌어안았다.

"아무한테도. 너 아무한테도 안 줘."

승조가 희원의 몸을 당겨 그녀에게 거칠게 입을 맞춰 왔다. 차가웠던 두 사람의 입술이 서로에게 닿는 순간 데일 것 같은 뜨거움이 번졌다. 승조는 희원의 입술을 깨물고 안으로 혀를 집어넣어 곳곳을 헤집기 시작했다.

무서울 정도로 강렬하게 달려드는 그의 앞에서 먼저 도발했으면서도 잠시 머뭇거리던 그녀 역시 그를 그러안으며 호응했다. 승조는 고개를 낮추고 희원은 발꿈치를 치켜들었다.

두 사람의 혀가 서로만을 갈구하며 엉켜들었다. 숨을 쉴 틈조차 없었다. 희원의 입술을 삼킨 채, 승조는 자신의 품에 안겨 있는 그녀의 윗옷 단추를 풀고 있었다. 이미 머릿속에 있던 모든 이성을 잡아먹히고 흥분과 정욕만으로 지배된 몸은 더 이상 망설임이 없었다.

그는 잠시 그녀에게서 입술을 떨어트리고 잘 벗겨지지 않는 옷을 양옆으로 힘껏 벌렸다. 그녀가 입은 셔츠에 달려 있던 단추들이 소리를 내며 바닥으로 떨어졌다. 그는 속옷으로 봉긋한 가슴을 겨우 감추고 있는 그녀를 안아 들어 자신의 침대로 향했다.

희원을 침대에 눕히고 그 역시 그녀 위로 몸을 겹쳤다. 헐렁한 잠옷 바지마저 벗겨 버리자 흰색의 얇디얇은 속옷 차림이 된 희원이 불안하고 긴장된 얼굴로 그를 바라보고 있었다. 안아 달라 요구하던 방금 전의 연희원과는 전혀 다른 모습이었다.

승조는 연약한 표정의 희원을 무시했다. 그가 없으면 살 수 없다고 말하는 희원에게 구원받으면서도, 그와 떨어져 있는 동안 다른 남자와 관계를 가졌다는 말을 스스럼없이 하는 그녀 때문에 가슴속이 터질 것 같았다.

분노와 자책이 뒤엉킨 손은 결코 부드럽지 못했다. 브래지어를 위로 한껏 끌어올린 그는 솟아오른 하얀 젖가슴을 강하게 움켜쥐었다.

"아웃……."

소리를 내는 것이 창피해 입술을 깨물고 있던 희원이 아픈 듯 신음을 내뱉자 딱딱했던 승조의 손길이 조금 유연해졌다. 연한 분홍빛의 유두가 그의 엄지손가락 아래로 강하게 짓눌러졌다. 그의 손가락이 유륜을 따라 빙그르르 작게 원을 그리자 딱딱한 열매가 야릇하게 흔들렸다.

희원이 쾌감에 찬 작은 신음을 흩트리며 곧게 뻗은 하얀 다리를 그의 허리에 휘감았다. 그녀가 본능적으로 그의 하체에 자신의 아랫도리를 비볐다. 역시 한순간에 몰아닥친 흥분으로 뜨겁게 팽창한 그의 분신이 그녀의 몸과 닿자마자 성을 냈다.

귓가에서 여성스러운 곡선을 타고 흐르는 목으로 입술을 옮긴 승조는 다시 아래로 향했다. 그는 거칠게 주무른 탓에 발갛게 변한 그녀의 가슴을 입에 넣었다. 타액으로 번들거릴 정도로 유두를 빨고 가슴 전체를 집요하게 빨았다.

감히 어떤 생각조차 할 수 없었다. 그녀만이 보였다. 그녀만이 느껴졌다. 그녀를 맛본 순간 감각은 오로지 그녀만을 감지했다.

희원이 다시 몸을 바르르 떠는 것이 그의 몸으로 전해졌다. 그의 손길에 몸이 달아오르면서도 처음 보는 그의 모습이 낯설고 두려운 듯 보였다. 하지만 승조는 그녀를 다정하게 달래 줄 수 있는 여유가 없었다.

희원은 자신의 사타구니를 더듬는 그의 손을 막으려는 것처럼 붙잡았다. 하지만 그는 아랑곳 않고 그녀의 팬티를 발밑으로 끌어내렸다. 그녀를 덮고 있던 축축하게 젖어 버린 속옷이 바닥으로 툭 떨어졌다.

가슴에서 아랫배로 옮겨진 뜨거운 혀가 더 깊은 욕망을 이기지 못하고 더욱 깊숙한 곳으로 내려갔다. 수줍게 자리한 음모를 손으로 쓰다듬던 그는 순간 그녀가 놀랄 만큼 다리를 활짝 벌렸다. 움찔거리는 그녀의 여성이 그의 앞에 펼쳐졌다. 말간 애액이 흐르는 계곡을 보자 그는 참을 수 없는 갈증이 일었다. 그는 망설임 없이 그 은밀한 곳에 입술을 가져갔다.

"하읏!"

희원이 몸을 떨며 그의 어깨를 잡았다. 그만하라는 듯 어깨를 잡고 흔들어 보지만 그는 오히려 겉으로 할짝거리던 혀를 샘이 흐르는 더 깊은 곳으로 집어넣었다.

"아, 하아…… 싫어."

"희원아……."

희원의 도톰한 엉덩이를 손으로 꽉 움켜쥔 그는 갈증으로 정신이 나간 사람처럼 그녀의 애액을 샅샅이 핥아 마시고 있었다. 그녀의 여성에 그의 입술이 닿을 때마다 끈적거리는 소리가 끊이지 않고 들려왔다.

"오빠……! 제발, 잠깐만……."

희원이 울먹이는 목소리로 그에게 애원했다. 승조는 눈처럼 하얀 허벅지에 자잘한 키스를 새기며 잠시 그녀를 기다려 주었다. 그녀는 전율에 떨던 육체의 흥분을 조금이라도 가라앉히기 위해 얼굴을 베개에 묻고 불규칙한 호흡을 천천히 쉬었다.

하지만 기다려 주는 것도 잠시, 엉덩이와 허벅다리를 쉴 새 없이 주무르고 만지는 그 때문에 다시 숨소리는 어그러지고 아까와 마찬가지로 아릿한 신음이 섞여 갔다.

희원의 몸 전부를 핥고 빨아 댄 그의 입술이 다시 가장 처음에 맞부딪쳤던 그녀의 입술로 되돌아왔다. 거칠었던 아까와는 달리 부드러워진 그의 입술이 따뜻하게 그녀를 감싼다. 희원은 그런 승조의 목에 팔을 두르며 적극적으로 그의 입술을 받아들였다.

잠시 입술을 떨어트린 그는 희원의 얼굴에서 눈을 떨어트리지 않은 채 성급한 손길로 아랫도리를 한꺼번에 벗어 던졌다.

단단하게 발기해 위로 솟구친 그의 남성이 그녀의 수풀 위에 내려앉았다. 자신의 것을 손으로 고정하듯 잡은 그가 기둥 끝을 그녀의 여성에 갖다 댄 후 뭉근하게 비볐다. 두 사람이 닿은 곳에서 끈적끈적하게 젖은 소리가 들리며 서로의 흥분을 부채질했다.

살아 숨 쉬는 것처럼 무섭게 성을 내는 그의 분신이 어떤 천으로도 가려지지 못한 자신에게 비벼지자 희원은 아까보다 더 격하게 숨을 몰아쉬었다. 낯선 이질감에 바르르 떨고 있는 그녀를 안고 다른 한 손은 여전히 자신의 것을 잡은 상태로 그가 조금씩 진입을 시도했다.

"연희원."

"으응……."

승조의 부름에 하려던 대답이 야릇한 신음과 섞였다. 승조는 눈이 풀려서 색색거리는 희원에게 시선을 고정한 채 거칠게 일갈했다.

"다른 누구한테도 안 줘. 너."

크고 딱딱하게 팽창한 남성이 그녀의 몸을 가르고 들어왔다. 작은 신음을 내던 희원이 눈을 감은 채 소리조차 못 내고 고통스러워했다.

"희원아, 연희원……."

그녀를 제외하고 가지고 싶은 것은 단 하나도 없었다. 그만큼 가지고 싶은 유일한 사람에 대한 소유욕은 강렬하고 짙었다.

"사랑해."

"으읏…… 오빠."

"사랑해, 희원아."

그는 깊고 뜨거운 여성 속에 자신의 것을 단번에 뿌리 끝까지 집어넣었다. 희원의 바르르 떨리는 몸짓이 전부 그에게 전해졌다.

누구에게도 줄 수 없다.

그녀를 다른 누군가에게 빼앗긴다고 생각하면 두려움으로 가슴이, 온몸이 싸늘하게 식었다. 그런 상상을 하는 것만으로도.

승조는 아픔을 견디기 위해 입술을 깨물고 있는 희원의 뺨을 쓸며 가만히 멈춰 있었던 허리를 움직이기 시작했다.

그리고 그는 끊임없이 전했다. 사랑한다는 말밖에 할 수 없는 사람처럼, 계속해서 그녀에게 말했다.

"……사랑해."

사랑한다. 너를. 미치도록.

※

시간이 흘러도 무뎌지지 않는 것은 있었다.

희원을 친부의 집에 데려다주고 그렇게 헤어진 후, 약 6개월 정도의 시간이 흘렀다는 것이 신기했다. 그녀를 보지 못하고 이렇게 견디고 있는 자신이 신기했다. 희원에 대한 사랑이 가족을 향한 사랑이 아님을 깨닫고 그녀를 보는 것이 괴로워 스스로 강릉에 발길을 끊었던 때와는 달랐다.

지금은 희원이 보고 싶어도 볼 수 없었다. 그녀의 허락 없이는 그녀를 찾을 수 없었다. 그건 공포로 온몸이 잠식될 만큼 두려운 일이었다.

인턴 생활은 여전히 쉴 틈 없이 바빴다. 잠도 편히 잘 수 없는 생활이었지만 승조는 오히려 그것을 다행이라고 생각했다. 아니, 그 덕분에 희원이 없는데도 미치지 않고 살아갈 수 있는 것일지도 몰랐다.

잠깐이라도 시간이 생기고 여유가 생기면 그는 며칠 동안 밥을 먹지 못하고 잠을 자지 못하는 것과는 비교도 할 수 없을 만큼 사무치는 그리움으로 지독한 괴로움을 맛봐야 했다.

희원의 절망으로 가득 찬 눈동자가 떠오를 때면 심장은 뛰는 게 의심스러울 만큼 싸늘하게 멎었다. 그녀가 아직 가족이라는 울타리 안에 있었을 때, 그녀를 애써 외면하며 받지 않았던 전화는 더 이상 울리지 않았다. 보고 싶다고 낭랑한 목소리로 외치던 그녀는 더 이상 없었다.

희원은 6개월이 지나는 시간 동안 단 한 번도 그에게 연락하지 않고 있었다. 지독한 갈증은 매순간 찾아왔다. 희원이 미치도록 보고 싶었다.

그리고 그 날, 희원에게서 연락이 왔다. 승조가 지금 수련의로 배우고 일하고 있는 대학병원에 와 있다고 말하는 목소리에 그는 항상 멎어 있는 것만 같았던 심장이 터질 듯 뛰는 것을 느꼈다.

단숨에 희원이 기다리고 있다는 곳을 향해 뛰었다. 병원을 들어오는 게 싫다며 병원 입구에 선 그녀의 모습이, 그의 눈동자에 가득하게 들어왔다. 그는 그게 꿈처럼 느껴져서 아득하게 그녀를 바라보았다.

"희원아."

어둠이 짙게 깔린 저녁이었다. 하지만 날씨는 여전히 살을 끈적끈적하게 느끼게 만드는 얄궂은 더위를 감추지 못했다. 승조는 희원의 이름을 부르며 그녀에게 다가갔다. 그를 바라보던 그녀가 순간 눈물이 치솟는지 입술을 아프게 깨물었다.

희원 역시 그를 그리워하고 있었다. 눈물로 눈을 가득 채울 만큼 보고 싶은 마음을 누르고 있었다. 울음을 참고 있는 희원의 표정을 보자 그는 그것을 느낄 수 있었다.

승조는 더 이상 보고만 있을 수 없어 그녀에게 더 가까이 다가갔다. 가늘게 떨려오는 그녀의 입술을 손으로 쓸었다. 입술을 터지도록 깨물고 있는 그녀에게 그러지 말라는 듯 다정하고 부드럽게 그녀를 쓸어 주었다.

"오빠."

불현듯 희원이 먼저 입을 열었다.

"무슨 일 있었어?"

승조가 불안한 얼굴로 다급하게 물어 왔다. 그의 말에 잠시 침묵하던 희원이 이내 고개를 저었다.

"……아니."

희원은 재차 물으려는 승조의 말을 자르며 덧붙였다.

"아무 일도 없었어. 꼭 무슨 일 있어야 찾아올 수 있는 거야? 그냥 보러 오면 안 되는 거야? 많이 바빠?"

"아니, 아니야. 언제든지 찾아와."

승조는 희원의 머리카락을 다정하게 쓸어 넘기며 말했다.

입구에 서 있던 두 사람은 병원 옆 산책 공원으로 발길을 향했다. 벤치 옆에 있는 자판기에서 음료수를 뽑아 든 승조가 자리에 앉아 있는 희원에게 그것을 건네주었다.

"있잖아. 오빠."

"그래. 말해."

"아빠한테……."

승조에게 받아 든 음료수 캔을 만지작거리던 희원은 잠시 말을 멈추고 숨을 골랐다.

"그러니까…… 오빠네 아빠."

희원이 설명하는 말에 승조의 얼굴이 어둡게 가라앉았다.

"희원아."

"화내려고 온 거 아니야. 이미 지난 일이고 계속 화만 내고 있을 만큼 어린애도, 바보도 아니야. 나. 그냥 아빠한테 말 좀 전해 줘. 이제 내 친아빠한테 돈 그만 보내 줘도 된다고. 내 말은 들을 것 같지 않으니까, 오빠가 그 돈 필요 없다고 말 좀 전해 줘."

"그건."

말을 이으려던 승조가 입을 굳게 다물었다.

석일에게 희원의 친부 쪽으로 돈을 보내 주라고 부탁한 것은 그였다. 석일과 그의 보호 아래에서 원하는 것, 갖고 싶은 것은 모두 갖고 누려 온 희원이었다. 그런 그녀가 넉넉하지 못한 사정의 친부와 살면서 물질적인 것으로 스트레스를 받을까 걱정된 마음에서였다. 잠시 뜸을 들이던 그는 낮은 한숨을 쉰 뒤 고개를 끄덕였다.

"그래. 알았어."

승조의 대답에 희원은 마시지 않은 음료수를 손에 쥔 채 벤치에서 일어섰다. 그 역시 자리에서 일어났다. 머뭇거리던 희원이 고개를 위로 올려 그를 응시했다.

"날 사랑해? 아직도?"

덤덤한 척 애쓰며 묻지만 눈동자는 이미 흐릿해지고 있었다. 승조는 그녀가 다시 깊게 상처받는다 해도 그것에 관해서만큼은 물러설 생각도 되돌릴 마음도 없었다.

"사랑해."

승조가 짙은 음성으로 말했다.

"사랑해, 앞으로도."

"그건 가족으로서가 아닌 거지? 여전히?"

"그래."

단호한 승조의 말에 희원이 눈물을 글썽거린다. 그는 몸을 옅게 떨고 있는 그녀를 품으로 끌어당겨 안았다. 희원은 그를 밀어내지 않았다. 그녀는 그의 가슴에 얼굴을 묻은 채 작게 속삭였다.

"그런 건…… 쉽게 변하는 거잖아."

"안 변해, 희원아. 절대로 안 변해."

"거짓말. 못 믿어. 못 믿겠어. 무섭단 말야."

그를 원망하는 목소리로 못 믿겠다고 몇 번을 중얼거리면서도 그녀는 그의 허리를 꼭 껴안고 놓지 않았다.

"죽어도 안 변해."

"거짓말."

"희원아."

워낙 몸에 찬 기운이 도는 희원을 안고 있자 그의 몸도 천천히 서늘하게 식고 있었다. 승조는 믿어 달라는 말 대신 희원을 아플 만큼 강하게 안아 주었다.

"정말…… 정말로 안 변할 자신 있어?"

그의 품에서 그녀가 몇 번이고 물으며 불안으로 떨리는 몸을 추슬렀다. 언제까지고 변함이 없을 가족의 사랑이 아닌, 너무도 쉽게 깨지고 변할 수 있는 남녀 간의 사랑을 결코 신뢰할 수 없다는 듯이.

승조는 그런 희원을 안은 채 몇 번이고 속삭였다.

안 변해.

네가 변한다 해도 나는 언제나 그대로야.

자장가처럼 잔잔하고 따뜻한 목소리가 그녀의 귓가에 스며들었다. 희원은 눈을 감은 채 고개를 끄덕였다.

"알겠어."

희원은 희미하게 미소를 짓고 있었다.

"참아 볼게. 참고 기다릴게."

희원의 말에 승조는 더없는 행복을 손에 쥔 사람처럼 가슴이 벅차오르는 것을 느꼈다.

처음 사랑한다는 말을 고백하던 순간만 해도 절망의 빛깔로 물든 그녀의 눈동자를 보며 희망이 없을지도 모른다고 생각했다. 그녀가 가족인 그는 맹목적으로 사랑해도, 남자인 그는 사랑해 줄 수 없을지도 모른다고 생각하자 무섭고 두려웠다. 그녀가 아니면 안 되는 자신에게 도저히 답을 찾아 줄 수 없었다.

그런데 희원이 지금 참고 기다려 본다는 말을 하고 있었다. 그 말 한마디로도 그는 그녀를 평생 기다릴 수 있을 것 같았다.

그녀가 다시 그에게 와 준다면.

승조는 그녀의 이마에 부드럽게 입술을 가져갔다. 순간 희원의 희미했던 미소조차 덧없이 사라지는 것은 볼 수 없었다.

수건이 닿은 피부가 따끔거린다.

희원이 축 늘어트렸던 몸을 반쯤 일으켰다. 욕실에서 수건을 따뜻한 물에 적셔 온 승조가 침대에 걸터앉아 그녀의 사타구니 사이를 조심스럽게 닦아 냈다. 그의 손길이 핏빛으로 얼룩진 그녀의 여성을 부드럽게 매만졌다.

"화 안 낼 거야?"

혼이 날 것을 예상했는데 그냥 넘어가자 당황한 얼굴의 희원이 조그맣게 물었다.

"뭘?"

"거짓말한 거."

승조는 쓰라릴 정도로 붉게 달아오른 곳에 젖은 수건을 살며시 갖다 댄 채 희원과 눈을 맞췄다. 희원의 긴장한 눈빛에 승조의 얼굴은 미소가 번졌다.

그를 놀리기 위해 얄궂은 장난과 거짓말을 하는 것은 연희원의 오래된 취미고, 주특기였다. 물론 이번 장난은 도가 지나쳤다. 적어도 그에게는 장난으로도 웃어넘길 수 없는 위험하고 못된 거짓말이었다.

연희원이 최승조가 아닌, 다른 남자의 품에 안긴다.

그가 그것을 견딜 수 없다는 것을 너무도 잘 알고 있는 희원의 못된 장난. 그와 재회한 어제부터 그를 막다른 곳까지 도발하고, 방에 찾아와 그에게 이런 식으로 안긴 그녀를 생각하자 그녀가 성인이 되고도 1년에 가까운 시간을 둔 이유를 어쩐지 알 것 같았다.

그를 벌주기 위해서.

정확히는, 그를 용서하기 위해서.

자신의 하반신을 천천히 부드럽게 닦아 주고 있는 그를 보던 희원이 짓궂은 미소를 지으며 다시 침대에 몸을 누였다.

"왜 그냥 웃고 말아? 어젠 그렇게 화내고 날 미워했으면서. 그래도 지금 다행이라고 생각하고 있지?"

네 말이 맞을지도 모른다.

네가 내 곁에 있어 주기만 한다면 너한테 바라는 것은 아무것도 없다고, 오로지 주고만 싶다고 생각했던 내 생각이 틀렸다는 것을 알았다. 지독한 욕심을 숨길 수 없다. 나에게 네가 전부인 만큼, 너도 나만을 바라보고 내가 아니면 안 되기를 바라고 있

174

었다. 아주 간절하게.

승조의 입술이 다시 희원에게로 향했다. 희원은 그의 입술을
받아들이며 그의 목을 끌어안았다.

"용서해 줄게."

"……."

"전부…… 전부 다 용서해 줄 거야."

희원의 까만 눈동자가 승조만을 담는다. 장난스러운 말괄량이
같았던 눈빛은 단숨에 사라졌다.

"대신 약속해."

"어떤 걸?"

"다시는 날 버리지 않는다고."

승조의 손이 희원의 뺨을 어루만졌다. 자신의 얼굴을 쓰다듬
는 그의 커다란 손을 그녀가 놓치기 싫다는 듯 꼭 잡았다.

"날 또다시 버리면 그땐 용서 안 해. 절대로."

"그런 일은 없어."

"그럼 그땐…… 내가 먼저 오빠를 버릴 거니까."

희원이 그에게 말하는 건지, 스스로에게 말하는 건지 모를 정
도로 아득하게 속삭였다.

"버림받기 전에 내가 버릴 거야."

결국 눈물이 가득 차오르던 눈을 감는다. 후드득 뺨으로 눈물
이 쉴 새 없이 떨어져 내렸다. 승조는 눈물 자국이 남은 그녀의
뺨에 입술을 새겨 넣었다. 그리고 다시 두 사람의 입술이 서로
를 갈망하며 하나로 겹쳐졌다.

승조는 희원을 아프도록 세게 안았다. 이제야 실감이 일고 있었다. 희원이 그의 곁에 있다는 실감.

　희원을 되찾았다. 자신의 모든 것을 되찾았다.

　승조는 가슴 깊이 안심했다. 이제 모든 것이 제자리를 찾을 때였다.

10.

블라인드를 젖히자 창밖은 여전히 눈으로 가득했다.

승조는 침대에 누였던 몸을 상반신만 일으켜 앉았다. 바로 옆에는 맨어깨를 훤히 드러낸 희원이 옆으로 누워 있었다. 희원을 안고 있었던 그가 자세를 바꾸어 침대 헤드쿠션에 등을 기대자 그녀의 자세 역시 바뀌었다. 그의 단단한 허리를 껴안으며 희원이 더 몸을 파고들었다.

승조는 그런 희원을 더없이 사랑스럽게 바라보며 그녀의 둥근 어깨를 손으로 천천히 쓸었다. 부드럽게 닿는 살의 촉감이 꿈결처럼 느껴졌다.

희원이 자신의 품에 잠들어 있다. 벗은 몸으로 그를 끌어안고 얕은 숨을 새근거리며 깊은 잠에 빠져 있다. 이 현실이 마치 꿈보다 더한 환상처럼 느껴진다.

"희원아."

낮은 음성으로 희원을 불러본다.

그녀를 부르는 목소리에 가슴 벅찬 떨림이 남는다. 아직 잠들어 있는 그녀에게 대답을 구하는 부름은 아니었다. 그저 희원이 자신의 곁에, 자신의 품에 있다는 것을 더욱 실감하기 위해. 희원이 가족이 아닌 그를 받아들였다는 꿈같은 현실을 다시 제대로 느끼기 위해서.

"희원아."

아침에 희원을 깨우는 건 어려운 일이었다. 워낙 아침에 일어나는 것을 힘들어했고, 깊게 잠에 빠져 있으면 누가 업어 가도 모를 정도였다. 더욱이 어제 하루는 그녀에게 체력적으로도, 감정적으로도 소모가 많은 날이었을 것이다.

승조와는 달리 잠귀가 밝지 못한 희원은 그의 목소리를 전혀 듣지 못한 채 그의 허벅지에 뺨을 비비고 있었다. 그녀의 그런 자극적인 행동에 오히려 그는 그녀가 잠에서 깨어 또다시 짓궂은 장난을 시작한 것이 아닌가 의심스러워졌다.

승조는 그녀로 인해 반사적으로 굳어 버린 하체를 어찌하지 못한 채, 흘러내리는 검은색 머리카락을 목뒤로 넘겨주며 그녀가 정말 잠들어 있는지 살폈다. 규칙적인 숨을 내쉬며 여전히 잠잠한 것을 보니 정말 잠버릇에 나온 행동인 모양이었다.

"이제 일어나자."

승조가 희원의 허리를 안아 들어 앉아 있는 자신의 허벅지에 앉혔다. 갑자기 그의 품에서 앉은 자세가 된 그녀가 잠에서 깨기 싫은 듯 옹얼거리며 그의 목을 끌어안았다.

"더 잘래⋯⋯."

"아버지 출근하시기 전에 같이 아침 식사 해야지."

승조가 희원의 머리를 만지며 말했다. 그 말에 희원은 그제야 정신이 드는 듯 아직 제대로 뜨지 못한 눈을 찌푸렸다.

"아빠 일어나셨어?"

"이제 곧 일어나실 시간 됐어."

석일은 보통 웬만하면 2층에 올라오지 않는 편이었다. 하지만 2년 만에 희원이 집에 온 날이었고, 예외는 있을 수 있었다. 희원 역시 그 사실을 모르지 않았다.

그녀가 고개를 끄덕이며 몸을 가누기 위해 애를 썼다.

"졸려."

서로 실오라기 하나 걸치지 않은 나신이었다. 하지만 희원은 이불이 아래로 흘러내려 자신의 몸이 전부 그에게 보이고 있다는 것을 아는지 모르는지 수줍은 기색도 없이 자연스러웠다.

"우선 옷 입고 방에서 좀 더 자고 있어. 깨워 줄 테니까."

"옷이 어디 있는데?"

희원의 말에 먼저 바지를 찾아 입은 승조가 침대 옆에 떨어진 그녀의 셔츠를 발견하고는 곤란한 표정을 지었다. 찢어지지만 않았지 단추가 다 뜯겨 도저히 입기 힘들어진 옷이 덩그러니 바닥에 놓여 있었다.

"저걸 입으라고?"

희원의 목소리에 웃음이 깔렸다. 승조 역시 미소를 지으며 침대에서 일어났다.

"방에서 옷 가져올게."

"됐어."

희원은 어젯밤 뜨겁게 이어진 두 사람의 몸짓 때문에 침대 구석에 박혀 구깃거리는 그의 티셔츠를 손에 잡았다. 그러고는 그것을 대충 펴서 가냘픈 몸을 집어넣는다. 승조에게 딱 맞는 옷을 그녀가 입자 허벅지의 반을 가리며 지금만큼은 그녀에게 꽤 유용한 옷이 되어 있었다.

"왜?"

그 모습을 바라만 보고 있는 승조에게 희원이 물었다.

"뭐가?"

"왜 그런 표정으로 봐?"

그의 옷을 입은 그녀가 다가왔다. 그의 허리를 안은 채 고개를 들어 도발적인 미소를 지으며 묻는다. 그는 그녀만을 깊게 응시하며 되물었다.

"어떤 표정인데?"

"나랑 또 하고 싶은 표정."

승조가 낮은 한숨을 쉬며 말을 아꼈다.

"왜? 아니야?"

희원은 자신의 주장에 근거를 대듯 앞으로 툭 튀어나와 그녀의 아랫배를 찌르고 있는 그의 남성에 몸을 더 갖다 붙였다. 빈틈없이 맞닿은 몸이 다시 서로를 열기로 채우려 하고 있었다.

"희원아."

욕망을 숨길 수 없는 가라앉은 음성. 승조가 낮게 이름을 부르자 방금까지만 해도 앙큼하게 굴던 희원이 언제 그랬냐는 듯 말갛게 웃는다.

"아빠 일어나실 시간 됐다며."

"연희원."

"응?"

"새로운 괴롭히기 놀이야?"

승조 역시 오랜만에 미소를 지으며 희원을 보았다. 그렇지 않아도 웃음에 박한 그였지만 희원과 만나지 못한 동안은 제대로 삶을 '살았다'고 표현하기 힘들 정도니 웃을 일은 아예 없었다. 항상 뻣뻣하게 굳어 있던 표정이 그녀의 앞에서는 한순간에 풀어졌다.

"글쎄?"

희원이 부러 만들어 낸 순진한 표정을 지으며 그를 놀렸다.

그가 유일하게 웃을 수 있는 순간이었다. 희원이 그를 향해 웃어 줄 때. 희원이 그에게 안겨 올 때.

희원과, 함께일 때.

석일의 희원을 어린 딸 대하는 듯하는 행동은 어제에 이어 오늘 아침이 되어서도 그다지 달라지지 않았다.

반찬을 자꾸 일일이 밥 위에 얹어 주는 석일 때문에 희원은 괜찮다는 말을 세 번 넘게 해야 했고, 그럼에도 석일은 그녀에게 아이 다루는 듯한 표정과 행동을 멈추지 못했다. 마치 그녀가 곁에 없었던 2년이라는 공백을 허용하지 않는 것처럼 보일 정도였다. 희원이 친부에게 보내졌던 2년이 그들에게 아예 없었던 시간으로 만들고 싶은 것처럼.

그런 석일의 행동이 불편하게 느껴지는 것은 승조였다. 그가 고백하기 전까지, 희원에게 그는 오로지 가족이고 오빠였던 것처럼 석일에게는 지금도 희원이 가족이고 하나뿐인 사랑스러운 딸일 것이다. 아마 그가 자신의 마음을 억누르고 계속 비밀로 한다면 앞으로도 영원히.

자신만큼 아버지가 희원이 없는 동안 힘들어하고 외로워했다는 것을 알고 있다. 그래서 더 죄악감에 시달리기도 했다. 그리고 희원이 돌아온 지금, 어두웠던 그늘을 모두 물리치고 다시 환하게 웃기 시작하는 아버지를 보며 그는 참담한 기분을 느꼈다.

그가 그녀를 버려 가면서까지 얻고자 했던 것은 가족이라는 굴레에서 벗어나는 것이었다. 물론 그게 그렇게 쉽게 이루어질 만큼 단순하고 얕은 관계가 아니라는 것은 누구보다 그가 가장 잘 알고 있었다. 2년이란 기간으로 십여 년 가까이 쌓아 온 견고한 관계가 완전히 끊어질 수 있을 거라는 기대 역시 하지 않았다.

하지만 승조는 잔인한 희망을 갖고 있었다. 석일에게 희원은 사랑하는 여자의 아이이자 딸 같은, 가족이나 다름없는 아이가 아니었다. 석일은 희원을 진심으로 친딸이라고 여기고 있었다.

영경을 그토록 절대적으로 사랑해서였는지, 영경이 죽고 그녀가 없는 삶을 살아가기 위해 그를 버티게 한 단 하나의 사람이 희원이기 때문이었는지 답은 아직 찾을 수 없었다. 중요한 것은 석일에게 희원은 타인이라는 것을 인식하게 되는 것이 두려울 만큼 소중한 존재라는 것이었다.

그리고 승조는 그녀가 그녀를 낳아 준 생부에게 가 있는 동안 핏줄로도, 법적으로도 희원이 완벽한 타인임을 석일이 인식하기를 바랐다. 잔인하게도.

서로가 가족이어야 살아갈 수 있는 사람들의 마음을 끊어 내고자 하는 끔찍한 욕망을 갖고 있는 스스로가 역겹게 느껴지기도 했다. 오로지 자신의 사랑 때문에. 처음부터 마지막까지 아무도 모르게 감추려고 했던, 비밀스럽고 외로이 쌓여 간 감정은 숨 쉴 틈을 찾자 하늘 무서운 줄 모르고 욕심을 키우고 사나운 이빨을 드러내고 있었다.

"승조는 내일 바로 서울로 가야 하는 거지?"

"네."

"워낙 눈이 많은 도시지만 이번 겨울은 특히 심해. 올라올 때도 미끄러워서 힘들었을 텐데, 갈 때는 더 걱정이구나. 어젯밤에 더 쌓이던데."

석일이 묵묵히 밥을 먹는 승조를 보며 걱정스러운 낯빛을 지우지 못했다.

"조심해서 잘 가겠지. 아빠는 갈수록 너무 걱정만 는다니까."

"희원이, 너."

"응?"

"아빠가 이런 말 하면 옆에서 옳다구나 하고 오빠 가지 말라고 떼를 쓰는 게 희원이 네 주특기였잖아."

석일이 신기하다는 듯 허허 웃었다. 희원은 잠시 어색하게 굳어지는 표정을 대충 정리하고는 다시 고개를 내려 식탁에 집중하는 척을 했다.

"나 이제 애 아니야."

"그래. 우리 딸 다 컸지."

다 컸다고 말하면서도 어릴 적 희원을 대하는 말투는 그대로 변함이 없었다.

"아빠야말로 차 조심해서 다녀오세요."

세 사람이 엇비슷하게 젓가락을 내려놓고, 소파에 놓여 있는 출근 가방을 드는 석일에게 희원이 말했다.

"그래. 아빠 일하고 있는 동안 오빠한테 놀아 달라고 해."

"애 아니라니까."

"승조 바빠서 앞으로 자주 못 볼 거야. 너 서울에서 같이 살아도 얼굴 보기 힘들걸? 그런데도 괜찮아?"

관심 없는 척 건조한 표정을 짓고 있던 희원이 석일의 말에 인상을 찌푸리며 뒤에 선 승조를 향해 몸을 돌렸다.

"그렇게까지 바빠?"

희원에게서 원하던 반응을 보았는지 석일이 더 크게 웃으며 코트를 입고 목에 목도리를 둘렀다.

"추우니까 나오지 말고, 안에 있어."

"싫어."

184

"녀석 고집은."

끝끝내 두 사람은 실랑이를 벌이다가 결국 현관 앞에서 합의를 보았다. 석일이 병원으로 출근을 하기 위해 나가고, 잠시 닫힌 문을 바라보고 있던 희원이 뒤를 돌았다. 말없이 그녀를 응시하고 있는 승조가 눈동자에 담긴다.

"오빠."

희원이 말없이 묻는다.

아무도 깰 수 없을 것만 같은 이 견고한 관계를 깰 수 있겠냐고. 정말 그게 가능한 일이냐고.

최승조와 연희원, 피 한 방울 섞이지 않은 타인임에도 가족인 두 사람에게 정말로 같은 미래가 있는 거냐고.

승조는 대답 없이 희원을 끌어안았다. 그에게는 단 하나의 방법밖에 존재하지 않았다. 희원이 없는 미래를, 그 자신이 살아갈 수 있다는 생각 따위 단 한 번도 해 본 적 없었다.

그 누구보다 뼈저리게 인지하고 있는 것.

희원에게도, 아버지에게도 죄를 짓고 있다. 스스로를 향한 경멸과 자조 역시 사라지지 않는다. 하지만 그는 절실했다.

죄를 지어서라도, 살아가기 위해서라면.

승조의 손에는 창고에서 가지고 나온 큼지막한 스노우 브러시가 들려 있었다.

경치가 아름답지만 그만큼 겨울에 눈으로 골치를 썩는 동네였다. 오래되었지만 낡은 느낌은 거의 없는 그들의 집 창고에는 눈 때문에 고생해 왔던 세월을 보여 주듯 제설 도구가 많이 있었다.

승조는 서울로 돌아가기 전에 마당과 집 앞에 쌓인 감당 안 되는 눈들을 사람이 다닐 수 있을 정도로 치우기 위해 짧게 가질 수 있는 휴식을 버리고 밖으로 나왔다.

창고에서 나온 그가 우선 자신의 차로 다가갔다. 어젯밤 사이에 벌써 차를 두껍게 감싼 눈들을 말끔히 부섰다.

"눈 치우는 거야?"

베란다로 나온 희원이 얇은 카디건을 여미며 물었다.

"사람 부르는 거 아니었어?"

"우선 대충 치워 놓고 가야지. 너 방학 동안 아무 데도 못 가고 집에만 갇혀 있고 싶어?"

"그걸 은근히 바라고 있지 않아?"

희원의 마지막 말에 승조는 졌다는 얼굴로 고개를 젓다가 베란다로 몸을 향했다. 그녀의 앞까지 다가온 그가 그녀의 입술에 쪽 소리 나게 입을 맞추었다.

더없이 자연스러운 키스. 하지만 관계는 달라졌다. 희원은 과연 그것을 인식하고 있을까. 그녀 역시 당연하게 그의 입술을 받아들인다. 그는 그 당연함이 어떤 의미인지 아직 잘 파악할 수 없었다.

"감기 걸리니까 들어가 있어."

"구경할래."

"그럼 옷이라도 제대로 입고 와."

위에는 집에서 입는 얇은 티에 카디건을 걸쳤다지만 아래는
거슬릴 만큼 짧은 팬츠 차림이었다. 추위를 많이 타면서 괜한
고집을 부리는 그녀가 걱정되었다.

"지금은 그렇게 춥지도 않은데 뭐. 추우면 내가 알아서 들어
가."

"감기 걸리면 진짜 화낸다."

"하나도 안 무섭다."

"연희원."

"그나저나 이제 눈 치울 거지?"

희원이 말을 돌리자 승조가 옅게 인상을 찌푸렸다. 그런데도
희원은 아랑곳 않고 하던 말을 계속했다.

"아까워."

"뭐가 아까워?"

"새 눈들. 눈싸움 총 한 번 못 돼 보고 버려지잖아."

아쉬운 표정으로 입을 열었던 희원은 그런 얼굴을 한 게 언제
인지 모를 정도로 금세 말간 눈웃음을 지으며 승조를 보았다.

"하자. 지금."

"눈싸움?"

"응!"

"너 옷부터……."

승조의 말이 채 끝나기도 전에 희원이 베란다 밖으로 나왔다.
털이 달린 겨울용 슬리퍼를 신긴 했어도 양말도 신지 않은 맨발
에, 거기다가 옷도 제대로 안 입은 그녀가 눈밭을 뒹굴며 노는

것을 그가 용납할 리 없었다.

"직접 안고 가서 옷도 다 입혀 줘야 말 들을 거지."

"잠깐만, 십 분만 놀면 되잖아."

희원 역시 끈질겼다. 승조는 낮게 한숨을 쉬더니 급히 자신이 걸치고 있는 두터운 점퍼를 벗었다. 희원의 허리에 점퍼 소매를 묶어 둘러 주자 허락을 받았다고 확신했는지 배시시 미소를 짓는다.

승조가 다시 제설 도구를 집기 위해 허리를 숙인 순간 희원이 몰래 뭉친 조그마한 눈덩이를 그에게 날렸다. 급히 만드느라 단단하기는커녕 손쉽게 흩어지는 하얀 눈이 그의 등에서 형체 없이 허물어졌다.

눈 깜짝할 사이에 일격을 받은 그가 허리를 곧추세워 희원에게 시선을 향했다. 그녀는 아차 싶은 표정으로 뒤로 슬금슬금 물러갔다.

"왜 도망가?"

"그, 그냥."

희원이 전혀 동요하지 않은 표정을 지으면서도 살짝 말을 더듬었다.

"내가 너 공격 못 하는 거 알면서 뭐가 무서운 건데?"

평소와 같이 말하지만 승조의 목소리에 언뜻 장난기가 섞였다는 것을 느꼈다. 희원이 그를 샐쭉 흘겨보고는 술래잡기 놀이를 하는 것처럼 전력으로 뛰기 위해 뒤를 돌았다. 하지만 다리는 남성용 두터운 점퍼에 휘감기고 발에는 슬리퍼를 뀐 채로는 승조에게 잡히는 시간을 더욱 단축시킬 뿐이었다.

"아!"

승조의 팔이 베란다로 다시 들어가려는 희원의 허리를 휘감았다. 동시에 그녀가 깜짝 놀란 듯 탄성을 내질렀다.

"이거 놔."

투정이 담긴 뾰로통한 목소리는 언제나 그렇듯 사랑스러운 애교에 가까웠다.

"안 놔."

승조가 뒤에서 희원의 등을 강하게 끌어안았다. 희원의 달콤한 체향이 그의 코끝에 훅 퍼진다. 그가 그녀의 어깨에 얼굴을 묻고 숨을 들이마시자 그녀는 간지러운 듯 몸을 꼬았다.

"평생 안 놔."

"오빠."

"무슨 일이 있어도 안 놔줘."

"……."

"평생 내가 가질 거야. 너."

희원으로서는 처음 보는 그의 모습이었다. 동생 앞에서 어른스러운 모습만 보이던 그는 없었다. 자신의 전부와도 같은 여자의 앞에서 어린아이 같다 싶을 정도로 집요한 소유욕을 보이는 남자만이 존재했다.

"사랑해. 희원아."

나는 네가 아니면 안 된다고, 네가 없으면 살 수 없다고, 네가 사랑해 주지 않으면 말라 가고 비틀려서 죽어 갈 거라고. 그

렇게 온몸으로 말하며 자신을 버리지 말라고 애원하고 사랑을
구걸하는 가여운 남자만이 있었다.

연인이 된 후에야, 연인이 되어서만 볼 수 있는 모습이었다.
석일 때문에 상처받고 외로워하던 그를 고사리 같은 손으로 위
로했을 때도, 그는 어린 희원의 앞에서는 볼썽사나운 꼴을 보이
고 싶지 않아 했다.

희원이 말없이 뒤를 돌아 그와 마주했다. 처음 만났던 날처럼
그는 그녀만을 또렷이 응시하고 있었다. 자신만을 가득 채우는
그의 눈동자가 마음에 들었다. 그때도, 지금도. 승조의 허리를
껴안은 희원이 까치발을 들고 그의 입술을 자신의 입술로 눌렀
다.

희원은 알고 있었다. 자신에게 사랑을 바라고 사랑을 마음껏
드러내는 남자가 자신을 제외한 모든 사람들에게 얼마나 방어적
이고 폐쇄적인지. 가장 연약하고 어렸던 순간부터 부모에게조차
사랑받지 못했던 남자가 무감한 얼굴을 하면서 사랑을 얼마나
불신하고 증오하는지. 그러면서도 얼마나 사랑받기를 갈구해 왔
는지.

전혀 상처받지 않은 척을 하면서 얼마나 속이 문드러졌는지.

그런 생각을 했다. 만약 승조가 자신이 아닌 다른 여자를 사
랑하게 되었다면, 그는 평생 그 마음을, 감정을 표현하지 않고
드러내지 않은 채 살아갔을지도 모른다고. 사람도, 사랑도 믿지
못하는 그이기에.

그리고 그녀는 그가 유일하게 사랑을 달라고, 사랑해 달라고

표현하고 말할 수 있는 사람이었다. 사랑을 드러내고 표현할 수 있는 세상 유일한 사람을 사랑하게 된 것은 어쩌면 그에게 다행인 일일지도 모른다.

"희원아."

승조가 자신에게 닿은 여린 입술을 가까이 떨어트리고 그녀의 이름을 불렀다. 희원아, 부를 때마다 숨결이 닿는다.

다시 한 번 그녀가 그의 입술을 눌렀다. 가까이 닿았던 서로의 숨결이 하나의 것으로 모아진다. 무너지고 싶을 만큼 달콤하고 아득했다.

희원의 뒷머리를 손으로 받친 승조가 그녀의 입안을 깊숙이 들어왔다. 하얗고 고요하게 탁 트인 공간 속에서 뜨겁게 젖은 두 사람의 혀가 마구잡이로 삼켰다. 조용하고 정적인 그에게는 어울리지 않는, 노골적이고 음란하다 여겨지는 입맞춤이었다.

틈도 주지 않고 밀어붙이는 승조 때문에 희원이 숨도 쉬지 못하며 버둥거렸다. 제대로 호흡하지 못하는 그녀가 자신의 입술에 닿은 그의 숨을 앗아 가고, 그에게 숨을 불어넣는다. 그럼에도 그는 지독하게 그녀를 몰아붙였다.

헐떡거리는 희원의 카디건 속으로 손을 집어넣었다. 티셔츠 안에 속옷을 입지 않은 그녀의 맨가슴이 잡힌다. 부드러운 감각을 손에 쥐자 그는 부드럽지 못하게 그 감각을 느꼈다. 빠르게 움켜쥐고 주무르는 손길에 희원이 신음을 터트리며 그의 어깨에 얼굴을 묻었다.

"아웃…… 오빠."

손에 가득 차는 희원의 가슴을 만지는 손길이 유독 거칠었다. 평소에는 그토록 소중히 대하면서 희원을 안을 때는 도통 부드러워질 수 없었다. 성급해지고, 조급해진다. 이 감각이 환상일까 불안해지고 두려워진다.

카디건을 젖히고 티셔츠를 끌어올린 승조가 하얀 눈밭을 배경으로 환하게 드러난 희원의 눈처럼 하얀 젖가슴을 베어 물었다. 희원이 승조의 정수리 위로 뜨거운 한숨을 쏟아 냈다. 소녀가 아닌 여인의 소리로 그렇게 그의 흥분을 가중시킨다.

승조의 입술이 앙증맞게 튀어 오른 돌기를 삼켰다. 연한 분홍빛의 젖꼭지를 혀로 핥고 이로 잘근 물자 희원은 힘이 빠지는지 다리를 가누지 못하며 그의 어깨에 손을 올려놓고 꽉 움켜쥐었다.

눈으로 가득한 도시, 눈으로 휩싸인 동네, 눈을 뜰 수 없을 만큼 하얗게 눈이 내린 집 앞 마당. 추운 것도 모르고 승조가 희원에게 달려들고, 희원 역시 뜨거움에 몸서리치며 그를 안고 있었다.

"오빠……. 나……."

희원이 말을 채 잇지 못하고 신음으로 대신했다. 승조는 숙였던 몸을 아예 주저앉아 희원의 사타구니에 얼굴을 가져갔다. 허벅지도 가리지 못하는 짧은 트레이닝팬츠를 주저 없이 무릎 아래로 끌어내렸다. 당황한 희원이 속옷밖에 남지 않은 자신의 아래를 손으로 가렸다.

"잠깐만…… 뭐하는…… 거야. 어?"

뜨거운 숨이 섞인 나른한 목소리조차 그의 행동을 방해할 수는 없었다. 희원의 자그마한 손을 치우고 얇은 천에 입술을 가져갔다. 음모가 자리하고 있을 곳을 입술로 쓸자 약간의 까슬까슬한 느낌이 전해져 왔다.

손가락이 사타구니를 쓸었다. 축축하게 젖은 곳이 그의 손가락까지 끈적끈적하게 만들었다. 희원이 얼마나 흥분했는지 그에게 전부 전해졌다.

머리끝에서부터 전율이 일었다. 자신이 희원을 여자로 만들고 있다. 자신이 희원에게 남자가 되고 있다. 희원을 만지는 손가락 마디마디가 찌릿거렸다. 심장이 멈추기 직전처럼 빠르게 뛰었다.

"그, 그러지 마……."

제대로 된 거부가 아니었다. 이미 아래 속옷까지 허벅지 밑으로 끌어내린 승조가 아무것도 감추지 못한 희원의 여성에 손가락을 집어넣었다. 그러자 간간이 이어지던 거부의 말조차 완전히 사라지고 고개를 뒤로 젖힌 그녀가 아릿한 신음을 터트렸다.

"으읏! 하아……!"

길고 두툼한 손가락이 희원의 젖은 통로를 끊임없이 관통했다. 그녀의 아랫배를 혀로 쓸며 힘 있고 빠르게 그녀의 속을 휘저었다. 가느다랗게 쭉 뻗은 다리가 바들바들 떨리며 희원이 그에게 몸을 기대어 왔다.

승조는 희원의 몸을 돌려세워 베란다 난간을 붙잡게 했다. 목재 난간을 꼭 잡은 그녀가 뒤도 돌아보지 못하고 깊은 숨을 쏟아 냈다.

그가 그녀의 엉덩이를 뒤로 잡아 빼었다. 엉덩이를 그가 있는 곳으로 향해 내민 그녀는 이제 곧 그가 삽입을 시도할 거란 생각에 몸을 떨었다. 그의 분신이 자신의 몸을 틈도 없이 채울 거라는 생각에 본능적인 기대감으로 눈을 감았던 희원은 곧이어 느껴지는 전혀 다른 감촉에 놀라서 고개를 뒤로 돌렸다.

"하으읏…… 오빠……!"

희원의 애처로운 부르짖음에도 승조는 끄떡없었다. 길게 내민 혀가 그녀의 미끈미끈한 여성을 핥고 있었다. 뜨거운 혀가 그녀의 속살을 파고들기까지 했다. 은밀하고 깊은 곳까지 침입하려 드는 그의 입술을 막지 못한 희원이 나른하게 흘리던 신음은 점차 뜨거운 교성으로 변해 가고 있었다.

"아읏! 웅! 하아……!"

희원의 하얀 허벅다리를 꽉 잡아 벌린 채 그녀의 다디단 물을 마시던 그는 도통 해갈되지 않는 갈증에 더욱 그녀의 사타구니에 얼굴을 들이밀었다. 잘 쪼개진 복숭아처럼 둥글게 부풀어 오른 하얀 엉덩이를 힘껏 벌리고 그곳에마저 혀를 집어넣자 희원이 빨갛게 달아오른 얼굴로 미친 듯이 고개를 휘저었다.

"안 돼! 시, 싫어……! 오빠, 제발……."

미끈한 혀를 두툼한 살에 두르자 희원은 이제 거의 울먹거리는 수준으로 신음을 내뱉고 있었다. 승조는 엉덩이 사이에 혀를 댄 채 맛있는 과일의 즙을 맛보듯 소리가 나도록 노골적으로 그곳을 핥아 댔다.

그의 타액과 그녀의 애액으로 번들거리는 사타구니는 점점 엉망이 되어 가고 있었다. 자신을 집어삼킬 것 같은 쾌감에 어찌할 바를 몰라 하는 그녀를 더 몰아붙이려다가 결국 그가 구부려 앉았던 몸을 일으켰다.

난간을 생명줄처럼 꼭 붙든 희원이 아무리 힘을 주어도 덜덜 떨리는 손을 주체하지 못했다. 흐트러진 숨을 몰아쉬고 있는 그녀를 뒤에서 안은 그가 자신의 바지 버클을 풀고 속옷마저 끌어내렸다.

서로의 살갗이 닿는다. 가장 은밀한 부위가 가볍게 스치자 떨림이 더욱 커졌다. 승조가 희원의 하얀 엉덩이에 자신의 뜨거운 남성을 비볐다. 딱딱하게 팽창한 그의 페니스가 그녀의 보드라운 엉덩이를 뭉갰다.

젖어 있는 희원의 사타구니에 귀두를 갖다 대자 그녀처럼 그의 끝도 미끈하게 젖었다. 둥글게 원을 그리듯 그녀의 애액을 자신의 기둥 끝에 바른 그가 방심할 틈도 주지 않고 그녀의 속으로 몸을 집어넣었다.

"으……응."

희원의 맨허리를 안은 그가 그녀의 여성 속에 뿌리 끝까지 자신을 박아 넣었다. 이미 빨갛게 부푼 가슴을 다시 움켜쥐고 허리를 흔들자 그녀 역시 그의 몸을 따라 흔들렸다. 그렇게 젖었는데도 너무도 좁아 잠시 뻑뻑하게 느껴졌던 그녀의 속살이 점차 그의 커다란 분신을 받아들이며 그를 아늑하게 감쌌다.

승조가 페니스를 들이밀고 빼낼 때마다 희원이 쾌감에 몸을 떨었다. 어제의 처음 이루어졌던 결합도, 지금 갑작스럽게 시작된 발아래 눈을 다 녹일 것 같은 뜨거운 정사도 두 사람에게는 익숙지 않은 것이었다.

승조는 이미 한참 전부터 그녀를 가족이 아닌 여자로 여겼으면서도, 감히 그녀를 안는 상상은 하지 못했었다. 그런 마음을 갖는 자신을 부수고 싶을 정도였다. 하지만 희원을 안는 순간, 억눌러 왔던 모든 욕망이 폭발했다.

희원의 여성 속을 긁으며 꽉 채워 나가던 그의 남성이 전율하며 끝을 알렸다. 숨조차 쉴 수 없는 아득한 절정이 찾아왔다. 최대한 신음을 참던 승조 역시 그 깊은 오르가슴에 거친 숨결을 쏟아 냈다.

"하…… 희원아."

죄의식은 그렇게 쉽게 사라지는 것이 아니었다. 희원에게 사랑한다고 고백했던 것이, 그녀를 사랑하는 게 아무에게도 거리낌 없이 느껴지고 떳떳한 감정이라 여겨진다는 뜻 역시 아니었다.

희원은 그에게 어린 시절, 추억이라는 게 생기기 시작한 시간들을 모두 공유한 가족이었다. 누구보다 소중한, 심지어 그 자신보다 소중한 존재라고 진심으로 생각해 왔던 하나뿐인 여동생이었다.

그런 희원을 사랑한다고 인정하고, 자신이 그녀에게 느끼는 모든 감정들이 죄가 아니라고 홀로 면죄부를 주어도 가슴속으로는 똑똑히 알고 있었다. 이건 죄라고. 다른 사람들의 시선이나 경멸은 그다지 중요치 않았다. 오로지 자신의 가족에게 짓는 죄였다. 석일에게도, 희원에게도 가장 소중한 것을 빼앗는 짓.

희원의 도발로 어젯밤 그녀를 안은 후, 잠든 그녀를 바라보며 수많은 감정과 고뇌가 교차했다. 행복하고 고통스러웠다. 그에게 유일한 빛이 다시 그를 찾은 것이, 그를 선택한 것이 가슴을 뜨겁게 벅차오르게 만들었고 그 유일한 빛을 그의 손으로 꺼트리게 될까 두려움이 치솟았다.

하지만 마지막에 그를 찾아오는 결론은 항상 하나였다. 그럼에도 희원을 놓을 수 없다. 놓칠 수 없다.

희원을 품에 안은 채 그의 가슴에 철저한 이기와 조용한 광기가 휘몰아쳤다.

11.

　방학을 집인 강릉에서 보내던 지환은 고등학교 친구들과 헤어진 후 불현듯 떠오른 길을 거닐고 있었다.

　3년 전, 희원에게 첫눈에 반하고 비록 들어가지는 못했지만 제집처럼 오갔던 그녀의 집 앞이었다. 충동적이다 싶을 만큼 어이없는 자신의 행동에 그는 피식 마른 웃음을 지었다. 스스로가 꽤나 순정적으로 느껴지는 것이 우스웠다.

　자연과 어우러져 세월의 흔적마저 고고하고 아름답게 느껴지는 집을 조금은 담담하게, 조금은 서글프게 바라보던 지환이 등을 돌리려던 때였다.

　"연희원?"

　지환의 목소리가 믿을 수 없다는 듯 낮게 울렸다. 대문을 열고 나온 사람은 분명히 희원이었다. 2년 전 한순간에 사라져 버렸던 그의 첫사랑, 그녀였다.

"희원아!"

남성용의 커다란 점퍼를 여민 채 주위를 둘러보던 희원이 그를 발견하고는 눈을 커다랗게 키웠다. 지환은 숨도 쉬지 못하고 대문 앞으로 달려가 그녀의 어깨를 붙잡았다.

"유지환?"

"너, 뭐야!"

"대뜸 무슨 소리야?"

그의 격한 반응을 이해할 수 없는 희원이 인상을 찌푸렸다.

"정말…… 연희원 맞네."

지환은 꿈이 아니라는 듯 조용히 중얼거렸다.

"너 지금 나 보러 여기 온 거였어?"

"도대체! 도대체 어디로 증발했었던 거야? 너 갑자기 그렇게 사라져서 내가 얼마나 찾았는지 알아?"

잠시 마음을 가라앉히려고 노력하던 지환이 결국 끓어오르는 감정을 주체하지 못하고 그녀에게 거칠게 언성을 높여 물었다. 그의 생뚱맞은 반응에 희원은 기가 차다는 듯 웃음을 터트렸다.

"네가 무슨 상관인데?"

"뭐?"

"내가 너랑 사귀었어? 나 지금 많이 당황스럽다?"

희원은 여전히 자신의 어깨를 속박하듯 움켜쥐고 있는 지환의 손을 찌릿 노려보았다. 그녀가 눈치를 주는데도 그는 그녀를 붙잡은 채 떨어질 생각을 하지 않았다.

"그래도 그렇지! 내가 너 따라다닌 게 1년이었어. 적어도 친구로라도 생각했으면 전학 간다, 말이라도 해 줄 수 있었잖아!"

"친구는 무슨."

희원이 입을 꾹 다물고 그의 손을 치웠다. 지환은 예전과 변함없이 뻣뻣하고 도도한 그녀의 모습에 화내고 있던 스스로가 민망할 정도로 갑작스럽게 씩 미소를 보였다. 희원은 인상을 찌푸렸다.

"너 조울증 있니? 아니면 인격이 여러 개야?"

"연희원은 진짜 변함이 없구나. 내가 너 때문에 그때 얼마나 마음고생 했었는지 모르지?"

"내가 알아야 돼?"

희원이 입술을 삐죽이며 물었다. 지환은 그녀를 끌어안고 싶은 충동에 주먹을 꼭 쥐었다. 사춘기 소년 시절 열병을 앓게 만들던 소녀가 시간이 갈수록 차츰 기억 속에서 흐릿해지는 것을 느끼며 이제 잊을 수 있겠구나 여기고 있었다.

착하지도, 그에게 살갑게 굴지도 않던 희원이었는데 오래도록 잊혀지지 않은 게 신기하다 싶을 정도였다. 밀어내고 새침하게만 굴던 여자애에게 뭐 그리 좋은 추억이 있다고 이다지도 속을 썩나 하면서도 고등학교 졸업식 때까지 희원의 학교를 찾아가 혹시나 그녀가 올까 하던 스스로가 우습게 느껴졌었다.

그리고 대학생이 된 후, 새로운 사람들을 만나고 새로운 생활에 적응해 갈수록 거짓말처럼 그녀를 떠오르는 횟수가 급격하게 줄어 갔다. 그녀에게 자신이 뭐였다고, 말도 없이 떠난 그녀가 괜히 괘씸해서 오기로 더 여자를 만나기도 했다.

그런데 자신도 모르게 발걸음이 희원의 집을 찾은 것을 보니 잊었다고 생각했던 것이야말로 거짓인 모양이었다. 2년 만에 희원을 마주한 순간, 어떤 여자 앞에서도 뛰지 않던 가슴이 세차게 두근거리는 것을 보니 창피할 만큼 순정적인 제 마음이 느껴졌다.

2년이 지났어도 변한 것은 아무것도 없었다. 희원도, 그 자신도, 자신의 마음도.

"이제 곧 3월인데 계속 강릉에 있을 거야?"

지환의 물음에 희원을 고개를 저었다.

"학교 가야지."

"너 대학 어디 다니는데?"

질문해 놓고 희원의 대답을 기다리지 못한 지환은 그녀가 손에 쥐고 있는 휴대폰을 빼앗아 들었다.

"유지환! 너 뭐하는 거야?"

희원의 휴대폰으로 자신의 번호를 눌러 전화를 건 지환이 씩 웃었다. 자신의 휴대폰을 꺼내 확인하자 그녀의 번호가 확실히 남겨져 있었다.

"전화할 테니까 받아. 알았지?"

"너 진짜!"

"안 받으면 너희 아버지 바짓가랑이 붙잡고 늘어질 거야. 연희원 어디 있는지 알려 달라고."

지환은 어느새 다시 능글거리며 실실 웃는 얼굴로 돌아와 있었다. 그는 기가 막혀서 대답도 못하고 있는 희원의 머리를 쓰다듬었다.

"저번엔 너 사라지고 자포자기 상태였는데 이젠 절대 안 놓친다."

대문 앞에서 지환과 희원이 상반된 표정으로 대화를 나누는 동안, 갑작스럽게 대문이 열렸다. 희원을 서울로 데려가기 위해 오늘 아침 강릉에 도착했던 승조가 나왔다. 희원은 승조를 의식하며 급히 지환의 손을 밀쳐냈다.

하지만 그녀의 머리를 친밀하게 쓰다듬던 지환의 손을 이미 확인한 승조의 눈은 이미 차갑게 가라앉았다. 지환은 그가 예전에 한 번 본 적 있는 희원의 오빠라는 것을 깨닫고는 서글서글한 눈매를 보이며 웃었다.

"안녕하세요. 저 예전에 한 번 뵌 적 있는데, 희원이……."

"야. 얼른 가."

희원이 지환의 말을 끊고 매몰차게 말했다. 지환은 그녀의 평소보다 더 날이 선 반응에 다시 고개를 돌려 승조의 표정을 확인했다. 그리고 자신을 죽일 듯이 노려보는 그의 눈빛에 아차 싶었다. 남인 자신의 눈에도 저리 예쁘게만 보이는 희원인데, 가족이고 오빠인 그에게는 어떨까 싶었다.

자신에게 희원 같은 여동생이 있어도 덩치 큰 남자가 좋다고 쫓아다니는 것을 보고 기분이 좋을 턱이 없었다. 곧바로 이해되는 감정이긴 했지만 어쩐지 더욱 날카롭고 거친 반응이었다. 하지만 희원과 재회했다는 것에 가장 포커스를 맞춘 지환은 그런 승조의 눈빛을 쉬이 넘기며 머리를 숙였다.

"그럼 가 보겠습니다. 연희원! 전화 꼭 받으라고 말했다."

지환이 손을 흔들며 큼직한 걸음으로 대문 멀리로 떠났다. 희원은 점차 멀어져 작아지는 지환의 형체를 확인하고는 뒤를 돌았다. 승조가 거친 손길로 그녀를 잡아끌었다.

"아파."

"연희원."

"왜?"

"너 저 자식한테 번호 줬어?"

승조의 목소리가 낮게 울렸다. 희원은 자신의 팔을 움켜쥐고 있는 그의 손을 잡아끌었다.

"쟤가 갑자기 휴대폰 채 가서 마음대로 번호 교환한 거야. 됐어? 아프니까 손 좀 놔."

"휴대폰 이리 내."

거칠게 팔을 잡았던 손에 힘은 풀렸지만 여전히 그는 경계가 짙은 눈빛을 풀지 않고 있었다. 희원은 승조의 말이 의아한 듯 인상을 찌푸리면서 휴대폰을 그에게 건넸다.

"스팸 번호 차단하는 거 나도 알아. 그렇게 안 해도 알아서 거를 수 있고."

"번호 바꿀 거니까 그렇게 알아."

"뭐?"

경악에 가까운 희원의 외침에도 승조는 아랑곳 않고 대문 안으로 다시 들어갔다. 희원이 그를 쫓아가 그의 팔을 잡았다.

"번호를 왜 바꿔?"

"몰라서 물어?"

이런 식의 독선과 아집은 단연 처음이었다. 희원이 알아 온 승조는 이런 식으로 그녀의 말을 듣지도 않고 자신의 뜻만을 고집하는 사람이 아니었다. 그녀의 눈빛이 반항기가 섞여 날카롭게 변했지만 싸늘하게 식은 그의 눈동자에 비할 바는 못 되었다.

"싫어."

"연희원."

"번호 바꾼다는 게 무슨 의미인 줄 알아?"

희원이 승조의 손에 들린 자신의 휴대폰을 도로 찾으려 했지만 그는 꿈쩍하지 않았다. 그녀는 그런 그 때문에 더 화가 치솟았다.

"날 못 믿는다는 거야."

"……."

"못 믿어?"

승조를 비난하듯 희원의 눈길이 서늘하게 그를 향했다. 희원이 고개를 작게 저으며 중얼거렸다.

"날 못 믿어?"

"내가 널 어떻게 믿어."

뇌까리듯 대답한 승조의 음성은 지독하게 낮았다. 그가 희원을 고요히 응시한 채 말했다.

"네가 날 정말 사랑하는지도 모르겠는데 내가 널 어떻게 믿어."

차마 입으로 내뱉기도 버거운 쓰라린 진심을 기어코 꺼내 놓았다. 그의 깊은 마음속에 담긴 뜻을 이해한 희원이 그를 노려보았다.

"희원아."

"……."

"날 사랑해?"

희원이 고집스럽게 입술을 깨물었다.

"가족이 아니라……."

남자인 최승조를 사랑한다고 말할 수 있어?

조급하게 굴지 말자고 그토록 다짐해 온 것들이 희원을 보는 순간 모든 게 소용없어졌다. 희원이 자신을 가족이 아닌 남자로 선택해 준 것만으로도 다행스럽게 여겨야 했다. 결코 성급하게 굴어서는 안 된다고 스스로 아무리 다짐해도 희원의 눈빛 하나, 말 한 마디로도 모든 것이 어그러졌다.

희원에게 사랑받고 싶어서 반쯤 미쳐 있는 것 같았다. 희원이 연인으로서의 자신을 사랑해 주기를 바랐다. 하지만 그 경계는 그들조차 헷갈릴 정도로 어중간하고 미묘해서 그는 그녀의 마음이 어떤지 확신하지 못했고 불안함이 쌓였다.

희원이 여전히 자신을 남자가 아닌 가족으로서 사랑하고 있는 거라면. 그래서 언젠가 희원이 다른 누군가를 사랑하게 된다면. 희원이 자신을 버린다면. 그를 죽일 수도 있는 끔찍하고 고통스러운 가정들이 머릿속을 맴돌았다. 두려움이 온몸을 마비시켰다.

두 달여 전, 방학을 한 희원을 강릉에 데려다 주고 승조는 잠깐의 여유가 생길 때마다 본가를 찾아왔다. 그리고 그때마다 희원을 안았다. 그녀가 자신에게 길들여지도록. 자신이 그녀에게 새겨지도록. 광포하다 여겨질 만큼 집요하게 그녀를 가졌다.

불안한 마음은 그렇게 곳곳에서 드러났다.

섹스를 할 때만큼은 확실하게 자신이 희원에게 남자라는 사실을 느낄 수 있었다. 강한 흥분을 느껴 아래가 젖어서 신음을 흘리고 몸을 떠는 희원을 봐야 그것을 여실히 실감할 수 있었다. 여자가 되어 그의 몸을 점점 더 원하기 시작하는 그녀를 봐야 확실히 느낄 수 있었다. 그래서 더 섹스에 집착하고 집요하게 굴었다.

"내 대답에 의미가 있어?"

"……."

"그렇지 않다고 대답하면 어떻게 할 건데?"

희원이 아프도록 세게 깨물었던 입술을 풀고 그를 보았다. 차가운 조소가 섞였다. 승조의 가슴이 형체를 잃고 뒤틀렸다.

"그렇다고 놔줄 것도 아니었잖아."

"그래. 맞아."

희원의 팔을 다시 움켜쥔 승조가 그녀를 끌고 집 안으로 들어왔다. 부서질 만큼 세게 문을 닫고 거실에 있는 넓은 소파에 희원의 몸을 거칠게 눕힌 그가 그 위로 빠르게 몸을 겹쳤다. 희원이 입고 있는 자신의 것인 점퍼를 거칠게 벗겨 내고 스웨터 안을 파고들었다. 속옷을 위로 젖히자 모습을 드러낸 부풀어 오른 가슴을 아프게 움켜쥔 채 낮아진 목소리로 입을 열었다.

"절대 안 놔줘."

"하으웃……."

이미 그에게 길들여진 여린 몸이 그의 짧은 손길에도 쉽게 반응을 해 온다. 그가 그녀를 바라본 채 스웨터 속에 집어넣은 손을 빠르게 움직였다.

"으응! 웃!"

옷 안에서 형체를 망가트리듯 가슴을 무자비하게 주무르는 손길이 점차 빨라졌다. 그의 손 움직임에 뒤따라 희원의 신음도 짧게 끊기는 것 같으면서도 계속되었다. 젖가슴을 애무할 때 가장 민감하게 반응하는 희원이 눈을 감고 그의 손을 느끼고 있었다.

승조의 허벅지가 희원의 치마 속을 파고들었다. 굵고 단단한 허벅지로 그녀의 사타구니를 강하게 쓸었다. 그의 정장바지가 쉽게 젖어 들 정도로 그녀의 여성이 흥분으로 물들고 있었다.

그는 그녀가 입고 있는 스타킹과 팬티를 한꺼번에 무릎 아래로 끌어내렸다. 자신의 아랫도리마저 단숨에 벗어 내린 그가 급하다 여겨질 만큼 빠르게 그녀의 속으로 들어갔다.

"흐웃!"

희원의 등을 안은 승조가 그녀의 여성에 깊숙이 찔러 넣은 자신의 분신을 강하게 움직이기 시작했다. 그가 허리를 움직일 때마다 그녀의 엉덩이가 소파 위에 뜨며 들썩거렸다. 두 사람의 엉킨 하체가 끊임없이 탁탁 소리를 내며 서로를 향해 부딪쳤다.

어떤 것으로도 대신할 수 없는 감각이 그를 뒤덮고 있었다. 희원을 갖는다. 눈을 감은 채 나른한 신음을 흘리는 희원의 정염 가득한 표정을 내려다보는 승조의 눈빛이 더욱 뜨겁고 짙게 가라앉았다.

"희원아……."

승조가 희원의 입술에 자신의 입술을 포갰다. 희원은 아까의 날카로웠던 눈빛과는 다르게 쉽게 입술을 열어 그를 받아들였다. 입술 사이로 만난 혀가 끈적끈적하게 뒤엉킨다. 한 사람의 일방적인 키스가 아닌 서로를 갖지 못해 안달난 입맞춤이었다.

"사랑해."

재회한 후, 승조가 끊임없이 전하던 말이었다. 섹스를 할 때면 더욱 그녀에 대한 사랑을 몸으로, 말로 몇 번을 전하고는 했다. 답이 되돌아오지 않아도 좋을 리가 없다. 사랑한다는 말이 돌아오기를, 달콤하고 사랑스러운 목소리로 그의 귓가에 나 역시 사랑한다는 말을 속삭여 주기를 기대하고 바라지 않을 수가 없다.

"희원아."

말해 줘.

너 역시 나를 사랑한다고 말해 줘.

희원은 끓어오른 쾌감에 반쯤 감긴 눈으로 그를 응시하고 있었다. 승조는 들리지 않는 대답을 막기 위해 그녀의 입술을 다시 집어삼켰다.

승조가 차 트렁크에 희원의 마지막 짐까지 실어 넣자 석일은 아쉽고 서운한 마음을 감추기 위해 애써 미소를 지었다.

"승조가 바빠서 잘 챙겨 주지는 못하겠지만 그래도 둘이 같이 살게 됐으니 안심이다."

희원 역시 웃으며 고개를 끄덕였다.

"전화 자주 할게."

"그래."

트렁크를 닫은 승조가 석일에게 다가갔다.

"저희 이제 출발할 테니 먼저 들어가세요."

"너희 가는 거 봐야지."

해가 저물어 가는 저녁, 희원은 끝까지 두 사람이 가는 모습을 지켜보고 싶어 하는 석일을 말릴 수 없다는 걸 아는지 마지막 인사를 하고 먼저 조수석으로 향했다. 희원이 차 안에 들어간 것을 확인한 석일은 승조의 어깨를 다정하게 두드렸다.

"승조야."

아버지가 어떤 말을 하려는지 승조는 알 것 같았다. 그가 전할 말들이 분명 자신에게는 아픈 상처가 될 거라는 것도.

"희원이 잘 부탁한다."

"……네."

"너희들 우애야 내가 이렇게 따로 말할 필요도 없이 좋은 거 알아. 하지만 희원이 저 녀석, 아닌 척해도 지난 일들 많이 서운하고 섭섭할 거야. 아직 어린 나이였으니까. 지금도 그렇고."

승조는 대답 없이 묵묵히 그의 말을 들었다.

"이제 출발해야겠구나."

석일에게 짧게 인사한 승조가 운전석에 올랐다. 석일은 가만히 서서 두 사람이 탄 차가 점점 멀어지다가 사라질 때까지 지켜보았다.

차내는 무거울 정도로 적막이 감돌았다. 희원이 고개를 돌려 운전석에 앉은 그를 보았다. 앞만 보며 운전에 집중하고 있는 것처럼 보이는 승조가 속은 그렇지 못하다는 것을 희원은 알고 있었다.

침묵이 감싼 차는 빠르게 달려 서울로 향했다. 3시간이 넘는 운전 끝에 의대 시절부터 승조와 진형이 함께 살고 있는 아파트가 멀지 않게 보이기 시작했다. 아파트 지하 주차장으로 차를 주차한 승조는 잠시 내리지 않고 가만히 앉아 있었다.

"나 먼저 내려?"

그를 기다리던 희원이 조용히 물었다. 여전히 말이 없는 승조를 바라보던 그녀는 짧은 한숨을 쉬고는 차 문을 열었다. 차에서 밖으로 나오려던 희원이 순간 발목을 삐끗했다. 대학생이 되고 나서도 잘 신지 않던 굽 높은 구두를 신은 탓이었다.

희원이 주차장 바닥에 주저앉는 모습에 그제야 승조가 황급히 문을 열고 나왔다. 놀란 얼굴의 그가 조수석 옆에 발목을 꼭 쥔 채로 주저앉아 있는 희원에게 빠른 걸음으로 다가왔다.

"괜찮아?"

걱정이 역력한 목소리를 감추지 못한 승조가 희원의 발목을 주무르며 물었다. 희원이 옅게 인상을 찌푸리면서도 아무렇지 않게 대꾸했다.

"괜찮아. 잠깐 접질린 거야."

"일어나 봐."

승조가 희원을 부축한 채 몸을 일으켜 주었다. 그녀가 삐끗한 곳이 아직 통증이 다 가시지 않았는지 다리를 조금 절뚝이며 그에게 안겨 왔다.

"아니다. 안 괜찮은 거 같아."

희원의 말에 승조는 더욱 걱정스러운 얼굴이 되었다.

"아파?"

"화났어?"

조금이라도 아플까 걱정으로 표정이 굳어진 승조에게 희원이 급작스럽게 물었다. 그는 그녀를 응시했다.

"대답 안 해서?"

"……."

"사랑한다는 말…… 안 해 줘서?"

"됐으니까 일단 집에 들어가자."

승조는 희원의 대답을 듣고 싶으면서도 한편으로는 그 대답이 두려웠다. 어떤 말을 해 줄지. 어떤 답을 전해 줄지.

그가 그녀의 어깨를 잡고 부축해 주며 엘리베이터로 향했다. 잠시 헛디뎠던 발이 이제는 정말 아무렇지 않았지만 희원은 승조의 허리를 그러안은 팔을 풀지 않았다. 승조 역시 그것을 모를 리 없는데 연극이라도 하는 것처럼 희원의 어깨를 감싸고 부축하는 몸짓을 그만두지 않았다.

항상 이런 식이었다. 워낙 말수가 적고 화를 내는 성격이 아닌 승조와 뾰족한 면이 있어도 어릴 적부터 그에게는 맹목적으로 굴던 희원은 잘 싸울 것 같지 않았지만 함께 살면서 아예 부딪치지 않을 수는 없었다. 두 사람이 신경전을 벌이는 것은 조심성 없는 희원이 크게 다칠 뻔했다든가 하는 이유가 대부분이었지만.

그렇게 살얼음판을 걷는 분위기는 아무리 길어도 하루를 지나지 못했다. 누가 먼저 화를 풀어 주는지는 정해져 있지 않았다. 결국 버티지 못하겠는 사람이 먼저 와서 아무 일 없었다는 듯 말을 걸어오면 언제 싸웠냐는 듯 다시 서로를 안으며 장난을 쳤다.

"당분간이지만 진형이 안 불편하겠어?"

승조가 희원의 등을 쓸며 가만히 물어 왔다.

"불편할 게 뭐가 있어. 어렸을 때도 보고 그랬는데. 그리고 어차피 집에도 잘 안 들어온다면서."

승조가 완전히 풀렸다고 생각했는지 희원이 평소처럼 그의 가슴에 얼굴을 비비적거렸다. 승조는 그런 그녀의 머리카락을 부드럽게 쓰다듬었다.

두 사람이 탄 엘리베이터가 15층에 도착하며 엘리베이터 문이 활짝 열렸다. 두 사람은 손을 잡은 채 복도를 걸어 현관 앞에 다가섰다. 희원이 승조의 커다란 손을 만지작거리며 조용히 물었다.

"지금 진형 오빠 집에 있어?"

오늘 진형이 오프라는 것은 알고 있었지만 보통 서경과 데이트를 하느라 계속 집에 있는 편은 아니었다. 승조는 모르겠다는 듯 어깨를 으쓱했다.

"손잡는 거 돼, 안 돼?"

희원이 의문을 띄웠다. 승조는 그런 그녀를 지그시 응시하다가 손을 놓을 듯 말 듯 장난을 치는 그녀의 손을 꽉 잡은 채 현관문을 열었다.

"승조 왔나 보다."

부엌에서 진형의 반가운 목소리가 들려왔다. 승조는 두 켤레의 손님용 실내화가 원래 있던 자리에 없는 것을 확인하고 탁트여 있는 부엌에 시선을 주었다. 현관으로 다가오고 있는 진형, 그리고 식탁 앞에 있는 두 명의 여자가 보였다.

"희원이, 너 인마. 오랜만이다?"

"오빠, 안녕."

희원이 새초롬하게 인사했다. 옛날이나 지금이나 변함없는 반응에 진형이 피식 웃었다.

"여전하다. 정말."

승조는 신발장 가장 위 칸에 있는 여분의 새 실내화 포장을 뜯어 희원의 발아래 놓아주었다.

서경과 지윤은 부엌에서 현관으로 향하다가 잠시 멈칫거렸다. 최승조라는 사람이 누군가에게 저런 식으로 세심하고 다정하게 구는 모습은 그를 오래 알아 왔지만 단연 처음 보는 모습이었다. 정작 승조와 희원, 진형은 아무렇지도 않은데 그 모습에 당황하다 못해 아연실색하고 있는 서경과 지윤이 천천히 그들에게 다가갔다.

"선배, 안녕하세요."

지윤이 긴장한 얼굴로 살며시 웃으며 인사했다.

"그래. 오랜만이다."

승조가 오늘 강릉에서 여동생을 데리고 올 거라는 이야기를 하던 서경이 대뜸 같이 가지 않겠냐고 물었었다. 놀리는 건지 정말 불쌍하게 생각하는 건지, 오랜 짝사랑을 계속하는 지윤에게 한탄 섞인 조언을 주로 하던 그녀였는데 그렇게까지 포기가 안 되면 일단 해 볼 수 있는 건 다 해 보라며 조금이라도 개인적인 시간을 가져 보라는 뜻에서였다.

솔깃하지 않을 수 없는 제안이었다. 거기다가 승조가 그렇게 아낀다는 여동생도 오니 점수를 따는 게 어떠냐며 슬쩍 찌르던 서경의 달콤한 제안을 지윤은 결코 거절할 수 없었다.

승조를 바라보는 지윤의 얼굴이 급격하게 달아올랐다. 그의 짧은 눈길조차 면역이 되지 않았다. 볼썽사납게 붉어졌을 두 뺨이 창피하고 부끄러워 잠시 고개를 숙였던 지윤이 이번엔 승조의 옆에 있는 여자에게로 눈을 돌렸다.

"아."

짧은 감탄사가 터져 나왔다. 승조의 손을 잡고 무표정한 얼굴로 자신을 바라보고 있는 앳된 얼굴의 여자는 보기 드문 미인이었다.

아파트에 도착하기 전에도 서경은 2년 전에 사진으로 잠깐

본 승조의 여동생이 얼마나 예뻤는지 아직도 기억이 난다고 말했다. 거기다가 말할 필요도 없이 모든 사람들의 시선을 끌어당기는 그의 외모를 생각하니 그의 여동생 또한 빼어난 미인일 거라는 예상은 쉽게 할 수 있는 것이었다.

하지만 워낙에 남자다운 선과 외모를 가진 승조라서 그의 여동생은 어떻게 생겼을지 잘 상상이 가지는 않았다. 그런데 지금 이렇게 만나 보니 그를 닮지는 않았지만 여성스럽고 요조숙녀 같으면서도 어쩐지 싱그러운 매력이 넘친다는 느낌을 받았다.

지윤이 작게 미소를 지으며 희원과 눈을 마주쳤다.

"승조 선배 동생분이죠? 안녕하세요. 승조 선배 학교 후배인 차지윤이라고 해요."

자신보다 여섯 살 어린 여자에게 정중하고 예의 있게 인사한 지윤이 돌아올 인사를 기다렸다. 찰나라고 해도 좋을 짧은 순간, 희원이 고요하고도 차갑게 그녀를 응시했다. 헤어 나올 수 없을 것 같은 새까만 눈동자가 지윤을 세세히 관찰하듯 파고들었다.

지윤은 놀란 마음에 숨을 들이켰지만 다시 그녀를 보았을 때는 방금 전 경계가 가득했던 눈빛이 환상이었던 것처럼 희원은 예쁘게 웃고 있었다.

"안녕하세요."

"정말 인형같이 생겼네. 사진이랑 똑같다."

앞서 인사를 나눴던 서경이 희원에게 다가가 말했다. 희원은 부끄러운 기색도 없이 활짝 웃어 보였다.

"감사합니다."

"희원이 저 녀석, 얼굴에 보이지 않는 철판이 깔려서 저런 말 들어도 아무렇지도 않아 해. 그치?"

진형이 장난스럽게 시비를 걸었다. 하지만 희원은 처음 만나게 된 언니들과 떠드는 게 더 좋은지, 그를 무시한 채 말했다.

"그럼 언니가 진형 오빠 여자 친구예요? 의대 때부터 사귀었던?"

"응. 벌써 6년이 넘었네. 내가 아깝지?"

"네. 많이요."

장난스럽게 대답한 희원은 지윤이 있는 쪽을 보며 미소를 지었다.

"지윤 언니도 말 놓으세요."

"아, 그럴까?"

진형에게 새침하고 도도한 성격이라고 전해 들었던 희원이 생각보다 살갑게 굴자 지윤은 얼떨떨한 미소를 지으며 고개를 끄덕였다. 부잣집에서 귀하게 자란 어린 여자애가 꽤 까탈스럽게 굴 거라는 예상을 서경 역시 했는지 의외라는 표정을 보였다. 잠시 지윤과 눈을 마주친 서경이 잘해 보라는 듯 눈짓을 주었다.

"잠깐 주차장에 내려갔다 올게."

승조가 한마디를 툭 던지고는 다시 현관에 섰다.

"주차장은 왜?"

다시 신발을 신고 밖으로 나가려는 승조에게 진형이 물었다.

"희원이 짐 때문에."

"처음부터 들고 오지."

"희원이가 주차장에서 발을 좀 삐끗했어."

"그래? 지금은 괜찮고?"

진형의 물음에 희원이 고개를 얕게 끄덕였다. 지윤은 방금 전 친밀하게 손을 잡고 부축하듯 들어온 두 사람이 이제야 이해가 되는 것 같았다.

승조가 하나밖에 없는 여동생을 많이 아낀다는 말은 들었지만 평소에도 저렇게 친근하게 손을 잡고 다닌다는 것은 너무도 의외였기 때문이다. 현관으로 두 사람이 들어왔을 때, 얼굴이 전혀 닮지 않아서 남매보다는 연인에 가까워 보이기도 했다.

승조가 가까이 있던 희원에게 조용히 무슨 말을 전하고는 나가기 위해 현관문을 열었다. 지윤은 승조의 모습을 눈에 찬찬히 담고 있었다.

"저 녀석 짐도 많을 텐데, 혼자 다 가져올 수 있어?"

진형이 몸은 벌써 승조를 따라 옮기면서 뒤이어 말했다.

두 남자가 나가고 잠시 어색한 분위기가 감돌던 집은 그것을 애써 지우려는 분위기로 다시 바뀌었다.

"1학년 때는 기숙사에 살았었다며? 왜? 학교에서 가까운 거리에 이렇게 좋은 오빠 집이 있는데. 내가 승조 동생이었으면 진형이 바로 내쫓고 편하게 지냈을 거야. 기숙사 불편하지 않았어?"

아무리 레지던트 생활을 하느라 바쁘고, 승조도 함께 산다지만 가족도 아닌 성인 남녀인 희원과 진형이 한집에서 생활하는 것은 서로에게도, 그들 부모님에게도 꺼려지는 것이었다.

대학을 졸업할 때까지 3년 정도 이 집에서 승조와 생활하게 될 희원이었고, 의대에 진학하면서 승조의 조부가 마련해 준 아파트에 편의상 같이 살았던 진형은 그나마 다행스럽게도 한 달 후 근처의 부모님 소유의 집 계약이 끝나면 그곳으로 들어가게 되어 있었다.

이제 막 신경외과 2년차가 된 진형은 집에 들어올 일이 거의 없어 두 사람이 마주칠 일도 없겠지만 진형의 연인인 서경으로서는 신경이 쓰일 수밖에 없었다.

동생 같은 애라고 진형이 그렇게 강조하고, 방금 전만 해도 사이가 좋다기보다는 남매처럼 투닥대는 모습을 확인했다지만 절친의 어리고 예쁜 여동생이 어느 순간 갑자기 여자로 느껴질지는 누구도 모를 일이었다.

지윤에게 승조와 잘해 보라며 마음을 꾀더니, 서경의 속내는 따로 있었나 보다. 서경이 진형과 희원 두 사람 사이에 그런 분위기가 생길 틈이 조금이라도 있는지 감지하기 위해 온 것이라는 걸 깨달은 지윤은 살짝 고개를 저었다. 그런데 희원 역시 서경의 마음을 눈치챘는지 뜬금없게 느껴질 수 있는 대답을 했다.

"언니, 저 애인 있어요."

"어, 어?"

남자 친구가 아닌, 애인이란 단어가 주는 어감은 왠지 모르게 묘했다. 특히 저렇게 어린 여자애가 깊이를 알 수 없는 까만 눈을 빛내며 말하는 것이라면 더욱.

"걱정 안 하셔도 돼요."

"내가 들켰구나?"

잠시 당황했던 마음을 감춘 서경이 아무렇지 않게 웃으며 대답했다.

"속 다 보이는 스타일은 아닌데 내가 좀 불안했나 봐."

"제가 그런 거 좋아하고 잘 보거든요."

"그런 거?"

서경의 되물음에 희원이 싱긋 미소를 지었다.

"누가 누구를 신경 쓰고, 누가 누구를 싫어하고, 누가 누구를 좋아하고. 그런 거요."

희원의 말에 서경이 까르르 웃으며 동조했다.

"너 나랑 잘 맞을 것 같다. 희원아."

손님방으로 쓰이던 승조의 방 바로 옆방을 가리키며 희원이 고개를 갸웃거렸다.

"제 방이 여기 맞겠죠?"

방문을 열고 들어가자 휑했던 방은 누구든 쓰고 싶어 할 만큼 깔끔하고 세련된 방으로 변모해 있었다. 서경이 침대로 다가가 이것저것 살피는 동안 여전히 문 근처에 있는 지윤에게 희원이 다가갔다.

"언니."

"응?"

"언니도 맞춰 볼까요?"

지윤이 의아한 얼굴로 고개를 기울였다. 희원은 장난스러운 미소를 짓고 있었다.

"사실 너무 난이도가 낮아서 별로 재미는 없지만."

"그게 무슨……?"

지윤은 미간을 찌푸린 채 그녀가 하는 말을 이해하기 위해 노력했다. 희원이 사랑스럽게 여겨질 만큼 예쁜 미소를 여전히 지우지 않은 채 말했다.

"언니, 우리 오빠 좋아하죠?"

그리고 지윤은 희원이 남모르게 드러나는 적의를 굳이 숨기지 않는다는 것을 느꼈다.

❋

의대에 진학하기로 결정한 건 대단하고 특별한 사명감이 있어서는 아니었다.

의사인 아버지를 향한 동경이 있는 것도 아니었지만 그의 영향을 전혀 받지 않았다고 할 수도 없다. 집안의 사업이나 재산 싸움에 끼어들 생각 따위는 전혀 없었기에 그것을 자연스럽게 피할 수 있는 적당한 직업이라고도 생각했다.

'생각보다 더 많이 힘든 직업이다. 많이 고민해 보고 결정해라.'

'사람들과 끊임없이 부딪치고 갈등하는 일이야. 너한테는 어

울리지 않아.'

석일은 걱정이 가득한 눈빛으로 그에게 진심 어린 충고를 전했다. 그가 한국대 의대에 원서를 넣겠다는 결정을 했을 때 들려준 조언이었다.

'아빠 역시 많이 힘들어했고, 후회도 많았어. 그래서 네가 앞으로 많이 힘들 거라는 걸 알아서 하는 말이다.'

의구심이 들었다.

아버지와 자신은 전혀 닮지 않았다. 그러니 자신은 아버지처럼 후회할 일도, 힘들어할 일도 없을 것이다. 석일은 걱정스러운 얼굴로 더 많이 고민해 보라고 뜻을 전했지만 승조는 자신의 뜻대로 의대에 진학할 생각이었다. 어쩌면 그건, 아버지에게 처음이자 마지막으로 했던 반항이었는지도 모른다. 아버지가 했던 말들의 속뜻을 알고 있었으니까.

너같이 사람을 사랑할 줄 모르고, 속도 겉도 차가운 녀석이 사람을 살려야 한다는 절실한 사명감을 느낄 리가 없다.

아버지는 그렇게 말하는 것만 같았다. 그건 마치, 내가 널 사랑할 수 없는 이유는 모두 너에게 있다는 말로 들렸다. 비약일수도 있고, 피해망상에 불과할지도 모른다.

하지만 스스로 사명감 같은 것 없이 적당한 이유로 고른 직업이라고 인정하고 있었으면서도 아버지의 반응을 받아들이고 싶지 않았다.

석일이 영경과 재혼한 후에도, 그에게 일말의 애정을 갈구한 적도 없었고 조금의 서운함을 드러낸 적도 없었다. 항상 그랬듯이 무감했다.

그런데 이상하게도, 그날만큼은 견디기가 힘들었다. 다정함으로 감춘 아버지의 무심함에 뼛속까지 깊은 한기를 느꼈다.

석일이 그의 방을 나가고 희원이 기다렸다는 듯이 쪼르르 방 안으로 들어왔다. 승조는 자신의 허리를 껴안는 희원을 으스러지도록 끌어안았다. 숨이 막힌다고 앓는 소리를 하면서도 같이 그를 안아 주는 희원의 작은 온기를 느끼고서야 제대로 숨을 쉴 수 있었다.

"어울려."

열두 살의 작고 어렸던 희원은 그렇게 말해 주었다.

"오빠는 세상에서 제일 착하고 다정한 사람이니까. 웨이가 아프면 가장 먼저 눈치채고 병원에 데려가는 사람도 오빠잖아. 그 안 아픈 척 연기도 잘하는 애를."

희원의 애정에 겨우 버티며 살아가는 것이 못나고 부끄럽다 여겨지면서도, 그는 절실했다. 승조가 팔에 힘을 풀어 편하게 놓아주었는데도 희원은 그의 허리에 꼭 매달린 채로 그를 올려다보았다.

"그리고 의사는 공부도 엄청 잘해야 되는데, 오빠는 문제없잖아."

"……."

"아빠가 하지 말라고 해서 속상해? 아빠는 바보야. 엄마밖에 모르면서. 오빠는 내가 제일 잘 아는데. 그치?"

승조가 희미하게 웃으며 희원의 머리카락을 쓸어 넘겼다. 그

간단한 손짓으로도 희원은 기분 좋다는 듯 활짝 웃는다. 그가 주는 애정에 행복하다는 듯 환하게 웃는다.

"아까 엄마랑 아빠가 동생 가질까 얘기하는데 내가 진짜, 진짜 싫다고 막 그랬어."

석일과 영경이 아이를 가질 생각이 없다는 것은 승조 역시 알고 있었다. 두 사람이 장난 식으로 하는 동생 얘기에 희원은 항상 눈에 띄게 거부반응을 보이고는 했다.

"동생 생기는 거 싫어?"

"싫어!"

"왜?"

"오빠가 걔도 사랑해 줄 거잖아. 나처럼."

승조의 웃음이 좀 더 짙어졌다.

"오빠가 걔만 예뻐하면 내가 때릴지도 몰라."

"오빠를? 동생을?"

"둘 다!"

표정을 찡그린 채 그를 보는 희원의 머리카락을 장난스럽게 헤집어 놓았다.

"안 그래."

"정말?"

"정말로."

내가 사랑할 수 있는 유일한 사람은 오직 너뿐이라고.

승조는 그 말을 해 주고 싶었다.

꽃

　고요하고 푸른 새벽. 아무도 없어야 할 아파트 내 수영장에는 시원한 물소리가 끊이지 않았다.

　피니시 라인을 향해 빠르고 가볍게 헤엄치고 있는 승조의 모습이 보였다. 그리고 그가 향하고 있는 곳에는 희원이 있었다. 희원은 원피스 수영복 위에 얇은 티셔츠를 입고 앉아 다리만 풀에 집어넣은 채 자신을 향해 오는 승조를 지켜보았다.

　마침내 그가 그녀의 앞까지 도달했다. 그는 그녀의 조그마한 발을 붙잡고 장난스럽게 입을 맞췄다.

　"진짜 안 할 거야?"

　"안 해. 진짜."

　희원이 수영을 접었다는 얘기에, 석일처럼 승조도 그것이 못내 마음에 걸렸다. 자신이 그토록 싫어하고 반대해 왔던 일을 알아서 그만뒀다는 말에 기뻐해야 하는데 어쩐지 그럴 수 없었다. 그래서 개방하지 않는 시간에 수영장을 빌려 관심 없어 하는 희원을 데려왔다.

　"오빠."

　끝까지 물에 들어가지 않겠다고 고집스럽게 굴던 희원이 그를 불렀다. 승조는 희원의 맨종아리를 부드럽게 쓸며 물었다.

　"왜?"

　"내가 처음이야?"

　수영 얘기를 하다가 저렇게 뜬금없는 화제를 꺼낸다. 승조는 뻔히 대답을 알면서 짓궂게 묻는 그녀를 못 말린다는 듯 보았다.

"다른 여자랑 왜 안 잤어?"

"왜 안 잤냐고?"

'왜'라는 말이 끼는 것이 못마땅하게 느껴졌다. 희원은 승조의 어깨와 가슴을 애무하듯 살며시 매만지고 있었다.

"날 여자로 사랑한다고 느꼈을 때, 그게 그냥 받아들여졌어? 어쩔 수 없는 일이다. 이렇게?"

승조의 깊게 가라앉은 눈동자가 그녀를 보았다. 그는 느릿하게 고개를 저었다.

"받아들이지 않으려고 계속 도망쳤어."

"나한테서?"

"그래."

영경이 죽은 후, 그가 끊임없이 그녀에게서 도망치려 했다는 것은 그도 그녀도 모를 수 없는 사실이었다.

"다른 여자를 만날 생각도 했어."

"……."

"그런데 그러기도 전에 이미 확실하게 알고 있어. 그게 다 소용없는 짓이라는 걸."

희원의 손을 잡은 승조가 그 손을 놓칠 수 없다는 듯 힘주어 잡았다.

"다른 여자를 이용한다고 감출 수 있는 감정이 아니라는 걸, 내가 너무 잘 알고 있어."

승조의 젖은 입술이 희원의 허벅다리 안쪽을 파고들었다. 그녀는 찌릿거리는 감각을 느끼며 그의 맨등을 쓸었다.

"싫어."

"뭐가?"

"최승조가 다른 여자 만나는 거 진짜 싫어."

희원의 허벅지 안쪽을 핥던 승조가 결국 웃음을 보였다. 오늘 낮에만 해도 그를 생지옥에 보내더니, 지금은 저런 귀여운 질투로 그를 벅차게 하고 있었다.

"안 만났다니까."

"앞으로도 못 만나."

그의 혀가 하얗고 부드러운 허벅지에서 수영복에 가려진 그녀의 사타구니를 향했다. 여성을 숨기고 있을 수영복 위를 혀로 간질이자 그녀가 달뜬 신음을 뱉으며 그의 머리를 손으로 옥죄었다.

"내가 평생 가질 거니까."

승조가 하던 말을 제 입으로 옮긴 희원은 그가 주는 쾌락에 몸을 떨었다. 잠시 입술을 뗀 승조는 그녀의 수영복을 한쪽으로 젖히고 야릇하게 드러난 그녀의 속살을 파고들었다.

"읏!"

승조의 손가락이 젖기 시작한 통로를 부드럽게 오갔다. 찰박찰박 적나라한 소리를 내며 그녀의 깊숙한 속까지 파고든다. 내벽을 긁으며 자극을 주는 그의 손 움직임에, 바닥을 손으로 짚은 희원이 고개를 뒤로 젖히고 도통 신음을 삼키지 못했다.

애액으로 미끈하게 젖은 그의 긴 손가락이 여성 속에서 **빠져**나와 그녀의 클리토리스를 가볍게 뭉갰다. 그 작은 힘으로도 희원이 발끝을 오므리며 몸을 떠는 게 느껴졌다. 그는 손가락으로 열심히 누르고 비벼 댔던 돌기를 입안으로 삼켰다.

희원의 다리를 꽉 붙잡은 채 입에 넣은 그것을 혀로 간질이고 입술로 깊게 **빨았다.** 그만하라는 듯 덜덜 떨리는 다리를 이리저리 움직였던 희원이 그에게 붙잡힌 탓인지, 아니면 그가 주는 쾌감에 이미 몸을 전부 맡긴 것인지 에로틱한 신음만을 흘리며 본능적으로 엉덩이를 들어 그의 쪽으로 자신을 내밀었다.

자신을 끊임없이 짓궂게 관통하는 그의 길고 굵은 손가락과 자신의 클리토리스를 가지고 노는 그의 입술 때문에 그녀는 오므렸던 발끝을 쭉 펴며 전율에 몸을 맡겼다. 절정에 다다른 그녀에게서 아직 몸을 떼지 않은 그가 그녀의 허벅지에 자잘한 키스를 퍼부었다.

"오빠."

참았던 숨을 한꺼번에 쉬고 있는 그녀에게 후희를 전하던 그의 입술이 멈췄다.

"사랑해."

승조의 단단하고 넓은 어깨를 부드럽게 쓸며 희원이 속삭였다.

승조는 세게 눈을 감았다. 그녀의 달콤한 목소리에, 그 단 목소리로 전해 준 말에, 그는 지금 그녀보다 더한 전율을 느꼈다.

"사랑해."

그가 그녀의 대답에 몸을 떨고 있다는 것을 아는 걸까. 아득하게 느껴질 만큼 고요한 희원의 음성이 계속해서 그의 마음을 뒤덮었다.

12.

늦가을의 바람이 매섭게 뺨을 스쳤다.

희원은 오늘 하나 있었던 2시 수업을 마치고 곧장 한국대학병원으로 향했다.

택시에 탄 그녀는 차가 출발하기가 무섭게 콤팩트를 꺼내 들어 거울로 자신의 모습을 확인했다. 수업이 하나밖에 없어 여유가 있는 날인 만큼, 느지막하게 늦잠을 자고 일어나 화장을 한지 얼마 지나지 않아서 그런지 고칠 부분은 눈에 띄지 않았다.

희원은 자신의 눈빛으로 시선을 고정시켰다. 까맣고 커다란 눈동자에 담긴 여자를 흔들림 없이 응시했다. 그녀는 지금 자신이 생각보다 더 많이 긴장하고 있다는 사실을 깨닫고 있었다.

"도착했습니다."

"감사합니다."

택시요금을 지불하고 차에서 내리자 열아홉 이후로 단 한 번
도 온 적 없는 거대한 병원이 눈앞에 버티고 서 있었다.

희원은 천천히 느린 걸음으로 병원 로비로 들어섰다. 의료진
들과 환자, 보호자들로 북적이는 내부에 들어온 희원은 휴대폰
을 꺼내 들었다.

때마침 타이밍 좋게 진동이 울렸다. 승조라고 예상하며 발신
자를 확인한 희원의 얼굴이 굳어졌다. 그녀는 잠시 머뭇거렸다.
하지만 휴대폰 진동은 끈질기도록 멈추지 않고 있었다. 희원은
조심스럽게 통화 버튼을 눌렀다.

"여보세요."

— 희원아…….

생부의 음성이 휴대폰 너머로 전달되었다. 희원은 마음을 억
누르기 위해 입술을 깨물었다. 아무 대답도 없는 희원에게 그가
먼저 입을 열었다.

— ……미안하다.

"……."

— 미안하다. 희원아. 내가…… 너, 너한테…….

더듬거리며 말을 잇는 그의 목소리를 더는 들을 수 없었다.

"됐어요."

— 희원아. 다시는 그러지 않을게. 아빠가 정말로, 정말로 잘
못……

"사과를 할 거면!"

갑자기 높아진 음성에 로비를 걸어가던 사람들의 시선이 언

뜻 그녀에게 멈췄다가 다시 스쳐 지나갔다. 희원은 악다물고 있던 입을 열었다.

"정말로 미안했으면, 진심으로 나에게 사과를 할 거면……."

— …….

"적어도 술은 마시지 않은 상태에서 해야죠."

여전히 술에 가득 취해서 주정과도 다름없는 사과를 하는 사람을 어떻게 용서할 수 있을까.

희원은 그 말을 끝으로 전화를 끊은 후 제자리에 멈춰 서서 숨을 고르게 쉬었다. 하지만 그럴수록 머릿속은 오히려 더 답답하게 뒤엉켰다. 그녀는 스스로를 안정시키듯 잠시 눈을 감았다.

"희원이?"

자신을 부르는 목소리가 얼핏 들렸다. 그다지 친숙한 목소리가 아니어서 희원은 의아하다는 듯 고개를 기울이며 자신을 부른 여자 쪽으로 몸을 돌렸다.

"아, 언니."

"희원이 맞구나."

"안녕하세요."

희원을 부른 사람은 흰 가운을 입은 채 머리를 하나로 묶은 지윤이었다. 희원을 알아본 그녀가 이쪽으로 다가오고 있었다.

"오빠 만나러 온 거야?"

"네."

잠시 멀뚱히 지윤을 바라보던 희원이 곧 새하얀 미소를 지으며 고개를 끄덕였다. 반년 전쯤 한 번 보고 오늘 처음 다시 보는 희원이었다. 스물한 살, 파릇파릇한 나이답게 잘 웃고 생기 발랄한 모습임에 틀림없는데 지윤은 어쩐지 그녀를 처음 본 날 느꼈던 묘한 기분을 지울 수 없었다.

'연희원?'

'어? 연씨? 왜 성이 달라?'

올해 초, 승조의 아파트에서 다 같이 만났던 날.

자신의 성을 이야기하는 희원에게, 승조와 희원이 친남매라고 믿어 의심치 않고 있었던 서경이 놀라서 물었다. 그러고는 뒤늦 게야 민감한 문제를 자신이 건드렸다는 것을 깨닫고 곤란한 표 정을 지었다. 서경은 아무리 예민한 사항이라지만 중요한 이야 기를 빼먹은 진형에 대한 원망을 속으로 삭여야 했다.

'재혼 가정이에요. 돌아가신 제 엄마랑 오빠네 아빠가 재혼을 했거든요. 제가 열 살, 오빠가 열일곱 때였을 거예요. 아마.'

희원은 단조롭게 느껴질 만큼 아무렇지 않은 얼굴로 설명했 었다. 하지만 그때, 지윤은 머리를 망치로 세게 얻어맞은 사람 처럼 정신을 차릴 수 없었다.

'네 말대로, 사랑하는 사람이 있다고 했다더라. 아주 오래전 부터 사랑하고 있는 사람이 있다고.'

전에 서경이 했던 말이 지윤의 뇌리를 스쳐 지나갔다. 스스로 예민하고 날카로운 편은 아니라고 생각해 왔는데 그 순간, 여자 로서의 직감이 빠르게 머릿속을 파고들었다. 그에게 남모르게 키워 온 사랑을 고백했던 날, 휴대폰을 꽉 쥔 채 받지 못하고 바라만 보던 그의 표정이 잊혀지지 않았다.

아주 오래전부터 사랑하고 있는 사람. 그리고 한순간 자신을 향해 이름 모를 적의를 드러내던 희원의 눈빛.

지윤은 스스로 하고 있는 어이없는 망상을 떨치기 위해 노력했다.

승조가 그런 사랑을 할 리가 없다.

추문에 휩싸이고 질타를 받을 수 있는 사랑을 그가 하고 있을 리가 없다. 어린 시절부터 함께 크고 자란 여동생을 여자로 느끼고, 사랑하게 되었을 리 없다고. 말도 안 되는 상상을 했던 스스로를 꾸짖었다.

최승조는 그녀에게, 아니 모두에게 완벽하고 무결한 사람이었다. 아까 자신을 경계하는 모습을 보였던 희원이 설령 의붓오빠인 그에게 남다른 감정을 품었다 해도 그는 절대 그럴 리 없었다.

이야기가 오갈수록 어렸을 때부터 서로에게 그렇게 각별했던 남매였다는 것을 알 수 있었다. 조금 유별난 질투가 있다 해도 고개를 끄덕이며 이해할 수 있었다. 한순간 연인으로 착각이 들 만큼 잘 어울렸던 두 사람에 대한 생각으로 머릿속이 뒤엉켰던 지윤은 스스로의 우스운 생각을 애써 접었다.

"승조 선배, 방금 의국에서 자료 정리하고 짐 챙기고 있었으니까 이제 곧 내려올 거야."

지윤이 미소를 지은 채 희원에게 말했다.

"언니."

"응?"

"우리 오빠. 혹시 애인 있어요?"

희원의 말에 지윤의 입가가 쉽게 굳어졌다.

"나도 잘 몰라. 선배는 그런 사적인 얘기, 잘 안 하는 스타일 이니까."

"그래요?"

"왜 그런 생각을 한 건데?"

"그냥 너무 바쁘니까요. 집에 제대로 들어오지도 않고. 그래 도 이제 1년차도 아니고 2년차인데."

희원의 뾰로통한 목소리가 들리자 지윤은 그제야 긴장이 풀 린 얼굴이 되었다.

"2년차 되면 더 바빠. 1년차 뒤치다꺼리까지 하는 일에 포함 되거든."

잠잠히 고개를 끄덕인 희원이 엘리베이터에서 내려 이쪽으로 오고 있는 승조를 발견하고는 활짝 웃었다.

"오빠 오네요."

부드럽게 웃으며 희원에게 다가오던 승조가 그녀의 곁에 지 윤도 함께 있다는 것을 알고는 아무에게도 보여 주지 않던 풀어 진 표정을 지운 채 짧게 눈인사를 해 왔다. 지윤은 목례로 답을 하며 씁쓸한 미소를 지었다.

"기다렸어?"

"응."

지윤에게 인사를 한 두 사람이 병원을 빠져나왔다. 그의 차가 있는 곳으로 걸으며 희원이 자그마한 목소리로 물었다.

"저 언니랑 매일매일 보는 거지?"

"차지윤?"

"응."

희원이 승조의 대답을 듣기도 전에 그의 재킷 주머니에서 휴대폰을 꺼내 들었다. 익숙한 패턴을 풀고 버튼을 눌러 가며 귀여운 표정으로 골몰하는 것을 보던 승조가 피식 미소를 지었다.

"이거."

[차지윤]

전화번호부에 등록되어 있는 이름을 눌러 크게 띄운 후 그의 눈앞에 보여 주며 희원이 눈을 가늘게 떴다.

"번호 바꿀 거니까 그런 줄 알아."

지환과 오랜만에 만나 그가 희원의 연락처를 알아 갔던 날, 승조가 했었던 말을 똑같이 따라 하며 그녀가 입술을 쭉 내밀었다. 웃음을 삼킨 승조가 차 바로 앞에 멈춰 서서 보란 듯이 희원의 허리를 끌어안았다.

"뭐야. 아는 사람 지나가면 어쩌려고?"

희원이 새침하게 한 말에 비해 자신들을 보고 있는 사람이 없는지, 걱정 어린 얼굴로 주위를 살폈다. 병원 직원용 주차장인데다가 퇴근하기에는 이른 시간이라 사람이 거의 보이지 않는다는 사실에 그녀가 조그맣게 한숨을 쉬었다.

"질투하는 거 예뻐서."

승조가 희원의 입술에 자신의 입술을 맞대며 낮은 음성으로 속삭였다.

부드럽게 서로를 끌어안은 몸. 달콤하게 마주 닿은 입술. 그 사이로 귓가를 울리는 다정한 목소리. 두 사람에게서는 서로 사랑하는 연인의 분위기가 더 이상 감출 수 없을 만큼 새어 나오고 있었다.

진형이 나가고 한집에서 단둘만이 살게 되면서, 서로를 원할 때는 언제든지 탐하고 가지며 몸에 서로를 새겨 갔다. 적어도 아직은 다른 사람들은 모르도록 숨겨야 한다는 사실을 알기에 밖에서는 조심하고 있었지만 서로에게 향하는 눈빛도, 목소리도 본능적으로 사랑하는 사람을 대하는 그것으로 나타날 수밖에 없었다.

그래서 석일이 있는 강릉 본가에는 둘이 함께 찾아가는 것이 꺼려졌다. 승조가 일 때문에 바쁜 탓에 시간이 거의 맞지 않기도 했지만 그것이 아니더라도 두 사람은 되도록 따로 석일을 찾았다. 물론 석일에 대한 어쩔 도리 없는 죄책감도 이유 중 하나였다.

"긴장 풀렸어?"

승조가 희원의 이마에 키스하며 물었다.

"조금."

남자인 최승조는 가족이었던 최승조와는 달랐다. 사랑을 자각하고 그녀에게서 끊임없이 도망치던 그와 달랐다. 어릴 적, 사랑을 주고 사랑을 받는다는 것을 그녀에게서 차츰 알아 가던 그와도 달랐다.

열정적이고 거침없고 집요했다.

오로지 한 사람에게만 사랑이 목마른 그는 그녀에게 애원하 듯 사랑을 갈구했다. 그녀를 독점하고 싶은 자신의 욕심이 얼마 만큼인지 숨기고 싶은 기색도 없어 보였다. 위험할 만큼 그의 세상은 단 하나만이 존재했다.

"걱정하지 마."

차에 탄 승조는 옆 좌석에 앉은 희원을 안심시키듯 조용한 어 조로 말했다.

"할아버지도 전부 알고 계시니까."

승조의 조부가 대뜸 희원과 함께 보자는 말을 전한 것이 어제 였다. 아직 병원에서 근무 중이었던 승조는 그와 통화를 마치고 곧 희원에게 전화를 걸었다. 조부가 그녀를 보고 싶어 한다는 뜻을 전하자 그녀는 약간 불안한 기색을 보이면서도 알겠다고 대답을 해 주었다.

"우리 사이 알고 계시면 더 걱정해야 되는 거 아니야?"

"그것뿐만 아니라, 나에 대한 것도. 전부."

"오빠에 대한 것?"

승조의 눈빛이 깊이를 가늠할 수 없을 만큼 검게 너울졌다.

"나는 네가 아니면 안 된다는 것."

"……."

"너 없이는 내가 살아갈 수 없다는 것."

어둡게 느껴질 만큼 간절한 마음을 희원에게 세뇌시킨다.

나는 네가 없으면 처참하게 망가지고 부서질 것이다. 너에게 버림받는다면 나는 분명 살 수 없을 것이다.

희원을 가져도 아니, 가지면 가질수록 오히려 불안한 마음은 더욱 커지고 있었다. 잃을지도 모른다는 두려움으로 가득 찬 심장이 조금이라도 숨 쉴 수 있도록 그는 희원에게서 끊임없이 답을 찾았다.

색이 고운 비단 방석 아래 무릎이 닿았다.

조부가 생활하는 안방은 이 커다란 집에서 유일하게 좌식인 곳이었다.

조부는 두 사람을 앞에 앉혀 놓고 한참 동안 말이 없었다. 승조의 옆에 나란히 앉은 희원이 다리가 슬슬 저려오는지 치마 위에 가지런히 올려놓은 손을 몰래 움직여 허벅지를 누르고 있었다. 승조는 희원의 손이 가려지도록 자신의 커다란 손을 그 위에 올려놓았다.

"희원이는 오랜만이구나."

드디어 침묵을 깬 조부의 부름에 희원이 평소와 달리 긴장한 듯 옅게 웃었다.

희원을 보는 것은 분명 처음이 아니었다. 석일이 재혼하겠다는 주장을 굽히지 않으며, 처음 여자를 데려왔던 날. 그날, 여자의 딸이라는 열 살짜리 어린 여자아이도 함께였다.

하지만 그는 살아오면서 어느 누구에게도 제 고집을 꺾어 본 적 없는 사람이었다. 자식 이기는 부모 없다는 말이 그에게만은 예외였다. 자식들조차 그의 뜻을 거스를 수 없었다. 아무리 부모 속 끓일 일 한 번 안 하고 착하고 바르게 자라 온 아들인 석일이어도 예외는 없었다.

그렇게 무시, 무응답으로 일관하는 그를 석일과 영경은 두 아이를 데리고 꿋꿋이 찾아왔었다.

그것이 영경의 뜻이라는 것을 조부 또한 알고 있었다. 석일이 가족과 척을 지는 것이 싫어 영경은 부단히도 노력했다. 그녀의 고집만 아니라면 석일은 지독하다 여겨질 만큼 아주 가볍게 제 부모와 형제를 놓을 수 있었을 것이다. 석일은 자신의 친 혈육마저 버릴 수 있을 만큼 그녀에게 마음을 주고 있었다.

어느 누구에게도 감정적으로 무너지거나 흔들린 적 없는 자식이 석일이었다. 그것을 알기에, 조부는 더 괘씸하다 여겼고 쉽게 화를 풀지 못했다.

하지만 그의 대단한 고집에 맞설 만큼 영경의 고집도 질기고 단단했다. 찾아와도 항상 본 체 만 체하며 박대하는 노인을, 그녀는 6년이 넘게 꾸준히 찾아와 정성을 다했다. 한 번도 꺾여 본 적 없었던 노인의 고집이 흔들릴 만큼.

하지만 그것이 채 꺾이기 전에 영경의 부고가 전해졌다.

"네 애비는 아직 모르고 있고?"

보료에 앉아 있는 조부는 어둡게 가라앉으려는 마음을 뻣뻣한 표정으로 감추고 있었다. 승조가 희원의 자그마한 손을 잡은 채로 대답했다.

"곧 말씀드릴 겁니다."

"곧…… 이라."

승조의 말을 곱씹던 조부가 안석에 등을 기대며 쓴 한숨을 걸러 냈다. 그는 앞에 앉은 두 남녀를 다시금 바라보았다. 눈앞에 뻔히 보이는 가시밭길을, 걸어야 하는 거라면 걷겠다 하며 담담히 마음을 다지는 두 사람을 보니 한숨밖에 나오지 않았다.

그전만 해도 왜 하필, 이란 말이 절로 나왔었다. 인연이라는 것이 지독하리만치 얄궂게 여겨졌다. 왜 하필 인연이 되어서는 안 되는 인연을 택했을까. 우문이나 다름없다.

저들 또한 뜻대로 안 되는 마음을 피하기 위해 피가 터지고 살이 터지도록 버텼을 것이다. 그러다가 결국 덜 고통스러운 쪽을 택한 것이다. 비난과 경멸을 받는 것보다 마음을 끊어 내는 것이 더 고통이었던 거다.

힘들고 고된 사랑이 될 것이 눈앞에 선명했다. 두 사람은 피가 섞이지 않고, 호적이 다른 완벽한 타인이면서도 그들 자신조차 인정할 수밖에 없는 완전한 가족이었다. 그것은 두 사람에게는 족쇄나 다름없었다.

"네 애비가 허락할 것 같으냐."

허락.

허락이란 단어는 차라리 나았다. 가능성을 조금이라도 열어 둔 말이었으니까.

석일이 어떤 반응을 보일까. 승조는 아무리 생각하고 머릿속으로 그림을 그려 봐도 두 사람의 관계를 알게 된 아버지가 어떤 표정을 짓고 어떤 말씀을 하실지, 도무지 상상이 가지 않았다.

"허락하지 않으셔도 포기 못 합니다."

아무리 고급 보양식을 먹고, 알아준다는 좋은 약을 써도 조부는 이미 떨어진 가을 낙엽처럼 메말라 가고 있었다. 그의 약하고 무뎌진 눈빛이 숨길 것도 없이 감정을 여실히 드러냈다.

딱하고 가여운 것들.

가장 사랑하는 가족과 어쩌면 평생 등을 지고 살아야 하고, 아무것도 모르는 타인들의 관심 섞인 눈초리를 벗어나지 못할 것이다. 조롱 섞인 관심을 받을 것이고, 잔인한 사람들은 경멸도 서슴지 않을 것이다. 가족으로 묶였던 나날들의 꼬리표가 끈질기게 그들 앞길에 달라붙을 것이다.

"일 마무리되면 둘이 외국으로 나가거라."

죽어 가는 마당에, 제 손주가 비난을 받으며 살아가는 모습은 볼 수 없었다. 보지 못하더라도 둘이 잘 살아가겠거니 마음을 놓을 수 있는 편이 더 나았다.

"나가서 희원이도 공부 계속하면 되고. 둘이 조용히 몇 년 지내다가 들어오고 싶을 때 들어와. 지금 말해 봤자 네 애비 허락하지 않을 사람이란 거 너희도 알지 않느냐. 몇 년 세월 지나도록 지 새끼들 못 보면 수그러들게 되어 있어. 고약하게 여겨지겠지만 그 방법 말고는 없구나."

승조 역시 그 사실을 모르지 않았다. 그래서였는지도 모른다. 미룬다고 해결될 일이 아님을 알고 있으면서도 그답지 않게 계속 지지부진하게 석일에게 관계를 말하는 것을 미루어 온 것.

조부는 승조에게 따로 할 말이 있다며 희원을 먼저 내보냈다.

승조와 잠시 눈을 마주친 희원이 작게 고개를 끄덕이고는 조부에게 인사를 드리고 방을 나왔다. 그렇게 오래도 아닌 것 같은데 무릎을 꿇고 있었던 종아리가 찌릿찌릿 저렸다.

"오랜만이구나."

거실 소파에 앉아 차를 마시고 있던 중년의 여인이 달갑지 않은 얼굴로 그녀에게 알은체를 해 왔다. 저려 오는 다리로 걸음을 내딛던 희원이 고급스러움이 절로 느껴지는 여인에게 시선을 주었다.

"네. 안녕하셨어요."

석일의 큰 형수이자 승조의 백모. 석일과 영경이 그녀와 승조를 데리고 조부의 허락을 받기 위해 이 집을 찾을 때마다 뵀던 분이었다.

"이리 와 앉아 보렴."

아, 또 있었지.

영경의 장례식 날. 그 날에도 여자를 보았다. 물론 영경의 죽음을 애도하기 위해 찾아온 것은 아니었다.

희원은 비소가 새어 나오려는 것을 참으며 조용히 그녀가 있는 곳으로 다가갔다.

희원이 자리에 앉자 여자가 싸늘함을 가릴 수 없는 눈빛으로 그녀를 보았다. 움츠러든다거나 위축되는 마음은 없었다. 석일과 승조를 제외한 이 집안 식구들에게 많이 받아 온 종류의 시선 중 하나일 뿐이었다.

적대감. 경멸. 하찮음. 그리고 불안.

"아버님께서 뭐라 하시니?"

"……."

"괜히 헛된 꿈은 꾸지 말고."

병적이다 느껴질 만큼 보수적이고 폐쇄적인 집안이었다. 물론 재산이 가장 큰 이유겠지만 그것이 아니더라도 그녀가 만나 왔던 그의 친척들은 전부 '남'이라고 생각되는 사람을 받아들이는 것을 싫어하다 못해 혐오했다.

희원의 침묵에도 여자의 차가운 목소리는 이어졌다.

"아버님이 몸이 안 좋아지시고 마음도 많이 약해지셔서 이상한 소리를 했을지도 모르지. 3년 전처럼."

3년 전. 그 말을 꺼내 놓고 여자는 노골적으로 희원의 얼굴을 살폈다. 무슨 뜻인지 몰라 '3년 전이라뇨?' 하고 되묻는 것을 기대한 모양이었다. 하지만 그녀는 여자가 보고 싶어 하는 반응을 해 주지 않았다.

"널 입양하는 것을 허락하겠다고 했었다."

자리에 앉고 처음으로 희원이 동요하는 기색을 보였다. 여자는 소파 등받이에 등을 기대고 여유롭게 말을 이어 나갔다.

"네 생부가 널 찾았던 시기였지. 법적인 문제들이 있다 해도, 네 가진 것 하나 없는 생부한테 널 호락호락 넘겨줄 수밖에 없을 정도로 약한 집안이 아닌 건 너도 잘 알 거다. 아버님과 척을 진 서방님은 그렇다 쳐도 승조가 원한다면 얼마든지 넌 제자리에 그대로 남아 있을 수 있었어."

잠시 동요를 보였던 희원이 금세 표정을 지우고 눈을 내리깔았다. 무표정한 그녀와 반대로 여자의 입술은 호선을 그렸다.

"아버님이 널 보내지 않을 수 있게 해 주겠다 하셨을 때, 거절한 건 승조였어."

"……."

"결국 사람이 다 똑같은 거야. 아무리 자기는 아닌 척, 우리랑은 다른 척, 우아하고 고상한 척을 해도 본래 마음은 그럴 수가 없는 거지."

여자가 눈을 느릿하게 깜박거리며 웃었다. 희원의 대꾸는 역시 들리지 않았다.

집으로 향하는 차 안은 이상하다 여겨질 만큼 조용했다.

신호에 잠시 멈춰 선 승조는 옆을 슬쩍 바라보았다. 시트에 등을 기댄 희원이 눈을 감고 있었다. 손을 뻗어 허벅지에 얌전히 놓인 그녀의 손을 잡았다.

"자?"

안 잔다는 것을 알고 있었다. 방금 전만 해도 창밖에 시선을 두고 있었다는 것을 알면서 한 말이었다.

"아니."

희원이 맞닿은 승조의 손을 잡으며 말했다.

"기분, 별로야?"

"모르겠어."

둘이 있을 때는 석일의 이야기를 하는 것을 서로 꺼리고 피했다. 피할 수 없는 일이라는 것을 알면서도, 그것을 알기에 지금이나마 외면하고 싶은 마음이었을 것이다. 오늘 조부가 담담하고도 씁쓸하게 말해 주었던 것들이 희원에게는 견디기 힘들고 벅찬 것이었을지도 모른다.

"집에 가면 또 바로 섹스할 거야?"

기분이 많이 가라앉아 있다고 생각했는데 눈을 감은 채로 아무렇지 않게 저런 말을 꺼낸다. 도통 마음속을 알 수가 없다. 요즘 여자애들이 다 저렇게 당돌하고 되바라진 건지, 희원만 그런 건지 파악이 되지 않는다. 승조는 당황한 기색을 감추며 물었다.

"무슨 또야."

희원이 작게 웃는다. 그를 놀리는 데에 도가 튼 녀석이었다. 승조 역시 피식 미소를 지었다.

차가 아파트 지하 주차장에 들어왔다. 차를 주차하고 지하 엘리베이터로 향한 두 사람은 얼마 기다리지 않고 바로 몸을 실을 수 있었다. 집에 도착한 후에는 희원이 장난 섞인 불만을 터트린 것처럼 바로 섹스를 하지는 않았다.

아닌 척해도 정말 피곤한 기색인 희원을 데리고 욕실로 향한 승조는 그녀의 목욕 시중을 자처했다. 그녀가 아무리 피곤해도 집에 오면 꼭 샤워부터 하는 습관을 알기 때문이었다.

그는 그녀의 옷을 직접 다 벗겨 준 후 자신의 옷도 모두 탈의했다. 꽤 널찍한 욕실 샤워부스 안에 들어간 그는 그녀의 의심스러운 눈초리에도 굳건히 샤워기를 틀어 서로의 몸에 물을 뿌렸다.

"이러다가 할 거면서."

"너 피곤하면 안 해."

승조가 희원의 몸에 골고루 물을 뿌리며 말했다. 가녀리면서도 굴곡진 몸에 야릇한 물방울들이 마구잡이로 섞이며 흘러내리기 시작했다. 도도하고 짓궂은 표정 아래 가느다란 목, 그리고 더 아래에 하얗고 풍만한 젖가슴에 눈이 가는 것은 당연한 수순이었다.

승조는 그녀의 배꼽 아래로 시선이 가는 것을 겨우 막은 후, 거품을 만든 샤워볼을 그녀에게 가져갔다. 희원의 목과 쇄골을 닦기 시작하자 그녀가 작게 웃었다.

"벌써 이렇게 됐잖아."

희원이 뾰로통한 목소리로 말하며 무섭게 발기한 남성을 손으로 그러쥐었다.

"연희원."

엄한 목소리로 그녀를 불렀지만 그런다고 움츠러들 리 없다는 것을 알고 있었다. 그녀는 그의 낮은 음성에도 잡고 있는 것을 놓을 생각을 하지 않았다.

"네가 이렇게 자극 안 하면 참을 생각이었어."

희원이 입술을 내밀었다.

"고상하고 우아한 척하더니, 결국 똑같은 남자네."

"고상하고 우아한 척? 내가?"

"누가 그러던데?"

희원이 가소로운 말을 들었다는 듯 실소를 흘렸다. 승조는 누가 그런 말을 했느냐고 물어볼 생각이었다. 하지만 그는 아무 말도 하지 못하고 이를 악물어야 했다. 희원의 손길이 점점 더 노골적으로 변하고 있었다.

"나도 닦아 줄게."

그의 손에서 샤워볼을 빼앗아 든 그녀가 배꼽 아래 무성히 난 음모와 그 밑에 뻣뻣하게 세워진 페니스에 거품을 묻혔다. 희원이 손에 쥔 그의 뜨거운 남성을 위아래로 흔들며 자극을 주자 그가 사리문 잇새로 낮은 신음을 뱉었다. 희원은 거품을 묻혀서 더욱 부드럽게 잡히는 불같은 몸을 무던히도 괴롭혔다.

"나 피곤하니까 안 한다고 했지?"

"하."

연신 신음을 삼키던 그가 결국 흐트러진 숨을 내놓았다. 수줍음도 없이 그의 발기한 몸을 압박하듯 쥐고 쓰다듬던 그녀의 손길이 더 밑으로 향했다. 꼿꼿하게 위를 향해 치켜든 남성과는 다르게 아래로 처진 것을 살그머니 잡았다. 그녀가 움직이고 있는 손을 잡고 있던 그의 손에 힘이 잔뜩 실렸다.

"여기 만지는 게 더 좋은가 봐. 그치?"

그녀가 손에 살짝 힘을 주며 물었다. 윤활유가 섞인 탓인지, 거품 탓인지 미끌미끌거렸다. 그녀의 손이 다시 위로 향했다. 아까보다 더욱 커지고 단단해진 것 같은 그의 남성이 그녀의 손 안에 속박되어 흔들거렸다.

그가 눈을 감고 낮은 한숨을 뱉으며 그녀가 전해 주는 것을 전부 느끼고 있었다. 희원은 섬세하고 탄탄한 근육들이 자리를 잡은 가슴에 입술을 가져갔다. 고양이처럼 혀를 내밀어 짙은 갈색빛 유두를 느릿하게 핥았다.

그녀의 손 안에서 터질 듯 맥동하는 그의 것이 느껴졌다. 남자다운 가슴에 박힌 젖꼭지를 핥는 혀가 더욱 노골적이고 색정적으로 깊게 움직이고, 페니스를 움켜쥔 손은 더 빠르게 움직였다.

승조가 희원의 이름을 부르는 순간, 그의 몸 역시 끝을 알렸다. 그의 분신에서 터져 나온 정액들이 그녀의 아랫배에 왈칵 쏟아졌다. 동시에 그가 그녀의 작은 몸을 강하게 끌어안았다. 아직 절정에서 헤어 나오지 못한 그의 몸이 경련하듯 떨리는 것이 느껴졌다.

"좋았지?"

앙큼한 미소와 잔망스러운 질문.

정욕의 여운 속에서 겨우 정신을 차린 승조가 요염하게 웃고 있는 희원을 보며 졌다는 듯 고개를 저었다.

다시 샤워기를 잡고 희원을 씻긴 후, 함께 밖으로 나왔을 때는 이미 저녁 식사 시간을 다 넘긴 시각이었다. 밖에서 저녁을 사 먹고 올 걸 그랬다고 후회한 두 사람이 늦은 저녁을 챙겨 먹었다.

식사가 끝나고 승조는 거실 소파에 앉아 노트북을 켰다. 저널 발표에, 교육자료 준비, 논문 준비로 집에서도 쉴 틈이 없는 상황이었다.

"왜 거기서 해?"

"어?"

부엌에서 나온 희원의 물음에 그가 고개를 들었다.

"오빠 방에서 하면 되잖아. 책상에서."

어느새 그에게 다가온 그녀가 그의 팔을 잡아끌었다.

"나 잘까 봐 그래?"

희원이 그의 아파트로 옮긴 이후로 함께 있을 때는 항상 그의 방, 그의 침대에서 같이 잠들었다. 그가 없을 때는 그녀 자신의 방을 쓰는 것 같았지만.

"난 내 방에서 잘 테니까 오빠 방에서 해."

그녀가 그를 고집스럽게 붙잡고 늘어져 그의 방으로 데려갔다. 그를 책상 의자에 앉힌 후에야 그녀는 만족한 얼굴을 보였다.

"혼자 잘 수 있어?"

"어린애야?"

그녀가 인상을 찌푸리며 반응했다. 그가 피식 웃으며 책상에 시선을 고정시켰다. 의자에 앉은 그의 목을 끌어안는 팔이 느껴졌다.

"오빠."

"응?"

승조가 희원의 손을 쓰다듬으며 부드럽게 물었다. 잠시 대답 없이 침묵을 두던 그녀가 바로 가까이 있는 그의 볼에 쪽 입을 맞추었다.

"공부 열심히 하라고."

"넌 잘 거면서 난 공부 열심히?"

"당연하지."

승조가 소리 내어 웃으며 고개를 저었다.

"연희원. 안을 거면 두 팔로 안아 줘야지."

왼쪽 손은 의자 팔걸이에 둔 채로 오른쪽 팔만 들어 안아 주는 것이 영 성의 없게 느껴져 그가 장난스럽게 항의했다. 순간 그의 몸을 만지작거리던 그녀의 손이 뚝 멈췄다. 그녀가 그의 몸에서 팔을 풀자 그가 의자를 돌려 그녀를 응시했다.

"사람 욕심은 끝이 없다더니 뭐가 이렇게 바라는 게 많아져?"

어느새 희원이 입을 삐죽이며 그를 흘기고 있었다.

"갈래. 이제."

희원이 몸을 돌려 방문으로 향했다.

"잘 자."

"응."

희원이 문고리를 잡아 당기는 것을 본 승조는 다시 책상 위에 놓인 서적에 집중하기 위해 눈을 돌렸다.

"오빠."

문이 닫히지 않고 희원의 목소리가 흐릿하게 들려왔다.

"왜?"

대답이 들리지 않는다. 승조가 고개를 돌리자 문고리를 잡은 채 그를 희미한 시선으로 바라보고 있는 그녀가 보였다.

"희원아?"

"어린애 맞나 보다."

"뭐?"

"그거 다 하면 내 방으로 와. 같이 자. 혼자 자기 싫어."

흐릿한 시선이 닿았었다는 것이 착각으로 느껴질 만큼 여느 때와 마찬가지인 희원의 고집스럽고 밝은 목소리가 들렸다. 그는 인상을 찌푸렸다. 역시 조부와 논의했던 일들 때문에 마음이 심란한 게 가시지 않았을지도 모른다. 그가 몸을 일으키자 그녀가 고개를 저었다.

"다 끝내고 오시라구요."

"지금 재워 줄게."

"아, 진짜. 됐어. 지금 올 거면 나 혼자 잘 거야."

희원이 막무가내로 버티며 그가 오는 것을 만류했다. 그는 한숨을 쉬며 다시 자리에 앉았다.

"정말 혼자 잘 수 있어?"

"응."

"알았어. 금방 갈게."

희원이 나가고 승조는 뻑뻑하게 느껴지는 눈을 깊게 감았다 떴다. 기어코 짙은 한숨이 새어 나왔다. 책상 앞에 앉아 있는 것이 무의미하게 느껴져 결국 그녀가 방을 나간 지 십 분도 채 지나지 않아 몸을 일으켜야 했다.

거실로 나와 희원의 방문을 조심스럽게 연 그가 그녀의 침대로 다가갔다. 어둠 속에 벽을 보고 누운 그녀가 보였다. 승조가 조용히 몸을 움직여 침대에 누웠다. 그녀의 몸을 끌어안자 잠시 가만히 있던 몸이 이내 그의 쪽으로 방향을 돌렸다. 그의 가슴

으로 파고들던 그녀가 울고 있다는 것을 눈치챈 것은 얼마 지나
지 않아서였다.

승조의 가슴속이 고통으로 울컥 치솟았다. 희원이 울고 있다.
그에게는 어떤 것과도 비교할 수 없는 슬픔이고 고통이었다. 그
가 그녀를 강하게 끌어안았다. 마주 닿아 있는 작은 몸의 떨림
이 그에게 모두 전해졌다.

그 떨림을 견딜 수 없어 숨이 막히도록 그녀를 안았다. 어디
선가 찾아든 불안감이 심장을 조금씩 삼키고 있었다.

13.

전화기 너머로 석일의 잔잔한 음성이 들려왔다.

― 희원이는 감기 안 걸렸고?

승조는 반듯이 서서 아파트 밖의 정경을 고요히 응시했다. 바스락거리는 색색의 낙엽들이 쌓여 있던 곳은 이제 하얀 눈들이 독차지하고 있었다. 하얗게 쌓인 풍경을 멀거니 바라보는 그의 눈동자는 여전히 색이 깊었다.

"네. 걱정 마세요. 건강하게 잘 지내고 있어요."

― 그래. 다행이구나. 네가 어련히 잘 챙기고 있을 텐데, 걱정할 필요 없겠지.

석일의 차분한 목소리가 그의 귀를 메웠다. 승조는 아버지와 만나거나 통화할 때마다 가슴이 고통스러울 만큼 답답하게 억눌리는 기분을 느끼고 있었다.

죄스러움. 그러면서도 결코 포기할 수 없는 자신을 향한 경멸감.

하지만 가장 무서운 것은 이 정도의 죄책감으로 희원을 얻을 수 있다면 평생을 심장이 일그러진 채로 살아가도 좋다고 생각하는 자신의 본심이었다.

— 승조야.

"네."

— 생일 축하한다.

"……"

— 직접 축하해 줄 수 없어서 미안하구나.

여전히 미안함과 애잔함이 담긴 목소리로 석일이 말했다.

그가 어린 시절, 무관심과 무정으로 그를 상처 줬던 것에 대한 후회.

승조는 석일의 그런 감정조차 차라리 다행이라 여겨졌다. 앞으로 몇 년 간은 외국에 나가 석일의 허락을 기다리는 것이 좋겠다고 말씀하신 조부와 달리, 승조는 희망 한 자락을 버리지 못했다. 항상 안타깝고 미안한 자식의 사랑을 결국은 용서하고 받아들여 주실지도 모른다고. 자신의 사무치게 고독했던 어린 시절조차 이용하고 싶었다.

"네. 들어가세요."

미국에 살고 있는 오래된 지기를 만나러 간 석일은 입국하는 날 서울에 들르겠다는 말을 전한 후에 전화를 끊었다.

"오빠!"

자신의 방에서 나온 희원이 평소보다 들떠서 그에게 다가왔다. 승조가 피식 웃으며 물었다.

"준비 다 했어?"

"응!"

그의 등을 껴안으며 그녀가 콧노래를 흥얼거렸다.

"그렇게 신이 나?"

"오빠 생일에 계속 같이 있고 데이트할 수 있는데 그럼 안 신나?"

일 때문에 며칠 동안 집에 들어오지 못해 얼굴 보는 것도 힘들었던 그와 오붓하게 시간을 보낼 수 있다는 사실이 여간 기쁘지 않은지 희원이 싱글거렸다.

더군다나 오늘은 12월 24일. 크리스마스이브였다. 오늘과 내일은 기념일인 만큼, 시간을 함께 보내지 않으면 그녀의 불만이 증폭될 거란 것을 쉽게 예상할 수 있었기에 그 역시 시간을 낼 수 있었던 것이 무척 다행스러웠다.

희원이 병원에 있는 그와 전화 통화를 할 때마다 보고 싶다고 노래를 불렀던 뮤지컬을 보러 가기 위해 두 사람은 서둘러 집을 나섰다.

"크리스마스가 생일인 사람은 하나도 안 부러운데, 크리스마스이브가 생일인 사람은 부러워."

그의 차에 탄 그녀가 운전석에 앉은 그를 향해 말했다.

"왜?"

"크리스마스가 생일이면 선물 하나로 퉁쳐야 되잖아. 근데 오빠는 24일 날 선물 받고, 25일 날 또 받을 수 있어."

그녀의 아이 같은 말에 승조가 희미한 미소를 지었다. 아파트에서 멀지 않은 거리였지만 날이 날인 만큼 차가 막혀 뮤지컬 공연이 열리는 문화예술회관에 도착하기까지 약간의 시간이 지체되었다. 차를 주차시키고 내리자마자 희원이 쪼르르 다가와 그의 팔짱을 꼈다.

"그런데 너 뮤지컬 별로 관심 없었잖아. 이건 왜 그렇게 꼭 보고 싶다고 노래를 불렀던 거야?"

"응? 내용이 재밌을 거 같잖아."

희원이 어물쩍 넘기며 공연장 내부에 비치된 리플릿을 꼼꼼히 훑어본다. 그걸로 모자랐는지 프로그램 북까지 사서 전공서적 공부하듯 살피자 승조의 눈초리가 가늘어졌다.

"너 뭐야."

"응?"

"이 뮤지컬 주인공 맡은 배우 때문에 이거 보자고 그렇게 졸랐던 거야?"

공연 시놉시스나 연출 의도는 볼 생각도 없이 이번 뮤지컬의 주연을 맡은 배우의 스틸 컷에만 집중하고 있으니 눈치를 챈 그가 불편한 심기를 드러냈다.

"너 오빠 생일날 너무한 거 아냐?"

장난기가 섞여 있는 불만이었지만 이 와중에도 리플릿과 프로그램 북을 조심스럽게 가방에 챙기는 그녀를 보자 진심으로 인상이 그어졌다.

"팬이라서 그래. 재밌는 뮤지컬도 보고, 좋아하는 배우도 보고. 좋은 게 좋은 거잖아. 안 그래?"

희원이 그의 팔에 다시 팔짱을 끼며 속삭였다.

두 사람이 지정된 좌석에 앉고, 얼마 지나지 않아 뮤지컬이 시작되었다. 승조 역시 흥미롭다고 느꼈던 줄거리의 뮤지컬은 주연 배우가 등장하는 장면마다 작은 탄성을 지르는 그녀 때문에 지금까지 봐 왔던 뮤지컬들 가운데 제일 재미없는 작품으로 낙인찍혔다.

공연이 끝나고 저녁을 먹으러 가면서도 그가 솔직하게 반응하며 질투를 하자 희원은 결국 입술을 깨물며 참고 있던 웃음을 터트렸다. 예약해 두었던 호텔 레스토랑에 도착해 요리가 나오기를 기다리고 있는 도중 희원이 가방 속을 조심스럽게 뒤적였다.

"구겨질까 그렇게 겁나?"

아까 고이 챙겨 둔 프로그램 북을 만지는 줄 알았는지 승조의 목소리는 부드럽지 못했다. 희원은 헛웃음을 지으며 선물 케이스를 꺼냈다.

"이거 꺼내려고 한 거거든?"

"선물?"

희원이 고개를 끄덕이며 그의 바로 앞에 선물 케이스를 놔주었다. 그는 예상을 못하고 있었던 얼굴로 케이스를 물끄러미 바라보다가 리본을 풀었다. 케이스 상자를 열자 은색의 남성용 메탈시계가 보였다.

"시계 선물의 의미가 뭔 줄 알아?"

희원의 질문에 승조가 고개를 저었다.

"남자가 여자한테 줄 때는 시간을 함께 공유하자는 뜻."

"여자가 남자한테 줄 때는?"

승조가 묻자 희원이 묘한 미소를 지으며 입을 열었다.

"당신의 시간을 소유하고 싶습니다."

"소유?"

"뜻, 마음에 들지?"

그녀의 짓궂은 말에 그 역시 미소를 지었다.

"마음에 들어."

"내가 막 구속하고 집착해 줬으면 좋겠지?"

"그래."

그녀의 장난기 섞인 목소리에 뒤지지 않고 그가 웃으며 대답했다.

지난 가을, 조부를 찾아뵈었던 날 그의 품에서 서럽게 울어 대던 희원이 아직 잊혀지지 않고 있었다. 석일을 배신했다는 죄책감, 앞으로의 미래에 대한 두려움, 그런 복합적인 감정들이 밀려와 눈물을 쏟아 낸 거라고 그는 짐작하고 있었다.

떠올려 보면 가족도, 가족이 아닌 타인들도 희원에게 감정에 관련된 무언가를 묻는 경우는 거의 없었다. 그건 그녀가 묻기 전에 자신의 감정을 솔직히 말하거나, 말하지 않아도 타인이 쉽게 알아차릴 수 있도록 마음을 밖으로 드러내는 성격이기 때문이었다.

하지만 요즘 들어 승조는 그녀의 마음을 종종 읽을 수 없었다. 읽혀지는 것은 있었으나 그것이 진심인지는 도통 확신할 수 없었다.

식사가 끝난 후, 호텔 룸으로 올라간 두 사람은 물을 받아 놓은 욕조에 함께 들어가 느긋한 여유를 즐겼다. 그의 허벅지에 앉아 있던 그녀가 그에게 몸을 맡기듯 안겨 왔다. 그는 그녀를 꽉 안은 채로 조용히 입을 열었다.

"아버지께 말씀드리자."

욕조를 채운 물이 두 사람이 몸을 움직일 때마다 넘실거렸다. 물소리와 섞인 그의 낮은 음성에 희원이 작게 고개를 끄덕였다.

"해 넘기고 곧바로 강릉 찾아가서."

"응."

"희원아."

그가 그녀의 젖은 머리칼을 쓸어 넘기며 그녀의 눈동자를 지그시 응시했다. 처음 본 순간부터 그를 꽉 채웠던 까맣고 커다란 눈동자 역시 그를 오롯이 바라보고 있었다.

"응."

"무서워?"

"……."

잠시 말을 아끼던 희원이 희미한 목소리로 속삭였다.

"무서워. 근데……."

희원의 목소리가 평소와 다르게 가늘게 떨려왔다.

"오빠가 생각하는 그런 게 무서운 게 아니야. 나는."

떨리는 목소리는 생각보다 더 단호했다.

"아빠가 허락해 주지 않아도 어쩔 수 없다고 생각해. 여기 있는 것도, 외국에 나가는 것도 난 상관없어. 오빠랑 같이 있을 수 있다면. 다른 사람 시선 같은 거, 조금도 신경 안 써."

"그럼?"

승조가 그녀의 뺨을 손으로 감싼 채 물었다. 집요하게 닿는 눈빛이 그녀에게 향했다. 그 역시 조금씩 느끼고 있었다. 희원이 두려워하는 것. 겁을 내고 있는 것. 자신이 예상하고 있는 것과 전혀 다른 종류의 것이었을지도 모른다고.

"그게 뭔지 말해 줘."

승조가 간절하게 애원했다. 희원은 그런 그를 고요히 응시하다가 천천히 입을 맞춰 왔다. 그녀는 대답을 회피하는 걸까. 아니면 이 입맞춤이 대답의 일부를 뜻하는 걸까. 그는 어느 것도 알아차릴 수 없었다.

욕실에서 나와 다시 침대에서 서로의 몸을 나누고 체온을 나누었다. 애처로울 만큼 서로를 갈구하는 몸짓이 이어졌다. 그가 허리를 움직이며 깊숙이 집어넣었던 자신을 그녀의 안에서 빼낼 때마다 그녀는 그것이 지독히도 싫다는 듯 그의 몸을 붙잡았다.

불안함. 두려움.

그것들에 사로잡힌 희원을, 승조는 안심시키듯 강하게 끌어안았다.

'*오빠는 날 버리는 거야.*'

친부의 집에 희원을 데려다 주었던 날. 그날의 목소리는 분명 원망이 아니었다.

  '참아 볼게. 참고 기다릴게.'

어쩌면, 정말로 잊고 있었는지도 모른다.

  '날 또다시 버리면 그땐 용서 안 해. 절대. 절대로.'

  '그럼 그땐…… 내가 먼저 오빠를 버릴 거니까.'

  '버림받기 전에 내가 버릴 거야.'

나는 너를 버린 게 아니었다. 너를 마음껏 사랑하고 싶었을
뿐, 너를 누구에게도 주고 싶지 않았을 뿐이다.

  '날 가장 소중하게 생각했던 게 아니야. 오빠는 결국 오빠 자
신이 제일 소중한 거야. 그래서 이렇게 날 버리는 거야.'

불현듯 끝없는 공포가 사무친다. 정말로, 그때의 자신은 그랬
을지도 모른다고.

희원의 불안감이, 두려움이 그와 닮아 있다는 것을 이제야 알
아차리고 있었다. 그녀를 잃을까, 그녀가 곁에 있어도 두려움에
떨었던 마음. 같았다. 그녀 역시 그를 잃을까 두려워하고 있었
다.

왜. 어째서.

그 이유를 찾아야 했다. 하지만 머릿속에서는 누군가가 그 이
유를 찾아서는 안 된다고 경고했다.

승조의 몸짓이 더욱 빨라졌다. 희원을 끌어안은 채 아래를 치
받는 감각이 강하게 느껴지며 끝을 알리고 있었다.

가장 깊은 곳에 도달한 그가 그녀를 숨이 막히도록 안으며 정
염으로 뜨겁게 끓은 몸을 떨었다. 결합한 몸을 빼내지 않은 상

태로 그는 그녀를 안고 눈을 감았다. 술을 마신 탓인지 얼마 지나지 않아 세상 모든 것을 앗아 갈 것 같은 수마가 찾아왔다.

그는 두려움이 끓어오르는 심장을 잠시 가두었다. 아주 잠시만 그러고 싶었다.

깊은 잠에 빠졌던 그가 다시 눈을 뜬 것은 희원의 인기척 때문이었다. 아직 새벽이나 다름없는 시간. 어제 서로를 지나칠 만큼 갈구하고 안았던 것 때문에 피곤하지 않을 리가 없을 텐데도 그녀가 깨어 있다는 것이 의아했다.

"네. 지금 갈게요."

승조가 잠기가 아직 머물러 찌푸리고 있던 눈을 뜨고 그녀가 서 있는 창가 쪽을 바라보았다. 희원은 언제 일어난 것인지 옷도 다 갖춰 입은 상태였다.

이른 시간부터 누구와 전화 통화를 하고 있는 건지 그의 머릿속이 의문으로 가득 찼다. 그녀가 전화를 끊자마자 그가 침대에서 상체를 일으키며 물었다.

"누구 전화야?"

"고모."

"뭐?"

"내…… 그러니까 내 친아버지의 여동생."

그녀는 무심하게 대꾸했다. 하지만 그녀의 말에 그의 인상은 무섭게 굳어졌다.

"먼저 나가 봐야 할 거 같아."

"무슨 일인데?"

승조의 목소리가 다급하게 이어 붙었다. 창문 밖 풍경을 응시하고 있는 희원은 잠시 동안 아무 말도 없었다. 그녀는 도시에 새하얗게 깔린 눈들에서 시선을 떼고 몸을 돌려 그를 보았다. 굳게 닫혀 있던 그녀의 입술이 벌어졌다.

"아빠가 돌아가셨대."

낯설게 느껴질 만큼 감정 하나 느껴지지 않는 그녀의 목소리가 그를 옥죄고 있었다.

14.

희원의 생부의 발인식이 끝나고 두 사람은 아파트로 향했다. 차에 탄 두 사람에게는 무거운 침묵이 감돌았다.

이틀 만에 보는 희원의 얼굴이었다. 병원 일 때문에 시간을 며칠씩이나 뺄 수 없는 것도 이유였지만, 가장 큰 이유는 희원 때문이었다. 그녀는 그가 장례식장에 머무는 것을 단호하게 거절했다. 진심으로 거부하는 그녀의 곁에 있을 방법은 없었다. 그는 그녀의 뜻을 받아들이며 발길을 돌렸었다.

생부의 사인은 진통제 거부반응에 의한 쇼크사였다. 최근에 허리를 다쳐 일을 쉬고 있었던 그는 술에 취해 있던 상태에서 극심한 통증을 느껴 다량의 진통제를 복용했다. 홀로 집에 있었던 그는 갑작스러운 쇼크에 어떻게 손쓸 새도 없이 운명을 달리했다.

첫날, 희원을 장례식장까지 데려다 주었던 승조는 그가 만성 알코올 중독을 앓고 있었다는 사실을 처음으로 듣게 되었다. 순간 머릿속이 아찔하게 흔들릴 만큼 놀랐던 것 같다.

그가 도박꾼에 한량이었다는 이야기는 들었었지만 오래전부터 알코올 중독으로 고생하고 있었다는 말은 생소했다. 그녀가 그를 장례식장에서 보내기 위해 안달이 나기 시작했던 것도 그가 그 이야기를 듣게 되고 얼굴이 처참하게 굳어지던 때부터였다.

그녀의 생부가 과거를 모두 청산하고 착실하게 살아가고 있다는 것은 분명 거짓이 아니었다. 택배회사 물류센터에서 5년여간 하루도 빠짐없이 근속 근무를 해 오고 있다는 사실도 그녀를 그 집에 보내기 전에 모두 확인했었다.

영경이 죽었다는 소식을 들은 후, 차마 장례식장에 찾아가지는 못했지만 그녀의 죽음이 형편없이 살아왔던 자신의 삶을 바꾼 계기였다고 말했었다. 엄마를 잃은 희원을 데리고 가고 싶었지만 아무것도 없는 자신이 그녀를 제대로 키울 수 없다는 것을 알기에 새 삶을 살기 위해 미친 듯이 일을 시작했다는 말도 전했다.

석일과 승조 역시 꼼꼼히 찾아보고 알아본 것이었다.

"손…… 잡아 줘."

3일 동안 깊은 수렁에 잠겨 있었다. 희원의 파리한 안색을 확인한 지금도 마찬가지로. 차에서 내려 날이 선 시선으로 먼저 걸음을 내딛던 승조는 그녀의 희미한 목소리를 듣고 뒤를 돌았다. 뒤에서 따라오던 그녀가 손을 내밀고 있었다. 그는 그녀에게 다가가 그 손을 터질 듯이 꽉 잡아 주었다.

도대체 무슨 일이 있었던 거지? 내가 널 욕심내서 모질게 그곳에 보냈던 그 1년 동안.

희원에게 지금 가장 묻고 싶은 말이었다. 그리고 답이 두려워 차마 물을 수 없는 말이기도 했다.

다시 그에게 돌아왔던 희원이 일부러 뻔히 보이는 날카로운 가시를 세우고 덤볐다는 것을 모르지 않았다. 말괄량이 소리를 들을 정도로 밝았던 그녀가 정신적으로 피폐해진 이유가 그에게 잠시라도 버림받았었다는 사실 때문이라고 짐작하고 있었다.

그건 그녀를 얻기 위해서라면, 가족이라는 고리를 끊어 내기 위해서라면, 어떤 것이라도 할 수 있었던 그때의 그가 감당해야 할 벌이었다. 평생을 보듬으며 사랑하고 지켜주겠다고, 그건 널 버린 게 아니라 널 갖고 싶었던 내 욕심이었다고. 천천히 이해시켜 주고 치유해 주고 싶었다.

"오빠. 전화 오잖아."

손을 잡고 걷던 희원이 그에게 말했다. 아무것도 느끼지 못하는 사람처럼 있던 그가 그제야 재킷에서 휴대폰을 꺼내 들었다. 발신인은 아버지였다. 그는 잠시 주저하다가 석일의 전화를 받았다.

"네."

희원의 생부의 사망 소식을 들었다고 입을 연 석일은 여유롭게 있을 생각이었던 미국에서 급히 입국한 상태였다. 지금 그의 아파트로 가고 있다는 석일의 말을 그는 담담히 듣고 있었다.

전화를 끊고 그녀를 데리고 아파트로 곧장 들어갔다. 잠을 별로 자지 못한 것 같은 그녀를 우선 편히 재울 생각이었다. 그가 손을 잡은 채로 그의 방으로 가려 하자 그녀가 몸을 멈춘 채, 고개를 저었다.

"곧 있으면 아빠 오시잖아."

"……."

"나 내 방에서 쉴게."

혼자 있겠다는 말이었지만 그는 도저히 그녀를 혼자 내버려 둘 수 없었다. 그녀가 속으로 감내하고 견딜 아픔이 두려워서 결코 혼자 둘 수 없었다. 희원이 뻣뻣한 눈꺼풀을 내린 채로 입을 열었다.

"자고 싶어."

"그래. 잘 때까지 같이 있을게."

희원을 침대에 눕히고 그 옆에 앉은 그가 이불을 덮어 주며 그녀의 이마를 다정하게 쓸어 넘겼다.

"우선 푹 자."

그녀에게 들어야 할 말이 있었다. 감당할 수 없을 만큼 무겁고 무서운 진실이라 해도 그는 그것을 들어야 했다.

승조는 눈을 감고 있는 희원의 뺨을 매만지며 고요한 눈빛으로 그녀를 응시했다. 그리고 생부의 죽음 앞에서 그녀가 단 한 번도 눈물을 보인 적 없다는 사실을 떠올렸다. 고모에게 아버지가 죽었다는 부고를 전화로 전해 들었을 때도, 장례식에 처음

갔을 때도, 발인식이 있던 오늘까지도.

지금도 슬픔보다는 피로가 쌓여 힘들어 보이는 모습이었다. 희원은 무언가를 향한 욕심이나 독점욕이 강하고 예민한 구석도 있었지만 한편으로는 남모르게 눈물도 많고 한 번 정을 주면 한없이 따르는 아이였다. 그녀의 메마른 반응이 익숙하지 않아 그는 더 신경이 곤두섰다.

석일이 아파트에 도착한 것은 희원이 잠들고 얼마 지나지 않아서였다. 그는 짐을 내려놓기가 무섭게 희원이 어떤 상태인지부터 확인하고 싶어 했다. 지친 것이 확연히 드러난 얼굴로 곤히 자고 있는 그녀를 본 후에야 그는 방을 조용히 나왔다.

"이게 도대체 무슨……."

석일이 말을 채 잇지 못하고 쓴 한숨을 삼켰다. 희원의 생부의 죽음이 그에게도 갑작스러운 충격이었다.

"이제 방학도 했으니 강릉으로 데려가서 당분간은 내가 희원이를 돌봐야겠다. 승조, 넌 일이 바빠서 제대로 챙겨 줄 수가 없을 거고."

승조는 대답 없이 묵묵히 자리를 지켰다.

"내일 희원이 일어나면 그때 다시 상의해야겠지."

자신의 방을 석일에게 내준 승조는 그에게 밤 인사를 드리고, 예전에 진형이 썼었던 방으로 향했다. 재혼 후, 영경과 희원의 도움으로 가장 멀게만 느껴졌던 아버지와의 거리를 조금씩 좁혀 갔지만 여전히 살가운 사이는 아닌지라 같이 있는 것이 편하게 느껴지지 않았다.

침대 헤드에 등을 기대어 누운 승조는 오늘 역시 잠에 들 수 없을 거라는 짐작이 들었다. 며칠 사이에 많은 것이 변해 있는 것만 같았다. 좋은 변화가 아닌, 뒤틀리고 엉망이 된 변화였다. 아니, 어쩌면 변한 것이 아니라 그가 이제야 망각에서 깨어나고 있는 것인지도 모른다.

지독한 불면의 감각이 그의 신경을 놓아주지 않았다. 희원이 곁에 있다면. 그는 그녀를 품에 안아야만 비로소 깊은 수면을 취할 수 있었다.

바닥에 발을 대고 침대에 앉은 채로 시계를 확인했다. 새벽 세 시. 아직 아침이 오려면 많은 시간이 지나야 했다.

"……오빠."

승조는 탁상시계에서 시선을 떼고 방문으로 눈길을 돌렸다. 조심스럽게 문을 열고 들어오는 희원을 보였다.

"일어났어? 어디 아파?"

승조가 몸을 일으켜 희원에게 다가갔다. 그러자 그녀가 그의 허리를 힘껏 껴안았다.

"다시 한 번 말해 줘."

"어떤 말을?"

그는 그녀의 정수리에 입을 맞추며 낮게 물었다.

"버리지 않을 거지? 절대로."

"희원아."

"오빠는 죽어도 나 못 놓지? 나 없으면 살 수 없다고 했잖아. 그렇지?"

마치 그 날 같았다. 희원을 그녀의 친부에게 데려다주기 전날의 일을 떠올리게 만들었다.

'*버리지 않을 거지?*'

'*오빠는 절대로, 절대로 나 버리지 않을 거지?*'

하지만 그날과는 전혀 다르다는 것을 곧 깨닫게 되었다. 그날의 희원은 십여 년 만에 만난 친부와 관련된 충격과 석일을 향한 배신감 때문에 힘들어하고 흔들렸을지언정 그를 향한 믿음만은 확고했다. 그는 결코 자신을 버리지 않을 거라는 믿음. 그것이 그에게 모두 전해질 정도로 확실하게 느껴져서 더욱 가슴이 아팠었다.

"말해 줘. 무슨 일이 있어도, 이젠 절대로 버리지 않을 거라고."

그리고 지금의 희원은 그의 가슴이 무너져 내릴 만큼 애처롭게 떨고 있었다. 그녀의 감당할 수 없는 불안감이 그에게 전부 전해졌다. 그녀는 그에게 다시 버림받을까 떨고 있었다.

"내가 널 어떻게……."

내가 널 버릴 수 있을 리가 없다.

"희원아."

"……."

"네가 없으면 난 살 수 없어."

진심이 그녀에게 모두 느껴지도록 그가 낮은 음성을 그녀의 귓가에 새긴다. 그녀를 안은 채 마주 보며 말했던 그가 그녀의 입술에 자신의 입술을 내렸다. 서로에게 닿은 입술이 결코 떨어질 수 없다는 듯 뜨겁게 붙으며 겹쳐졌다.

"사랑해. .희원아."

가냘프고 연약한 허리를 강하게 끌어안은 그가 그녀의 입술을 집어삼켰다. 입술 사이가 벌어지고 혀가 엉켰다. 서로를 부여잡은 두 사람의 손길은 부드럽지 못했다. 지금은 서로를 가질 수 없다는 것을 알기에 애타는 마음으로 오로지 맞닿은 입술만이 더욱 격렬하게 움직이며 타올랐다.

잠시 떨어트린 입술 사이로 그녀가 달뜬 숨을 내쉬었다. 여전히 그의 품에 안겨 호흡을 가다듬던 희원의 숨소리가 어느 순간 멈추었다.

그녀의 동공이 붙잡을 새 없이 이리저리 흔들렸다. 그녀만을 깊게 응시하고 있던 그가 인상을 굳혔다.

"왜 그래?"

승조를 올려다보는 희원의 눈가에 빠르게 눈물이 고이기 시작했다.

"어…… 어떡해."

기어이 그녀의 뺨 아래로 후드득 떨어지는 눈물들을 바라보며 그는 그것들이 무엇을 뜻하는지를 깨달았다. 희원이 그의 가슴에 얼굴을 묻으며 흐느끼듯 말했다.

"보셨어."

"……"

"아빠가……."

희원의 눈물들이 그의 가슴을 타고 흘렀다.

자신이 그를 찾아온 탓이라며 자꾸 자책하는 희원을 겨우 달래고 그녀의 방에 데려갔다. 모두 서로 다른 방에 있었지만, 세 사람 중 어느 한 사람도 날이 밝아 올 때까지 잠에 들 수 없을 거라는 것을 느꼈다.

미루고 있었고 피하고 싶었던 말이었지만, 언젠가는 반드시 해야 하는 말이기도 했다. 시기가 적절하지 못했지만 이제는 정리를 시작해야 할 때였다. 버림받는다는 것에 지나칠 정도로 예민한 희원을 안정시킬 수 있는 모든 일을 실행할 생각이었다.

날이 밝아 아침이 되면 석일이 반응을 보일 거라고 당연하게 생각하고 있었다. 배신감, 당황스러움, 분노, 어떤 감정이라도 드러내지 않을 수 없을 거라고 생각했다.

하지만 그의 예상을 비웃듯 석일은 아무렇지 않게 두 사람에게 아침 인사를 전했다.

"병원을 너무 오래 비워서 아침 일찍 출발해야겠다."

이른 아침을 먹는 식탁에서 여전히 평소와 다르게 웃고 말하는 사람은 단 한 명이었다. 마치 아무 일도 없었던 것처럼. 아무것도 보지 못하고 듣지 못한 것처럼.

"희원아."

석일이 나지막하게 그녀를 불렀다. 밥을 제대로 넘기지 못하고 젓가락만 깨작이며 고개를 들지 못하고 있던 희원이 놀라서 석일을 보았다.

"……아빠."

금방이라도 울음을 터트릴 것 같은 두 눈이 초조하게 흔들리면서도 석일을 응시했다.

"이제 너도 방학이고, 승조는 일 때문에 바쁠 테니까 강릉에 와 있는 게 어떻겠니? 아빠랑 같이 여행도 하면서 기분 전환할 수 있게."

"아…… 아빠, 나는……."

"오늘은 아빠가 일찍 올라가 봐야 하니까, 우선 천천히 생각하고 있어."

석일이 여느 때와 다름없이 다정하게 웃으며 말했다. 희원은 말을 잇지 못한 채 애꿎은 입술만 짓이겼다.

아침 식사를 마치고, 석일은 바로 가 봐야겠다며 짐을 챙겨 들었다. 아파트 밖까지 배웅을 나가려는 두 사람을 끝내 제지한 석일이 홀로 돌아서던 걸음을 멈췄다. 뒤를 돌아 희원에게 다가간 석일이 그녀의 머리를 어린아이 쓰다듬듯 어루만졌다. 눈을 꼭 감은 희원의 눈두덩이 점차 붉어졌다.

"희원아."

"……응."

"돌아가신 네 친아버지도, 나도 네 아빠야. 너 절대 혼자 아니야. 알고 있지?"

"……."

"너를 내 아이가 아니라고 생각한 적, 단 한 번도 없다."

석일이 나직하게 말했다. 희원이 고개를 들어 그를 보았다. 죄를 지은 얼굴로, 벌을 받아야 한다는 얼굴로 눈물이 가득하게 차오른 희원을 석일은 여전히 옛날의 어린 희원, 어린 딸을 대하듯 머리를 쓰다듬는다.

"괜찮아."

석일은 그 말을 하고는 다시 현관으로 향했다. 그런 두 사람을 무너질 것 같은 어둠 섞인 눈빛으로 바라보던 승조와 석일의 눈이 마주쳤다.

"당분간, 희원이 잘 부탁한다. 승조야."

석일이 아파트를 빠져나갔다. 그와 동시에 가까스로 서 있던 희원이 바닥에 털썩 주저앉았다.

"아, 아빠한테……."

"내가 가 볼게. 여기 있어."

희원을 소파에 앉힌 승조가 그 말을 전하고는 밖으로 나왔다. 아파트 밖으로 급한 걸음을 내달려 나오자 택시를 타기 위해 도로 쪽으로 향하고 있는 석일이 보였다.

"아버지!"

승조가 그를 부르는 목소리에, 석일이 그 자리에 멈춰 섰다. 그가 있는 쪽을 등지고 서 있던 석일이 천천히 뒤를 돌았다.

"승조야."

승조가 석일에게 다가갔다. 어떤 말로도 형용할 수 없는 감정들이 쌓이고 엉키고 터트려진다. 승조가 석일을 굳게 응시하며 무겁게 입을 열었다.

"잘못했습니다."

"……."

"속이고 말씀 안 드려서 죄송합니다."

승조의 말에 석일의 표정 역시 굳어졌다. 하지만 믿을 수 없다는 듯 흔들리는 눈빛으로 그를 보던 석일은 금세 자신의 감정을 지웠다. 석일은 다시 평소와 다름없는 얼굴로 그를 대했다.

"제가 희원일⋯⋯."

"무슨 말인지 모르겠구나."

"아버지."

그의 얼굴에 절망이 번졌다. 하지만 석일은 흔들림 없이 말을 이었다.

"희원이 많이 힘들 텐데, 잘 달래 줘."

희원이 어제 새벽, 아버지가 자신들을 보았다고 말했던 것이 사실 거짓말이 아니었을까 생각될 정도였다. 그는 아무것도 보지 못한 것처럼 어떤 표정도 드러내지 않았다. 알고 싶지 않은, 알아서는 안 되는 진실을 반드시 덮어야 한다는 의지였다.

승조는 어떤 말이라도 하기 위해 입을 열었지만 도저히 아무 말도 할 수 없었다. 온몸이 시릴 만큼 절절하게 깨닫고 있었다. 아버지는 진심으로, 그가 알게 된 진실을 귀머거리가 되어서라도 듣지 않을 생각이라는 것을.

"희원이 잘 부탁한다. 승조야."

"⋯⋯."

"네⋯⋯ 하나뿐인 동생이다."

그 말이, 그가 전하려는 모든 뜻이었다.

12월 31일. 한 해의 마지막 날이 밝았다.

새해가 되면 둘이 함께 아버지를 찾아가 제대로 말씀을 드리자는 원래의 계획은 크게 바뀌지 않았다.

희원을 데리고 아버지가 계신 강릉으로 향하면서 승조는 생각했다. 그 날, 그가 두 사람의 관계를 그렇게 갑작스럽게 목도하지 않았다면. 그랬다면 상황은 조금이라도 바뀔 수 있었을까.

아직 아버지와 대면하지 않았는데도 그도, 그녀도 이미 앞으로 일어날 일들을 모두 알 것 같았다. 아버지는 허락하지 않으실 것이다. 절대로. 승조는 그 날, 마지막으로 보았던 그의 표정이 잊혀지지 않았다.

원망스러웠다. 차라리 화를 내고, 경멸하고, 절대 안 된다고 꾸짖으며 반대하셨다면 이렇게까지 마음이 망가지지는 않았을 것이다.

한순간에 그의 사랑이 세상에 결코 있어서는 안 되는 것처럼 부정당했다. 목이 날카로운 무언가에 찔린 것처럼 숨이 막혀 왔다. 어릴 적부터 스스로조차 인정할 수 없어 괴로워하며 마음에만 가둬 놓았던 사랑이 아버지의 눈빛 하나로 그때로 다시 돌아간 기분이었다.

희원은 알면서도 결코 끊어 내지 않는 그의 유일함이었다. 그에게 희원을 갖는다는 것은 욕심이 아니라 살기 위한 몸부림이었다. 그의 전부가 사라지고 그의 모든 것이 부정당했다. 아버지에 의해서.

"허락하지 않으실 거야."

희원의 끊어질 것 같은 희미한 목소리가 그의 귀를 파고든다.

"그래."

그렇다 해도.

"그러실 거야. 분명."

허락하시지 않는다 해도, 그가 할 수 있는 것은 없었다. 희원에게 상처를 주면서까지 자신의 사랑이 먼저였던 그 날처럼, 지금도 똑같았다. 자신은 그때부터 소름이 끼치고 끔찍할 만큼 자신을 위해 살아왔다.

강릉 집에 도착해 석일과 대면했을 때도, 평소와 달라진 것은 정말 아무것도 없는 것 같았다. 석일은 평소처럼 두 사람을 다정하게 반겨 주었다. 오로지 그 자신을 위한 연극을 하고 있었다. 그런 그를 승조는 비난할 수 없었다. 자신을 위해 길을 걷고 있는 것은 석일뿐만이 아니었으니까.

"우선 저녁 식사부터 하자. 점심은 먹고 온 거지?"

시계를 확인하자 이제 막 여섯 시가 될 무렵이었다. 거실 소파에서 몸을 일으키려는 석일을 승조가 막아 세웠다.

"아버지."

"……."

승조의 한 마디로 와장창 깨지고 무너질 짧은 연극일 뿐이라는 것을, 석일 역시 알고 있을 터였다. 그런데도 그는 인정할 수 없는 듯 고개를 젓는다.

"저하고 희원이……."

"승조야."

그는 석일을 굳게 응시한 채로 말을 멈추지 않았다.

"서로 사랑하고 있습니다."

"최승조!"

석일의 언성이 천장에 닿도록 높아졌다. 남에게 싫은 소리 한 번 못하는 그의 성격에 이렇게 목소리를 크게 높인 적은 없었다.

"아버지."

"희원이 방에 올라가 있어."

석일의 말에 승조 옆자리에 앉아 몸을 떨고 있던 희원이 더욱 움츠러들었다. 석일이 단호한 음성으로 다시 그녀에게 말했다.

"올라가 있어."

희원이 울 것 같은 얼굴로 승조를 보았다. 그가 눈을 맞춘 채 작게 고개를 끄덕였다. 그녀는 소파에서 일어나 천천히 걸음을 옮겼다. 그녀가 위로 올라가는 것을 확인한 석일이 다시 승조에게로 시선을 돌렸다.

"넌 그래서는 안 되는 거야."

"……."

"너희 둘 다 이제 다 컸고 성인이니 잠시 착각할 수 있다. 둘이 한집에서 살게 한 내가 경솔했어. 너희는 어렸을 때부터 워낙 우애가 각별했으니까. 하지만 네 동생이 어려서, 몰라서 그런다 해도 승조 너까지…… 오빠인 네가 흔들려서 일을 이렇게까지 만들어서는 안 됐던 거다. 이렇게 말도 안 되게……."

석일이 감추고 억눌러 왔던 것을 터트리다가 순간 말을 멈췄다. 승조의 눈길이 거칠어졌다.

"희원이가 아니라, 제가 먼저 시작했습니다."

"뭐?"

승조가 차가운 목소리로 전한 말에 석일의 안색이 흐려졌다.

"오래전부터 희원이 사랑했어요. 가족이 아니라 여자로. 처음엔 말도 안 된다고 생각했습니다. 없애고 죽여야 하는 감정이라고 여겼고 그게 안 되니 숨기고 덮기 위해 미치도록 노력했어요. 그런데…… 안 돼요. 아버지…… 안 됐어요."

상처로 가득한 그의 눈빛이 처절하게 흔들렸다. 영경이 죽은 후, 5년 동안 죽도록 도망치고 끊어내려 했던 감정이었다.

"네…… 네 동생이야."

"핏줄뿐만 아니라 법적으로도 완벽한 남입니다. 안 될 이유 없어요."

승조의 목소리가 냉정할 만큼 단호해졌다.

"승조야."

"아버지. 이번 한 번만 부탁드릴게요. 저 아버지한테 무언가 바란 적, 태어나서 단 한 번도 없었어요. 이번 한 번만 눈 감아 주세요. 희원이, 친아버지 잃은 지 얼마 안 됐어요. 제발……."

희원의 친아버지에 대한 이야기가 나오자 심장에서 토해 내 듯 말을 하는 승조를 석일이 막아 세웠다.

"서로 사랑한다고 했니?"

석일 역시 고통스럽고 처참하게 일그러진 얼굴로 물었다.

"희원이가 너를 사랑한다고 확신하고 있어?"

"아버지."

"내가 그 아이한테 엄청난 죄를 지었어. 승조야."

석일이 소파에 주저앉았다. 허망한 시선이 거실에 한가득 진열된 액자들을 이리저리 훑는다. 아주 어린 시절부터 열여덟, 친부의 집에 가기 전의 희원의 모습들이었다. 누구보다 빛나게 웃고 있는 그녀의 사진들이었다.

"내가…… 다 내 잘못이다."

"……."

"희원이 생부한테…… 내가……."

순간 승조는 눈을 감았다. 지금 아버지가 하려는 말이, 그를 돌이킬 수 없을 만큼 망가트릴지도 모른다는 생각이 들었다.

"희원이가 수영을 왜 안 하는지 아니?"

'그런데 수영은 왜 갑자기 하기 싫어진 거야?'

'그냥. ……질리기도 했고.'

'네가 제일 좋아하던 거잖아.'

'나 더 이상 수영 안 해. 잘했었고 좋아했었던 거야. 예전에, 그때 말이야. 그리고 이제 그건 과거야.'

"안 하는 게 아니라 못하는 거야."

발끝부터 두려움이 차오르기 시작한다. 그는 터질 듯 주먹을 쥐었다.

"왼쪽 어깨가 망가졌어."

귓가에 이명이 들린다. 희원을 잃고 그의 귀를 떠나지 않았던 그 소리가 다시 그를 덮쳤다.

"희원이 아버지가 그렇게 만들었다."

"……."

"나도 지금에서야 안 사실이고."

아버지에게 처음으로 자신의 감정을 쏟아 내느라 쿵쾅쿵쾅
터질 듯 세게 뛰었던 심장이 순간 멎은 것처럼 고요해졌다.

승조는 믿을 수 없다는 듯 조용히 고개를 저었다. 그럴 리가
없다. 그런 끔찍한 일이, 일어났을 리 없다.

"알코올 중독자였어. 희원이 엄마와 결혼했을 때부터. 술에
취하면 아내를…… 때렸다고 했다."

석일의 음성이 분노와 자책이 뒤엉켜 갈라졌다.

"나는 끝까지 몰랐어. 희원이 엄마도, 희원이도 끝까지 숨
겼으니까."

"……."

"내가 그 아이를 그곳에 밀어 넣었어."

'*희원아. 아주 잠시만이야. 아주 잠시만 헤어지는 거야. 1년
만 참자.*'

'*참았어, 나. 아빠가 하라는 대로 했어.*'

'*나 계속 견디고 참았어.*'

강릉 집에 다시 돌아왔던 날, 희원이 '참았다'고 말했을 때의
표정이 이제 와서 선명하게 가슴에 박힌다. 자신의 잘못이었다.
아무것도 몰랐던 자신이 희원을 그곳에 보냈다. 그녀가 원망하
고 미워한다 해도 그는 받아들이고 용서를 구할 수밖에 없었다.
비뚤어진 마음이 되었다 해도 그녀를 탓해서는 안 되었다.

모든 게 자신의 잘못이었으니까.

하지만 자신을 향한 희원의 원망이 승조에게 가는 것을 가만히 지켜볼 수 없었다. 두 아이 모두 그의 소중한 가족이고 사랑스러운 자식이었다. 그들이 함께 망가져 가는 것을 방관할 수 없었다.

"희원이가 나를 원망하는 마음에 네 감정을 이용했을 수도 있겠지. 그렇다 해도 희원이 탓할 수 없다."

"……."

"승조야, 이런 식으로 가서는 안 돼. 너까지 그래서는 안 되는 거야. 우리 가족이 무너지는 거, 나는 절대 볼 수 없다."

아버지의 목소리는 이명과 섞여 제대로 들리지 않았다. 그가 내일 다시 이야기하자며 방 안으로 들어갈 때까지도 그는 제자리에서 조금도 움직이지 못했다.

희원에게 사랑받고 싶어 지난 1년간 끊임없이 그녀를 갈망했었다. 그녀가 자신을 가족이 아닌 남자로 받아들인 것을 집착에 가까울 만큼 몸으로 확인하고 새겼다.

'서로 사랑한다고 했니?'

'희원이가 너를 사랑한다고 확신하고 있어?'

'희원이가 나를 원망하는 마음에 네 감정을 이용했을 수도 있겠지.'

그리고 지금 이 순간, 모든 게 소용이 없어졌다. 그녀가 자신을 사랑하지 않을 수 있다는 말이 중요한 게 아니었다. 그녀가 자신을 이용했다 해도 상관없었다. 그런 것은 귓가에 잠시도 머물 수 없었다.

희원이, 자신이 내몰았던 그곳에서, 끔찍한 일을 당했다.

승조는 천천히 걸음을 내딛었다. 2층 계단을 오르는 다리에, 온몸에 피가 차갑게 식어 가는 것을 느꼈다. 그는 희원의 방에 다가가 문을 열었다. 침대 밑에 쪼그려 앉아 무릎에 얼굴을 묻고 있는 그녀가 보였다.

그가 방문을 열자 그 소리에 그녀가 고개를 들었다. 벌떡 일어나 희원이 그에게 다가가려 했다. 그는 그녀의 팔을 잡고 침대에 걸터앉았다. 그의 앞에 선 희원이 표정을 잃은 그의 모습을 살피며 불안감을 감추지 못했다.

"아빠가 뭐라셔?"

"희원아."

"응."

"안아 줘."

그가 낮은 음성으로 입을 열었다. 그녀는 잠시 혼란스러운 듯 머뭇거리다가 그의 어깨에 팔을 둘렀다.

"절대 안 된다고 하시지?"

그녀는 오른쪽 팔을 그의 어깨에 두르고, 왼쪽 팔은 그의 허리를 잡고 있었다. 한쪽 팔을 위로 들지 못했다. 어째서 눈치채지 못했던 걸까. 그 모습에 그의 심장이 형체를 잃으며 갈기갈기 찢겨져 나갔다.

"연희원."

그가 울컥거려 제대로 나오지 않는 목소리를 겨우 꺼냈다.

"너 수영 그만둔 거, 어깨 다쳐서 그래?"

"……오빠."

"네 아버지가 그랬어?"

그를 안았던 팔을 풀어 그와 눈을 마주친 그녀의 눈빛이 정처 없이 흔들리고 있었다.

"실수였어."

"……."

"사고였어. 그 날, 딱 한 번이었어. 나 괜찮아. 오빠."

희원이 절망에 가까운 부정을 하며 미친 듯이 고개를 저었다.

"아버지한테 전부 들었어."

승조의 말에 희원이 작게 뒷걸음질 쳤다. 눈빛에는 두려움이 깊게 깔렸다.

"그래서?"

"희원아."

"그래서 뭐?"

그를 노려보는 그녀의 눈에 눈물이 성큼 자리를 빼앗았다.

"그럼 뭐가 달라지는 거야?"

"……."

"그래. 맞았어. 그 날……. 아빠하고 통화하고 있었어."

새사람이 되었다 해도, 술에만 취하면 엄마를 개 패듯 때리던 사람이었다. 어린 기억에 전부 남아 있고 새겨져 있었다. 이제 와서 찾아온 그를 바로 쉽게 용서할 수 있을 리가 없었다.

석일의 말대로 그녀의 생부는 정말로 달라져 있었다. 그녀에게 쉽게 다가가지 못하면서도 하나라도 챙겨 주기 위해 애썼다. 빗장을 걸어 잠근 마음은 쉽게 활짝 열리지 않았지만 그가 변한 만큼 그녀도 아주 천천히 느리게 그에게 마음을 주었다.

그 날은 석일과 오랜만에 통화를 한 날이었다.

원망스러우면서도 어쩔 수 없는 일이란 것은 이해하고 있었다. 겉으로는 한없이 어리광만 부리고 철없는 짓을 해도 머리가 크면서 그런 걸 이해하지 못할 만큼 아이는 아니었다. 이해한다 해도 원망이 사라지지 않는 것뿐이었다.

그런데도 석일에게는 여전히 '아빠'라는 말이 나왔다. 석일은 영경과 함께 처음 만난 순간부터 자신이 생각하고 그렸던 이상적인 '아버지' 그 자체였다. 벗어나고 헤어 나오고 싶은 '아버지'가 아니라.

'응. 알았어요. 아빠.'

친아버지인 그에게는 함께 살고 반년이 지날 때까지도 결코 나오지 않던 말이었다. 희원은 그가 자신이 석일과 전화 통화하는 소리를 들었다는 것을 알았다. 말없이 조용히 집을 나가는 그를 보면서 그녀 역시 마음이 좋지 못했다. 아직도 '아빠'라는 호칭이 입에 떨어져 나오지 않는다는 것이 그녀 역시 괴로웠다.

그가 술에 다시 조금씩 손을 대기 시작한 것도 그 무렵부터였다. 확증은 없었지만 도박 역시 다시 시작했다고 희원은 짐작하고 있었다.

일을 하다가 허리를 다쳐 회사를 잠시 쉬고 있었지만 오히려 가계는 더욱 풍족해지고 있었다. 승조가 여러모로 신경 써 주고 있다는 것을 알았다.

하지만 그럴수록 성실하게 새 삶을 살아나가던 아버지는 다시 과거의 그로 변해 갔다.

아무것도 모르고 있는 승조의 잘못이라고는 생각하지 않았다. 친아버지에게 마음을 열지 못하는 자신의 탓이 가장 크다고 여겼다. 노력해야 한다는 것을 모르지 않았다. 하지만 그가 점점 과거의 그로 돌아갈수록 마음은 더욱 빗장을 걸어 잠갔다.

돌아가고 싶다. 노력 따위 하고 싶지 않았다. 가족에게, 노력하지 않아도 사랑할 수 있고 사랑받을 수 있는 제 진짜 가족에게 돌아가고 싶었다.

'아빠한테 돈 그만 보내라고 말할게요.'

'……'

'도박도…… 하고 있는 거 알아요. 이제 그만해요. 약속…… 지켜요.'

그가 어떤 말에 상처받았는지는 하고 싶었던 이야기를 모두 마친 후에야 알았다. 그에게는 단 한 번도 불러 주지 않았던 '아빠'라는 호칭. 최대한 덤덤한 표정과 목소리를 지키려고 해도 새어 나오는 원망과 힐난의 감정.

그는 아무 대답 없이 집을 나섰다. 그와 자신이 정말로 평범한 부녀지간으로 되돌아갈 수 있다고 기대한 적 없었다. 하지만 그런데도 죄책감을 느끼고 있었다. 그에게 마음을 열지 못하는 자신이, 그처럼 초조했다.

새벽 무렵, 집에 들어온 그는 술에 잔뜩 취해 있었다.

잠에 들었던 희원은 자신의 방문을 벌컥 열고 들어온 그를 보고 놀라서 몸을 움츠렸다. 술로 눈이 뒤집힌 친아버지의 모습이었다. 어릴 적의 자신을 벌벌 떨게 했던 괴물의 모습이었다.

친아버지는 어릴 적에도 엄마인 영경만을 표적으로 삼았지, 딸아이인 그녀에게는 손을 대지 않았다. 하지만 희원은 그 순간의 그가 그녀를 딸이 아닌 이미 죽은 아내, 자신에게서 영원히 도망친 아내로 보고 있다는 것을 느꼈다.

엄마를 죽일 것처럼 때리던 손이 그녀에게 날아들었다. 그는 십여 년 전의 그가 되어 있었다. 다른 남자의 품으로 도망간 아내에게 분노하는 손길은 비명조차 지를 수 없을 만큼 무자비하고 날카로웠다.

그녀의 머리채를 잡고 바닥에 찍어 내릴 때마다 고인 피가 물감처럼 퍼져 나갔다. 소름 끼치도록 선연한 색채가 그의 뒤집혀진 눈에 보일 리 없었다. 분에 못 이겨 그가 거실로 나가는 것이 느껴졌다. 희원은 바닥에 쓰러져 침대에 놓여 있는 휴대폰을 손으로 집기 위해 버둥거렸다.

머릿속에 떠오르는 것은 승조뿐이었다.

오로지 그만이 가득했다. 자신을 구해 줄 사람은 그밖에 없다.

그녀가 덜덜 떨리는 손으로 휴대폰을 잡는 순간 다시 그가 방으로 들어왔다. 휴대폰을 잡았던 왼쪽 어깨가 커다란 충격과 함께 바닥으로 떨어졌다. 마지막 목숨 줄처럼 잡고 있었던 휴대폰이 그녀의 손을 멀리 벗어나 깨지는 소리가 들렸다.

그 순간에도, 여전히 가슴속에 떠오르는 사람은 승조, 단 한 사람이었다. 그를 향한 감정이 가족애가 아닌, 이성의 사랑이라는 것을 깨닫게 된 순간은 절망스러울 만큼 처참하고도 참혹했다.

"그래서 뭐가 변했어?"

희원이 두려움이 가득 휩싸인 눈으로 승조를 향해 채근했다. 그녀가 그렇게 숨기려고 했던 진실이 떠올랐다. 그녀가 내내 두려워하고 있었던 것을 찾았다. 그녀가 두려워하고 있는 것은 그, 자신이었다.

'연희원. 안을 거면 두 팔로 안아 줘야지.'

그 날 머뭇거리던 희원의 손길이 이제야 느껴졌다.

"그 이후로는 맞은 적 없어. 정말이야."

"……."

"수영 못하게 된 거? 상관없어. 나 다 필요 없어."

희원이 침대에 앉은 그의 앞에 무릎을 꿇고 앉는다. 그를 올려다보는 그녀가 간절하게 말했다.

"오빠 잘못 아니야. 아니잖아."

"내가 널……."

"아니야!"

"내가 널 망가트렸어."

승조의 눈빛이 공허한 어둠으로 깔렸다. 그녀가 그의 손을 꼭 붙잡았다.

"그래서?"

"……."

"또 날 버릴 생각…… 아니지?"

희원이 눈물을 뚝뚝 떨구며 그를 응시했다.

"제발 그러지 마. 그럼 나 정말로 살 수 없을지도 몰라."

"희원아."

승조는 아무것도 느낄 수 없는 사람처럼 희원을 바라보고 있었다. 그러나 속은 전혀 그렇지 못했다.

'날 가장 소중하게 생각했던 게 아니야. 오빠는 결국 오빠 자신이 제일 소중한 거야. 그래서 이렇게 날 버리는 거야.'

희원의 상처가 그를 잠식시켜 나갔다. 깊게, 어둠 속으로.

'이제 내 친아빠한테 돈 그만 보내 줘도 된다고.'

'참아 볼게. 참고 기다릴게.'

'전부…… 전부 다 용서해 줄 거야.'

내 사랑이, 너만을 위한다고 믿어 왔던 내 사랑이 너에게 독이었다. 너를 엉망으로 망가트리고 있는 것은 그 누구도 아닌 나였다.

나를 구원해 준 너를, 내가 갖고 싶다는 이유로.

'오빠는 날 버리는 거야.'

환했던 단 하나의 빛이 절망으로 물든다.

15.

벌을 받아야 한다고 생각했다.

순간, 희원이 입술을 부딪쳐 왔다. 눈물로 젖은 입술이 그의
입술을 삼키고 숨을 앗아 가듯 호흡을 삼킨다. 혀를 깊이 옭아
맬 때마다 타액이 섞이며 뜨겁게 젖어 든다. 어떤 감각도 느낄
수 없는 사람처럼 수동적으로 그녀를 받아들이는 그와는 다르
게, 그녀의 입맞춤은 버둥질에 가까울 만큼 필사적이었다.

"왜……."

원망이 깔린 목소리가 그를 할퀴고 지나갔다. 다시 희원의 입
술이 그에게 달라붙었다. 승조의 목덜미를 물 듯 키스하며 그의
셔츠를 하나씩 풀어 나갔다.

"……희원아."

그가 그녀의 이름을 불렀다. 그저 이름을 부른 것이 아닌, 그

녀의 조급함 섞인 행동을 제지하는 뜻이라는 것을 그녀 역시 느꼈을 것이다. 그리고 그녀는 그런 그에게 반항하듯 더욱 그를 몰아붙였다.

"아래층에 아버지 계셔."

"언제 그런 거 신경 썼어?"

희원의 눈빛이 송곳처럼 날카로워졌다.

"연희원."

"어차피 다 들킨 마당에, 왜. 뭐가 문제야?"

그녀는 다시 눈을 내리깔아 그의 셔츠를 양옆으로 벌리고 그 안을 손으로 더듬었다. 숨을 쉴 때마다 위아래로 솟았다 내려앉는 단단한 가슴을 손바닥으로 쓸었다. 그녀의 나른한 자극에도 그의 반응은 보이지 않았다.

희원이 애가 타는 마음을 숨기지 못하며 바지 버클에 손을 가져갔다. 성급한 손길로 그의 바지를 벌리고 이미 가운데가 딱딱하게 부풀어 오른 드로즈를 쓰다듬었다. 그녀의 손끝만으로도 저절로 달아오르는 몸이 멋대로 활개 치며 뜨거운 열에 휩싸였다.

드로즈마저 아래로 끌어내린 그녀가 팽팽하게 위로 솟은 남성을 손으로 감쌌다. 힘주어 잡은 채 부드럽게 애무하는 손길에 그가 그녀의 어깨를 붙잡았다. 그녀는 아랑곳 않고 그의 분신을 감싸 쥐고 흔들었다.

"희원아. 그만해."

낮은 한숨을 쉰 승조가 눈을 감은 채로 그녀에게 말했다.

"왜? 좋다고 했었잖아."

억지를 부리고 생떼를 쓰는 어린아이처럼 고집스럽게 말하고는 그의 남성 끝을 천천히 입안에 담는다. 희원의 어깨를 잡고 있던 그의 손에 바짝 힘이 들어갔다. 흥분에 휩싸여 뜨겁게 굳어진 것을 머금은 채 혀를 움직여 옭아매기 시작한다. 아래에서 위로 핥아 올릴 때마다 어깨에 들어가는 힘의 세기가 더욱 커졌다.

그녀가 그의 선단을 뭉개듯 혀로 가르고 누를 때마다 그의 몸은 누구도 닿을 수 없을 만큼 뜨겁게 변했다. 섬세한 근육들로 갈라진 허벅지를 손으로 쓸 때마다 타들어 갈 것 같은 뜨거움이 그녀의 손바닥에까지 번질 정도였다.

"왜?"

결국 버티지 못한 승조가 희원을 떼어 내 그녀의 몸을 일으켰다. 그의 거부의 몸짓에도 그녀는 끄떡없었다. 밀어내기가 무섭게 침대에 앉아 있는 그에게 안겨 와 그의 손을 자신의 티셔츠 속으로 집어넣었다.

"오빠도 원하잖아. 아니야?"

그녀의 손에 잡힌 그의 손이 부드러운 굴곡으로 솟아오른 가슴을 움켜쥐었다. 그녀는 그의 손으로 자신의 몸을 애무하면서 얇은 신음을 흘렸다.

이미 반쯤 벗겨진 그의 하반신이 터지기 직전처럼 불끈거린다는 것을 알아챈 그녀가 자신의 치마 속에 손을 집어넣어 팬티를 벗어 내렸다.

승조의 허벅지에 올라타서는 가릴 것 하나 없이 드러난 자신의 은밀한 곳을 솟아오른 그에게 맞추었다. 각자 미끈하게 젖어 있는 곳이 조금씩 맞물리며 결합을 이루어 나갔다. 희원은 그의 허벅지 위로 내려앉으며 그를 끌어안았다.

"으읏!"

희원이 흥분을 부채질하듯 승조의 귓가에 입술을 붙인 채 고양이 같은 신음을 연신 쏟아 냈다. 그녀가 엉덩이를 느릿하게 위아래로 흔들기 시작했다. 하얗고 탐스러운 엉덩이를 움켜쥔 그의 손등에 거센 핏줄이 불거졌다. 그녀의 몸짓에 호응하지 않은 채 입을 악다물고 눈을 감고 있는 그에게 그녀가 다시 진하게 키스해 왔다.

고통에 가까운 쾌감에서 벗어나기 위해 눈을 감아도 소용없는 일이었다. 그의 허벅지를 타고 음란하게 허리를 움직이는 희원이 감아진 눈앞에 다시 그려졌다. 그는 부서질 만큼 이를 악물었다. 그녀는 지금 당장 몸을 나누지 않으면 죽을 것처럼 그에게 격정적으로 매달리고 있었다.

이유를 모르지 않았다. 아니, 희원을 이렇게 만든 것은 자신이었다. 희원을 잃을지도 모른다는 불안감에 사로잡힐 때마다 그녀를 끝없이 안았던 자신이 지금의 그녀에 덧입혀졌다. 그리고 희원은 지금 엄청난 불안감에 떨고 있었다.

"……오빠."

승조의 목을 끌어안은 희원이 그를 부르며 울고 있었다. 신음으로 숨긴 젖은 음성이 그의 귓가에 들리지 않을 리가 없었다.

승조는 더 이상 희원의 몸짓을 방관하지 않고 그녀를 힘껏 끌어안았다.

"말해 줘. 오빠."

"……."

"사랑한다고."

희원이 승조에게 입을 맞추며 떨림이 남은 목소리로 애원했다.

"해 줘. 제발."

희원을 사랑해 왔다. 가족으로서든, 여자로서든, 희원을 사랑하지 않았던 시간은 단 한 순간도 없었다. 그의 하나뿐인 안식이었고 유일한 구원이었다. 단 하나의 빛이면서도 절망이었다. 자신을 혐오하고 석일과 영경을 원망하게 만들고도 결코 끝낼 수도, 숨길 수도 없는 유일한 사랑이었다.

모든 것으로부터 지켜주고 감싸주고 싶은 단 한 사람이었다. 상처 주고 싶지 않은, 절대 상처 주어서는 안 되는 아이였다.

너를 상처 내는 사람을 나는 결코 용서할 수 없다.

희원을 망가트릴까 걱정했던 우둔한 자신을 갈기갈기 찢고 싶었다. 희원은 그의 손에 의해 이미 망가져 있었고, 그의 손에 더욱 망가져 갔다. 오로지 자신의 사랑만을 위해 이기와 오만을 부리던 그의 가슴이 이제야 벌을 받듯 산산조각으로 부서져 가고 있었다.

"내가 널 이렇게 만들었어."

승조가 텅 비어 버린 눈으로 희원의 왼쪽 어깨를 매만진다.

그에게 처음 수영을 배웠던 날, 처음으로 상을 받아 왔던 날, 해맑은 미소를 지으며 수영선수가 되고 싶다고 했던 날. 그녀를 그 집에 밀어 넣었던 그 날의 자신에게 벌을 주듯 그가 읊조렸다.

"내가 널 망가트린 거야."

"왜 그렇게 말하는 거야?"

희원이 눈물이 솟구치는 눈으로 그를 노려보며 말했다.

"정말로 그렇다 해도 상관없어. 망가트렸어도 상관없어. 내가 괜찮다고. 망가졌으면 망가트린 채로 손에 쥐고 있어. 내가 그걸 원해서 오빠를 찾아왔잖아! 근데 왜……!"

벌을 받아야 한다고 생각했다. 사할 수 없는 죄를 지었다. 스스로에게 벌을 내려야 한다고 생각했다. 희원보다 더한 고통과 상처를 자신에게 주어야 한다고.

"용서할 수 없어. 희원아. 네가 그렇게…… 고통스럽게…… 널 그렇게 만든 나를……."

억눌림에 제대로 말을 잇지 못하는 그를 그녀가 막았다.

"용서 못 하면?"

희원은 누구보다 그를 잘 알고 있었다. 그녀가 필사적으로 그에게 과거의 흔적을 숨기려 했던 이유를 모르지 않았다.

"희원아."

"용서 못 하면? 또 버릴 거야?"

울분에 휩싸인 그녀의 표정이 차갑게 식어 간다.

"난 계속 이렇게 버림받을까 두려움에 떨면서 살아가야 하는 거야?"

희원이 입술을 깨문 채 눈물을 떨어뜨렸다. 승조는 그녀의 눈물을 닦아 주지도 못하고 여전히 공허하게 응시할 뿐이었다.

벌을 주어야 한다고 생각했다. 네 사랑을 의심하느라 네 상처를 보지 못한 나를, 용서해서는 안 된다고 믿었다.

석일이 희원에게 내민 것은 미국행 비행기 티켓이었다.

탁자에 놓인 그것을 보자마자 희원의 안색이 하얗게 변했다. 그러자 석일은 그녀가 멋대로 오해하는 것을 내버려 두지 않겠다는 듯 곧바로 입을 열었다.

"아빠랑 같이 가는 거야."

"……."

"희원아."

그를 외면한 채 자신의 무릎에만 시선을 고정하고 있는 희원의 손을 그가 잡았다.

"아빠 얼굴 좀 봐 줘."

여전히 희원의 대답은 없었다. 석일은 그녀가 홀로 덩그러니 앉아 있는 기다란 소파로 다가가 그녀를 보듬어 안아 주었다.

"너 잘못한 거 없다."

"……아빠."

"다 아빠가 잘못한 거야. 아빠가 나쁜 거고, 전부 아빠 때문에 생긴 일이야. 내가…… 내가 너희를 제대로 돌보지 못했어."

자책으로 어지럽혀진 목소리를 들려줄 생각은 없었는데, 격해지는 감정을 도통 통제하기 힘들었다.

그 날 밤, 승조와 희원이 함께 있는 모습을 보았을 때 숨이 멎는 것 같았다. 있을 수 없는 일이 일어나고 있었다. 그의 눈앞에.

영경이 죽고 그를 살아가게 한 유일함이 그의 눈앞에서 심장이 저릴 만큼 아슬아슬한 모습으로 깨어지기 직전이라는 것을 그제야 파악할 수 있었다.

어떤 가족의 관계보다도 견고하고 촘촘한 그들이었다. 아무리 어릴 적부터 가족으로 커 왔다지만, 정확히 따지면 남이나 다름없는 두 아이를 한집에서 단둘만이 살게 하는 것이 영 꺼림칙하다는 걱정이 많은 친구의 조언에도 화를 내기보다는 어이없는 헛웃음을 짓고는 했었다.

가족이었다.

피가 섞이지 않았고, 서류상으로 이어지지 않은 것은 하나도 중요치 않았다. 누가 뭐라고 해도, 그들은 서로가 없으면 살아갈 수 없는 가족이었다. 서로밖에 기댈 곳이 없는, 의존적이고 폐쇄적이고 나약한.

혼란을 겪었을 수도 있다고 이해한다 뇌까리며 충격으로 얼룩진 정신을 다잡았다. 가족으로서의 사랑을, 한순간 충동적이고 치기 어린 격정으로 그것이 이성 간의 사랑이라고 착각할 수 있다고.

무너지기 직전의 집을 그 혼자 받쳐 들고 있었다. 눈을 감고 있느라 오직 그만이 모르고 있었던 이미 폐허가 되어 버린 집을.

"다시 돌아가기 위해서는 승조에게도, 너에게도 시간이 필요할 거야."

생부와 생활했었던 그 1년. 그때 희원이 어떤 일을 당해 왔는지에 대해 알고 난 후에는 두 사람의 관계를 알게 됐을 때보다 더한 절망에 휩싸였다. 아무것도 알아차리지 못한 스스로를 증오했다.

"다시…… 돌아간다고?"

희원이 석일을 응시하며 서늘하게 물었다.

"그래."

"뭐로 돌아가는데?"

"다시 가족이 되는 거야."

"가족."

석일의 말을 곱씹던 희원이 픽 웃으며 그의 품에서 떨어졌다. 그녀의 날이 선 눈빛이 그에게 다시 향했다.

"오빠랑 난 더 이상 가족일 수 없어."

"희원아."

"무슨 뜻인지 모르겠어?"

석일의 낯빛이 하얗게 질린다. 그럼에도 희원은 잔인하게 단정 짓는다.

"아예 남이 될 수는 있어도, 이제 가족이 될 수는 없어."

그를 낭떠러지로 이끄는 말이었다. 그는 고개를 저으며 부정했다.

"승조도 동의했다."

순간 희원의 얼굴에 핏기가 가셨다. 그녀는 입술을 깨물며 온몸이 무섭게 떨려 오는 것을 보이지 않기 위해 애를 쓰고 있었다.

"거짓말이야."

"승조는 앞으로 널 볼 때마다 자책하고 괴로워할 거야. 아빠는 너희가 불행해지는 걸 지켜볼 수만은 없어."

"……."

"잠시 시간이 필요한 거야. 우리한테는."

"오빠가 날 보내는 걸 동의했다고?"

희원이 무언가에 넋을 잃은 사람처럼 혼잣말을 했다.

"준비는 다 해 뒀어. 최대한 빠른 시일 내에 나갈 수 있도록."

영경과 재혼 후 여태까지 한 번도 옮기지 않고 지내 온 집. 그녀와의 아스라한 추억들을 안고 눈을 감을 때까지 지킬 거라 믿어 의심치 않았던 집을 떠나야 했지만 그는 굳건했다. 지금 해야 할 더 중요한 일이 있었기 때문에.

가족이라는 틀을 깰 수는 없었다. 그것이 엉망이 되어 망가지는 것을 그는 절대 지켜볼 수 없었다.

'희원이…… 잘 부탁해요.'

희원을 위해서. 영경을 위해서.

어쩌면 오로지, 그 자신을 위해서.

쾅쾅 문을 부서져라 두드리는 소리에, 승조는 현관문 앞으로 다가갔다.

비밀번호를 알고 있음에도 손이 아프도록 문을 때리고 있었다. 문을 열자 그를 노려본 채로 눈물을 떨구고 있는 희원이 보였다.

"용서 안 한다고 했지?"

물기 어린 목소리에 애써 독기를 담아 말한다.

"다시 날 버리면 절대 용서 안 해 줄 거라고 했지?"

승조가 서걱거리는 목소리로 대답했다.

"그래."

그 역시 스스로를 용서할 수 없었다.

처음부터 모든 것이 그의 사랑 때문이었다. 자신을 위해 희원을 탐냈던 것부터가 문제의 시작이었다. 그때, 희원을 보내지 않을 수 있는 방법은 얼마든지 있었다.

하지만 그는 오로지 자신의 사랑을 위해 절망에 휩싸여 우는 그녀를 못 본 체했다. 그런 자신이 지독하게 느껴질 만큼 용서하기 힘들었다.

"날 미국에 보낸다는 거, 오빠도 아빠랑 같은 뜻이야?"

"……."

"날 다시 가족으로 만들 생각이야?"

희원의 새카만 눈동자가 격렬하게 요동쳤다.

"그게 정말로 가능하다고 생각하는 건 아니지? 아빠 말처럼 시간이 지나면 모든 게 다시 되돌아올 수 있다고 믿는 건 아니지?"

스스로 자신을 막다른 곳에 밀어 넣으면서까지 희원의 손을 놓는다.

그의 머릿속을 지배하고 있는 생각은 단 하나였다. 희원을 자신의 손으로 망가트리고 있다. 그때도, 지금도. 그리고 앞으로도 그렇게. 자신의 사랑은 그녀에게 치명적인 독이다. 인지하고 있었으면서도 모른 체하던 사실을 이제 더 이상 숨길 수 없었다.

"오빠만 포기하면 끝나는 거야?"

희원이 그의 옷자락을 잡아끌며 울부짖는다.

"왜 나는 안 봐? 내가 사랑한다고 했던 건 처음부터 안 믿었던 거지? 아빠 말을 믿고 있는 거지? 오빠도 의심했던 거지? 내가 오빠를 사랑하지 않는다고. 지금도 그렇게 생각하고 있지? 오빠만 마음을 접으면 모든 게 간단하다고!"

승조의 가슴에 기댄 채 흐느끼는 목소리가 그의 모든 혈관을 고통스럽게 뚫고 지나간다.

"잃고 싶지 않아서……."

"……."

"평생 함께이고 싶어서 가족이길 포기하고 싶지 않았던 거야. 오빠한테 영원히 소중한 사람으로 남고 싶어서."

"……."

"제발…… 나 버리지 마. 오빠."

희원은 어린아이처럼 소리 내어 울며 사정하고 있었다.

'그 아이가 네 마음을 받아들이지 못하면, 그 아이가 네가 아닌 다른 사람을 선택하면, 그 아이가 혹시라도 잘못되면…… 그 아이로 인해 네가 망가질 게 내 눈에 전부 보이는구나. 희원이 그 애의 마음 하나로 네 모든 삶이 죽기도 하고 살기도 하는 모습이 내게는 전부 보여.'

오로지 욕심만이 가득 차 있었다.

희원을 어떤 누구에게도 주고 싶지 않다는 욕망이 그를 삼켰다. 가족이라는 굴레에 갇혀 어떤 몸부림도 치지 못하고 있는 자신이 아닌, 그녀를 가질 수 있는 다른 남자의 손을 잡고, 그 남자를 향해 웃고, 입을 맞추고 애정을 나눌 그녀를 상상할 수 없었다.

그건 지옥에 갇히는 것과 다름없었다.

희원을 향한 사랑을 깨닫는 순간, 그녀에게서 도망쳤고, 그럴수록 더 확실하게 느꼈다. 그녀에게서 결코 도망칠 수 없다. 헤어 나올 수 없다. 그녀가 없이, 살아갈 수 없다. 그리고 자신은 희원을 망가트려 가면서까지 마지막인 것만 같았던 그 기회를 잡았다.

"오빠. 제발……."

희원의 떨림이 전해졌다.

승조는 그녀를 안아 주면서도 엄습하는 공포를 이기지 못했다. 그의 전부를 집어삼킬 것 같은 공포였다. 희원을 망가트린다. 자신의 손으로. 자신의 사랑이.

희원을…… 놓아야 한다.

'이미 넌 희원이 그 아이가 없으면 살 수가 없어.'

설령 자신이 살아갈 수 없을지라도.

내게 가장 중요한 건, 내가 아니라 너라는 사실은 여전히 변하지 않았다.

16.

조부에게 희원에 대한 감정을 털어놓았던 날을 기억한다.

서류상으로는 남일지언정 석일과 승조에게 친가족보다 더 소중한 아이라는 것을 아는 조부가 도와주겠다는 말을 꺼냈을 때였다. 희원의 생부가 그녀를 데려가지 못하도록 손을 써주겠다, 최씨 일가에 들이는 것을 허락하겠다, 누그러진 어조로 그에게 제안하던 조부를 말린 것은 그였다.

'희원이를 사랑합니다.'

아무에게도 꺼내 놓을 수 없었던 말. 희원에게도, 스스로에게조차 감추고 억누르던 감정을 처음으로 소리 내어 드러냈었다.

'오빠가 아니라 남자로서 제가 그 애를 사랑해서……'

살 것 같았다.

어둠에만 감추어져 있던 마음을, 그 속에서 절대 꺼내지 못할 것 같았던 마음을, 드러내는 것만으로도 숨구멍이 트이는 것 같았다.

'욕심납니다. 누구에게도…… 희원이를 아무에게도 주고 싶지 않아요.'

태어나서 처음으로 터져 나온 욕심이었다. 그 누구도 아닌 오로지 자신만을 위한 욕심이었다. 그것이 죄였을까. 뒤틀림의 시작이었을까.

침대에서 나와 화장실로 향한 승조는 바로 옷을 탈의하고 샤워부스로 들어갔다. 샤워기에서 쏟아지는 물줄기가 그의 머리를 타고 몸으로 흐른다. 일부러 돌려놓은 차가운 물이 실오라기 하나 걸치지 않은 맨몸을 매섭게 때리지만 흐릿했던 정신이 깨어나는 기분은 들지 않았다.

한숨도 잘 수 없었다. 영원할 것 같은 불면은 다시 시작되었다.

위에서 아래로 떨어지는 물에 얼굴을 대고 두 손으로 문질러 세수를 했다. 정신은 또렷한 것 같으면서도 몽롱했다. 도무지 깨끗하게 펴지지 않을 것 같은 산란한 머릿속을 붙잡기 위해 노력했다.

쏟아지는 물을 그대로 받은 채 눈을 감고 있는 그의 가슴을 여전히 단 하나만이 채우고 있었다. 여전히. 앞으로도, 언제까지고.

샤워 부스를 빠져나와 꺼내 두었던 커다란 수건으로 몸을 닦았다. 로브를 걸쳐 입고 다시 밖으로 나오자 황량한 거실이 그를 반기고 있었다.

'오늘 오후 비행기로 출발할 거다.'

옷장 앞에 선 몸이 피가 제대로 돌지 못할 만큼 딱딱하게 굳어 버렸다. 석일의 착잡한 목소리가 원치도 않는데 계속 귓속을 파고들었다.

굳어 버린 다리를 옮겨 몸을 침대로 향했다. 침대 옆 협탁에 올려져 있는 은색의 메탈 시계. 그의 생일날, 희원이 선물해 준 시계였다. 그것을 언제나 그랬듯이 곧바로 손목에 감았다.

'제발 나 버리지 마. 오빠.'

가슴을 송곳으로 찌르는 아픔이 느껴졌다. 공허하게 빈 시선이 나릿하게 앞을 향했다. 열려 있는 창문 너머로 어제부터 그치지 않고 내리는 눈이 보였다.

'승조야. 우리한테는 시간이 필요한 거다.'

시간.

아버지는 시간이 필요하다고 말했다. 시간이 흐르면, 자신과 희원의 치기 어렸던 찰나의 감정이 사라질 거라고.

사라질 수 없는 감정이라는 건 그가 누구보다 잘 알고 있었다. 그럼에도 희원을 보내겠다는 객기를 부렸다.

왼쪽 손목을 오른손으로 꽉 옥죄었다. 시계의 차가운 기운이 전부 손으로 전해졌다. 자신만 버티면. 자신만 없으면. 시계를 여전히 꽉 움켜쥔 채로 그는 그렇게 되뇌었다.

공항 의자에 앉아 휴대폰을 만지작거리고 있는 희원에게 다가갔다.

자신이 가까이 오자 바로 휴대폰을 코트 주머니에 넣고 눈을 내리까는 그녀의 모습에, 석일은 쓴 한숨을 쉴 수밖에 없었다.

"오빠는?"

희원이 무감한 말투로 물어왔다.

"병원에 있지."

석일의 대답은 그녀가 원한 답이 아니었는지 인상을 찌푸렸다.

"아빠는 오빠를 그렇게 놔둬도 아무렇지 않아?"

순간 명치가 시큰하게 아려 왔다. 감추고 있던 무언가를 들킨 것처럼.

"오빠는 여기 혼자 두고 나만 데리고 가면서. 걱정되지도, 신경 쓰이지도 않아?"

"승조는…… 다 컸으니까. 아빠도 승조도 네가 제일 걱정이지."

그에게 희원은 여전히 어리고 미성숙한 아이였다. 지켜 주고 보호해 줘야 하는 아이. 더군다나 그는 저 작고 여린 아이를 어릴 적에 어머니를 무자비하게 폭행하던 아버지 밑으로 보냈다. 아무것도 몰랐다 해도, 그의 죄였다.

"거짓말."

희원이 서늘하게 웃는다.

"전부 거짓말이야."

"희원아."

"아빠는 아빠밖에 생각 안 해."

목소리에 원망과 아픔이 빠져나갔다.

"엄마를 잃은 후로 계속, 계속 그랬어."

"……."

"아빠한테는 옛날도 지금도 엄마밖에 없어. 오빠랑 나는 없어. 그러니까 이렇게 아빠 마음대로 하는 거야. 내가 오빠를 사랑하는 게 아니라고 단정 짓는 거야. 우리가 불행해지는 건 하나도 상관없는 거야."

그렇지 않다. 희원은 단단히 오해하고 있다. 그는 온 마음을 실어 부정하고 싶었다.

"내가 너희를 생각하지 않는다고? 나한테는 너희밖에 없어. 우린 가족이야. 처음부터 그랬어. 너희가 잠시 착각해서 그게 사랑이라고, 아니, 설령 진짜 사랑이라 해도 그게 끝나면 남는 건 아무것도 없다. 가족이라는 끈은 이미 끊어져 버렸을 테니까. 너희 둘 다 내 자식이고, 내 삶이야. 그 불안하고 언제 끝날지 모를 감정에 난 너희 둘을 다 잃을 수 있어. 아빠가 도대체 어떤 선택을 해야 옳은 거니? 우리가 영원히 가족일 수 있게, 영원히 함께일 수 있게 지금 돌이킬 수 있는 마지막 순간에 돌이키겠다는 게 틀렸다고 생각해?"

석일이 참아 왔던 울분을 터트리듯 쉼 없이 말했다.

'희원이…… 잘 부탁해요.'

7년이란 세월이 지났어도 영경의 마지막 얼굴만큼은 선명하게 기억이 났다.

'내가 그 애한테…… 너무 큰 상처를 줘서…….'

그녀의 장례식을 치르면서도 머릿속에는 자꾸 멀어지는 그녀를 잡기 위한 생각 외엔 아무것도 들어찰 수 없었다. 멀어지는 그녀를 붙잡아야 한다. 영경을 혼자 보낼 수 없다. 영경을 혼자 있게 할 수 없다.

아니, 그녀가 없으면 버틸 수 없는 것은 자신이다.

다른 모든 사람은 무시되는 잔인하고 이기적인 사랑. 맹독이나 다름없는 그의 사랑을, 그의 목숨마저 앗아 갈 수 있는 그 지독한 사랑을 멈추게 한 것은 희원이었다. 방에서 나왔을 때, 그가 어찌 될까 두려움에 벌벌 떨고 있는 아이를 본 순간 지켜야 한다고 생각했다. 아이를. 영경의 마지막을. 자신의 사랑을.

희원을 잃는다면, 단 하나 남은 영경의 흔적을 잃는 것이나 마찬가지다. 그렇게 된다면, 자신은 버틸 수 없다. 모든 것이 무너진다.

"그것 봐."

무표정한 얼굴을 결국 깨뜨린 희원이 눈물을 떨어트리며 그를 보고 있었다.

"아빠는 아빠만 생각하고 있는 거 맞잖아. 아빠의 사랑만 중요한 거잖아."

영경의 마지막 유언.

그녀 역시 그가 얼마나 스스로를 좀먹는 사랑을 하고 있는지 알기에 그를 살게 하기 위해 단단히 부탁했던 말들. 석일은 그녀가 마지막으로 했던 그 말에 몸을 일으켰고, 점점 자라나는 희원의 웃음을 보며 다시 살아가기 시작했다.

"아빠 사랑은 그렇게 대단하고 위대하면서, 오빠 사랑은, 내 사랑은 언젠가 허무하게 끝나 버릴 하찮은 감정이라고 생각하고 있어?"

어쩌면 이것 역시 반대였을지도 모른다.

희원이 그들 곁에서 가족으로 살아가지 않으면 안 되었던 것이 아니라, 그가 희원을 가족의 울타리에 담은 채 살아가지 않으면 버틸 수 없었던 것일지도 모른다. 무섭도록 이기적이고 지독한 사랑은 아직 끝나지 않은 채로.

"아빠는 계속 아빠밖에 몰라. 그래도 오빠는 사랑해 주지."

"……."

"오빠가 불쌍해."

"……."

"오빠는 사랑받을 수 없는 게 당연한 건 줄 알아. 아빠한테 사랑받지 못하는 게, 원래 그랬으니까 상관없대. 아무렇지도 않대."

상관없을 리가 없다. 아무렇지 않을 리가, 없었다.

부모에게조차 받지 못하고 주지 못한 사랑이 온통 그녀에게만 향했다. 그녀에게만 솔직하게 사랑을 갈구하고 애원하고, 불안해하며 집착했다. 비정상적이고 병적일 만큼 지독한 사랑. 그도, 그녀도 그것을 모르지 않았다.

그래서 그날의 일들을 더 숨기고 감췄다.

그가 바보처럼 자신만을 탓하고 비관하고 움츠러들 것을 알았으니까. 처음이자 마지막으로 사랑을 하고 사랑을 받을 수 있다고 믿어 왔던 존재를 스스로 망가트렸다며, 그녀에게조차 사랑받기를 포기할 거란 것을 알았으니까.

"아빠하고 안 갈 거야. 나."

시계를 확인한 희원이 조용히 읊조렸다. 탑승 시간까지 얼마 남지 않았다. 공항에 오지 않을까 생각했었는데, 역시 바보 같은 그는 마음을 움츠린 채 자신을 가둔 모양이었다.

승조에게 울며 매달렸던 날 이후 그를 찾지 않았다. 스스로를 용서할 수 없다며 절망하는 그를 내버려 두었다. 미웠다. 어리석고 바보같이 구는 그가 밉고 화가 났다. 그럼에도 믿고 있었다. 자기가 바보였다고, 잘못했다고 말해 주기를.

"오빠만 두고 못 가."

"……."

"지금이 돌이킬 수 있는 순간이라고 했지? 아빠, 틀렸어. 뭘한다 해도 아빠가 원하는 그때처럼은 돌아갈 수 없어."

희원이 의자에서 몸을 일으켰다.

"나쁘다고는 생각 안 해. 아빠가 우리를 보지 못하고 아직도 엄마만을 보는 것도. 오빠가 내 불행이 다 자기 탓이라고 스스로 사랑할 자격도, 사랑받을 자격도 다 박탈한 것도. 자기 사랑만이 중요하다고, 이기적이고 나쁘다고 생각 안 할 거야."

그녀를 붙잡지도 못한 채 제자리에 얼어붙은 것처럼 서 있는 석일을 희원은 또렷하게 바라보았다.

"나도 그럴 거니까."

"……."

"아빠가 허락해 주지 않으면 허락받기 위해 노력할 생각 없어. 난 엄마처럼 그렇게 못해. 오빠도…… 오빠도 내가 계속 울고 떼쓰면 정신 차릴 거야. 나한테 한 번도 이겨 본 적 없으니까."

희원이 희미하게 웃는다. 손바닥에 내려앉은 눈이 한순간에 녹듯, 한순간에 사라질 것 같은 미소였다.

"나도 내 사랑이 제일 중요하니까."

희원이 그에게서 멀어져 가고 있었다.

"희원아."

주먹을 쥔 채, 희원의 이름을 부른다. 목소리로 부른 이름과는 달리, 가슴속에서는 영경의 이름을 끊임없이 부르고 있었다.

'아빠는 아빠만 생각하고 있는 거 맞잖아. 아빠의 사랑만 중요한 거잖아.'

희원의 뒷모습이 점차 사라져 갔다. 밖은 여전히 퍼붓듯 눈이 내렸다.

병원 밖으로 나온 승조는 꺼 두었던 휴대폰을 켰다.

부재중 전화 4건.

전부 희원에게서 온 것들이었다. 음성사서함 메시지를 확인하며 그는 눈으로 뒤덮인 도시를 보았다. 비행이 불가능할 것 같은 날씨였다. 병원 앞에는 엄마 손을 놓고 홀로 뛰어가던 아이가 넘어져 옷이 잔뜩 젖어 든 모습이 보였다.

— 공항 갔었어. 오빠가 오늘 올 줄 알았으니까. 정말로 안 올 줄 몰랐어. 정말로, 그렇게 바보 같이…….

휴대폰을 귀에 가져가자 희원의 담담한 목소리가 들려왔다.

— 미국은 안 갈 거야. 돈 아까워. 어차피 오빠가 나 데리러 올 거잖아. 분명 미안하다고 잘못했다고 사과하러 올 건데, 12시간 걸려서 오는 것보다는 10분 거리가 낫잖아. 비용 절감, 시간 절감.

휴대폰을 쥔 손이 눈에 보일 만큼 파르르 떨렸다.

— 사랑해서 놔준다느니 하는 그런 구닥다리 멘트는 할 생각 마. 짜증나. 내가 제일 소중하다더니, 아빠도 오빠도 거짓말쟁이였어. 나는 적어도 거짓말은 안 해.

석일에게, 승조에게, 친부에게 받은 상처로 1년 동안 스스로 송곳처럼 날카롭게 피는 마음을 빼내지 못한 채 혼란스러워하던 희원은 열여덟, 어떤 상처도 없던 그 날로 돌아간 것 같았다.

— 나는 내 사랑이 가장 소중하고 중요해서 오빠 안 놔줄 거야. 내 상처가 괴로워서 못 견디겠다고 해도 안 놔줘. 오빠 잘못 아니잖아. 자꾸 비겁하게 숨지 마.

울음이 터지기 직전의 목소리를 겨우 다듬어 끝까지 또박또박 말한다.

— 사랑해. 믿어 줘. 거짓말 아니야. 불안하게 하고, 못 믿게 한 거 내가 잘못했어. 그러니까 나 버리지 마. 오빠가 나 버리면 정말 살 수 없을 거 같다고…… 말했잖아. 오빠는 그럴 수 있어? 나를 놓을 수 있어? 정말로 그게 가능해?

"……희원아."

— 집에서 기다리고 있을게. 일 끝나고 마음 정리해서 와. 또 놔준다느니 그런 소리 하면 정말, 정말로 용서 안 해 줄 거야.

음성메시지가 끝을 알리며 희원의 목소리가 사라졌다. 구두코 위로 눈송이가 내려앉았다. 바닥만 보고 서 있던 그는 여전히 휴대폰을 귀에 댄 채로 그것을 바라보았다. 처음부터 없었던 것처럼 눈이 녹는다.

희원은 쉽게 녹아내리는 눈처럼 불안했다.

욕심을 부려 희원을 가져 놓고도 불안했다. 언제 잃을까. 언제 나를 떠날까. 조부의 말이 모두 맞았던 셈이다.

부모에게조차 제대로 사랑받지 못했던 자신에게 그렇게 쉬울 리가 없었다. 희원의 모든 것을 소유하고 싶어 안달하고 누가 빼앗아갈까 끝없이 경계했다. 자신의 비정상적인 사랑이 희원을 언젠가 짓누를지도 모른다는 예감도 무시했다.

그리고 이미 자신이 희원에게서 소중한 것을 빼앗았다는 사실을 알았을 때는 미쳐 버릴 수밖에 없었다. 가장 소중하게 아껴 주고 싶었던 것이지, 무언가를 빼앗고 엉망으로 만들고 싶었던 것이 아니다. 자신은 그래서는 안 되었다. 자신의 유일한 빛이고, 유일한 구원이고, 유일한 사랑이었다.

죄책감보다 두려움이 더 강했다.

자신의 병적인 사랑이 희원을 언제라도 망가트릴 수 있다고. 그가 그때 희원의 상처를 못 본 체했던 것처럼.

'제발 나 버리지 마. 오빠.'

'오빠는 그럴 수 있어? 나를 놓을 수 있어? 정말로 그게 가능해?'

불가능한 일이다. 희원을 놓는 일은 있을 수 없다. 희원과 처음 가족이 되었던 날부터 희원을 가족이 아닌 여자로 사랑한다는 것을 깨달았던 날, 그 감정에 괴로워하던 날들조차 희원을 위해 살아가고 있었다.

처음부터 불가능한 일이라는 것을 알면서도 끝내 그녀의 손을 떨쳤다.

'사랑해. 믿어 줘.'

석일의 말처럼, 사실은 그 역시 그렇게 믿고 있었는지도 모른다.

'희원이가 나를 원망하는 마음에 네 감정을 이용했을 수도 있겠지.'

자신의 마음만 접으면 된다고. 석일의 말처럼, 그럼 모든 것을 다시 되돌릴 수 있다고. 그 자신만 예전처럼 희원을 향한 마음을 속에만 가둔다면. 희원의 숨을 옥죄고 망가트리기만 할 제 사랑을 예전과 다름없이 죽도록 감춘다면. 집착과 갈망으로 가득한 제 쓸모없는 사랑을 다시 숨긴다면.

다시 그렇게, 자신만 괴로운 채 모든 걸 덮을 수 있다면.

어리석을 만큼, 그녀의 사랑을 믿지 못했다.

'사랑해.'

희원의 따사로운 목소리가 다시 들린다. 그토록 끊임없이 확인하고 싶었던 말이.

"승조야! 최승조!"

희원에게 가고 싶다.

머저리라고 욕해도 좋았다. 희원이 등신, 천치라며 그의 가슴을 때리고 또 때려 주길 바랐다. 머리도 좋으면서 왜 그렇게 바보같이 굴었냐며 욕하고 면박을 주었으면 좋겠다. 발걸음을 서둘러 병원 복도를 걷는 그의 앞을 땀이 범벅이 된 진형이 가로막았다.

"승조야……."

진형이 떨어지지 않는 입을 열어 그를 보고 있었다.

— CPCR 코드블루, ER.

원내 방송이 복도를 울린 순간, 승조는 심장이 멎는 기분이 들었다. 그의 눈이 진형의 파랗게 질린 얼굴에 고정되어 있었다.

"무슨 일이야."

"승조야. 지금…… 얼른……."

— CPCR 코드블루, ER.

귓가에는 다시 이명이 찾아온다. 희원의 사랑한다는 목소리는 더 이상 들리지 않았다.

✸

희원이 비에 홀딱 젖어 강아지를 두 팔로 안은 채 집에 들어왔던 적이 있었다.

그녀의 팔에 안긴 채 잠든 것처럼 보이는 강아지는 웨이였다. 승조로서는 처음이 아닌 두 번째로 보는 모습이었다.

희원이 열 살 무렵, 버려진 게 분명하다며 우산도 없이 비를 맞아 가면서 웨이를 집에 데리고 왔던 처음. 그리고 빗물로 가득하면서도 몸통에 지워지지 않는 피가 흥건한 모습의 지금.

"어떻게 된 거야?"

"죽었어."

4년 가까이 키우며 아껴 왔던 강아지가 사고로 죽었는데도 희원은 놀라울 만큼 담담하게 말했다.

희원이 버려진 강아지를 데려와 키우겠다고 했을 때, 석일도 영경도 모두 반대했었다. 버려진 상처로 우울증이 깊었던 강아지는 밥도 먹지 않고 사람들의 애정을 확연하게 거부하고 있었다. 머지않아 죽을 거라고 예상되는 강아지를 키워 정을 들였다가 희원이 상처를 받을까 염려한 탓이었다.

석일이 평소보다 엄하게 안 된다고 타일렀고 가족 모두 희원이 서운해도 곧 마음을 접겠지 생각했다. 하지만 그들 생각보다 더 많이 정을 주었는지 희원은 끝까지 고집을 부렸다. 강아지를 맡아 줄 사람을 찾아 보내려 할 때마다 그건 자기도 버리는 거라며 함께 밖에 나간다는 둥 말도 안 되는 억지를 부렸다.

영경은 그 모습을 본 후로는 희원에게 더 이상 그 강아지를 키우지 말라는 말을 하지 않았다. 석일마저 희원의 고집에 못 이겨 결국 강아지는 그들의 새 가족으로 들어왔다.

웨이는 사람들이 생각했던 것보다 꽤 오래 살았다. 여전히 사람의 손길을 피하는 내성적인 성격이었고, 밥도 잘 먹지 않았지만. 건강한 축에 속하지는 못해도 잘만 키우면 가늘고 길게 장수할 거라고 수의사도 말했었다.

저번 달만 해도 그런 말을 들었던 녀석이 죽어 있었다. 피로 범벅이 된 채로.

예과 2학년이 된 승조는 본가에 오는 날이 점차 줄었다. 2년 전만 해도 꼭 의사가 되라며 등을 떠밀던 희원이 입을 쭉 내밀고 슬슬 불만을 표출하기 시작한 단계였다. 그는 이번 주말에는 집에 올 수 있어서 다행이라 여기며 희원을 어떻게 풀어줄지에 대해 고민하고 있었다.

그렇게 집에서 홀로 희원을 기다리고 있는데, 갑자기 문을 열고 들어온 소리에 놀랐고 희원이 죽은 웨이를 안고 있는 모습을 봤을 때는 마음이 깊게 가라앉았다.

"차에 치였어?"

"응."

집에 아무도 없기에 당연히 가족들 중 한 명이 웨이를 데리고 나간 거라고 생각했었다. 혼자 집을 빠져나가 사고를 당했을 거라고는 상상도 못 했다.

"묻어 주고 싶어."

희원이 상처투성이가 된 강아지를 부드럽게 쓰다듬으며 말했다.

"비 그치면 그렇게 하자."

웨이를 집 앞마당에 묻어 주면서 희원은 혼자만 알고 있었던 비밀 얘기를 털어놓듯 그에게 말했다. 녀석이 자기 몸통의 반밖에 안 되는 작은 구멍을 비집고 자꾸 밖으로 탈출을 시도했던 것이 이번이 처음은 아니라고.

"나 웨이 주인이 애를 버리는 거 봤었어. 그때."

위험할 정도로 비가 퍼붓던 그 날. 희원이 강아지와 함께 잔뜩 젖은 채로 집에 왔던 그 날을 말하고 있었다. 신호가 걸려 차를 잠시 멈춘 주인이 차 문을 열고 쓰레기를 버리듯 웨이를 인도 쪽에 떨군 채 조금의 망설임도 없이 다시 도로를 달렸다고. 눈앞이 깜깜해질 만큼 비가 내리던 그 날에.

죽일 생각이었거나 죽어도 상관없다고 생각했었을 거야.

그 말도 작게 덧붙였다.

"그래서 엄마랑 아빠가 곧 죽을 아이니까 버리자고…… 키우지 말자고 했었을 때. 그럴 수가 없었어."

흙을 파 구덩이를 만들고 그 안에 웨이를 놓아주었다. 희원은 마지막으로 승조와 씻겨 피 얼룩이 전부 지워진 웨이의 털을 쓰다듬었다.

"우리가 또 버리면 그땐 정말로 죽을 거 같았어."

웨이가 아파서 버둥거릴 때는 눈물을 참지 못하고 울어 대던 희원이었는데, 녀석이 죽은 모습에는 어쩐지 아무렇지 않다고 느껴질 만큼 담담하게 굴고 있었다.

"웨이 주인이 타고 있었던 차. 그 차를 볼 때마다 웨이는 그쪽으로 달려가고 싶어 했어. 아마 우리가 집에 없을 때마다 계속 쫓아나갔었던 거 같아."

"……."

"웨이를 죽인 사람…… 웨이의 주인이었어."

희원의 목소리가 더욱 작아졌다. 승조는 그제야 그녀가 비밀 얘기를 하고 싶었던 게 아니라는 것을 깨달았다.

"사람이 내리기 전까지는 나는 그냥 같은 차인 줄 알았어. 웨이가 차만 보고 쫓아갔다가 사고가 난 거라고 생각했어. 근데 그 사람이었어. 주인이었어."

희원은 정말 하고 싶지 않은 얘기를 하기 위해 목소리를 쥐어짜고 있었다.

"내가 그 차 앞에 죽어 있는 웨이한테 다가가니까 그 사람이 나한테 그랬어. 이 강아지 주인이냐고. 이 강아지가 달리는 차도 위로 뛰어든 거긴 하지만 그래도 유감이라고. 미안하게 생각한다고."

"……."

"죽여서…… 미안해했어. 미안하다고…… 나한테, 나한테 그렇게 말했어."

흙으로 웨이를 깊이 덮었다. 흔적조차 보이지 않을 만큼 깊게.

"전부 잊은 거야. 4년 전에 웨이를 버렸던 순간, 이미 얘를 죽여 놓고. 그때 분명 죽어도 상관없다고 생각했으면서. 지금에서야 죽여서 미안하다고 사과하는 거야."

웨이가 불쌍해. 그리고 정말로, 바보 같아.

희원은 몇 번을 그렇게 말하며, 그 자리를 도통 떠나지 못했다.

❋

한국대학병원 인근에서 트럭과 택시, 그리고 승용차 두 대가 충돌한 사고가 발생했다. 이미 서울에도 폭설주의보가 내려진 상태였기에 폭설로 인한 교통사고라고 생각했지만 무엇보다 졸음운전을 했던 트럭 기사의 과실이 컸다.

"사고가 컸나 봐? 벌써 뉴스 뜨던데요?"

"승용차 두 대에 타고 있던 가족들은 생명엔 지장 없는데 트럭이랑 정면으로 맞부딪친 택시가 제일 피해 입었죠. 택시 기사는 사고 지점에서 즉사, 트럭 운전수는 DOA(Dead on arrival, 도착시 사망), 택시에 타고 있었던 여자 승객은 아까부터 CPR 떠서 지금 난리인데 못 버티고 곧 expire(사망)할 거 같아요."

응급실 내부는 소란스러우면서도 어쩐지 찬물을 끼얹은 듯 숙연한 분위기가 감돌았다. 시끄럽게 난장을 부렸던 환자도 머쓱하게 입을 다물고 의료인들이 둘러싸고 있는 침상을 힐끗거렸다.

"리듬 체크해!"

"심전도 준비됐어요? 에피 한 번 더 준비해 줘요."

수동식 인공호흡기를 단 채, 흉부 압박을 받고 있는 여성이 보였다. 베드 왼쪽에 붙어선 강 교수의 order에 담당 간호사가 응급 카트에서 재빨리 약물을 꺼냈다. 구비되어 있던 스톱워치로 시간을 재던 수간호사가 알람이 울리는 동시에 베드 오른쪽에서 흉부 압박을 하고 있는 인턴 쪽으로 소리쳤다.

"2분 지났어요! 체인지 하세요!"

"에피네프린 준비됐습니다!"

"E라인 잡아."

"에피 들어갑니다!"

"여기 거즈 닦아."

의료진들이 일사불란하게 움직이던 사이, ER로 들어온 승조의 걸음은 지독히도 더뎠다. 방금 전 진형이 무슨 말을 했는지 단 한 마디도 이해할 수 없었다. 자신이 한국말을 잊어버렸거나 진형이 다른 나라 말을 했는지도 모른다. 정말 단 한 단어도 알아들을 수 없었다. 바보가 되어 버린 것처럼.

응급실 안으로 들어왔을 때 역시 어떤 소리도 들리지 않았다. 한국말을 이해할 수 없게 된 것이 아니라 귀가 아예 멀어 버린 것일 수도 있겠다. 승조는 굳어 버린 발을 그냥 그 자리에 멈춰 있게 하고 싶었지만 그러지 못했다. 그는 꽁꽁 얼어붙은 발을 지옥 불에 담그듯 고통스럽게 침상으로 다가갔다.

피로 얼룩진 여자의 다리가 보인다. 아니, 피로 얼룩진 것은 다리만이 아니었다. 여자는 온몸이 피로 가득했다. 그 순간 승조는 살아오면서 겪은 어떤 고통보다 더한 통증을 느꼈다. 어떤 것도 느낄 수 없는 무감(無感)의 통증이었다.

희원이 있었다.

그 자리에, 있어서는 안 되는 곳에 희원이 있었다.

실핏줄이 다 터져 나가 검붉어진 눈으로 그곳을 응시하면서도 승조는 아니라고 고개를 저었다. 희원을 자신이 못 알아볼리가 없다는 걸 알면서도 고개를 저었다.

희원이 아니다.

희원이 아니다.

절대 희원이 아니다.

그럴 리가 없다.

"승조야."

진형이 떨리는 목소리로 그를 부르며 등을 붙잡았다. 순간 아득하게만 느껴졌던 모든 소리가 그의 귀를 부실 듯 공격해 왔다. 눈으로, 귀로, 느껴지기 시작하는 모든 것들이 그의 가슴을 가르고, 부수고 있었다.

"시간 됐어요. 컴프레션 체인지 해 주세요!"

승조가 베드로 다가가려 하자 진형이 그의 몸을 붙잡으며 막아 세웠다. 그러나 그는 정신이 나간 것 같은 얼굴로 진형을 밀치고 희원에게 다가갔다. 흉부 압박을 하려는 인턴을 거칠게 밀어내고는 희원의 가슴을 손으로 누르기 시작했다.

희원의 몸은 뜨거웠다. 희원의 열인지, 그 자신의 열인지는 분간할 수 없었다. 그는 그 온기만을 믿었다. 희원이 살아 있다. 이것만이 진실이고, 이것만이 전부다. 그 온기가 사라지면 버틸 수 없다.

시간이 흐른다는 감각은 희원을 목격한 순간부터 이미 사라졌다. 오로지 느낄 수 있는 건 희원의 가슴을 누를 때마다 손으로 전해지는 그녀의 열이었다.

"최 선생님, 시간 지났어요!"

희원이 숨을 쉬지 않는다. 아무리 심장을 눌러도 숨을 쉬지 않는다.

"최 선생! 이제 손 못 버려. 체인지 해, 얼른!"

강 교수의 호통에도 승조는 아무것도 듣지 못하는 사람처럼 희원에게만 온 집중을 다했다. 진형이 강 교수에게 다가가 조용히 자초지종을 설명하자 강 교수의 얼굴이 처참하게 굳어졌다.

'사랑해. 믿어 줘. 거짓말 아니야. 불안하게 하고, 못 믿게 한 거 내가 잘못했어. 그러니까 나 버리지 마. 오빠가 나 버리면 정말 살 수 없을 거 같다고…… 말했잖아. 오빠는 그럴 수 있어? 나를 놓을 수 있어? 정말로 그게 가능해?'

희원의 심장이 다시 뛰기 직전까지 손을 놓지 않을 것이다. 손을 놓는 순간, 그의 심장도 멎을 것이 분명했다.

'날 또다시 버리면 그땐 용서 안 해. 절대, 절대로. 그럼 그 땐…… 내가 먼저 오빠를 버릴 거니까.'

'버림받기 전에 내가 버릴 거야.'

잘못했어.

이제 다시는…… 다시는…….

다시는 안 그렇게. 제발…… 용서해 줘.

끊임없이 외친다. 제발 한 번만 용서해 달라고. 정말로 두려운 것이 무엇이었는지를 깨닫는다.

제발…… 나를 용서해 줘.

네가 정말로 나를 버린다는 것.

'당신의 시간을 소유하고 싶습니다. 뜻 마음에 들지?'

세상이 온통 암흑으로 변한다.

17.

오후 7시 30분에서 8시까지.

중환자실 면회시간. 담당환자의 보호자와 대화를 마치고 자리를 비켜 준 은명은 NICU(신경외과 중환자실) 격리 치료실 쪽으로 들어갔다. 사방이 트여 있어 보호자들의 울음소리와 말소리로 시끄럽던 ICU와는 다르게 고요한 분위기를 풍겼다. 가장 끝에 있는 입원실로 다가가자 문 옆에 붙은 이름표가 점차 선명해졌다.

연희원/F/22

문 앞에 배치된 컴퓨터에 보호 화면을 지우고 EMR(전자 의무 기록)을 펼쳤다.

재원일 : 328일

progress note(경과 기록지) 12/14 : 이상 없음. V/S stable하
며 어제와 별다른 증상 보이지 않음.

"하."

의도하지 않은 옅은 한숨이 새어 나왔다.

"나이도 어린데 참 불쌍해."

갑작스럽게 들린 목소리에 뒤를 돌자 중간 스테이션에서 서
류를 뒤적이던 담당 간호사가 그녀와 눈을 마주쳤다.

"그렇게 생각하고 있었어요?"

연수의 물음에 은명은 어깨를 으쓱했다. 까칠하고 모난 곳이
많은 성격 탓에 병원에서도 친하게 지내는 사람이 몇 안 되지
만 연수는 나름 가깝고 친한 동료에 속했다.

"아뇨. 그냥……."

"실리 추구 이은명 선생이 담당 환자도 아닌데, 그냥?"

"어떤 기분인가 하고요. 매일……."

은명이 말을 다 잇기도 전에 조용한 격리실 복도를 걸어오는
남자가 보였다. 은명도, 연수도 그를 향해 짧게 목례로 인사를
대신했다.

평소와 달리 의사 가운을 벗은 채 사복 차림을 하고 있는 남
자는 아까 은명이 했던 것처럼 EMR부터 천천히 확인했다. 정
확히 따지면, 그녀가 그가 항상 하던 일을 한 번 따라 해 본 것

이지만. 그는 특별한 것도, 달라진 것도 하나 없을 기록을 뭐 하나라도 놓칠까 아주 꼼꼼하게 찾았다.

면회시간만 기다렸다가 ICU에 들어오면 환자의 손과 얼굴부터 붙잡으며 눈물을 뽑아내는 여타 보호자들과는 전혀 다른 모습이었다. 지나칠 만큼 이성적이고 냉정한.

남자는 기록을 확인한 후에는 매뉴얼처럼 스테이션에 붙어 있는 냉장고에 다가가 잘게 썰어진 얼음조각을 꺼냈다.

그가 격리실 안으로 들어가는 뒷모습을 눈으로 좇던 은명은 문이 닫히는 소리에 시선을 떼었다. 이제 더 이상은 범접해서는 안 되는 곳을 스스로 차단하는 것처럼. 냉정해 보이는 남자가 하루 중 유일하게 숨통을 틀 수 있는 시간이라는 것을 모르지 않았다.

"긴 병에 효자 없고, 큰 병에 장사 없다는데 참 대단해요. 식물인간 선고받고 이제 1년이 거의 다 되어 가는데. 돈 문제로는 신경 쓸 필요 없는 집안이라는 게 다행이라면 다행이겠지만 그래도 심적으로⋯⋯."

"⋯⋯."

"어?"

은명의 대꾸가 없자 연수가 다시 장난스럽게 운을 떼었다.

"차지윤 선생님이랑 동기 아니었어요?"

"뭐가요?"

"괜찮겠어요? 머지않아 최승조 선생님을 사이에 두고 내과대 외과 사랑 전쟁이라도 발발하는 거예요?"

"그런 거 아니에요."

"하도 아련하고 걱정스럽게 봐서 최 선생님 짝사랑녀가 한 명 더 느는 줄 알았어요."

은명은 헛웃음을 지으며 고개를 저었다.

"뭐, 꼭 구분을 해야 한다면……."

호기심을 빛내며 뒷말을 기다리는 연수에게 은명은 간단하게 대답했다.

"동질감 같은 거?"

그다음 부가설명이 분명 궁금할 텐데도 연수는 더 이상 묻지 않겠다는 듯 옅게 웃으며 자리에서 일어났다. 은명 역시 찰나의 휴식에서 벗어나기 위해 여전히 울음소리가 끊이지 않는 ICU로 향했다.

한국대학병원 연말 송년회는 본원에서 차로 5분 거리인 가까운 호텔에서 열렸다. 시작 시간보다 조금 늦게 참석한 은명은 익숙한 얼굴들이 보이는 테이블로 다가갔다. 진형이 그녀를 향해 손을 흔들었다.

"오, 이은명. 여기 앉아!"

"안녕하세요."

진형이 그녀를 반기며 제 옆의 의자에 앉기를 권했다.

"너 인마, CS(흉부외과) 왕따라며. 여기 있어. 너희 과 가서 괜히 초라해지지 말고."

"누가 왕따예요?"

그가 올 거라고는 생각지 못했는데.

은명은 앞에 앉은 승조를 한 번 힐끗 보고는 다시 옆에 있는
진형에게 항변했다.

"제가 CS 전체를 왕따시키는 거면 몰라도."

"그래. 아주 대단한 인물이야. 새로 온 교수 앞에서 쓰레기통
발로 뻥 차고? 지나가다 봤는데 나는 무슨 우리 병원에서 화산
고 찍는 줄 알았다니까? 너 학교 다닐 땐 그렇게 반항 안 해 봤
을 거 아냐. 그래, 그래. 아무리 공부 잘해도 출세할 마음 없으
면 너처럼 살면 되지. 뭐."

"그건 그 사람이⋯⋯!"

잠시 발끈했던 은명은 대꾸하는 것도 피곤하다는 듯 입을 다
물었다. 절대 입에 담고 싶지 않은 화제였다. 은명은 마실 생각
없었던 술잔으로 입술을 축이며 테이블을 살폈다.

술은 입에도 대지 않은 채 곧은 자세로 자리에 앉아 있던 승
조가 말도 없이 자리를 빠져나갔다. 그러자 그에게만 온 신경을
집중하고 있었던 지윤이 따라 일어서서는 그가 나간 곳을 뒤이
어 나갔다.

"최승조 저 녀석은 교수가 얼굴만 비치고 가라니까 진짜 딱
얼굴만 보여주고 가네. 저 자식도 출세하긴 글러 먹었다."

진형이 씁쓸하게 웃으며 말했다. 은명은 승조가 나간 곳을 잠
시 보았다.

얼마 지나지 않아 그녀의 테이블을 지나치던 여자들의 수군
거리는 말소리가 귓가를 파고들었다.

"방금 내가 봤다니까? 차지윤이 울고불고 난리 치는 거."

"울고불고는 아니다. 솔직히. 그냥 조용히 예쁘게 울었지."

"그게 그거지! 걔 학부 때부터 열심히 꼬리 치는 거 보고 대단하다 싶었어. 그렇게 안간힘을 쓰고 예쁜 척, 불쌍한 척 엄청 하는데도 최쌤 쌩하고 그냥 가 버린 거 봤어?"

은명이 작게 인상을 찌푸렸다. 금방 지나갈 줄 알았던 여자들의 자리는 그들의 바로 뒤 테이블이었던 모양이다. 진형 역시 여자들의 대화를 들었는지 불편한 기색을 보였다.

"봤어. 진짜 냉정하더라. 근데 그건 무슨 말이야?"

"뭐?"

"동생이 어쩌고, 무슨 말 했잖아."

"아아, 그거? 왜. 우리 병원 중환자실에 최 선생님 여동생이……."

여자가 말을 이어 나가기 전에 진형이 벌떡 일어섰다.

"어이."

"어? 한 선생님! 안녕하세요."

아무렇지 않게 인사하긴 했지만 여자는 꽤 당황했는지 얼굴이 발갛게 익어 가고 있었다.

"남의 사생활 가지고 어디 방송 내? 목소리 진짜 커."

장난스러운 말투는 여전했지만 표정은 더할 나위 없이 싸늘했다. 과는 다르다 해도 학교 선배인 진형의 질책에 여자들은 고개를 숙이고는 입을 꾹 다물었다.

뒤이어 아까 나갔었던 지윤이 다시 테이블로 돌아왔다. 여자들의 숙덕거림으로 대충 상황을 파악한 진형과 은명은 침묵을 지켰다. 승조는 정말 그대로 간 것인지 돌아오지 않았고, 그 시간 동안 한참을 울었는지 눈가가 붉게 달아오른 지윤은 아직도 떨리는 입술을 깨물고 있었다.

"도대체 언제까지……."

지윤이 눈물 가득한 목소리로 입을 열었다.

"이것도 일종의 희망고문이라고 생각하지 않으세요?"

그녀가 허튼소리를 할 거라고 짐작한 진형이 헛기침을 하며 그녀의 말을 끊었다.

"차지윤. 취한 거 같은데 너도 그냥 가라."

"깨어날 확률이 얼마인지 뻔히 알면서도 미련을 버릴 수 없게 만들잖아요. 깨어나지도 못하는 사람 평생 기다리며 한 사람 인생 망치느니 차라리 안락……."

"차지윤!"

지윤의 말은 제삼자가 들어도 도가 지나친 말이었다. 머리끝까지 화가 난 진형이 그녀를 내보내기 위해 자리에서 일어서려 하자 한동안 조용히 있던 은명이 먼저 입을 열었다.

"확률?"

은명은 어느 때보다 차가운 눈빛으로 지윤을 노려보고 있었다.

"깨어날 확률 같은 게 어떻게 눈에 들어와? 내 눈 앞에서 숨 쉬고 있고 조금만 있으면 깨어날 거 같은 게 보이는데 확률이 무슨 소용이야?"

"……."

"난 아예 가망 없는 뇌사자였는데도 그랬어. 장기 기증 때문에 수술 들어간다는데 병실 문 꼭 잠그고 아무도 못 들어오게 난리를 쳤어. 이제 죽은 거나 다름없다는 걸 아는데도 그랬어."

술잔을 잡은 손이 부들부들 떨렸다. 십여 년 전의 일을 회상하는 눈빛은 어둡게 가라앉아 있었다.

"내가 눈으로 확인할 때…… 살아 있는 거 같았거든. 살 거 같았어. 좀만 기다리면 깨어날 거 같았어."

은명이 최대한 감정을 억누르고 한 말이었다. 하지만 이미 이성을 잃은 지윤은 거의 미친 사람처럼 고개를 저으며 떨리는 목소리로 말을 이어 갔다.

"나는 그런 식으로 연명하고 있는 거…… 살아 있다고 생각 안해. 선배도 희원이가 죽는다면 그땐 정말 마음 정리할 수 있을 거예요. 차라리 죽어 주는 게 선배를 진짜 위하는 길이라고요."

이미 도를 지나친 말은 그렇다 쳐도 지윤의 말이 이상하게 들릴 수 있다는 것을 아무도 모르지 않았다. 성씨조차 다른 의붓동생을 아무리 가족으로서 아끼고 사랑한다 해도 승조가 이 1년간 걸어온 길은 사람들의 시선을 받기 충분했다. 그가 무의식 상태로 중환자실에 입원 중인 여동생을 다르게 마음에 품고 있다는 것은 병원 사람들이 쉬쉬하면서도 거의 다 알고 있는 소문이었다.

"너 거기까지 해라."

진형이 지윤을 노려보며 낮게 말했다. 지윤은 이미 물을 끼얹은 듯 분위기가 착 가라앉은 테이블에서 몸을 일으켰다. 허탈하게 웃으며 조금씩 엇나가 비틀거리는 걸음으로 나가는 그녀를 보며 은명은 쓴 한숨을 삼켰다.

"너도 그렇게 생각하냐?"

"뭐가요?"

송년회 분위기가 무르익기도 전에 만신창이가 된 자리였다. 가방을 챙기는 은명에게 진형이 물었다.

"승조가 미련을 못 버리는 거라고."

"학부 때 동기들이 한 번쯤 가슴앓이 하던 최승조 선배를 제가 왜 이제 와서 지켜보고 있었는지는 아까 차지윤한테 했던 말 들어서 대충 이해하셨죠?"

"그래."

"언제 죽어도 상관없다는 눈빛을 하고 있으니까."

은명은 옅게 인상을 찌푸렸다.

"동질감이라고 생각했는데, 볼수록 저랑은 다르네요. 미련 같은 게 보이지 않아요."

"너도 틀린 거 같다."

"네?"

진형은 버석하게 웃었다. 동료, 후배들이 남모르게 떠들던 이야기를 그 역시 모를 리가 없었다. 최승조가 연희원을 동생이 아닌 여자로 마음에 담고 있다는 것. 1년차들이 수군거리고 있는 그 소문을 처음 들었을 때는 진형은 그답지 않게 크게 화를 냈었다. 말도 안 되는 소문을 퍼트린다며.

하지만 승조와 가장 오래된 친구이자 가까운 동료로서, 홀로 조용히 생각할수록 퍼즐을 껴 맞추듯 아주 쉽게 이해가 되었다.

승조는 희원을 사랑하고 있었다. 아마 아주 오래전부터. 피한 방울 섞이지 않은 아예 남이라는 사실을 누구보다 잘 알고 있었고 외로웠던 두 사람이 서로에게 의지한 채 살아왔다는 것 또한 모르지 않았다.

아무리 남이어도 가족이었는데 어떻게 그런 마음이 들 수 있냐고, 기분 나쁘다고 말하는 사람에게야말로 혐오감이 치솟았다. 그 누구도 기분 나쁘다, 불쾌하다 떠들 자격이 없었다. 그럴수 있다, 그래서는 안 된다 편을 갈라서 토론을 하듯 떠들어 댈 자격은 그 누구에게도 없었다.

진형은 승조를 잘 알기에 그가 어떤 생각을 하고 이 1년을 살아왔는지 느끼고 있었다.

"저 녀석은 희원이가 식물인간 상태라서 미련을 못 버리는 것도 아니고, 네가 걱정하는 것처럼 힘들다고 허튼 생각을 하지는 않을 거야. 아마…… 적어도 지금은."

그리고 그럴 때마다 두려움이 엄습했다.

"승조는 지금 희원이 때문에 살아가고 있는 거야."

그를 삶에서 유일하게 그를 붙잡고 있는 것.

"희원이의 마지막을 기다리고 있는 거라고."

희원이 매일 눈을 감은 채 잠들어 있는 모습을 보는 건, 그녀가 살아 있다는 것을 확인하는 동시에 죽어 있다는 것을 매일 확인하는 기분을 들게 했다.

'가망 없는 그 애를 대체 언제까지 기다리실 거예요?'

그 말할 수 없을 만큼 무섭고 두려운 고통은 그가 살아 있다는 것을 여실히 증명하고 있었다.

승조는 송년회가 열렸던 호텔에서 벗어나 언제나 그렇듯 다시 병원으로 향했다. 중환자실로 들어가자 나이트 근무인 연수가 스테이션에서 전화를 받고 있는 상태로 그에게 눈인사를 해왔다. 그는 짧게 목례를 하고는 희원이 입원해 있는 격리실로 다가가 EMR을 확인했다.

progress note 12/18 : 이상 없음. V/S stable하며 어제와 별다른 증상 보이지 않음.

그의 손에 잠시 커다란 힘과 떨림이 찾아왔다.

12/13 이상 없음.
12/14 이상 없음.
12/15 이상 없음.
⋮
12/18 이상, 없음.

화면을 아래로 내릴 때마다 목울대가 울컥거린다. 그는 기록을 다 확인한 후, 희원의 입원실로 들어갔다. 제일 먼저 커튼을 치자 밤인데도 눈이 쌓여 언뜻 환하게 느껴졌다. 눈의 계절이 찾아왔다는 것을 지금에서야 실감한다.

시간이 흐른다는 감각은 그 날 이후로 전혀 느낄 수 없었다. 승조는 버릇처럼 왼쪽 손목에 걸쳐 있는 손목시계를 만지다가 이내 그것을 풀어 손에 꽉 쥐었다. 생일날, 희원이 선물해 준 그 시계는 초침도 분침도 모두 멈춰 있었다.

'당신의 시간을 소유하고 싶습니다.'

그녀의 말을 따르듯 그 날 이후, 그가 일부러 멈춰 놓은 시계였다.

승조는 천천히 베드로 다가갔다. 눈을 감고 있는 희원의 모습이 점차 선명해졌다. 그의 몸에 떨림도 더욱 잦아졌다. 그는 고요한 손길로 그녀의 얼굴을 어루만졌다. 온기가 느껴진다. 그가 오롯이 느낄 수 있는 마지막 감각. 승조는 눈을 감은 채 숨을 토해 냈다.

'사랑해.'

무릎을 꿇고 앉아 희원의 손을 그러쥐었다. 마주 잡아 주지 않는 손을 놓칠세라 굳게 잡은 채 얼굴을 묻는다.

'날 또다시 버리면 그땐 용서 안 해.'

'다시 날 버리면 절대 용서 안 해 줄 거라고 했지?'

'제발 나 버리지 마. 오빠.'

누구도 들을 수 없는 사과를 끊임없이 구한다. 잘못했어. 내가 전부 잘못했어. 다시는 안 그럴게.

"희원아."

희원이 없는 삶 속을 살아 나간다.

숨 쉴 수도 없는 고통 속을 절대 포기하지 않고.

기다린다.

오로지 기다린다.

그것밖에, 그가 할 수 있는 일은 없다.

"다시는……."

"…….."

"이제 다시는……."

희원의 손등에 터져 나온 눈물이 스며든다.

"여기에 있을게. 계속……."

뇌도, 심장도 터질 것처럼 솟구치는 눈물을 막지 못한 채 그가 정신이 나간 사람처럼 계속해서 말했다.

"절대…… 버리지 않아."

"…….."

"희원아. 오빠가 계속…… 계속, 여기 있을게."

1년 전에 멈추어진 시계를 희원의 손에 쥐여 준다. 승조는 몇 번이고 끊임없이 말했다. 그녀가 들어 줄 수 없는 말을 하염없이 전했다.

절대 버리지 않아.

나는 계속 여기에 있어.

네가…… 아직 여기에 있으니까.

그게 네가 주는 벌이자 고통이라면, 언제까지고 나는 받겠다고.

18.

당직실에서 나와 중환자실로 향하던 은명은 걸음을 멈칫 세웠다.

"어머, 정말? 드라마가 따로 없네?"

"이 얘기를 아직도 몰랐어요? 병동까지 쫙 퍼진 소문인데."

"그 정도야? 왜 난 몰랐지."

"최승조 선생님이 우리 병원에서 좀 유명인이어야죠."

저번 송년회 때도 그렇지만, 왜 매번 이런 짜증나는 상황을 맞닥트리게 되는 건지 이해가 가지 않았다. 평소 성격이라면 열심히 떠들어라 하며 신경도 안 쓰고 지나치는 게 맞았다. 하지만 은명의 발은 의사 당직실 바로 옆 린넨실 안에서 짬을 내어 잡담을 나누고 있는 두 간호사에게로 향하고 있었다.

"뭐야, 그럼. 둘이 배다른 남매로 같이 컸는데 어릴 때부터 눈 맞고 그랬다는 거지?"

"아, 또 너무 드라마로 가신다. 재혼 가정이니까 피는 안 섞였죠. 성도 다르잖아요. 근데 아무래도 좀 그렇죠."

"뭐가 좀 그래? 결론은 아예 남이라는 거잖아. 아무튼 어쩐지, 최 선생님 요 1년간 거의 산송장 같다 했는데 이유가 있었네. 이해가 좀 안 가도 그냥 동생을 너무 아껴서 저러나 보다 했어, 나는. 동생이 아니라 연인이었던 거네? 너무 불쌍하다."

"아무리 남이어도 같은 부모 밑에서 어릴 때부터 자랐을 텐데 그럴 마음이 들까요? 전 너무 거북해서……."

병원이란 워낙 남의 일에 관심이 많고 소문도 빨리 도는 곳이었다. 남 말하기 좋아하는 사람들에게 괜히 쓸데없이 신경을 곤두세우고 싶지 않았지만 거북하다느니 하며 잘 알지도 못하는 그들의 관계에 대해 평가하는 것이 불쾌했다.

평소와 다르게 왠지 모르게 발끈한 은명이 두 사람을 불러 세우려는데, 그보다 중환자실 스테이션과 연결된 입구에서 린넨실로 들어온 연수의 말이 조금 더 앞섰다.

"담당 환자 놔두고 다른 사람 케어 할 여유도 있고, 신규 선생님들 일 다 배웠나 봐요."

조곤조곤 웃으며 조용히 말하는 목소리는 언뜻 상냥하기까지 했다. 연수는 배수구에 배액관을 버리며 그들에게 시선을 주었다.

"다른 건 다 느리면서 꼭 그렇게 못된 것만 다들 일찍 배운다니까요."

"죄송합니다."

당황한 두 사람이 고개를 꾸벅 숙이고는 급히 자리를 빠져나갔다. 연수는 손을 씻으며 여전히 제자리에 서 있는 은명을 힐끗거렸다.

"훤칠하고 잘난 남자가 한 여자한테만 순정을 바치는 걸 다들 어렸을 때부터 그렇게 꿈꾸면서 꼭 실제로 그런 사람들을 보면 저렇게 질투를 한다니까."

내년이면 4년차 치프가 될 내과 레지던트 최승조는 병원에서도 알아주는 유명인이었다. 병원뿐만 아니라 밖으로 나가도 누구에게나 시선을 끌기 충분한 남자였다. 어렸을 적부터 가족으로 함께 커온 여동생을 사랑하고 있다는 소문이 퍼지기 시작한 것이 반년 전쯤이지만 그전부터도 그는 여러 의미로 항상 스포트라이트를 받아 왔었다.

이름만 들어도 알 만한 재력가 집안에, 아버지는 실력 있고 유능한 의사였고, 그 본인 역시 외모나 실력 뭐 하나 빠지지 않는 완벽한 남자였다. 남들보다 지나치게 차갑고 과묵한 성격이 단 하나의 흠이라고 할 정도였다.

하지만 그의 여동생이 교통사고로 실려 와 1년여간 무의식 상태로 있게 되면서, 한국대학병원에서 근무하고 있는 대다수의 여성들이 흠모하며 노리고 있던 거물 신랑감의 깨끗했던 가십 이력에 커다란 스크래치가 생겼다.

처음에는 다들 차가운 이미지의 그도 가족에게만큼은 어쩔 수 없구나 하며 수긍을 했었다. 동생이 지속식물인간 선고를 받기까지 잠도 못 자고 밥도 못 먹으며 그녀의 옆을 지키던 그였다.

그리고 시간이 흐를수록 그는 고통에서 벗어나기는커녕 그 고통을 살기 위해 사는 사람처럼 보였다. 남 말하기 좋아하는 사람들의 조심스러운 수군거림이 시작된 것은 어쩔 수 없는 수순이었다.

두 사람의 소문에 대한 반응은 보통 두 가지로 갈렸는데, 부정적인 반응을 내뿜는 사람들은 여성이 대부분이었다. 그들 중 반 이상은 아마 그를 흠모한 경력이 있는 여성들로 아마 배신감 혹은 질투가 섞였을 거라고 연수는 생각했다.

"안 그래도 적 많은 이 선생님 대신 총대 멘 건데, 그냥 가만히 있을 걸 그랬나요? 별로 개운하지가 않아요?"

"네? 아니에요. 그런 거."

"표정이 심상치 않아요. 나 아직도 의심스러운데. 며칠 있으면 차지윤 선생이랑 머리끄덩이 붙잡고 싸우는 거 아니죠?"

"아, 진짜 그런 거 아니라니까요."

은명이 인상을 찌푸리며 단번에 부정했다. 연수는 어깨를 낮게 으쓱했다.

"그럼 다행이고. 최 선생님 좋아한다고 하면 뜯어말리려고 했거든요."

연수의 말에 은명이 고개를 갸웃했다.

"연희원 환자. 그 창창한 나이에 1년을 잠들어 있고, 앞으로도 깨어날지도 모르는 그 환자를 보면서 내가 나도 모르게 혼잣말로 뭐라고 했는 줄 알아요?"

"……."

"부럽다. 영원히 사랑받을 수 있어서."

그녀의 조용한 목소리에 은명의 표정이 묘하게 굳어졌다.

"말해 놓고도 내가 놀랐다니까요. 만약 내 목소리를 들었다면 나를 한 대 때리고 싶었을 거예요. 놀리는 것도 아니고, 어떻게 자기한테 부럽다는 말을 할 수가 있냐고."

아무리 가족이라 해도 어마어마한 슬픔을 끝내 무뎌지게 만드는 시간을 버틸 수 있는 사람은 많지 않았다. 죽도록 사랑하는 사람을 잃는다 해도 결국은 무뎌진다. 무뎌진 마음을 안고 다시 삶을 살아간다. 물론 사랑하는 사람을 잃은 뼛속 깊은 공허함을 견디지 못하고 결국 뒤따라가는 사람도 간혹 있었다.

하지만 최승조는 그 어느 쪽에도 속하지 않았다. 삶을 포기할 만큼 나약해 보이지는 않았지만 계속해서 삶을 살아가기에 남자의 눈은 모든 세상을 잃은 듯 텅 비어 있었다.

"최 선생님 보고 있으면 느껴져요. 저절로. 아, 저 사람은 정말 영원히 한 사람만 보겠구나."

"……."

"기다리고 있는 거구나. 사랑하는 사람의 마지막을."

연수는 송년회 때 진형이 했던 말과 똑같은 말을 하고 있었다. 정말 그는 그녀의 마지막을 기다리며 살고 있는 걸까.

"그런 남자를 짝사랑하게 되는 건 거의…… 형벌이나 다름없죠."

은명은 복잡한 얼굴로 생각을 갈무리했다.

"저…… 선생님."

희원의 격리실로 가려는 승조를 연수가 곤란한 얼굴로 붙잡았다. 그는 굳어진 표정을 숨기지 않고 그곳으로 시선을 주었다. 설명하지 않아도 대충 눈치를 챈 것 같아 연수는 조용히 한숨을 쉬었다.

격리실 안으로 들어온 승조는 보호자 의자에 앉아 희원의 손을 꼭 붙들고 있는 석일을 응시했다. 누군가가 들어오는 소리를 들었는지 석일이 뒤를 돌아 그를 보았다.

"……승조야."

석일이 갈라지는 목소리로 그의 이름을 불렀다. 여전히 절망과 비탄에서 빠져나오지 못한 음성이었다.

"오셨습니까."

승조는 그와 눈을 마주치지 않은 채 인사했다. 아직 그를 제대로 볼 여력이 없었다. 원망하는 마음은 없었다. 아니, 아예 없다고는 할 수 없을 것이다. 스스로를 탓하며 괴로워하다가도 희원을 찾아와 고통스러워하는 석일을 보면서 새어 나가는 원망이 없을 수는 없었다.

자신과 아버지가 희원을 이렇게 만들었다.

그 누구도 아닌, 그녀를 가장 사랑한다고 말해 오던 그들이.

아무리 피를 토하며 후회한다 한들 돌이킬 수 있는 것은 아무 것도 없었다. 희원은 그 날 이후로 그들을 벌주듯 영원할 것 같은 깊은 잠에 빠져들었고, 그들은 고스란히 그 형벌을 받을 뿐이었다.

"희원이 얼굴을 보고 있는데……."

"……."

"그냥 잠시 잠들어 있는 거 같아서……. 아직도…… 아직도 조금만 있으면 깨어날 것 같은 기분이 들어."

창문을 바라본 채 꼿꼿이 서 있던 승조의 주먹에 힘이 들어갔다. 그 역시 같았다. 아무리 그녀가 이제는 눈을 뜨지 않을 거라는 것을 머리로는 알고 있다 해도 가슴은 여전히 바보처럼 기대하고 희망하고 있었다.

빛을 내뿜듯 반짝거리던 검은 눈동자가 그를 향하기를.

그의 허리를 끌어안은 채 마주 보며 다시 환하게 웃어 주기를.

맑고 아름다운 목소리로 다시 한 번 사랑한다고 말해 주기를.

'사랑해.'

아니, 그 어떤 것도 하지 않아도 좋으니 내가, 부디 내가 너에게 다시 한 번 사랑한다고 말해 줄 수 있기를.

희원은 저렇게 홀로 잠들어 있는데도 승조는 하루도 빠짐없이 찰나의 순간조차 그녀와 함께였다. 끝없이 희원을 생각하고 아주 잠시 잠들 수 있는 시간조차 꿈에서 희원을 그렸다. 그의 의지는 단 한 순간도 희원을 놓아주지 못했다.

"미안하다."

석일이 희원의 손을 붙잡은 채, 나직하게 입을 열었다.

미안하다.

희원에게 하는 말인지, 승조에게 하는 말인지 알 수 없었다.

그는 회한의 눈물을 흘리며 계속해서 그 말을 전하고 있었다.

"……미안하다."

인공호흡기를 단 희원은 사고 이후 한 번도 뜨지 못했던 눈을 여전히 감은 채로 있었다.

지윤은 희원의 베드로 천천히 다가갔다. 그녀는 정말로 그저 잠들어 있는 것 같았다. 소리 내어 부르면 금방이라도 깨어날 것처럼 편안해 보이는 모습이었다.

'최 선생님 보고 있으면 느껴져요. 저절로. 아, 저 사람은 정말 영원히 한 사람만 보겠구나.'

오늘 아침, 은명과 연수가 이야기하던 것을 스쳐 지나가며 들었다. 아무렇지 않은 척 스쳐 지나갔지만 마음은 전혀 그렇지 못했다. 지윤 스스로 역시 너무도 잘 알고 있었다. 최승조는 연희원, 단 한 사람만 보고 분명 앞으로도 그럴 것이다. 자신의 자리 따위는 처음부터 없었다.

"왜……."

원망과 서러움이 담긴 목소리가 눈물과 함께 새어 나왔다. 차라리 건강하게 살아서 그의 옆에서 행복하게 웃고 있는 모습이라면 모를까, 살아도 사는 게 아닌 그녀에게조차 대적하지 못하는 스스로가 너무도 가여웠다.

"도대체 왜……."

지윤으로서는 살아 있다고 생각할 수 없는 삶을 살면서도 영원히 사랑받고 있는 희원이 질투 나서 견딜 수 없었다. 어쩌면 그래서 아직까지도 이렇게 미련을 떨며 그를 포기하지 못하는 것일지도 모른다.

승조는 앞으로도 평생 아무도 사랑하지 않을 것이다. 희원이 아닌 다른 사람은 그의 마음속에 결코 들어올 수 없을 것이다.

그렇다면 차라리 자신이 그의 곁에 있어 주고 싶었다. 사랑받지 않아도 좋다. 그런 사치는 바라지도 않으니, 희원이 아닌 모든 여자는 어떤 의미도 지닐 수 없는 그에게 아주 조금이라도 특별한 사람으로 남고 싶었다. 포기하지 않고 계속 그를 보듬기 위해 노력한다면 언젠가는 그럴 수 있을 거라는 희망 역시 아직 버리지 못하고 있었다.

'기다리고 있는 거구나. 사랑하는 사람의 마지막을.'

연수의 그 말을 들었을 때는 심장이 덜컥 내려앉았다.

그럴 리가 없다. 그렇게까지 할 리가 없어.

어지럽게 울렁이는 속을 어쩌지 못하면서도 아니라고 홀로 박박 우겼다. 희원의 마지막은 지윤 자신에게는 시작일 거라고 믿고 있었다. 희원의 마지막이 그의 마지막이 된다면, 그녀는 견딜 수 없었다. 십 년이 다 되어 가는 자신의 외사랑이 그렇게 비참하게 사라질 수는 없었다.

그리고 중환자실을 빠져나가는 승조의 뒷모습을 본 순간, 그렇게 아니라고 부정하던 마음을 끝내 내려놓을 수밖에 없었다.

희원의 사고 이후로 텅 비어 버린 공허한 눈동자. 잠들어 있는 그녀를 위해 괴로움을 버티고 살아가는 가여울 만큼 외로운 뒷모습.

그는 그들의 말처럼 정말로 기다리고 있는 것일지도 몰랐다.

"네가 왜 여기 있어?"

순간 은명의 날카로운 목소리에 희원을 멍하니 바라보고 있던 지윤이 뒤를 돌았다. 은명의 싸늘한 반응에 잠시 말이 없던 지윤은 조용히 입을 열었다.

"나 희원이 사고 전에도 희원이랑 이미 알던 사이였어. 잠시 얼굴 보러 온 게 문제라도 있는 거니?"

"그게 너라면 문제가 되지. 너 송년회 날, 네가 무슨 말을 떠들어 댔는지 기억 못해? 내가 이 환자 보호자면 너 접근금지 시켜 놓을 거야. 불안해서 어떻게 가까이 있게 해? 좋아하는 남자한테 눈이 멀어서 살아 있는 사람 죽이라 마라 했던 사람을. 그것도 의사가."

"금전적인 문제나 여러 가지 문제 때문에 식물인간 환자 가족들이 힘들어하는 모습 많이 봐 왔어. 안락사 하는 경우도 아예 없지 않고. 무의미한 생명 연장이 불필요하다는 의견은 대학 때도 내가 항상 하던 주장이었어. 꼭 희원이 때문이 아니라 난 원래……."

건조하게 내뱉는 지윤의 말에 은명의 인상은 차츰 굳어졌다. 그 때 격리실로 트레이를 들고 들어온 연수가 의아한 얼굴로 두 사람을 보았다.

"제 환자가 인기가 많네요? 내과, 외과 선생님들이 번갈아 가면서 항상 찾으시고."

연수의 말에 은명은 지윤을 노려보았다.

"너 진짜 최악이다."

눈치 빠른 연수가 상황을 파악하지 못했을 리가 없었지만 그녀는 모르는 척을 하며 희원의 베드 왼쪽으로 다가가 붙었다.

"여기 Sore(상처) 생겼더라구요."

연수는 희원의 손목 안쪽을 손가락으로 매만지며 혼잣말 하듯 말했다. 습윤 밴드를 잘라 희원의 상처 자국에 붙이던 연수는 잠시 고개를 갸웃거리며 그녀의 손을 침대에 내려놓았다.

"어?"

"왜 그래요?"

은명이 그녀에게 다가가며 물었다.

"반응한 거 같아서요."

"네?"

잠시 눈썹을 모은 연수는 희원의 손을 맞잡은 채 가만히 있었다. 순간, 영원히 움직이지 못한 채로 있을 것 같았던 작은 손이 연수의 살포시 손을 잡았다. 미미하다 느껴질 만큼 작은 반응이었지만 연수는 분명히 느낄 수 있었다. 그녀는 희원의 손을 꼭 잡은 채로 큰 소리로 물었다.

"환자분? 연희원 환자분?"

"반응했어요?"

은명이 놀라서 침대 쪽으로 다가왔다. 은명의 바로 뒤에 있던 지윤이 충격을 받았는지 사시나무처럼 몸을 떨고 있었다.

"그런 거 같아요. 강 교수님 바로 콜 할게요."

연수가 격리실 안에 배치된 유선 전화기를 들었다.

"아, 최 선생님 불러야 하는 거 아니에요? 방금 퇴근하시는 거 같았는데 전화로……."

연수의 말이 다 끝나기도 전에 은명이 격리실 밖으로 뛰쳐나갔다. 중환자실을 빠져나온 은명은 1층 병원 로비로 힘껏 뛰었다.

병원을 나오자 밖은 여전히 함박눈이 내려 쌓이고 있었다.

승조는 팔을 뻗었다. 차가운 눈이 그의 따뜻한 손 안에 닿으며 빠르게 녹아내렸다. 그의 눈빛이 무언가를 떠올리듯 아득하게 변했다.

'오빠.'

처음 만났던 너의 모습.

'도와 줘. 응?'

간절하게 부탁하던 목소리.

간절한 그리움이 알싸하게 가슴을 채운다. 여전히 희원으로 가득한 가슴 때문에 아무것도 하지 못하고 그렇게 홀로 서 있는 그의 앞에 작고 어린 여자아이가 서성거렸다. 그의 허리까지도 못 올 것 같은 키의 여자아이는 그 때 처음 만났던 희원보다 더 어린 나이처럼 보였다. 아이는 그의 팔을 꼭 잡아끌었다.

승조는 아이의 키에 맞춰 무릎을 굽혔다. 아이는 희원을 전혀 닮지 않았지만 희원을 떠올리게 만들었다. 아니, 세상에서 희원을 떠올리지 않게 하는 것은 아무것도 없었다. 그의 세상 모든 것이 희원이었다.

"이거 줄게요."

꼬마아이가 플라스틱 컵에 든 솜사탕을 그에게 내밀었다. 승조는 아이에게서 그것을 받아들며 울컥 터져 쏟아질 것 같은 그리움에 사무쳤다. 희원이 보고 싶었다. 잠들어 있는 그녀를 보면서도 그녀가 그리워서 미칠 것만 같았다.

"……선생님!"

아이가 환하게 웃는다. 울지 말라는 듯. 자신처럼 활짝 웃으라고 말하는 것 같았다. 메마른 표정, 아무것도 느낄 수 없는 눈빛. 공허함으로 채워진 그를 향해.

"최 선생님!"

어떻게 하면 너에게 다시 닿을 수 있을까.

어떻게 하면.

"최승조 선배!"

아득하게 멀어져 가려는 의식을 누군가가 붙잡았다. 승조는 굽혔던 무릎을 펴 일어나서 뒤를 돌았다. 병원 로비에서 밖으로 급하게 뛰어나오고 있는 은명이 보였다. 승조는 버릇처럼 왼쪽 손목을 오른손으로 감쌌다. 그 날 이후 멈춘 시계가 그의 손에서 느껴졌다.

째깍째깍.

분명 아무 움직임도 없어야 할 시계에서 자그마한 소리가 들리는 것 같았다. 그가 일부러 세워 놓은 시간이 어느 순간부터 다시 흐르기 시작했다.

19.

일반병동 아침 회진을 모두 마친 강 교수와 그를 뒤따르던 의료진들은 진료용 엘리베이터 앞에 멈춰 섰다.

"가서 일들 봐."

강 교수가 뒤를 돌아 한숨 섞인 목소리로 말했다.

"수고하셨습니다. 교수님."

신경과 치프 레지던트 진형과 담당 간호사를 제외하고, 뒤따라오던 인원들이 강 교수 쪽으로 허리를 굽혀 깍듯하게 인사를 하고는 썰물 빠지듯 빠져나가자 엘리베이터 앞은 허무할 정도로 횅뎅그렁하게 변했다.

"얼마나 한 성격 하는 줄 알아?"

"그래도 예쁘잖아. 말도 제대로 못하고 가련한 얼굴로 베드에 누워만 있을 땐 진짜 사람이 아니라 천사 같았는데 말야."

"좋은 나이에 1년 동안 사고로 누워 있었으니 그렇게 예민한 것도 이해 못 하는 건 아니지만 좀 심하더라."

"그래도 예쁘잖아."

"왜 자꾸 그 말로 귀결되는 거야?"

"그래도 예쁘니까."

"미치겠다. 하여간 남자들이란."

세 사람 다 말 한 마디 없이 엘리베이터를 기다린 탓인지, 복도를 걸으며 수군거리는 폴리클(의과대학 실습생)들의 목소리는 결코 크지 않았음에도 희미하게나마 그들의 귀에 안착했다.

강 교수의 한숨이 다시 들려왔다. 진형은 작게 고개를 저으며 속으로 학생들의 말에 반박했다. 사고 이후로 예민해진 게 아니라 원래 성격이 그렇다고.

세 사람이 도착한 엘리베이터에 타고, 진형이 지체 없이 21층 버튼을 눌렀다.

한국대학병원 20층과 21층에는 모두 50여 개의 VIP병실로 구성되어 있었다. 우리나라 TOP5 대형병원 중 으뜸답게 이곳은 병실 내에 각종 최첨단 의료 장비와 환자병상 외에 응접실, 보호자 침실, 회의실 등이 준비되어 있다. 상류층들이 가장 선호한다는 말을 입증하듯 초호화 고급 시설을 자랑하는 곳이었다. 21층으로 들어서자마자 보안요원이 대기하고 있는 모습이 보였다.

철저한 보안으로 환자의 이름표가 따로 붙어 있지 않은 특등실 문 앞까지 걸어온 강 교수가 이번으로 세 번째 한숨을 쉬었다. 문을 열고 들어가자 의료장비만 없었다면 하나의 집이라고 생각해도 좋을 만큼 독립된 공간 형태가 한눈에 들어왔다.

"희원 양. 오늘 기분은 좀 어때요?"

환자실로 들어온 강 교수가 부드럽게 물었다. 침대에 앉아 전면 유리로 되어 있는 옆벽을 통해 바깥 경치를 멀거니 응시하던 희원이 고개를 돌려 그들에게 시선을 맞췄다.

"아주 좋은데요."

무심한 표정과는 전혀 어울리지 않는 대답이 돌아왔다.

"다행이네요. 그럼……."

"그럼 이제 퇴원할 수 있나요?"

오늘도 역시나 퇴원하고 싶다는 노래를 빠트리지 않을 모양이었다. 강 교수는 이십 대 초반의 어린 여자 환자의 끈질김이 이제는 익숙해졌다 여기면서도 어쩐지 자꾸만 피곤해지는 머릿속 또한 여전했다.

"아직 퇴원은 무리예요."

"이렇게 멀쩡한데 왜요?"

"희원 양은 상대적으로 회복이 빠른 편이긴 해요. 물론 희원 양이 누구보다 재활 치료에 열심히 임하고 노력한 결과이기도 하지요."

교통사고에 의한 두부 외상으로 식물인간 상태에 빠졌다가 작년 연말에 가까스로 의식을 되찾은 희원은 방송사나 신문사에서 끈질기게 인터뷰 의뢰 요청이 들어올 만큼 그야말로 살아 있는 기적이었다.

의학적으로 식물인간 상태가 3개월 이상 지속되는 지속식물인간 상태로 들어갈 경우 의식이 깨어날 확률은 극도로 희박했다. 하지만 10년 동안 식물인간 상태로 있다가 의식을 찾은 아주 드문 케이스도 있는 만큼, 무의식 상태에서도 삶을 살고자 하는 의지를 놓지 않았던 희원은 그 기적의 대열에 합류할 수 있었다.

여름의 문턱에 들어선 지금의 희원은 놀랍다, 경이롭다는 말을 **빼놓**을 수 없을 만큼 건강하고 정상적인 상태로 크게 차도를 보이고 있었다. 하지만 6개월여간 그녀가 겪어 온 심적, 외적 고통과 스트레스는 쉽게 얘기할 수 있는 것이 아니었다.

무의식 상태에서 깨어나서도 처음에는 다른 이들의 도움 없이는 밥도 제대로 먹지 못하고 용변도 혼자 볼 수 없는 상태였으니 여자인 데다가 나이도 어린 그녀로서는 수치심이 상당했을 것이다.

침상에서 자세 변경 하나 스스로 할 수 없어 스트레스가 극에 달해 있던 희원은 승조가 자신을 도와주는 것을 화를 낼 정도로 싫어하고 꺼려했다.

신경이 예민해지는 것이 어쩌면 당연하고 자연스러운 일이었다. 그녀는 조금씩 스스로 몸을 움직일 수 있게 됐을 때부터 무리하다 싶을 정도로 열심히 재활 운동에 매달렸다.

사람들 눈에 띄지 않을 수 없는 외모에, 사고 이후 말수도 줄어 왠지 모를 비밀스러운 분위기를 풍기는 그녀는 기적적으로 회복해 정상적인 삶을 다시 되찾기 위해 독하게 재활하는 모습,

거기다가 최승조 선생의 동생이자 연인이라는 소문까지 더해져 병원 사람들의 시선을 끌기에 충분하다 못해 넘쳤다.

"네. 빨리 퇴원하고 싶어서요."

희원이 담담한 얼굴로 말을 덧붙였다.

"전 병원이 정말 싫거든요."

아파서 오는 병원을 좋아하는 사람을 찾는 것도 힘들겠지만, 저렇게까지 내내 학을 떼며 병원에 있고 싶지 않다고 주장하는 사람 역시 흔하지는 않았다.

이제 겨우 스물셋의 한창 꾸미고 친구들과 놀러 다니기 바쁠 나이였다. 그런데 1년은 인생에서 아예 잘려진 상태로 잠들어 있다가 깨어나서도 다시 정상으로 돌아오기 위해 피 터지게 노력해야 했으니 안타까운 마음이 들었다.

"유감이지만 아직은 좀 더 경과를 지켜봐야 합니다."

"계속 병원에 있으니까 병이 오히려 더 생길 것 같은 기분이에요."

"마음은 이해해요. 희원 양. 하지만……."

"게다가 제가 최승조 선생님하고 근친상간을 했다는 소문이 들려서 마음이 좀 그렇더라구요."

"아……."

돌려 말하는 것도 아니고 너무도 직설적인 단어 선정에 강 교수의 얼굴은 물론 그 뒤에 진형과 담당 간호사의 낯빛까지 파랗게 질렸다.

"재활센터 다녀오는 길에 사람들이 떠드는 말을 좀 들었어요."

마음이 좀 그렇다고 하는 사람치고는 그녀의 얼굴에서 나타나는 반응은 참 고요하고 침착했다.

"빨리 퇴원하고 싶어요. 부탁드릴게요."

희원의 말에 강 교수는 심각한 얼굴을 지우지 못한 채 최대한 빠른 시일 내에 퇴원할 수 있도록 노력하겠다는 말로 오늘 회진을 마무리했다.

강 교수와 담당 간호사가 병실을 빠져나가고 진형이 고개를 절레절레 저으며 소파에 털썩 앉았다.

"정말로 그런 소문을 들었어?"

"무슨 소문?"

"그 말도 안 되는 소문 말야."

진형이 '근친상간'이라는 단어를 쓰기 영 껄끄러운지 인상을 찌푸렸다. 다시 유리벽으로 시선을 돌린 희원이 어깨를 으쓱하며 말했다.

"대충 비슷했어."

"아닐 거 같은데……?"

진형이 의심스러운 어조로 말을 끌었다. 꽤 오랫동안 시선을 끌었던 가십인 만큼 지금에는 두 사람이 피 한 방울 안 섞인 남남이며, 법적으로도 전혀 문제가 없는 관계라는 것쯤은 웬만한 사람들이 다 아는 사실이었다. 여전히 '그래도 가족이었는데 좀 문제 있는 거 아니냐'고 수군거리는 사람은 남아 있었지만.

"십 년 넘게 같이 가족으로 살았으면 거의 근친이나 다름없지 않아? 라고 하던데, 거의 비슷한 말이잖아."

"야! 그게 어떻게 비슷하냐?"

진형이 기가 막혀 하며 소리를 빽 질렀다.

아닌 게 아니라, 임상교수진들 중에서도 마음 약하기로 유명한 강 교수는 희원이 방금 한 말 때문에 그녀가 질 나쁜 소문으로 또 다른 상처를 받고 있다고 생각한 모양인지 정말 심각하게 퇴원을 고려해 보려는 표정으로 밖을 빠져나갔었다. 그의 성향을 대략적으로 간파한 희원이 여우같이 그것을 이용한 게 틀림없었다.

거기다가 진형이 알아 온 희원은 그런 터무니없는 소문에 기가 죽을 만큼 멘탈이 약하지 않았다. 사실 두 사람을 가장 잘 아는 그로서는 가족이었던 그들의 관계로 사람들의 관심 가득한 시선이 쏠리는 것 자체를 안타깝게 여기기는 했어도 두 사람이 그것 때문에 상처받을 거라는 생각은 하지 않았다.

희원이 깨어난 이후 그 사실 외에는 세상 어느 것도 중요하지 않은 승조에게 그런 시선들이 눈에 들어올 리 만무했고, 희원 역시 소문에 울고불고 할 만큼 연약한 스타일이 되지 못했다.

"병원을 얼마나 나가고 싶으면 그런 술수까지 피우냐?"

희원은 대답하지 않았다.

알다가도 모를 녀석. 진형이 낮게 한숨을 쉬었다.

"뭐 때문에 그렇게 나가고 싶은 건데? 너 여기 특등실이 하루에 얼마인 줄 알아? 시설은 또 얼마나 좋아? 거의 호텔이나 다름없다. 아니, 웬만한 호텔보다 여기가 훨씬……."

진형이 기세 좋게 떠들어 대는 말을 무시하듯 희원이 리모컨을 들어 에어컨을 켰다.

"인마, 너 아직 에어컨 안 돼."

"더워."

때마침 문이 열리면서 누군가가 걸어 들어오는 소리가 들렸다. 희원도, 진형도 발걸음 소리의 주인이 누구인지 모르지 않았다. 환자실 안으로 들어온 승조가 단호한 손길로 작동되기 시작한 에어컨을 껐다.

"왔냐."

강 교수 앞에서도, 진형과의 대화에서도 무미건조한 반응만을 고수하던 희원이 처음으로 인상을 찌푸리며 승조를 노려보았다. 승조는 그녀의 날카로운 반응에도 전혀 동요하지 않았다.

"감기 걸려. 면역 떨어졌잖아."

진형의 귀찮은 수다에도 단답형이지만 곧잘 대답해 주던 희원이 승조의 말에는 입을 꾹 다물고 침대에 휙 누웠다.

승조가 그녀의 침대로 다가갔다. 침대에 걸터앉아 등을 돌린 채 누워 있는 희원의 머리카락을 천천히 쓸어 넘겼다. 그러고는 아주 자연스럽게 그녀의 이마에 키스를 했다. 순수해 보이면서도 미혹에 가까운 입맞춤이었다.

"그런 거 할 거면 나는 좀 내보내고 할 것이지."

진형이 민망한지 헛기침을 하며 급히 병실을 빠져나갔다. 문이 닫히는 소리가 들리고 승조는 여전히 꿈결에 사로잡힌 사람처럼 희원의 뺨을 소중하게 어루만졌다. 그의 등장에 날 선 반응을 보인 것과 다르게 희원은 그의 손길을 거부하지 않았다.

"희원아."

"……."

"퇴원하고 싶어?"

희원이 조그맣게 고개를 끄덕인다.

"조금만 더 있으면 돼. 조금만 참자."

승조의 입술이 다시 희원의 이마에 닿았다. 그의 부드러운 입술이 느껴지자 희원이 눈을 질끈 감았다.

희원이 깨어나고 6개월이라는 시간이 흘렀다. 두 사람은 일부러 의식적으로 사고 전의 이야기는 하지 않은 채 시간이 흐르도록 놔두고 있었다.

희원에게 무의식 상태였던 1년은 중간에 잘려 나간 필름처럼 끊어진 시간이었다. 그리고 승조에게 그 1년은 다시는 버틸 수 없을 것 같은 끔찍한 고통의 시간이었다. 희원에게 사고 전의 그에게 버림받았다는 사실은 오래된 과거가 아닌 현재나 다름없는 생생한 기억이었다.

희원은 그가 미우면서도 가여웠다. 다른 사람들에게 듣지 않아도 얼마나 힘든 삶을 살아왔을지 저절로 느껴졌다. 자신이 잠들어 있는 동안 얼마나 깊은 절망 속에 스스로를 빠트렸을지 알려 주지 않아도 전부 알 것 같았다.

승조는 희원이 의식을 되찾고 6개월 동안 힘들게 치료를 받는 것을 함께하며 그 고통 역시 함께했다. 희원은 말을 할 수 있게 되어서도 그와 길게 대화하는 것을 꺼려했다. 치료를 받는 것이 여간 힘든 것이 아닐 텐데도 독하게 참아 내며 눈물 한 방울 보이지 않는 그녀를 그는 하루도 빠짐없이 안아 주고 보듬어 주며 격려했다. 눈도 잘 마주치지 않고 대화도 하기 싫어하면서도 희원은 그의 손길은 단 한 번도 거부하지 않았다.

승조는 희원이 중환자실에서 병실로 옮긴 이후로, 아파트에서 짐을 다 챙겨 와 일이 끝나면 아예 퇴근을 희원의 병실로 하며 그녀를 돌보고 있었다. 오늘 역시 마찬가지였다. 승조가 침대에 누워 희원을 안으려 하자 처음으로 그녀가 그를 밀어냈다.

"혼자 있고 싶어."

희원이 그의 가슴을 밀며 거부의 손길을 보였다. 처음으로 보인 거부였지만 승조는 그것이 오히려 이제 그녀가 마음을 열 준비가 되었다는 뜻이라는 것을 알았다. 승조는 침대에서 나오지 않고 여전히 그대로 그녀의 뺨을 쓰다듬며 눈을 맞추었다.

"정말 혼자 있고 싶어?"

"……."

잠시 말없이 그를 보던 희원이 불쑥 입을 열었다.

"언제 또 버릴 거야?"

승조의 표정이 굳어졌다. 희원은 그를 고집스럽게 응시하고 있었다.

"희원아."

"왜 그렇게 버림받을까 무서워서 벌벌 떠는지 궁금하지?"

희원이 조용한 목소리로 말했다. 하고 싶지 않은 말을 할 때면 희원의 목소리는 들리지 않을 만치 희미하고 작아지곤 했다. 그녀가 지금 하려는 말이 어쩌면 그에게 큰 상처가, 고통스러운 후회가 될지도 몰랐다. 직감적으로 그것을 느꼈다. 하지만 그렇다 해도 들어야 했다. 희원의 상처마저 함께 끌어안고 싶었다. 승조는 아무 말도 하지 않고 그녀가 들려줄 말을 기다렸다.

"어렸을 때 말야. 오빠도, 아빠도 만나기 전에. 친아버지랑 살았을 때. 그때, 엄마가 날 놓고 집을 나간 적 있었어."

사라질 듯 희미해지는 목소리를, 그는 끝까지 놓치지 않고 들어야 했다.

"잠깐 집에 나가는 게 아니라 완전히 떠나려고 나간 거라는 걸 알았어. 아빠한테 엄청 맞아서 거의 죽기 직전이었어. 본능적으로, 살기 위해서는 어쩔 수 없었을 거야. 내가 잠시라도 엄마한테 잊혀졌었다고 해도 나, 원망할 수 없어."

"……."

"다음 날 바로 날 찾으러 왔었어. 미안하다고 울면서 나한테 빌었어. 버린 게 아니라고. 잠깐 엄마가 미쳤었다고. 날 사랑하지 않는 게 아니라는 거 알아. 날 사랑해서 그랬다는 거 알아."

담담하게 시작됐던 이야기 속에는 점차 눈물이 가득 찼다. 그녀의 말이 알아들을 수 없을 만큼 마구잡이로 섞였다.

울음을 억누르지 못하고 하는 말에는, 그녀가 지금 하고 있는 기억에는, 엄마인 영경이 있었고 승조가 있었다. 가장 믿고 가장 사랑하는 사람. 그녀는 자신을 사랑하면서도 버린 영경을 보고 있었고, 자신을 사랑해서 버린 그를 보고 있었다.

"이해할 수 있어. 어쩔 수 없었다고. 머리로는 확실히 이해해."

승조의 숨이 잦아든다. 찢길 만큼 괴로워하던 심장조차 멈춘다.

"그런데, 그런데도 가슴에 각인되는 건 단 하나야."

"……."

"이 사람이, 내가 가장 사랑하는 이 사람이……."

그녀를 생부의 집에 데려다 주던 날, 그녀가 그를 보던 눈빛이 떠올랐다. 그녀를 버리고 그 집에서 도망쳤던 영경을 바라보았던 어린 그녀의 눈빛과 결코 다르지 않았을 것이다. 그리고 그는 그녀를 그 집에 밀어 넣었다. 사랑한다는 이유로.

"나를 버릴 수가 있구나."

내가 너한테 어떤 짓을 했던 건지, 지금에 와서 똑똑히 가슴에 박힌다.

"그게…… 가능한 일이었다고."

확실하게 느낀다. 나는 그 날, 너를 버렸다.

용서할 수 없을 만큼 잔인하게.

"……미안해."

시간이 흘렀음에도 스스로를 다 용서하는 것은 아직 불가능했다. 희원을 상처 입힌 자신을 여전히 용서할 수 없었다. 하지만 그럼에도.

"미안해. 희원아."

"그만해."

지겹도록 들은 말이었다. 승조에게서 결코 듣고 싶지 않은 말이기도 했다. 희원의 눈빛이 날카로워졌다.

"그런 말이 듣고 싶은 게……."

"너 절대 못 놔."

그를 노려보던 희원의 눈에 다시 눈물이 차올랐다.

"그때도 그랬어. 못 놓는다면서 또 버렸어."

"희원아."

"진짜…… 나빠."

희원이 승조의 가슴을 주먹으로 때리며 아이처럼 울음을 터 트렸다. 승조는 그런 그녀를 꽉 끌어안은 채 그녀의 정수리에 턱을 기대었다.

"네가 나 안 받아 준다고 해도 못 놔. 네가 평생 나 용서 못 한다고 해도, 그래도 널 놓을 수 없어. 그러니까 곁에만…… 곁 에만 있게 해 줘."

승조의 말에 그를 때리던 희원이 손을 멈췄다. 그의 품에서 벗어나기 위해 안간힘을 쓰던 그녀가 침대에서 몸을 일으키려 했다. 그 역시 침대에서 일어나 자신에게서 빠져나가려는 그녀 를 붙잡았다.

"희원아."

"내가 언제……!"

희원이 숨을 억누르며 소리쳤다.

"내가 한 번이라도 용서 안 해 준 적 있어?"

그의 셔츠 자락을 붙잡은 그녀가 오래도록 담아 두었던 눈물 을 하염없이 쏟아 내며 말했다.

"항상 용서해 줬잖아!"

"……."

"내가 항상……."

몸을 가누지 못하고 휘청거리는 그녀를 다시 품에 안자 그녀는 한참을 서럽게 눈물을 토해냈다.

"잘못했어."

"용서할 수밖에…… 없단 말야."

작고 가녀린 힘으로 그를 절대 놓아줄 수 없다는 듯 꼭 붙잡는다.

"사랑해서……."

"……."

"내가 오빠를…… 사랑해서."

희원을 안은 팔에 더욱 굳게 힘이 들어갔다. 온몸이 저릿저릿할 만큼 다행이고, 또 다행인 나날들이었다. 단 한 번만이라도, 라고 소망했던 희원의 눈빛이 그를 향하고 그녀의 목소리가 그의 귓가에 담기고 그녀의 온기가 그의 품에 채워졌다.

존재 자체로도 기적이고 구원이었다.

사랑한다는 말을 다시 한 번 전할 수 있다면 영혼이라도 바칠 수 있을 것 같았는데 오히려 희원은 그에게 말해 주고 있었다. 그가 그토록 사랑하는 눈빛으로, 목소리로, 숨결로.

사랑해.

사랑해. 변함없이.

20.

　침대 위에 벌거벗은 두 남녀의 나신이 서로를 끌어안으며 깊게 엉켜들었다.

　침대 바로 옆, 유리벽 너머에서 새어 나오는 은은한 달빛만이 그들의 행위를 은근하게 비추었다. 희원의 엉덩이를 움켜쥐며 위로 바싹 끌어당기자 그녀의 아랫도리가 그의 사타구니와 뜨겁게 맞물렸다. 승조는 잠시 숨을 멈추며 희원의 여성 속으로 자신의 것을 깊숙이 찔러 넣었다.

　"아읏!"

　희원이 터져 나오는 신음을 참지 못하고 짧은 교성을 내질렀다. 그러고는 아차 싶었는지 부드러운 입술을 잘근 깨문다. 아무리 방음이 철저하다 해도 입원해 있는 병실, 그것도 그가 일하고 있는 병원이었다. 누구도 들어오지 않을 깊은 새벽이었지만 괜히 가슴을 졸이게 되는 것은 어쩔 수 없었다.

"하아…… 오빠……."

그럼에도 행위는 결코 멈춰지지 않았다. 희원이 깨어난 이후로 처음으로 갖는 관계였다. 두 사람 모두 극에 달한 흥분이 정점을 찍었다.

누가 물꼬를 텄는지는 불분명했다.

뾰로통하고 새침하게 굴다가도 어느 순간 요부처럼 그를 유혹해 정신을 차릴 수 없게 만드는 희원이었는지. 지나치게 이성적이고 냉철하다는 소리를 밥 먹듯 들어왔으면서 희원에게만은 자꾸 이성이 아닌 본능이 먼저 치솟는 그 자신이었는지.

중환자실에서 병동으로 올라와서도 아직 걸음이나 움직임이 부자연스러웠던 희원은 낙상 예방 차원에서 목욕을 할 때만큼은 반드시 승조의 도움을 받아야 했다. 희원이 싫다고 거부해도 양보할 수 없는 일이었다.

그에게 그런 도움을 받는 것을 유난히 꺼려하던 그녀는 그가 똑같이 옷을 벗고 함께 씻는다는 느낌을 주기 위해 노력하자 날카로웠던 반응이 많이 사그라졌다. 사고 전에도 자주 함께 샤워를 했으니 익숙한 기분도 들었을 것이다.

하지만 사고 전과는 확실히 다른 점이 있었다. 그때는 씻으며 서로 장난을 치다가 동하는 마음을 참지 않고 사랑을 나눴다면, 지금은 물론 그럴 수 없었다. 희원의 몸이 아직 완전히 회복되지 않은 상태였고 그래서 승조는 마음도 몸도 더욱 조심스러웠다.

그러나 1년이 넘도록 욕구를 참아 온 건장한 남자의 몸이었다. 서로 알몸인 상태로, 사랑하는 여자의 몸을 씻겨 주는 데 어디가 잘못되지 않은 이상 몸이 동하지 않을 리 없었다.

속으로 스스로를 짐승이라 한탄할 만큼, 아직 회복되지 않은 희원의 상태를 알면서도 욕구는 시시때때로 끓어올랐다. 그리고 하루 중 마지막, 희원과 같이 씻을 때는 그 풀어내지 못한 욕망의 괴로움이 극에 달해야 했다.

애석하게도 그 욕망을 감출 수 있는 방법은 어디에도 없었다. 욕실 앞에서 희원의 옷을 벗기는 순간부터 달아오르는 몸에, 벌써부터 바지를 강하게 밀며 팽창하는 분신이 그것을 더 확실하게 증명하면 했지 숨겨 줄 수는 없었다. 두 사람 모두 그것을 의식하고 있으면서도 모른 척하고 있는 상태가 계속되었다.

시간이 흘러가면서 희원의 몸 역시 반응하고 있다는 것을 알게 되었다. 그것 역시 두 사람 다 알지만 함구하는 사실이었다.

조금만 더 건강해지면, 조금만 더 회복되면.

불안하고 조심스러운 마음에 계속 미루어 왔지만 오늘따라 더욱 참기가 힘들었다. 그래도 이제는 괜찮지 않을까. 희원을 뒤에서 안은 채 샤워기로 거품을 닦아 주던 그가 고뇌에 가까운 고민에 빠졌다.

희원의 다리에 칠해 놓은 거품마저 지우던 승조의 손이 어느 지점에서 굳어지듯 멈췄다. 희원의 허벅지 가장 깊은 안쪽이었다. 거품도, 물도 아닌 끈적끈적한 액체가 그의 손을 미끄러트렸다. 흥분으로 점철된 그의 몸이 더욱 그녀를 강하게 안으며 다가섰다.

승조의 두툼하고 남자다운 손이 희원의 허벅지 안을 부드럽게 쓸었다. 씻기려는 의도는 완전히 사라진, 애무의 손길이었다. 그러자 희원이 기다렸다는 듯이 갸르릉거리며 얇은 신음을 흘렸다.

그녀의 사타구니는 뜨겁게 젖어 있었다. 그의 손길에 달아오른 그녀의 속에서 샘솟는 애액이었다. 그 생각에 그는 더 이상 참을 수 없었다. 승조는 희원을 안아 들고 바로 욕실을 빠져나왔다. 한계였다.

시작은 그녀이기도 했고, 그이기도 했다.

"아파?"

서로의 가장 은밀한 곳이 정확하게 맞물리자 희원이 눈을 감은 채 미간을 좁혔다. 입술도 잘근 깨문 상태에서 그대로다. 1년 반 만에 다시 몸을 열고 그의 거대한 남성을 받아들이는 것이 처음처럼 힘에 부치는 모양이었다. 승조가 희원의 뺨을 간질이듯 만지며 묻자 그녀는 고개를 저었다.

"……미안해, 희원아."

"흐읏, 으응……."

승조가 희원의 목덜미에 얼굴을 묻으며 거칠어진 숨이 섞인 목소리로 말했다.

"못 멈출 거…… 같아."

진심이었다. 지금 이 순간만큼은 어느 누구도, 희원조차도 그를 멈출 수 없었다. 조심하느라 한계 지점에 다다라서도 억지로 참아 온 욕망이 폭발하듯 빠르게 터져 버렸다. 희원이 다리를 그의 엉덩이에 감으며 호응해 왔다. 승조는 빈말이 아니었다는 것을 입증하듯 그녀의 속살을 가르고 밀어 넣은 페니스를 힘껏 움직였다.

"하…… 아!"

전신이 부딪치며 몸을 부술 것 같은 쾌감이 찾아왔다. 승조의 허리가 세게 들썩일수록 그의 몸을 붙든 그녀의 다리에도 더욱 힘이 들어갔다. 여린 살을 파고들 때마다 자신을 녹일 것 같은 그녀의 뜨거움에 그는 전율하며 거친 숨을 토했다.

희원을 느낄 수 있다.

미약한 온기가 아닌 온몸이 열기로 채워진 희원을 안고 있었다.

희원이 그의 품에서, 살아 있었다.

그녀와 마주 닿은 심장이 터질 듯 뛰었다. 이것이 만약 꿈이라면, 그는 자신이 처절하게 무너져 내릴 거라는 것을 알았다.

"희원아…… 희원아."

승조는 현실감을 붙잡기 위해 희원을 어느 때보다 더 강하게 끌어안았다. 희원 역시 그의 어깨를 세게 안아 온다. 꿈이 아니다. 결코 꿈이 아니다. 그를 살아 있게 하는 단 하나의 실감이었다.

그 어떤 때보다 강렬한 절정이 두 사람을 덮쳤다. 승조는 그녀의 옆으로 몸을 누이며 다시 그녀를 안았다. 그녀가 그의 맨 가슴에 대고 아직 규칙적으로 돌아오지 못한 숨을 내쉬었다.

"힘들었어?"

승조가 희원의 이마에 키스를 하며 물었다.

"응."

희원이 다시 새침하게 대답한다. 그러고는 고개를 들어 그에게 묻는다.

"오빠는 엄청 좋았지?"

잔망스러운 그녀의 표정을 본 승조는 피식 웃으며 고개를 끄덕였다.

"응."

"졸려."

"피곤할 거야. 자."

희원이 얕게 고개를 끄덕이고는 눈을 감았다.

"근데 여기서 이런 거 해도 돼?"

곧바로 잠에 빠져들 줄 알았더니, 아무것도 모르는 척 시치미를 뚝 떼며 다시 말을 걸어온다. 그를 놀리려는 의도가 다분한 목소리였다.

"응? 아주 냉철하고 금욕적일 거 같은 의사 선생님이?"

"연희원."

"솔직히 말해 봐."

"뭐를?"

희원이 짓궂은 미소를 드러내며 입을 열었다.

"변태지? 이런 데서 하는 걸 즐기는 거지?"

새어 나오는 웃음을 감추지 못하고 묻던 희원은 생각지 못했던 승조의 반격에 놀라서 눈을 동그랗게 떴다. 그의 손이 다시 희원의 아랫배를 쓸며 밑으로 내려가고 있었다.

"뭐야?"

"오빠 변태라며?"

"잠깐만!"

"이런 데서 하는 걸 즐긴다며."

승조의 음성 역시 짓궂게 변했다. 희원은 장난스러운 그의 팔을 때렸다. 그가 낮게 웃으며 그녀의 등허리를 안았다.

"얼른 자."

그제야 장난기를 재우며 조용히 눈을 감는 희원이었다. 승조는 희원의 등을 작게 토닥였다. 얼마 지나지 않아 잠든 그녀의 고른 숨소리가 들려왔다. 그 역시 짧게나마 잠을 청하기 위해 눈을 감았다.

스르륵 잠에 빠져들기 직전이었다. 불현듯 그의 눈이 번쩍 뜨였다. 승조는 안고 있던 희원의 몸에서 살짝 떨어져 그녀의 얼굴을 확인했다. 새근새근 깊은 잠에 빠져든 모습이었다. 작은 움직임도 없이 누워 있는 모습에 그의 몸이 빳빳하게 굳어졌다.

그는 그녀의 뺨에 손을 대어 보았다. 따뜻한 온기가 느껴졌지만 아직 안심이 되지 않았다. 희원의 손을 움켜잡는다. 무의식적으로 그녀가 그의 손을 맞잡았다. 그제야 철렁 내려앉았던 심장이 원위치를 찾았다.

승조는 희원의 몸을 다시 안으며 그녀의 열을 느꼈다. 희원의 숨이 그의 목덜미에 닿고 있었다. 그는 오늘도 그렇게 잠들기 전, 안도로 가득한 낮은 한숨을 쉬며 그녀의 이마에 입술을 맞췄다.

은명은 앞에 보이는 익숙한 뒷모습에 그쪽으로 가까이 다가 갔다. 본관에서 연결된 통로를 이용해 재활센터로 향하는 희원이 보였다.

"희원 씨."

"아, 선생님. 안녕하세요."

희원이 담담한 얼굴로 인사를 전했다.

"곧 퇴원하시죠?"

은명은 놀랍다는 듯 그녀의 걸음걸이를 살폈다. 이제는 보행 보조기 없이도 평범하게 걸을 수 있는 것 같았다. 6개월 전에 비하면 정말 많이 호전된 모습이었다.

"퇴원하면 바로 복학할 생각이에요?"

"조금 더 쉬다가요."

수긍하듯 고개를 끄덕이던 은명은 지난번 일이 떠올랐는지 안색을 흐렸다.

"너무 신경 쓰지 말아요."

"네? 뭘요?"

"병원 사람들이 떠들던 말이요."

지난번에도 이쯤에서 만나 같이 말을 나누며 센터로 향하고 있었다. 그런데 그녀들이 뒤에 있는지도 모르고 앞서 걷고 있던 여직원 두 명의 수군거림이 들려왔다.

'아무리 그래도 그렇지, 십 년 넘게 같이 가족으로 살았으면 거의 근친이나 다름없지 않아?'

"아, 그거요? 전혀 신경 안 써요. 아예 잊고 있었는데, 선생님 덕분에 지금 떠올렸네요."

은명이 아차 싶은 얼굴로 눈썹을 모았다.

"미안해요."

"선생님은 첫 인상은 엄청 도도해 보였는데 은근 푼수세요."

희원이 어깨를 으쓱하며 아무렇지 않다는 듯 말했다. 은명이 민망해하자 배려한답시고 덧붙였다.

"칭찬이에요. 좋은 뜻."

그게 어떻게 좋은 뜻일까.

"반전 있는 성격이 매력 있잖아요."

반전이라면 희원의 성격이야말로 반전이었다.

은명은 식물인간 상태로 잠들어 있던 희원의 모습만 알고 있었다. 연약하고 가냘픈 외모에 당연히 성격도 비슷하겠지 하고 지레짐작하고 있었다. 과묵하고 분위기 있는 성격의 승조의 연인이라는 소문이 사실이라면 더욱 얌전하고 단정한 성격이 어울린다고 자신도 모르게 편견이 생겼던 것 같다.

의식을 되찾은 처음만 해도 역시 천상 여자 같은 스타일이라는 것을 믿어 의심치 않고 있었다. 그리고 희원이 기력을 되찾을수록 그 편견은 조금씩 금이 가더니 지금은 아예 산산조각 나 있었다.

당황스러울 만큼 솔직하고 직설적인 성격에 예민하고 까칠하기까지 했다. 사고 때문에 성격이 변했다고 하기에는 너무도 자연스럽다.

싫어하는 스타일은 아니었다. 어두운 속내를 감추고 얄밉게 착한 사람 흉내를 내는 사람보다는 나았다. 지금 그들 앞에 걸어오고 있는 여자처럼.

앞에서 이쪽으로 걸어오고 있는 지윤을 발견한 은명이 탄식에 가까운 짧은 한숨을 내쉬었다. 지윤 역시 두 사람을 보았는지 잠시 얼굴이 굳어졌다가 억지에 가까운 미소를 겨우 만들어내며 희원에게 다가왔다.

"재활 가는 거야?"

"네."

"그래. 힘들겠다. 그래도 열심히 해. 완전히 정상으로 돌아가는 건 무리여도 네가 노력하는 만큼 변하는 거니까."

은명은 가증스럽다는 듯 지윤을 말없이 노려보았다.

"네. 근데, 언니."

"응?"

"언니한테 고마워요."

희원의 뜬금없는 말에 지윤이 미간을 찌푸리며 물었다.

"뭐가?"

"나 언니 덕분에 일어난 거 같아요."

"그게…… 무슨……."

"근데 언니도 나한테 고마워해야 돼요."

희원이 미소를 지으며 말을 이었다.

"내가 언니가 계속 의사일 수 있게 해 줬잖아요."

"뭐?"

"언니가 나를 죽이기 전에, 내가 먼저 일어나 줬으니까."

희원의 말에 지윤의 안색이 안쓰러울 만큼 새하얗게 변했다. 그녀는 누가 들었을까 주변을 살피다가 고개를 저으며 말을 더듬었다.

"그게…… 도대체 너 갑자기 무슨 말을 하는 거야?"

"나 계속 들었거든요."

"……"

"네가 사라졌으면 좋겠어. 네가 죽어 줬으면 좋겠어. 너만 없으면, 너만 죽으면……."

목소리를 한껏 낮춘 희원이 옛날 옛적 무서운 이야기를 하듯 말을 하자 지윤의 눈동자는 정처 없이 흔들렸다.

"가끔은 진짜 살의가 느껴졌다니까."

희원이 피식 웃으며 장난처럼 느껴지듯 가볍게 말했다.

"희, 희원아. 그건……."

"승조 오빠한테는 말 안 해요. 절대."

승조의 이름이 거론되자 지윤은 그에게 자신의 추한 모습을 모두 들킨 것처럼 두려움이 가득 찬 눈으로 희원을 보았다.

"오빠가 언니를 죽일지도 모르니까."

희원은 지윤을 지나쳐 걸으며 마지막 말을 이었다.

"내가 알기로 의사는 사람을 살리는 직업이거든요."

지윤이 제자리에 돌처럼 굳어져 홀로 서 있는 동안, 은명은 느린 걸음이지만 차근차근 열심히 걷고 있는 희원을 바싹 따라 잡았다.

"정말이에요?"

"뭐가요?"

"정말로 무의식 상태였을 때, 그 말을 들었어요?"

은명이 놀란 얼굴로 물었다. 희원은 피식 웃으며 고개를 저었다.

"아뇨."

"어? 그럼……."

"중환자실에 있을 때, 선생님이 간호사 선생님이랑 소곤거리는 거 들었어요. 제가 귀가 필요 이상으로 밝아요."

은명이 다시 곤란한 표정을 지으며 어쩔 줄 몰라 했다. 희원이 잠들어 있다고 생각했을 때, 조용히 그 얘기를 했던 기억이 떠올랐다.

"미……."

"괜찮아요. 선생님 푼수인 거 마음에 든다니까요."

희원이 아무렇지 않은 얼굴로 다시 걸음을 옮겼다. 아무리 봐도 부잣집에서 곱게만 자란 온실 속 화초는 못 되는 것 같았다. 은명은 헛웃음을 지으며 그녀의 뒷모습을 잠시 지켜보았다.

문을 열고 들어온 승조가 응접실을 지나 희원의 환자실로 곧장 향했다.

"희원아."

소파 앞 테이블에 희원이 어제부터 먹고 싶다고 노래를 부르던 아이스크림 전문점의 통 아이스크림을 내려놓았다. 덥다고 칭얼거리는 그녀에게 아직 에어컨을 틀어 주지는 못하더라도 아이스크림을 조금 먹는 것 정도는 괜찮다 싶어 일이 끝나자마자 사 온 것이었다. 하지만 침대에 앉아서 전망을 무심히 보던 희원에게서는 대꾸가 없었다.

"아이스크림 사 왔어."

"안 먹어."

어쩐지 심통이 난 목소리가 들렸다. 승조는 고개를 갸웃거렸다.

"안 먹어?"

"안 먹어."

"그럼 오빠 혼자 먹는다?"

"어."

포장을 풀고 아이스크림을 꺼내 든 승조는 스푼을 가지고 희원의 침대로 다가갔다.

"진짜 안 먹지?"

"응."

아침만 해도 웃으며 애교를 부리던 희원이 찬바람을 일으키며 시선 한 번 마주쳐 주지 않았지만 승조는 익숙하다는 듯 전혀 당황한 기색을 보이지 않았다. 다른 사람 같았으면 어찌할 바 몰라 하며 곤란해하고 있기 충분한 그녀의 변덕 사이클 주기를 완벽하게 꿰뚫고 있기에 가능한 일이었다.

승조는 별로 좋아하지도 않는 아이스크림을 한 입 떠먹었다. 희원이 강조했던 바닐라맛이 입안에서 사르륵 퍼졌다. 그는 곧바로 희원의 허리를 끌어안으며 그녀에게 입을 맞췄다.

"뭐……야."

뒤로 빼려는 그녀의 몸을 붙잡고 혀를 얽혔다. 승조의 혀끝에서 녹아내리던 아이스크림이 희원의 입안으로 부드럽게 흘러들었다. 달콤한 아이스크림이 그녀에게 전부 전해졌다. 처음에는 반항하듯 그의 어깨를 밀던 희원이 조금씩 혀를 움직이며 그의 입맞춤에 호응해 왔다.

"무슨 아이스크림이 이렇게 따뜻해?"

그러고는 입술을 떨어트리자 기다렸다는 듯이 불만을 표한다.

"뭐 때문에 화가 난 거야?"

승조가 다정하게 물었다. 희원은 꾹 다물고 있던 입술을 떼었다.

"……퇴원 미뤄졌잖아."

"마지막 받아야 하는 검사 때문에 그래. 며칠만 더 있으면 집에 가는데 그렇게 싫어?"

"싫어."

희원이 속상한 얼굴로 투정을 부렸다.

"나한테서 냄새난단 말야!"

"냄새? 무슨 냄새?"

"약 냄새. 병원 냄새."

병원에 오래 머무를 수밖에 없었던 희원은 자신의 몸에 배어

나는 냄새를 유독 싫어했다. 더 오래 있으면 이 냄새가 밖에 나가서도 계속 따라붙을 거라면서 하루라도 빨리 병원을 나가고 싶어 했다.

"안 나. 하나도."

"나."

"진짜 안 나."

승조가 희원을 달래듯 머리를 쓰다듬었다.

"응? 희원아."

"빨리 나가고 싶어."

"그래. 며칠만."

승조의 어깨에 이마를 기댄 희원이 작게 물었다.

"나 퇴원하면 어디서 살아?"

"우리 집에서 살아야지."

승조는 이상한 질문이라는 듯 웃었다.

"오빠는 아빠랑 화해했어?"

예상하지 못했던 질문인지 그는 잠시 침묵을 지켰다.

"모르겠어."

"아빠는 매일 나 자는 시간에만 왔다 가."

"……."

"미안해서 그러는 거 같아. 미안하면 사과를 해야지. 사과를 해야…… 받아 주지."

희원은 작게 소곤거리며 승조의 품에 파고들었다.

지겹게 입고 있던 환의를 벗고 전에 승조에게 집에서 가져오라고 주문해 놓았던 하얀색 여름 원피스를 몸에 걸쳤다. 전신거울을 들여다보자 예전보다 더 마르긴 했어도 그렇게 나쁜 매무새는 아닌 것 같아 다행스러웠다.

거울을 열심히 보고 있던 희원은 문이 열리는 소리에 활짝 웃으며 뒤를 돌았다.

"벌써 끝났어? 얼른……."

희원의 말이 중간에서 끊겼다. 두 눈이 커져서 병실로 들어오고 있는 사람을 바라보았다. 승조라고 예상하고 있었던 것과 다르게 그녀의 앞에는 석일이 서 있었다.

"……아빠."

"오늘 퇴원이라고 해서 잠깐 들렀어."

석일의 말에 희원은 가만히 있다가 이내 고개를 끄덕였다. 처음 온 것처럼 구는 석일을 보며 희원이 소파에 앉기를 권했다.

"많이 건강해졌구나."

"응."

"다행이다."

석일이 조용히 엷은 미소를 지었다. 침묵은 꽤 길었다. 항상 낭랑하게 종알거리며 아빠의 옆에 꼭 붙어 애교를 늘어놓던 희원은 이제 없었고, 제 엄마를 꼭 빼닮은 사랑스러운 딸을 보며 어떤 근심도 없이 행복해하던 그도 더 이상 없었다. 하지만 결코 불편하고 무거운 분위기는 아니었다.

"아빠는 정말 못된 사람이야."

석일이 조심스럽게 입을 열었다.

"……."

"어쩌면 질투하고 있었을지도 몰라. 네 생부를."

희원의 미간이 좁혀졌다. 이해할 수 없다는 듯이. 석일은 자신의 너그럽지 못했던 부끄러운 마음을 꺼내놓았다.

"네 엄마가 네 생부에 대해 유별나게 말을 아끼는 걸 보고 불안해했었으니까. 도망쳐 나왔다는 얘기는, 맞았다는 얘기는…… 단 한 번도 듣지 못했어. 오히려 좋은 사람이었다고 두둔하는 말밖에 들어 본 적 없었어."

"……."

"너는 내 딸이라고, 당신이 낳았지만 오직 나만을 아빠로 여기고 따르는 영경과 내 아이라고. 그렇게 알려 주고 확인시켜 주고 싶었던 건지도 모르지."

"아빠."

"아빠는 아무것도 몰랐어."

석일의 자책에 희원은 인상을 찡그리며 말했다.

"모르는 게 당연하지. 말 안 해 줬으니까."

유리창 너머로 보이는 바깥 풍경에 시선을 둔 희원이 말을 이어 나갔다.

"그때 왜 말해 주지 않았냐고 그랬지?"

"그래."

"엄마가 말하고 싶지 않아 했어."

아주 간단한 답을 알려 주듯 희원이 말했다.

'희원아. 엄마는 사랑받고 싶어.'

희원을 데리고 석일을 만나러 가기 전, 울긋불긋 피멍이 든 목 주변을 스카프로 꼼꼼히 가린 영경은 희원을 쓰다듬으며 슬프게 웃었다.

'온전하게 사랑만 받고 싶어.'

'동정도 연민도 아닌, 어떤 것도 끼어들지 못하는 온전한 사랑.'

열 살의 어린 희원이 알아듣기 힘든 말이었다. 영경은 희원에게 한다기보다는 아득한 눈빛으로 스스로에게 말하고 있었다.

'다시 사랑하고 사랑받을 수 있다면, 꼭…… 그러고 싶어.'

이해하기 어려운 말이었지만 머릿속에 각인되는 것은 있었다. 엄마는 과거를 지우고 싶어 한다는 것.

알겠어. 엄마가 그러고 싶으면 아무한테도 말하지 않아. 무슨 일이 있어도 평생 아무한테도 말하지 않을 거야.

어린 시절, 그렇게 생각했고 그렇게 받아들였다. 다른 사람들은 네 속을 도저히 모르겠다고 고개를 저었지만 실은 항상 웃음이 나올 만큼 간단했다. 엄마가 소중하니까, 엄마의 사랑도 소중했다. 그것뿐이었다.

석일은 잠시 아무 말도 없이 침묵을 지켰다. 희원의 맹목성에 그는 아무 말도 할 수 없었다. 희원 역시 그를 기다려 주듯 가만히 있었다.

"아빠가……."

"……."

"정말 바보였지?"

석일이 떨려 오는 입가를 감추지 못하며 웃었다. 눈시울 역시 벌써 붉어져서 그녀를 바라보았다.

"아빠 사랑만…… 내 사랑만 소중해서 너희를 못 봤어. 그때만 그런 게 아니었어. 줄곧 그래 왔어. 나는, 내 사랑이 먼저였어. 내가 먼저였어. 너희를 위해 산다고 하면서…… 나는 계속……."

석일이 말을 다 잇지 못하고 고개를 숙였다.

"미안해. 미안하다. 희원아."

"당연하지."

희원의 뾰로통한 말에 석일이 숙였던 고개를 들었다. 눈앞에는 낯설게 느껴질 만큼 이미 너무도 커 버린 희원이 있었다. 그녀가 새초롬하게 웃었다. 열 살의 어린 꼬마아이였던 처음 만났을 때처럼 변함없이 사랑스럽게.

"그다음은?"

희원의 물음에 석일이 붉어진 눈가를 휘며 웃었다.

"아빠…… 용서해 줄 수 있니?"

희원이 그를 향해 다시 환하게 웃어 준다.

"당연한 거 아냐?"

석일은 희원의 머리를 쓰다듬으며 오랫동안 얽어 놓은 깊은 마음을 쏟아 냈다.

[병원 밖에서 기다릴게.]

엘리베이터를 타고 1층으로 내려온 희원은 아직 의국이라는 승조에게 문자를 보낸 뒤 휴대폰을 가방에 집어넣었다. 그토록 기다려 왔던 퇴원일인데 한시라도 빨리 병원 밖으로 나가고 싶었다.

"아가씨."

"네?"

병원 로비를 걸어 나오려는 희원을 삼십 대 후반 정도로 보이는 남자가 붙잡았다. 그녀는 고개를 기울였다.

"왜 그러세요?"

"몇 살이에요? 스무 살? 스물한 살?"

"네?"

"고등학생은 아니죠?"

설마 헌팅은 아니지? 원조?

희원이 설마하면서도 경악스러운 얼굴을 감추지 못했다. 그러자 남자는 오해받았다는 걸 알았는지 허허 웃었다.

"아, 미안. 미안해요. 내가 성격이 급해서 설명도 안 하고."

남자가 희원에게 명함을 건네주었다.

"직업병이라 진료받으러 와서도 이러고 있네. 근데 아가씨는 진짜 그냥 지나칠 수가 없어서. 손댄 데 하나도 없죠? 배우나 아이돌 하고 싶은 생각 없어요? 난 아예 배우부터 시작하는 게 더 좋을 거 같은데……."

"저 안 할 건데요."

이미 알겠다는 말이라도 들은 듯 남자가 앞서 나가자 희원이 단번에 그의 말을 싹둑 잘랐다.

"일단 명함 받아 가서 생각해 봐요. 사기 아니니까 인터넷에다 쳐 보고 알아봐요. 기준영이랑 문다혜 있는 회사니까 아마……."

희원은 짜증스럽다는 듯이 고개를 저으려다가 멈칫했다. 잠시 머리를 굴리던 그녀가 싱긋 웃으며 손을 내밀었다.

"일단 생각은 해 볼게요. 주세요."

"오, 그래요, 그래."

남자가 꼭 잘 생각해 보라는 말을 당부하고는 엘리베이터 쪽으로 향했다. 희원은 슬그머니 삐져나오는 웃음을 감추며 병원 밖으로 걸음을 옮겼다. 이걸로 승조를 놀려 줄 생각을 하니 자꾸 웃음이 새어 나왔다.

병원 밖으로 나오자 쨍쨍 찌는 햇볕부터 그녀를 반겼다. 사람들이 손부채질을 하며 지나다니는 것이 보였다. 더위에 약한 그녀였지만 어쩐지 지금은 나쁘지 않았다. 그토록 나오고 싶었던 병원을 탈출하게 되어서일지도 모른다.

매미소리가 찌르르 귓가를 맴돈다. 후텁지근함 사이사이에 쉴 틈을 주는 상쾌한 바람이 불어온다. 완연한 여름이었다.

"연희원!"

자신을 부르는 목소리에 희원이 뒤를 돌았다. 서둘러 옷을 갈아입고 온 건지 승조가 급한 걸음으로 그녀에게 다가오고 있다.

"기다리라고 했지. 혼자 다니는 거 아직 위험하다니까."

승조가 인상을 그으며 혼을 냈다. 별로 무섭지도 않은데. 희원이 대강 고개를 끄덕였다.

"여기서 기다리려고 했어."

"앞으로는……."

"오빠, 나 연예인 할까 봐."

희원의 폭탄과도 같은 선언에, 승조의 인상이 대번에 굳어졌다.

"뭐?"

"방금 내려오는데 어떤 아저씨가 이거 줬어. 생각 있으면 꼭 좀 연락 달라고."

승조보다 앞서 걷던 희원이 뒤를 돌아 그에게 명함을 보여 줬다. 승조가 경계가 짙게 깔린 눈빛으로 명함을 노려보았다.

"그거 이리 줘."

"왜?"

"어떤 사람인지 어떻게 알고……. 너 진짜 연락하겠다는 거야?"

자신의 뒤에서 걷고 있는 승조를 보며 걸음을 거닐던 희원이 다시 몸을 돌렸다.

"왜? 하면 안 돼?"

"그걸 말이라고 해?"

최대한 화를 가라앉히기 위해 노력하는 것 같았지만 억눌린 음성이 오히려 그것을 더욱 증명했다. 희원은 앞을 보며 그 몰래 킥킥 웃었다.

"너 몸도 다 안 나았는데 그런 걸 할 수 있을 것 같아? 얼른 이리 내."

"기준영도 있는 회사래."

"기준영?"

이름을 되묻는 승조의 목소리가 심상치 않게 가라앉았다.

아, 이 표정은 봐 줘야 해.

희원이 재빨리 다시 뒤를 돌아 승조의 얼굴을 확인했다. 조용하고 차분한 그에게서 서서히 뿜어져 나오는 맹렬한 질투심에 그녀는 부드럽게 입술을 말았다.

"오빠랑 예전에 같이 봤었던 그 뮤지컬에서 주연 맡았던 배우."

"너 설마 그 배우 때문에 그걸 하겠다는 거야?"

"복합적인 이유가 있는 거지."

"연희원."

결국 희원이 참지 못하고 웃음을 터트렸다.

"완전 질투쟁이."

"너."

"안 해. 안 해. 나 중학교 연극부 할 때 발연기라고 욕먹었던 거 기억 못 해?"

일곱 살이나 어린 연인에게 손쉽게 놀아났는데도 승조는 희원이 연예인을 안 한다는 사실에 그저 다행스러운지 불만은커녕 낮은 한숨을 토했다.

앞서 걷고 있는 희원의 앞에 선선한 바람이 살랑이며 다가왔다. 부드러운 머리카락이 바람결을 따라 사뿐히 휘날렸다.

그녀는 다시 뒤를 돌았다. 그녀를 지키듯 뒤따라 걸어오는 승조의 모습이 보인다. 강인하면서도 약한, 아름답고 사랑스러운 사람.

그녀의 입가에는 다시 미소가 번졌다.

'도와 줘.'

승조는 그녀가 기억 못하고 있을 거라고 생각하지만, 잊을 수 있을 리가 없다.

'오빠. 도와 줘. 응?'

자신의 간절한 목소리에 조용히 눈을 맞추고 고개를 끄덕여 주던 모습.

'고마워.'

그녀의 손을 잡으며 간절하게 전하던 말.

"오빠."

잊을 수 있을 리가 없다.

도와 달라 부탁하는 그녀에게 오히려 구원받았다는 듯이, 세상 가장 소중하게 바라봐 주던 눈빛.

얼음같이 차갑고 무심했던 눈빛에 온기가 서린 순간. 그 순간부터, 그녀의 세상에 그는 단 하나의 빛이 되었다.

"응?"

승조가 눈동자에 희원만을 담으며 부드럽게 묻는다. 희원은 걸음을 멈춰 세우고 승조에게 손을 뻗었다. 그녀에게 다가온 그가 그 손을 망설임 없이 마주 잡는다. 서로에게 닿은 손끝 사이로 빛이 스며들었다.

"고마워."

희원은 환하게 웃었다.

오직 자신만의, 단 하나의 빛을 향해.

—*fin*

Epilogue

부드럽게 감겨 있던 승조의 눈가가 움직였다. 어둠이 걷히고, 젖혀진 커튼 사이로 무섭게 쏟아지기 시작한 햇살 탓이었다.

"오빠!"

심통이 난 사랑스러운 목소리가 들려온다.

바른 자세로 자고 있던 그의 하체에 무게가 실어졌다. 아침이면 아침이라고, 밤이면 밤이라고 빠지지 않고 성을 내며 일어서는 그의 분신이 그녀가 내려앉자 더욱 기세 좋게 존재를 알렸다.

"최승조!"

그의 대답이 들리지 않자 이제 맞먹으며 이름까지 막 부른다. 승조가 눈을 감은 채로 헛웃음을 지었다.

"일어났으면서."

평소에는 누구보다 부지런하고 성실한 사람이 주말에는 늦잠을 자는 버릇도 여전했다. 워낙 바쁘다는 것을 알기에 희원도 되도록 주말에 그를 귀찮게 하지 않았지만 오늘은 경우가 달랐다.

"차 막히기 전에 얼른 출발해야지."

"그래."

희원이 퇴원을 한 것이 여름 즈음이었는데, 벌써 겨울이 다 되어 가고 있었다.

아름다운 눈의 계절.

두 사람에게 이번 겨울은 아주 특별한 계절이 될 것이었다. 어려운 시간을 넘어 가족에서 연인이 되었고, 이제는 연인이 다시 가족이, 영원을 약속한 부부가 될 테니까.

그리고 오늘은 석일에게 허락을 받으러 가기로 한 날이었다. 이제는 결코 자신의 사랑에 갇혀 그들을 보지 못할 그가 아니었다.

"대답은 그래면서, 행동은 왜 이러실까?"

희원이 새초롬한 목소리로 묻는다. 승조가 그녀의 몸을 잡아당겨 같이 누워 버린 것을 질타하는 음성은 오히려 더 그를 유혹하는 요부처럼 간드러졌다.

이건 절대 그만하라는 뜻이 아니지.

승조의 몸이 빠르게 그녀를 덮쳤다. 그의 아래에 갇힌 희원이 슬며시 그를 흘겼다.

"시간 없다니까?"

"그래. 안다니까."

"거짓말."

희원이 항의를 시작하기도 전에 승조의 입술이 그녀를 강하게 눌렀다. 겹쳐진 입술 사이로 불꽃이 일었다. 매일 하는 입맞춤이 예외 없이 두 사람을 뜨겁게 달궈 놓았다. 앙탈을 부리던 희원은 어디 갔는지 승조의 목에 팔을 두른 채 나른한 한숨을 쉰다.

"하아……."

승조는 손을 내려 희원의 치맛자락 밑을 파고들었다. 말랑한 허벅지가 그의 손에 쥐어진다. 너무 말라 안쓰러웠던 몸은 이제는 제법 살이 올라 예전과 다름없는 희원의 모습이었다. 조금 이른 퇴원을 해서도 승조가 정성스럽게 보살피며 그녀의 건강을 위해 애쓴 덕분이었다.

부드럽고 고운 살을 거칠게 뭉개던 손이 얇은 천으로 가려진 은밀한 입구로 향했다. 승조의 손이 여성을 집요하게 문지르기 시작하자 희원은 그의 셔츠 자락을 꼭 쥔 채로 달뜬 신음을 흘렸다.

"늦었……단 말야."

"얼른 할게."

승조의 말에 희원이 얄밉다는 듯 그의 얼굴을 흘겼다.

그 말을 누구더러 믿으래?

희원이 그의 손길을 느끼면서도 불신 가득한 눈빛으로 바라보자 그는 언뜻 장난스러운 미소를 지었다.

"그만해?"

한쪽 손은 여전히 멈추지 않고 희원의 다리 사이를 정성껏 애무하면서, 다른 한 손으로 희원의 뺨을 만지며 물었다. 촉촉이 젖어 가는 속옷과 그녀의 액체로 끈적끈적하게 달라붙은 그의 손이 야릇한 소리를 자아내고 있었다.

"오빠 그만할까?"

차츰 흐려지는 눈으로 아래에서 전해지는 감각에 조금씩 전율을 느끼던 희원이 자신을 놀리는 승조를 밉지 않게 노려보았다.

"놀리지 마."

희원은 부러 무서운 표정을 만들어 내며 그에게 경고하더니 그거로는 모자랐는지 승조에게 반격을 시작했다.

"희……원아."

희원은 자신의 뺨을 어루만지던 커다란 손을 잡더니 길고 곧은 그의 손가락을 혀로 핥았다. 미끈한 혀를 살짝 꺼내 아래에서 위로 핥아 올리는 희원의 자극적이고 관능적인 얼굴을 바로 앞에서 지켜본 승조는 자신의 몸이 더욱 빠르게 들끓는 것을 느꼈다.

그녀의 앙큼하고 잔망스러운 짓은 물론 그렇게 간단하게 끝나지 않았다. 희원은 그의 손가락을 입안으로 집어넣고 혀로 느릿하게 빨았다. 아래에 닿은 그의 몸이 더 단단하게 굳어진다는 것을 모르지 않았다.

그녀는 은은한 미소를 지으며 그의 손가락을 입술 사이로 몇 번을 오가게 하며 열심히 핥고 빨아 댔다.

승조는 거칠어진 한숨을 내뱉었다. 그녀를 놀리려다가 제대로 한 방 먹었다. 자신의 손가락을 입에 넣고 빨고 있는 희원을 보자 어젯밤의 그녀가 떠올라서 머릿속이 아찔해지는 것 같았다. 그의 물건을 손과 입으로 애무하던 희원의 모습이 생생하게 기억났다.

근육으로 이루어진 단단한 그의 허벅지 깊숙한 곳을 손으로 은밀하게 쓸면서 위를 향해 끄덕거리는 그의 페니스를 혀를 내밀어 맛보다가 이내 입안으로 삼키고 빨던 색정적인 입술.

그녀의 따뜻한 입안과 뜨거운 혀끝을 느끼며 그는 도저히 이성을 붙잡고 있을 수 없었다. 그가 그녀의 머리칼을 쓸어 넘기며 거칠게 신음하자 희원은 그의 페니스를 입에 머금은 채로 위를 올려다보며 교태 섞인 눈웃음을 지었다.

순간 육체적인 쾌감과 정신적인 쾌감이 함께 최대치에 도달하며 하얗게 끝을 보였다.

희원은 어젯밤의 일을 제대로 상기시켜 주려는지 그의 기다란 손가락을 빨면서 미소를 흘린 채 그를 바라보고 있었다. 희원의 혀가 그의 손가락을 옭아맸다 풀어 주기를 반복했다. 승조가 신음을 삼킨 채 희원에게 시선을 고정했다.

"하아……. 또 어제처럼 해 줘?"

손가락에서 입술을 뗀 희원이 짓궂게 물어 왔다. 승조는 더 이상 기다리는 것이 불가능했다. 치마 속을 누비던 손이 거칠게 팬티를 벗겨 냈다. 그는 거대하게 부푼 자신을 급하게 그녀의 동굴 속으로 밀어 넣었다.

"으읏…… 오빠……."

희원이 승조의 어깨를 힘주어 껴안는다. 승조 역시 그녀를 강하게 안으며 비좁은 여성 속을 불덩이 같은 자신의 물건으로 가득 채웠다. 젖어 있는 동굴이 그를 당연하게 받아들인다. 그는 평소와 다르게 참을성 하나 없이 몸을 움직여 나갔다.

희원 역시 그의 몸짓에 동조하며 새하얗고 미끈한 다리로 그의 허리를 감쌌다. 꼭 달라붙은 아랫도리가 침대 위에서 세차게 움직였다. 뜨거운 서로를 가득 담갔다가 잠시 떨어지기가 무섭게 아플 만큼 다시 강하게 결합했다.

방 안을 가득 채우는 빛. 침대 위에 두 사람에게서 뿜어져 나오는 정욕 가득한 열기. 본능적이고 원초적인 몸짓은 서로를 충만하게 채워 나갔다.

석일이 있는 강릉 본가에 도착한 것은 해가 저물 무렵이었다.

희원은 승조를 흘겨보았지만 그는 짐짓 모른 척을 하며 미소를 지었다. 겨울이 되어 짧아진 해가 어느새 자취를 감춰 나갔다.

석일은 여느 때처럼 승조와 희원을 반겨 주었다. 두 사람 역시 변한 것은 아무것도 없다고 말해 주듯 그를 향해 환하게 웃었다.

"아빠!"

서로가 아니면 살아갈 수 없는 나약한 사람들. 영원을 꿈꾸는 마음. 단 하나밖에 모르는 바보 같고 아름다운 사랑.

"다녀왔습니다."

오래되었지만 낡은 느낌은 없는 그들의 추억 가득한 집 아래에서 세 사람은 다시 영원한 가족이 되어 가고 있었다.

작가 후기

안녕하세요. 정이준(데카라비)입니다. 저를 많이 힘들게도 했던 저의 네 번째 이야기, 『플라스틱 플라워』가 이렇게 끝을 맺어 드디어 제 손을 떠나게 되었네요. 아쉬운 마음도 물론 있겠지만 아직은 후련함이 더 큽니다. 그만큼 승조와 희원이 때문에 저 역시 마음고생을 했다는 뜻이겠지요.

겨울에 처음 시작했던 이 글이 여름이 되어서야 끝을 맺고, 출간도 한여름인 8월에 하게 되었습니다. 더운 여름에 보기 시원한 글은 아니라 사실 조금 걱정도 됩니다.

구상하면서 가장 먼저 떠올린 이미지는 하얀 눈이었답니다. 제목이 여러 번 바뀌었던 이 글의 첫 제목은 제가 생각했던 눈의 느낌을 살려 '슈거 스노우'로 정했습니다. 차갑고도 달콤한 눈. 승조에게 희원은 손 안에 쥐고 있으면 금방이라도 녹아

내릴 것 같아서 불안하고 두렵게 만드는 눈 같은 존재이지 않을까 하면서요.

그 제목이 여러 사정으로 바뀌어 지금의 『플라스틱 플라워』가 되었습니다. 전작인 『봄, 그리고 봄』 때도 그렇고 이번 제목 역시 제가 지은 게 아닌 걸 보니 저는 확실히 제목 센스가 떨어지는 것 같아요. 제가 정말 좋아하는 우지혜(하니쁘) 작가님이 지금의 제목을 지어 주셨어요. 다시 한 번 감사드려요.

승조와 희원이를 놓아주면 이제는 다시 밝은 글을 쓰고 싶다고 벌써부터 생각하다가 괜스레 미안해지는군요. 너무 괴롭혀서 미안하지만 앞으로는 항상 행복한 일들만 가득할 테니 용서해 주기를.

조금 힘들고 아팠던 두 사람의 이야기를 끝까지 따라와 주신 분들께 감사드리며, 인사를 드립니다. 달콤한 로맨스 안에서 항상 행복하세요.

―정이준 드림

플
라
스
틱
플
라
워

초판 1쇄 찍음 2014년 7월 31일
초판 1쇄 펴냄 2014년 8월 6일

지은이 | 정이준
펴낸이 | 정 필
펴낸곳 | 도서출판 뿔미디어

편집장 | 이재권
기획 · 편집 | 정시연

출판등록 | 2002년 9월 11일 (제1081-1-132호)
주소 | 경기도 부천시 원미구 상동로 117번길 49(상동) 503호
전화 | 032)651-6513 / 팩스 | 032)651-6094
E-mail | dahyangs@naver.com
블로그 | http://blog.naver.com/dahyangs
홈페이지 | http://bbulmedia.com

값 9,000원

ISBN 979-11-315-3398-7 03810

www.bbulmedia.com

www.bbulmedia.com